The Lake Regions of Central Africa

# 中非湖区探险记 I

〔英〕理查德·F. 伯顿 著　李宛蓉 译

图书在版编目(CIP)数据

中非湖区探险记.Ⅰ/(英)理查德·F.伯顿著；李宛蓉译.—北京：人民文学出版社，2017
（远行译丛）
ISBN 978-7-02-013503-5

Ⅰ.①中… Ⅱ.①理… ②李… Ⅲ.①游记-作品集-英国-现代 Ⅳ.①I561.64

中国版本图书馆CIP数据核字(2017)第270768号

出 品 人　黄育海
责任编辑　朱卫净　潘丽萍
封面设计　汪佳诗

出版发行　人民文学出版社
社　　址　北京市朝内大街166号
邮政编码　100705
网　　址　http://www.rw-cn.com
印　　刷　山东临沂新华印刷物流集团
经　　销　全国新华书店等
字　　数　238千字
开　　本　890毫米×1240毫米　1/32
印　　张　12.75
插　　页　5
版　　次　2018年2月北京第1版
印　　次　2018年2月第1次印刷
书　　号　978-7-02-013503-5
定　　价　59.00元

如有印装质量问题，请与本社图书销售中心调换。电话：010-65233595

# 目　录

1　自序

1　第一章　礼炮声中告别桑给巴尔岛
30　第二章　细说桑给巴尔与姆里马
45　第三章　通过金加尼与姆格塔河谷
107　第四章　海岸区的地理与人种
133　第五章　在祖果梅洛歇脚，重整旅队
166　第六章　越过东非洲山区边界
238　第七章　论第二区的地理与人种
255　第八章　成功跨越乌戈果区
311　第九章　论乌戈果区（第三区）的地理与人种
332　第十章　旅队进入驰名的"月亮之境"
　　　　　　乌尼亚姆韦齐

# 自　序

我原来打算在一八五九年五月返回欧洲之后，立刻发表这部个人探险记录。无奈遇上了身体不适和情绪低落，加上不胜其烦的公文往返（好像我是为此而踏上非洲之行似的），这本书也就迟迟未能出版。

一八六〇年四月，承蒙英国皇家地理学会厚爱，将我的详细论文刊登成为该学会第二十九期会刊（承蒙该会慨然允许，本书中的地形描写均摘录自该报告）。现在，我试图结合地理学与人种学的方法来叙述探险见闻，同时不忘描绘较受读者欢迎的旅途风光。

当我向出版界的友人提出有意写一本"内容轻松"的读物时，他们都表示反对，指出若要满足读者的口味，就需添加更为扎实的内容。我接纳了他们的建议，因此引用了两种截然不同的风格来描写旅程，试图把欢乐愉悦和沉闷不华的这两面熔于一炉，借以呈现出旅程的两种不同面貌。

时下的"旅游锦囊"总爱提醒探险家和传教士要避免表达个人的理论和看法，甚至还有点盛气凌人地指出：我们的职责

象牙搬运工

是搜集事实而非推论——亦即只可以用眼睛看，不该用脑筋思考。我们的责任只是把搜集来的资料原原本本地报告出来，至于分析资料的工作则该留给那些足不出户的专家去做。然而，要是观察者不仅心智清明，又拥有足以让人敬重的知识，那么，表达一下个人对沿途所见所闻的看法，又有何不可呢？

我也无意避谈旅途上个人及属于私人性质的事。本书既然以"我"为中心，自然没有必要避开以"我"为主的个人观点。

与我合力从事这次探险的同伴是斯皮克上尉①，过去我已公开表达过对他的观感。我们合作的始末非常简单：一八五五年，他出钱出力陪伴我在伯贝拉②吃苦受罪，因此我认为邀他重新深入非洲内陆是一件合理的事；除此之外，别无其他理由。我无法期待斯皮克提供太多协助，他既不是语言学家（对法语和阿拉伯语一窍不通），也不是科学家，观察天象往往又错漏百出。斯皮克任职的东印度公司董事会原本公开拒绝他请假，我通过孟买的地方政府，才为他争取到这次探险机会。在整个探险过程中，他充当我的部属，读者可想而知：斯皮克混迹在阿拉伯人、俾路支人③和非洲人之间，却对他们的语言一无所知，除了担任副手之外，自然不能胜任其他职务。你们也不能责怪我的

---

① 指约翰·汉宁·斯皮克（1827—1864），英国驻印度军队军官、探险家曾与作者伯顿共同前往非洲探险，发现坦噶尼喀湖，其后两人因对尼罗河源头的意见不合而反目。
② 伯贝拉，索马里西北港口。
③ 俾路支人，分布在今巴基斯坦境内的民族。

愤懑，尤其是斯皮克亲口提出要等我回国后才一起向资助本次旅程的地理学会发表报告，最后他竟然抢在我前面，从亚丁①返回英国后，就快马加鞭，想尽办法在这个由我开启的领域中巩固自己的声势，并以探险之旅的"当然"主角自居，又自称是此行的"测量员"——未免也太神气了吧？

为了尊重读者的判断，我在此冒昧提出几点期望：本书内容若呈现出任何粗俗风貌，不妨归咎于这本书的主题；我的职责是以绘图方式叙述旅行见闻，然而若是想描绘一处喧嚣酒肆的话，终究少不了记述肆内的格局摆设、鄙俗乡农、硕大酒桶、杯盏酒盅等。我并不规避自己所从事的不悦任务，因此不仅记录结果，也记录所有过程；我经历了大小疾病、烦不胜烦的口角，以及各式各样的小麻烦，但缺了这些琐碎事，读者看到的将不会是一本充满意外事件的游记，非洲探险亦会变得如希腊圣人的肖像似的，只有光芒而无阴影。

书里所绘的地图、驿站览表、日期等资料，都是根据皇家地理学会会员弗朗西斯·高尔顿先生所采用过的行程计划，至于非洲的轮廓图则出自会员韦勒先生的手笔，对于只完成一半探勘的非洲内陆而言，实为最新、最翔实的资讯。至于我向皇家地理学会提交报告时一并呈出的路线图，则是承蒙地理学会的芬德利先生慨然相借，他对搜集资料可说是不遗余力、巨细

---

① 亚丁，也门南西方海港，英国曾在此建立殖民地，与非洲仅一海湾之隔。

靡遗，甚至还慷慨提供了我此行踏勘处的地理档案，包括大盆地的东边界限，以及中非洲的"隆起造山"地形。

最后，我恳请读者海涵，包容书中的错漏，因为现在我那酷爱迁徙的天性又开始催促我前往"新世界"①，权且容许自己仅为这本书完成一次修订。

四月十日写于圣詹姆斯广场

E.I.U.S.俱乐部

---

① 作者于一八六〇年前往美国旅行。

# 第一章
# 礼炮声中告别桑给巴尔岛

一八五七年六月十六日中午时分，木帆海防舰"月神"号依例鸣炮之后，缓缓平静地驶出桑给巴尔港。在非洲东岸地区，鸣炮是宣布大事不可少的步骤，不管是王子诞生还是主教离港，都是如此。"月神"号缓缓驶出港口之际，也让我们有机会投下告别的一瞥，看着粉刷成白色的清真寺与阿拉伯人房舍，以及棕榈屋、遍地椰林的海岸，还有成排丁香绵延的红土山丘在眼前一一消逝。海防舰悄悄顺着清风前进，这是印度洋的醉人熏风，太阳泻下一片金光，闪耀在湛蓝的深海和周边淡绿的浅海上。之后帆船从"精灵群岛"中两座岛屿之间通过：一座是林木高耸的昆白尼岛，一座是灌木丛生的琼贝岛。眼见带状白沙海岸与蓝色大海逐渐融为一体，若隐若现的低矮红岩峭壁与断崖延伸入海，陆地从翠绿逐渐褪成褐色，再从褐色转为蒙眬紫色。起初岛上的树丛仿佛清晰耸立，渐渐却宛如浮沉于波浪间。随后夜幕低垂，热带夜色的深沉宁静笼罩

从海上眺望桑给巴尔

了天空、陆地和海洋，此时从船上的舱房向外眺望，只能依稀认出一道浮云般的山脊，这就是桑给巴尔留给我们的最后印象。

走笔至此，我不打算继续奋力贯彻叙述过程，告知读者：桑给巴尔并非像百科全书所称："是个非洲岛屿，由一位臣服于葡萄牙人的国王所统治"；也非印度邮局所以为的是属于波斯湾的一部分；更非英国老家那些对非洲地理一知半解的井底蛙所认为："桑给巴尔岛是红海的一座岩石"；它也不附属于尼日尔，也绝非暴风角①延伸出去的岩枝。

"领事游艇""月神"号

"月神"号是一种"粗笨型大炮帆船"，船上有十八挺火炮，是一艘在印度孟买用柚木建造的海防舰，横梁很宽，船速缓慢但很稳。我们已故的盟友苏丹赛义德大人（坊间误称赛义德大人为"马斯喀特政教领袖"）②尚在人间时，经常将这艘海防舰交给老友汉摩顿中校指挥，"月神"号因此而有"领

---

① 暴风角，即南非好望角。十五世纪末葡萄牙航海家曾将其命名为暴风角。
② 苏丹，某些伊斯兰教国家最高统治者的称号。赛义德（1791—1856），阿曼领袖，曾经统治桑给巴尔，并使该岛成为东非强权与西印度洋的商业重镇。马斯喀特为阿曼首都。

第一章　礼炮声中告别桑给巴尔岛

事游艇"的别称。这次为了非洲大陆之行,"月神"号特意经过改装。平常收起的帆桁此时扯起打横张开,帆柱最顶上的圆材调整到适当位置,通常绳子和索具都随便挂在桅杆上,这回也仔细松开了,旧帆已经系在桁上。平常只有几名奴隶充当船员,对付起船上那一大群老鼠和蟑螂都有困难,现在则按应有的编制名额补足了二十名。马吉德大人(赛义德大人之子)于父亲去世后继承了"桑给巴尔暨斯瓦希里① 苏丹"的头衔,带着四个弟弟上船来为父亲的朋友送行,没想到这次会面竟是永别。他这四个弟弟有两个(贾姆希德大人和哈姆丹大人)在我们返国前死于天花,另一个弟弟巴尔加什大人不久前在孟买被囚。承蒙苏丹陛下厚爱,通过他秘书艾哈迈德·本·努曼(人称"瓦杰海因"〔双面人〕)给了我三封介绍信,分别写给在乌尼亚姆韦齐② 定居的印度商界老前辈穆萨·姆祖里、阿拉伯人,以及所有前往非洲内地的桑给巴尔子民。

这次"月神"号所载东非探险队成员和装备,算来有两个欧洲人(我同伴和我)、两个葡萄牙"小厮"(应该说是印度西南部地区果阿的葡裔混血儿)、两个负责背枪的黑人——蒙拜和他的"哥儿"马卜禄,再加上八个所谓"俾路支人"佣兵,以

---

① 斯瓦希里人是东非坦桑尼亚操斯瓦希里语的民族。
② 乌尼亚姆韦齐,坦桑尼亚西部的高原地区。

及苏丹派给我的一名侍卫。指挥"月神"号的是汉摩顿中校,当时他是女王陛下派驻桑给巴尔的"巴尔玉兹"(领事),兼任东印度公司驻桑给巴尔名誉代表。虽然长期为病痛所苦,只在晚间活动,他却视护送我们登陆非洲海岸为己任,并亲自监督我们从危险的海岸地带启程。领事馆里的药剂师弗罗斯特负责照顾汉摩顿中校,他治疗致命肝病的药方含有微量吗啡和大的糖。

我在汉摩顿中校的忠告下,大胆更动了此次东非探险计划的内容,这项计划原本是伦敦皇家地理学会探险委员会所提出的。一八五五年,精力过人的艾哈特先生推动"蒙巴斯①传教团"效果不彰后,在返回伦敦时主动提议要去非洲探勘一个辽阔水域。根据不同的"当地人"所提供的消息,这片水域大小有如里海,艾哈特因此在非洲热带地区中央界定出一块状若蛞蝓或水蛭的范围,这样一来,从前葡萄牙旅行家所知和学校地图所教的湖泊"马拉维",就延伸到了赤道以北,也使得过去半世纪众所周知本来应该有形形色色省份和王国的地区,仿佛突然遭到有史以来第二次天降大洪水般就此淹没。艾哈特提出

---

① 原书作 Mombas(蒙巴斯),但现已改称 Mombasa(蒙巴萨)。书中其余地名亦皆以今日拼法为准。这是位于肯尼亚印度洋沿岸的主要港口,桑给巴尔岛位于其南方,由于战略位置重要,历来皆为强权争夺的目标。

三百元<sup>①</sup>的装备预算，打算从桑给巴尔南方一个非洲大陆港口基尔瓦上岸，雇二十名斯瓦希里脚夫，然后跟一支商旅队伍结伴同行，抵达他要去的那片水域的临近地点之后，再展开横渡湖面的独木舟探险之旅；根据艾哈特的地图，横越湖面至少得花二十五天。艾哈特与克拉普夫博士<sup>②</sup>这两位蒙巴斯传教团成员确实在基尔瓦盘桓过几小时，受到当地总督与市民的款待。不过，他们决定以基尔瓦作为探险起点，却是自欺欺人。克里斯托弗中尉曾在一八四三年探察东非海岸，对探险者提出过明智的忠告：最好避开基尔瓦一带。我在此重申：这是非常明智的忠告，因为在我到访前一年，居住在这个以历史悠久自豪的殖民地的葡裔殖民便曾借刀杀人，利用恩金兜族野人杀了一位阿拉伯商人，只因为这人意欲冒险深入内陆腹地。

---

① 这笔钱根本不够。我听说艾哈特先生花了一个星期从潘加尼到阜加就耗尽了三百元，连沿街叫卖的斯瓦希里小贩都不见得会认为三百元装备足以应付所需。何况照艾哈特先生自己对距离所做的保守估计，这趟路要带二十个人走上四百英里，去探索宽三百英里、长度不明的湖泊。一八〇二年，布匹和珠子在非洲的价值是现在的两倍，当时"卡桑吉驿站"的监督科斯达派了一队葡萄牙黑奴到非洲，他们携带的所需费用和礼品、货物，价值便将近五百英镑。艾哈特先生的预算贻害后来的旅行者：要是他真的清楚情况，应该立刻报一个合理的开销预算；如果他并不清楚，就应该避免提及预算。结果他的提案导致了这样的后果：政府批给东非探险队的经费仅限于一千英镑，要是有五千英镑的话，我们就能深入探索整个非洲中部地区。探险队千辛万苦克服了疾病、艰险、团队缺乏纪律的问题之后，原本准备再深入内陆，最终却因为缺乏补给而被迫打道回府。——原注

② 指约翰·克拉普夫（1810—1881），英国传教士兼探险家。

同时，我向皇家地理学会提出到非洲探险的意愿，首要目标定在乌吉吉海（又称乌尼亚姆韦齐湖），其次是鉴定非洲内陆可供出口的物产，并把当地部落人种与文化整理为志。我在此一字不误地引述了申请内容。这年头每个到中非探险的人，好像都以寻找白尼罗河①那些偏僻源头为目标，如果没有找到其中任何一个，那么不论此行多有价值，探险者仍然会被视为无功而返。承蒙地理学会看重，同意了我的探险计划，并为我向外交部争取到一千英镑经费；此外，前东印度公司董事会（现在已解散）虽然不愿意赞助经费，却慷慨允许当时在军团任职的我告假两年，指挥这次探险任务。我亦获令去向孟买总督埃尔芬斯通勋爵以及汉摩顿中校报到，这两位人士举足轻重，经验丰富，可望对我的探险任务提供各种协助。

**初步探险计划**

当我们论及该从何地出发探险时，领事汉摩顿中校极力反对经由基尔瓦前往内陆，理由是这个港口离政府所在地太远，当地人是阿拉伯与斯瓦希里混血裔，只在名义上受政府控制，实际上仍偏于自保，对外来陌生人采取暴力仇视的态度。汉摩顿中校因此建议我从桑给巴尔岛对面的海岸登陆，之后由那位

---

① 白尼罗河，尼罗河上游的一段，在苏丹的喀土穆与青尼罗河会合，再向北流入埃及。

阿拉伯亲王所派遣的精良护卫队护送我们经过沿海部落,这些部落曾以残酷的手法杀害第一位穿越海岸线的欧洲人梅桢,人们对此记忆犹新。后来我到桑给巴尔做短暂停留,开始进行初步探险,很高兴从阿拉伯旅人那里查清楚了马拉维湖(又称基尔瓦湖)有别于"乌吉吉海";前者面积相当小,而且两湖之间并无商旅队伍的行走路线;因此我如果去探测小湖,就会失去发现大湖的机会。这使得我更加认同汉摩顿中校的看法。此外,桑给巴尔岛民的一般观感也尽数传进了我耳中,充分证明我的忧虑是对的:要是我坚持按照艾哈特先生所提计划去做的话,这次探险非惨败不可。这些桑给巴尔岛民包括基督徒商人(我搜集他们挖取树脂、采集象牙和芝麻的数据,因而得罪了他们)、菩提亚人①——或者该说是来自卡奇邦的印度人(他们拿英国国旗作护身符,有系统地从事贩奴买卖)、阿拉伯人(只记得蒙巴斯传教团探险队的政治阴谋,以及克拉普夫博士政治阴谋未得逞的可悲后果),还有一般非洲人(把一切创新事物视为恶魔的新面目)。

在此我必须解释一点:离开英国之前,英国圣公会曾约我个人在索尔兹伯里广场会址面谈,之后交给我一封信,要我转交给雷布曼②,这人是该会在蒙巴萨教区仅存的职员,据说这教区花了传道会一万两千英镑,成果却微不足道。传道会教士一

---

① 菩提亚人,分布在喜马拉雅山区的中国藏族后裔。
② 指约翰·雷布曼(1820—1876),德国传教士兼探险家。

开始魄力十足地在蒙巴萨建立据点，除了致力于向当地民众传道，要他们皈依基督教之外，也在非洲内陆不为外界所知的地方有所发现，结果引来欧洲地理学家的注意。遗憾的是，最举足轻重的克拉普夫博士却做出这样的声明："瓦辛岛和潘加尼河①之间的海岸，没有寸土是属于马斯喀特政教领袖（即赛义德苏丹）；事实上，这一大片介于南纬四点三度和五点三度之间的土地属于乌萨巴拉的克麦里王，这片低洼的土地住有瑟瓜部落，也是奴隶市场，主要供应桑给巴尔。"

这则"讯息"先刊登在皇家地理学会会刊（第一期第二百零三页）上，后来又转载于该会公报上（第二十三期第一百零六页），并评说这地区是该政教领袖"自认拥有"的领土。东方人谈到土地时很要面子；克拉普夫博士这番断言和事实完全相反。那些派驻在桑给巴尔、钩心斗角的代表们却各怀鬼胎，落井下石地渲染这项说法。由于汉摩顿中校是克拉普夫的保护人，觉得这个错误危及自己的影响力，便向政府呈报事实。克拉普夫因此不得不放手，抛下花过心血的地方和所有发现，黯然离去。然而苏丹陛下和廷臣却对这件憾事记忆犹新。这次探险队抵达之前，桑给巴尔岛法官（可能出于上级授意）就已特地造访汉摩顿中校，获得中校信誓旦旦的保证：这支探险队绝对和"荷兰人"无关（桑给巴尔人称圣公会教士为"荷兰人"）。于

---

① 潘加尼河，坦桑尼亚东北方河流，发源自乞力马扎罗山，向东南流入印度洋，出海口与桑给巴尔岛隔海相望。

是我勉为其难,取消征召雷布曼,否则就会失去汉摩顿领事的协助,还有那些阿拉伯人,他们既然对此事这么关注,我若不从,到时他们保证会让我落得失败的下场。

**抵达姆里马**

一八五七年六月十七日星期三傍晚六点钟,"月神"号在威尔岬角外海下锚,这是一处狭长低洼、灌木丛生的沙嘴,离小镇巴加莫约有八十四英里远。我们的航行船长穆罕默德·本·哈米斯在深水下锚,抛出锚链比深度所需多了一倍的长度。他这么谨慎是有原因的,近岸锚地全无障碍,烂泥混浊的海底缓缓倾斜加深,平缓得几乎让人察觉不出。退潮时海水退到十到十一英尺外,尤其遇到朔望①季节,刮起狂风时更常出现危险的海啸,加上海岸处于下风,足以让这艘横帆船上的船员忧虑畏惧。

桑给巴尔岛民称非洲这段海岸为"姆里马",意思是"丘陵地",乍见此处时,发现一件特别有趣的事:位于一边的是印度洋,浩瀚无际,向东延伸,微波荡漾,向西则被一道细长的白沫阻断,那是在极白的细沙、珊瑚虫和石珊瑚碎屑上所形成的泡沫。海水深深切入海岸线,形成海湾、海沼、礁湖和死水,

---

① 朔望,太阳、地球和月球大致在一条直线上时所发生的天文现象。

之前的海水拍打着沙洲，拍打着海沙与岩石形成的黑色暗礁，拍打着大块粗砾岩和半月形堰堤；然而至此却像耗尽了力量，静静地躺在陆地的臂弯里休息，看来像大片油渍。海潮冲击形成的尖岬与小岛几乎与海水齐平，却长满茂盛的植物，这是因为热带的日光和丰沛的雨量弥补了沃土的不足。回水滩边长着红树林，有红有白。退潮之后，支撑树身的圆锥状根系露出海泥；与海水齐平的树干上密密附生着寄生蚝，成树之间长出了细长的幼苗，梢上生出丛丛鲜绿。洁白的海沙上牢牢攀附着一种旋花植物，肉质阔叶和淡紫色花顺着松软的细沙蔓ží。海岸在高出海平面的地方宛若耸立着一道青葱屏障。一片片树梢无叶的丛生老树被风吹得枝干弯曲，泄露了聚落所在，通常这些聚落都很隐蔽，这些树墙聚落连绵衔接，宛如人口稠密的城市周围的近郊村庄。在三英里范围内就可数出十三个这样的树墙聚落。单调无变化的绿色覆盖着大地，只有在低矮土峭壁以及泛赤褐色的陡岩坡处，才没有绿色覆盖住（东非几乎可说是赤土大地）。在这片沿岸地区（或称冲积平原）的后方，离岸三到五英里远处，浮现出一抹蓝色，即使远从桑给巴尔岛望去也显而易见；而今突起的沙岸已成为蛮族部落的前线。伴随这幅画面的还有：白天，波澜拍岸，夹杂着海鸥啭鸣，加上不绝于耳的昆虫嗡嗡声；日落后，热带的夜晚一片深沉死寂，打破寂静的只有歇息的老鳄发出的咆哮、夜苍鹭的聒噪叫声，还有守夜人的呼喊与枪声。他们因为听到河马的呼噜声，得知河马正奋

第一章　礼炮声中告别桑给巴尔岛

力上岸，离开水里的老家来造访他们看守的农地。

由于要安排各项行前作业，我们在威尔岬角的外海耽搁了十天之久。之前，亲王指派有一半阿拉伯血统的桑给巴尔人赛义德·本·萨利姆担任旅队向导。萨利姆不断祷告希望行程拖延，却未应验，终于还是早我们半个月先出发，为的是招募脚夫。这个瘦小怯懦的人一想到旅途艰险就心慌，泫然欲泣，又担心自己和探险队合作会招致同胞仇视。但他已经"收了公帑"，拿了领事从公款支付给他的五百元预付金，领事并允诺他"如果办事有功"，还会以值钱的货币重酬他，另外再送他一只金表。同时，领事汉摩顿中校却警告我切勿信任混血儿。六月一日，萨利姆在卡奇菩提亚裔商人拉姆吉（有关此人，后文再叙）的陪伴下，从桑给巴尔渡海抵达非洲大陆。他们雇好了一群脚夫，然而脚夫一听说真正雇用他们的是个"穆尊古"（白人），立刻作鸟兽散，拿到手的工钱也没想要退还。这次我们大约需要一百七十名脚夫，但真正雇到的只有三十六人。运载量很庞大，总共有七十大包，塞满了既体积大又沉重的非洲硬币，还有棉布、铜线、珠子等，是未来一年九个月所仰赖的物资。此外，由于非洲内陆予人猎物丰饶的印象，因此我准备了足敷两年所需的弹药——一万支大小不同的铜制雷管，分装在四十个箱子里。为了背运方便起见，每箱雷管限重四十磅，箱里另外还装了弹丸、霰弹、铅沙弹、六个防火弹盒、两小桶火药粉，重达五十磅。再加上护卫队用的四小桶各重十磅的粗质火药——总括来说，足够让队里每个人分配到两百发子弹。这是因为探险区宵小猖獗、天气不良，弹药耗损必定严重，故而配备这么多火药。

## 海关税务员达姆哈

在威尔岬角外海下锚的次日，一艘当地小船将桑给巴尔海关税务员达姆哈送到"月神"号上，他为了向老友兼庇护人汉摩顿中校表示心意，舍弃深爱的工作，前来为探险队出发事宜助一臂之力。达姆哈听说阿拉伯人正在加紧巩固势力，以防白人出手大方而破坏行情，再加上多支来自内陆的商队尚未抵达海岸，因此脚夫供不应求。达姆哈于是建议派遣萨利姆雇到的三十六名脚夫先行出发，命他们到库图境内的祖果梅洛等候雇主到来，那个地点远在掠夺成性的沿海部落之外。这些脚夫背负的物品价值六百五十四德国克朗（每一克朗约合英国货币四先令两便士），工资总共一百二十四元，此外每天还有一磅半的谷粮配给。尽管我们有武装精良的护卫殿后，这些脚夫却情愿在两名奴隶火枪手的护送下旅行，也不愿招来与白人同行的危险。至于私人行囊以及通过沿海区所需的装备，花了我们两百九十五元才办好。达姆哈建议我们用驴子驮运，他派人在桑给巴尔和非洲大陆港口搜寻，不久就找来了三十头良莠不齐的牲口，装载好大帆布口袋及可厌的阿拉伯鞍袋，随即准备上路；

这种阿拉伯鞍袋是以塞满干草的破麻布袋权充而成。在没能雇到更多脚夫之前,我们不得不留下大部分弹药,以及一艘能沿着海岸行驶到蒙巴萨的实用铁船,还有价值三百五十九元的布料、铜线、珠子等补给。印度人信誓旦旦地说会设法把这批物资转运到我们手里,还收了我们一百五十元作为雇用二十二名脚夫的费用,说他们会在十天内出发。然而,等到这些脚夫出现时,差不多是印度人当初承诺日期的十一个月之后了。这期间一队又一队商旅从海岸区出发,后来居上,菩提亚人却不当一回事,只佯称雇不到脚夫,一再借口拖延。显然我的行前准备太过仓促,然而当时为情势所逼,使我不敢多耽搁——因为即使是几天,也可能造成致命的后果。

话说在威尔岬角外海逗留时,我的同伴测量了金加尼河入海口的经纬度,此处为沿海地区和巴加莫约镇、栲乐村等小聚落的枢纽。这举动显然完全不顾汉摩顿中校的忠告,毕竟中校声明在先,此举将危及探险之旅。这位同伴是以观察月球来测量经度的新手,他在航海官哈密穆罕默德的协助下进行测量,哈密穆罕默德曾经在英国读过《诺里的航海图表》[①]。我们数度前往河马出没处,结果除了损害"月神"号的小艇之外,并无其他收获——河马两根獠牙突然从水里冒出来,将小艇底部戳出了两个洞。但我不愿错过上岸到栲乐村走走的机会,画些钢笔

---

① 原文作"诺里",疑指《诺里的航海图表》,为十九世纪有名的航海图指南。

和铅笔素描，督促准备事宜，因为这里是我们往内陆探险的出发点；我也顺道搜集了街谈巷议——人们的闲聊题材，毕竟这些内容可说是东非各地的新闻界消息。

## "要塞"城市

栲乐村是个很小的屯垦地，是"栲乐乌蓝柏"的简称，在东岸古方言里的意思是"展现美丽"，蒙巴萨与基尔瓦之间有许多这类寻常的村港，却不见有砖石建造的城镇。海水退潮以后，得从离岸半英里外的泥泞沙地登陆，遇上涨潮，就由四个男人用抬架把我们抬过海滩，这种抬架平时吊挂在船侧。来到潮水淹不到的干地之后，扛夫才放下抬架，让你下来，然后在男人的吆喝声、女人的尖叫声、孩童无知的议论中，沿着一条窄径往上走，穿过浓密树林和围着七零八落的栅栏的粟米田，低矮陡峭的堤岸顶上便是聚落所在。围篱内有十来间斜顶房屋，以紫红枝条编织再糊上泥巴建成，屋里用同样的材料筑起低矮的隔墙，分出三个或更多的隔间：每户之间都有大片令人嫉羡的内院和邻居分隔开来，专为家中妇孺设置。此地最大的木材是红树林，屋顶用椰叶铺成，不但透气而且撑得极高，因此当地人虽不懂得设窗户，室内通风情况倒还过得去；突出的长檐搭在坚固的立柱上，其下是很宽的泥制长座，分设大门两边，座上铺有饰垫，成为聚落卖铺或可坐人的地方。有些房舍有小阁楼，看起来像船上的卧铺，只不过是用橡木支撑的铺板充当储藏阁或通铺。在较大聚落的周围，簇集着大片茅棚和非洲典型的圆锥小茅屋；天气闷热时，这类茅屋一旦关上门，立刻变成让欧洲人难受的密室，不过当地人唯恐遭窃或遭野兽袭击，入夜后绝对不忘紧闭门扉，借以保护自己。这个聚落里唯一算是石工建造的是一座"古拉伊萨"（碉堡），是一座以石灰和珊瑚筑成的正方形建筑，下层是储藏室，供商人存货，屋顶平台备有垛口，以利警卫防守。

这类"要塞"的主要人口是军人及眷属，这里的军人自称俾路支人，除了极少数之外，原籍多为莫克兰[①]以及瓜代尔附近的低地；许多人生长于阿拉伯半岛。早期阿拉伯商船经常来到俾路支人的港口买马和微量的麦子、食盐，这些军人的父辈因家乡难温饱而随商船移民到阿曼的马斯喀特。他们到阿拉伯半岛做托钵僧、水手、脚夫、零工、剃头师傅，或拾椰枣、赶驴，或当乞丐、小偷。已故赛义德苏丹的父王哈米德颇有先见之明，将火绳枪交到俾路支人手里，封他们为军人，借此让他们受到不羁的阿拉伯同胞的白眼。赛义德苏丹继位后沿用父王的策略，利用较有纪律的佣兵和难以驾驭的阿拉伯子民之间普遍存在的敌意，分离境内的俾路支人，借此约束他们。不过说阿拉伯人怕俾路支人，倒不如说他们痛恨俾路支人；根据阿拉

---

[①] 莫克兰，今伊朗和巴基斯坦交接处的海岸带。

伯人的说法，俾路支人唯利是图，婆婆妈妈又爱发牢骚，吵起架来扯直了嗓门，平常举止蛮横粗暴，因此阿拉伯人为他们取绰号叫"轻骨头"，并将俾路支人比喻为在猛蛇周围扑翅、啁啾的小鸟。这些可鄙的奴隶会群聚在一头宰好的山羊周围，或贪婪地盯着别人的米袋良久；驻扎在营地或海岸边时，这些俾路支人的月薪是二点五元到五元不等，如果上战场或派任前哨，另加津贴十元。这套制度很有道理，如此一来他们就不会像英国军队的印度兵那样老想争取独立。反之，不但会听从发号施令，而且执行起任务时尽心尽力，因为上级授予他们"趁火打劫"的全权。营地里指挥俾路支人的是个相当于中尉级的军官，他有个"毛拉"①助手，其实不过就是个略通书写和算术的可怜家伙。这位指挥官以宽纵罪罚来换取贿赂，部属和政府官员皆受其害，再加上他有擢升大权，因此很有权势。我们派任印度的军官同样半斤八两，他们地位崇高、待遇优厚，在政府把军权收归中央之前对部属作威作福，像瘟疫般肆虐全境，按部就班地垄断一切权势，对于失势者百般攻讦挞伐。这些俾路支人堪称是土耳其"歪头巾"②的窝囊翻版；比起库尔德人③、阿尔巴尼亚人④的亡命之徒，可说差多了。他们过的生活和上一代的英

---

① 毛拉，伊斯兰教职称谓，通常指伊斯兰学者。
② 歪头巾，土耳其非正规军骑兵，以残暴闻名。
③ 库尔德人，主要居住在伊拉克、伊朗、土耳其及叙利亚边界地区。
④ 阿尔巴尼亚人，尤指在土耳其帝国军队服务过的阿尔巴尼亚人。

印殖民地时期的军人相仿,有机会"偶尔碰上"就喝啤酒、抽烟、闲聊,外加吵嘴;年轻点的就角力、射击,交换各自的装备;老一辈白发皓眉,满口蠢话,唠唠叨叨话当年,虽然听者渺渺,他们却还极力描述遥远的俾路支山上的冰雪,谷中甘美多汁的果实和清甜的泉水。

### 位高权重的"穹伟"

此地人口中的另一支叫作姆里马人①,是来自西边的黑种人,属于阿拉伯人和非洲人的混血后裔,稀稀疏疏沿着海岸居

---

① 各位读者必须明白,在斯瓦希里语及其同源的语言之中,一个词若是有母音 u 置于词根之首(其实该语系的词根必定带有词首),通常指称一个国家或区域,譬如 Uzaramo 即代表扎拉莫地区。不过许多地名却属例外,省去了这个 u,例如姆里马、库图、阜加、卡拉瓜等。至于流音 m 或置于母音加气音 h 之前的 mu(为了避免两个相接母音产生停顿,可能是 mtu 的缩写)为词首时,指的是一个人,例如 Mzaramo 便是一个扎拉莫族的男人或女人;如果 m 或 mu 冠在树名之前,显然是 mti(树)的缩写。以 m 指称人时仅代表单数,多数形式则是 Wa,这是 Watu(民族)的缩写,泛称整个民族的人口,例如 Wamrima、Wazaramo、Waswahili 便分别代表姆里马族、扎拉莫族、斯瓦希里族。最后一提,置于词根之前的音节 ki 代表隶属于一个国家的任何东西,等同于英语单词词尾加 ish,尤其以指称某民族的语言最为常用,譬如 Kizaramo 便是扎拉莫语,Kiswahili 是斯瓦希里语(斯瓦希里语最早称为 Ki-ngozi,Ngozi 是 Ozi 河沿岸的一个区域)。读者最好将这些简单明了的区别熟记于胸,以免用词流于累赘。——原注

住。这些"海岸氏族"所以能过游手好闲、较为逸乐的生活，除了靠对那些南下商旅敲竹杠敛财之外，他们（或者该说是他们的奴隶）也耕种大量五谷蔬菜，供应桑给巴尔岛市场，甚至远销至阿拉伯半岛沿岸。姆里马人是劣根性民族，人生就纵情吃喝、抽烟、喝酒跳舞、串门子、闹事无一不缺，甚至沉湎于声色。他们虽然也种棉花、咖啡，努力采集柯巴脂（又称岩树脂），可是只要家里还有一点存粮，就不愿拾起锄头干活儿。由于族群阴盛阳衰，自不免造成这种后果：每逢"西库库"（节庆），村中妇女染黄了脸孔和短鬈发，酥胸罩着圆壳，在大庭广众之下即兴起舞，还闯进陌生人家里，当成自己家似的叫人奉上饮料，简直犹如街头流莺。统治姆里马人的首领，当地人称之为"穹伟"；这些官员臣属于桑给巴尔，人数却与驻地的重要性呈反比。他们享有收受"达许"（礼物、赏金、小费）的特权，也收罚款、敲百姓竹杠。穹伟的装束亦与众不同，譬如官方授权他们可缠头巾、足蹬阿拉伯人所称的"卡布卡布"木鞋，平常也能坐轿子、椅子和精染席子"姆凯卡"，换成普通老百姓这样铺张，绝对会被罚上缴山羊或牛只。此地庆典场合必有"恩戈玛库"（盛大舞宴），唯独穹伟可在众人面前舞剑，表演莫里斯舞①，受人赞赏。假如有人和部落领袖的妻子私通被逮到，除了本身会被贩为奴隶之外，还须

---

① 莫里斯舞，英国一种传统的民间舞蹈，舞者通常为男子，身上系铃，扮作民间传统中的人物。

送给穹伟五名奴隶做赔偿。假如私通对象是部落平民，就减为赔偿一名奴隶。如此位高权重，穹伟自然指望利用民脂民膏让家人养尊处优，不用劳烦自己汗滴禾下土以换取生活物资。遇上岁收欠佳，穹伟就在幕后操纵劫持人质，对弱邻动手，借此获利，中饱私囊。不过他的主要收入还是有赖于远从乌尼亚姆韦齐和内陆而下、运载奴隶与象牙的商旅。尽管桑给巴尔亲王严禁穹伟胁迫商旅前往治下村港，他还是照样出动大群武装的亲友、顾客、奴隶等，甚至远至一百五十至两百英里远的内地，与其说是拉客，毋宁说更像拦路打劫。他们使尽拉客手段——软硬兼施，恫吓诈欺，许以种种承诺，或贿赂以布料、甜食——劝诱商队进入村子，然后开始巧取豪夺。象牙以三十五磅重为单位，每单位抽取八到十四元不等的税金，说是要上缴桑给巴尔政府；然后穹伟再以各种名义要求物主另付六元杂费给他们，外加一元粗玉米粉费（称作"曼契"）和一元水费（称作"包尔玻尔"）。之后把物主转交给印度商人任由宰割，穹伟也从商人这里得到好处，称之为拿到"米粮"。精明的印度商人以每支十八元至二十元的代价买进象牙，运到桑给巴尔转售后将可卖到五十元。假如这个落后蛮人很不智，偏爱现金，又不够聪明到懂得分辨一分钱和一块钱，那么损失将远超过以物易物，虽然后者只能换到粗劣的物品。就算他很识货，分得出布料好坏，对珠子种类也很内行，依然别无选择；

因为如果拒绝交换这些不值钱的东西,他就得把象牙带回去,血本无归。这就是目前概略的制度,虽然细节各地不同,但是原则相同:蛮人蒙受损失,而海岸氏族姆里马人及其首领则尽收其利。由此之故,他们不喜欢陌生人,聚落也不断分散成小屯子;他们宁可舍弃大社群带来的便利安全,皆因如此更能配合对商旅的巧取豪夺。一八三九年五月三十一日,英女王政府和桑给巴尔赛义德陛下签署了一项商约,其中第十项条款保障姆里马在东非海岸该地区的象牙与柯巴脂专利权,范围从南纬五度半的坦加塔到南纬七度的基尔瓦之间。如此,难保欧洲诸国不会同行相忌,纷纷急起直追,也采用这种禁绝措施而招致反感。

除了俾路支人和姆里马人之外,通常这些聚落中还有少数内陆土著仙吉人,这些人来村里做零工,有时他们不太懂得分辨东西有"属我""属你"之分,结果落得脑袋挂在村口高竿上当装饰的下场。没有流血冲突时,扎拉莫部落会派族人前来桍乐村。众所周知,他们的头饰很独特,头上有一两圈赭黄和油脂小点装饰。他们打量陌生人时瞪眼直视,眼神狂野又稚气,我每次上岸,他们就躲得我远远的,有关这一点,我会在后文提及原因。流动人口中还包括少数印度商人(桍乐村与附近一带大约有五十人),跟英国人一样本国主义,竭尽其力把西印度的牛只、咖喱、风俗、服装引入东非。

### 打击士气的主脑现身

第一次造访栲乐村,就意外遭遇接二连三的难题。我准许扈从下船,结果村中的武装同行唬得他们惊恐万分。有个曾经到过乌尼亚姆韦齐的俾路支人查利宣称,如果没有一百名护卫、一百五十挺枪,外带几尊炮,根本无法杀出重重危机,深入内地。印度商人图西警告他们说,路上有三天得经过野人区,这些野人躲在树上对空发射毒箭,从不落空,一定掉在旅人的脑袋瓜上。他郑重建议,若想免于一死,最好避开树木——在这林木遍地的国度,这可不是件容易做到的事。接着大穹伟也对他们一口咬定说,扎拉莫部落众酋长寄了好几封信给海岸区官员,严禁白人进入域内。达姆哈语焉不详地暗示:扎拉莫人可能是将粮食藏在森林里,而人没吃饱就赶不了路。沿途伺伏的危机纷纷揭露出来:我第一次听说犀牛会残害两百条人命,大象会在夜里成群结队地攻击营地,胆小土狼的杀伤力竟大于孟加拉虎。我极力反驳这些说法,告诉他们:人拿着枪要比胆小鬼推着炮强多了;凡人都免不了一死;扎拉莫人根本不识字;自携配粮是行得通的,即使去买不到粮食的地方也不用担心;要制服犀牛、大象和土狼,谁都知道靠火药和子弹就可以达成。不过,只落得徒费唇舌,众议反对之下,我孤掌难鸣。

真正打击士气的主脑这时现形了。那位由桑给巴尔马吉德大人派来的指挥官和八名俾路支人，认为一定要再增援四个人才行，否则无法前进，后来更添了第五个人，是个"乌斯塔"（裁缝）。栲乐卫成队闲着没差事做，然而有钱能使鬼推磨，他们倒是很乐意收人钱财予人消灾。由于前路步步危机，他们认为得要有一支三十四人组成的临时卫队护送，还要加上指挥这些人的卫官雅鲁科。当然，他们这项建议可不是免费行善的。在桑给巴尔海关做事的印度商人拉姆吉有很多奴隶，他称为"孩儿"，说他们在桑给巴尔成天无所事事、"闲得发慌"，因此将其中十名以优惠条件租给我，每名索价三十元，租期六个月。他当初在奴隶市场上买进每名男奴的价格可能就是这数额。既然提议用驴子驮运行李，当然少不了雇用驴夫，于是在最短时间内便找来五个，雇用他们走完全程，每人三十元，大概是市价的两倍。拉姆吉这个恶棍要诈，对我大敲竹杠，我心里有数。可是这需要说出口吗？有时装傻反而是明智之举；当对方认定你好欺负时，最好就顺水推舟。我雇了这批人，照付了钱，暗中发誓有朝一日要叫拉姆吉尝尝代价。

浓眉、官腔十足的药剂官弗罗斯特这时通知我，汉摩顿中校的健康状况不宜在海岸久留，我没有说什么，只是重申以吗啡治疗肝疾相当令人费解，私心则庆幸自己的先见之明，并准备立刻登陆。弗罗斯特先生答称吗啡只用了"微量"。但我听马亚特上尉说过，弗罗斯特曾在另一个不同的情况下被虚弱的女仆追问时，也是用同样的借口。我通过外交部转交两封信函揭露弗罗斯特疗法不当，一封呈交约翰·布莱克伍德先生，另一封转呈皇家地理学会的诺顿·肖博士。前者安然抵达，后者详述桑给巴尔商业与国力的信函却石沉大海，我不禁怀疑自己是否时运不济。汉摩顿中校一再警告我，深入调查本地商业的利润情况将引起桑给巴尔土著和外国人彼此猜忌。依照他的看法，本地商圈就是策动谋害梅桢的幕后黑手：那些基督教徒有时间也有机会预先警告印度商人，再由后者对斯瓦希里人下工夫，促成梅桢遇害。这些短视近利的人害怕打开该国门户，造成竞争。这些人的想法很东方，只想到眼前、想到自己，无法看到资源探勘开发之后，人人皆可获利。不过也有可敬的例外，我一定要提其中几位：法国马赛哈伯兄弟公司的代理人贝哈尔，在他老板的授意下多方面协助我；还有已故的耶路撒冷商人麦肃理，当我深入非洲内陆、远离文明世界时，他慨然伸出援手赞助多项必需品。这两位与此间其他商人截然不同。至于有一位年轻绅士总是恶意挑拨本地人，汉摩顿中校告诉我，他不得不出面威吓一番，要这名年轻人停止这种行径。

**黯然神伤**

审查账目和开列收据的苦差事终于结束了，我黯然辞别热心朋友汉摩顿中校，从他憔悴的身形和面容来看，死神已经在向他招手。中校给了我最后一项忠告，叫我只管向前走，不要理那些"养尊处优者"的看法，而且尽可能争取阿拉伯人的好感。接着中校谈到自己，他怀着喜悦盼望死亡到来，这是因为他有宗教信念。他表示如果我留在栲乐，他希望死后举行海葬，而且不顾我的恳求，继续表明他想留在海岸附近的心意，直到得知我们平安通过恐怖的扎拉莫部族领域为止。这番鼓励感人肺腑，像这样的男子汉典范并不多见。

情深义重的话别之后，我下了"月神"号战舰，毅然登陆栲乐村。当天傍晚就派赶驴的俾路支人先出发，在我同伴的率领下前往西路的第一站，毕竟在这个半文明地方停留太久难免消磨掉士气。乌尼亚姆韦齐脚夫面容开朗、爱笑，我对他们很有好感。这时已经远离最吸引他们的海岸地带。这天晚上我和达姆哈在幽暗碉堡内度过，他对我的前途发展做了最后一番长谈，就跟法国纸牌算命师的"信口开河"一样。哪里最有利于大人宏图大展、出人头地？是自己国内，还是印度卡奇或胡茶辣？那里有没有其他大人物，譬如某大人与某大人之流，他们只会杀猪，却看不懂账目上用胡茶辣文写的贷方与借方？

在此我得提一提当天早上的事。这位有头有脸的海关税吏达姆哈和宝贝手下拉姆吉交谈时，我也在场。我先是坚持要他们在做必需品预算时，加上一笔买小船的费用，这是要在"乌吉吉海"用的。

第一章 礼炮声中告别桑给巴尔岛

"他到得了那里吗？"有头有脸的达姆哈先生以卡奇语问道，那是印度人不熟知的方言，达姆哈以为我完全听不懂。

"当然到不了，"宝贝拉姆吉先生回答，"他连乌戈吉（旅程途中的一省）都过不了。"

当时我很顾念他们的"面子"，那是东方人最看重的，在西方国家显然早就不怎么重视了。后来只剩达姆哈一个人时，我趁机告诉他我还是打算通过乌戈果，也要去探测乌吉吉海。最后我还讲了几句卡奇语，让他知道我并非不懂这语言，我甚至看得懂他那本大账簿，分得出上面记的借项和贷项。

言谈间，骤然传来声嘶力竭的哭丧，划破沉寂夜空。"噢，儿呀，我的命根子！噢，哥呀，最亲爱的哥呀！噢，老公！噢，老公啊！"这些哭号传到我们耳中。我们急忙来到门边一探究竟。原来栲乐村至尊穹伟伍克威有个独子，带了五名奴隶出外猎货，溯金加尼河而上，却在河里遭遇河马报复攻击而翻船，结果他本人和两名奴隶不幸丧命。

过去我和达姆哈讨论过很多次，争辩射杀河马究竟合不合法，这时达姆哈说："老实点！老实点！认了吧！你一踏上这块土地就会带来一场灾难。"

我只能用普通论证法回应。达姆哈采购别人的猎获物，间接促使成群的大象遭到毁灭，他又有什么理由反对猎杀河马？一个不肯杀河马的人，却可以在收购象牙时为了占便宜，不惜让对方蒙受重大损失，对方却跟自己同属人类，堪称兄弟，这又作何解释？这些对牛弹琴的异议，达姆哈听了嗤之以鼻，换了是你也会像他一样反应。这就譬如你是神父阁下，我却暗示你这位凛然的灵性人士，说你虽然深深认为乞儿是你的榜样，可是你并没有身体力行去仿效他们。

**命运弄人**

达姆哈离去后，我的情绪也跟着他一起消失。置身在黑暗碉堡的孤寂静谧中，我感到命运作弄人。当初在开罗接到东印度公司的命令，要我回伦敦在一场拖延已久的军事审判中当证人。这份公文一如往常措词不当，因此我认为不宜舍弃皇家地理学会（当时我已转到地理学会服务）而从命，同时也很清楚后果会如何。离开埃及之前，埃斯凯拉克·洛图尔伯爵接见我，给我机会去全面检阅赛义德帕夏组织的远征队，这位亲王性喜军事，但检阅之后，埃及和英国探险情况的对比令我留下不愉快的印象。抵达亚丁后，我请求老友施泰因霍伊泽博士奥援，他是亚丁驿站的平民外科医生，也是一位杰出的学者、优秀的博物学家、高明的临床医师，更兼具许多可贵的品德。非洲这片大地充斥着无数疾病、冲突、冒险活动，这里的人还不知道"医生"一词，而这片处女地又有很多令人感兴趣的科学研究题材，有他在必然弥足珍贵。不过孟买总督虽然推荐施泰因霍伊泽接下这项任务，他却因病无法同行，结果造成我有了一个并非朋友的同伴，我跟他"几乎形同陌路"。东印度公司董事会本来下令配备一艘探测船，专门用来探测非洲海岸，不巧波斯战争爆发，使得这项计划胎死腹中。英属印度管区却找不到一个可供差遣的英印海军军官，虽然我在东印度公司伦敦总部听说过有一位"天文观测中士"能够胜任必要的天文气象观测，但是来到孟买东印度公司空荡荡的厅堂里，却只见到几个瘦瘦的印度人。这还不算，桑给巴尔已故苏丹大人生前是英国的可贵盟友，多年来以热心的公益精神赞助挚友汉摩顿中校，不止一次要求英国政府选派军官到东非绘制商队路线图，还大力赞助所需人员、费用，并发挥无远弗届的影响力。然而在探险队抵达桑给巴尔的四十天前，这位英明的苏丹却不幸逝世。干练的汉摩顿中校在阿拉伯人之中很吃得开，除了不可能的事情外，样样都办得到，然而在我暂留桑给巴尔期间，他的健康情况却急速恶化，为此几乎足不出户，看在我对手眼里，正中下怀。而旅居印度的经验也告诉我，这次错选了致命的季节深入未知领域，因为雨季过后会造成疟疾滋生的温床。

此外，仓促出发难免造成疏漏，无法顾及某些小防范，若是能多花点时间准备，就可省掉后来许多麻烦。虽然吾友兼顾问汉摩顿中校界定这次探险的目标是"乌吉吉海"，但其实我应该避免为探险硬定下时空限制。我本打算把一切口头协议落实成正式文件，在领事馆公证、登录，并条列有关此行护卫队的配给、礼物，以及他们用的弹药、活动限制（也就是在射杀猎物之前先去惊动猎物）、功过赏罚等种种细节，无奈汉摩顿中校的健康情况完全不宜为这些事情操心。没有他的协助，当然无法期望这些不为人熟知，从而引人嫌恶的措施，会对相关人等产生好结果。

**致歉**

原谅我，可亲的读者，这本探险记的开场白就这么冗长，围着我打转。请不要误会我是以看你受折磨为乐。因为接下来在你花一两个小时展读此书之际，我们将成为旅伴（更是朋友），因此必须先向你解说若干事实，尽管琐碎又不值得一书，却有助于我们彼此了解，因此仍有一定的价值。

至于其他，姑且引述《吾村》女作者所写的一首众所称颂的歌谣来抒发吧：

> 我好比韦克菲尔德的品达，[①]
> 写下听闻；
> 从前是奥森福的簿记，
> 如今——却是个流放的人。

---

[①] 韦克菲尔德，位于英国约克郡。品达，古希腊抒情诗人。

## 第二章
# 细说桑给巴尔与姆里马

"桑给巴尔"其名的演变经过颇为奇异,它源起于波斯语,由此可证明从前古伊朗人善于航海,远超过樊尚①和其他作家的想象。"桑给巴尔"意思是"黑人之地",显然取自 Zang 或阿拉伯文 Zanj(黑人),以及 bar(地域)。后来那些阿拉伯人在书写时弄不清楚 g,于是 Zangbar 往往写成了 Zanjíbár,但是在发音时还是念作 Zangbar,并且以讹传讹当成另一个通俗用语 Mulk el Zunuj(黑人之地),因此有了这位诗人的吟唱:

نسميت ملك الزنوج جميعها

人称黑人之地,无一寸土地例外。

早期地理学家就为这名字留下可寻之迹,例如托勒密②的

---

① 此处疑指博韦的樊尚(1190—1264),法国学者兼百科全书编纂者,所编纂的《大鉴百科》直到十八世纪之前,堪称欧洲百科巨著。
② 托勒密,公元前二世纪的希腊天文、数学、地理学家。

姆里马的一座城镇

第二章　细说桑给巴尔与姆里马

记载出现过 Zingis、Zingisa 等名。不过，托勒密惯常出错，因此他把桑给巴尔定位在赤道以北。根据科斯马斯[①]的说法，过了巴巴利亚的印度洋称为 Zingium。古罗马人所称的 Sinus Barbaricus（巴巴利湾）指的似乎是一道狭长的低地，亦即后来所称的"桑给巴尔"，当时该地住有食人族，可能就是今天堕夷族的祖先。近代有很多作者提到黑人之地，包括诺费利等。

**桑给巴尔的定义**

在这些地理学家的界定下，桑给巴尔的范围各有不同。"桑给巴尔"一词很广义，在从前用来指海岸地带、现在的桑给巴尔岛，甚至用来称呼岛上那个主要城市。大致上来说，范围约从南纬十点四一度的德尔加杜角延伸到赤道，更精确地说，是到南纬零点一五度的逢波河口，亦即加纳内港口。我们的地图上又以讹传讹地成为朱巴[②]和戈布文，其实两者皆为索马里语；前者是"河口"，后者是"大河口"。葡萄牙历史学家德巴罗斯[③]错把河（Obi，索马里语为 Webbe，指河流）的分界线划在北边

---

[①] 科斯马斯，亦称 Indicopleustes（意谓"曾至印度的航海家"），公元六世纪希腊商人、旅行家、神学家、地理学家，著作《基督教地形学》收录有最知名的早期世界地图之一。
[②] 朱巴河，东非河流，从埃塞俄比亚中南部朝南流入索马里，注入印度洋。
[③] 指若昂·德巴罗斯（1496—1570），葡萄牙历史学家、探险家，曾到过几内亚等非洲国家，并撰写葡萄牙开发亚非殖民地的史诗故事。

阿江与南边桑圭巴之间，这样一来河口就定在北纬九度，使得桑给巴尔范围几乎延伸至瓜达富伊角[1]。后来是库利先生更正了这个严重错误（参见其著《敞开的非洲内陆》第一百十一页）。根据吉兰[2]船长的记述，亚洲作者对于"黑人之地"范围和边界的看法出入极大（参见其《东非历史及其他等文献记录》第一辑第二百十三页）；例如麦斯欧迪[3]就认为是介于朱巴河口（南纬零点一五度）和激流角[4]之间，包括索法拉（莫桑比克东南沿海省份）在内，整个地区都是桑给巴尔。其他作者如伊德里西[5]和伊本·赛义德[6]就不把索法拉包括在内。在当地以及近代用法里，"桑给巴尔"通常只限称岛上那座主要城镇。阿拉伯人和基西瓦黑人称该岛屿为"依苏拉"[7]，而用蛮化闪族语"巴瑞莫利"来称非洲大陆。

等到这些地方已不再有五花八门的地理名词时，却又缺乏现

---

[1] 瓜达富伊角，索马里东北方伸进印度洋的海岬，约为北纬十二度。
[2] 指查尔斯·吉兰（1808—1875），法国帆船船长，一八四六年至一八四八年间沿着东非的印度洋海岸向南航行，并深入东非内陆搜集地理与民族志的资料。
[3] 麦斯欧迪（896—956），阿拉伯旅行家、地理学家和历史学家，有"阿拉伯的希罗多德"之称。
[4] 激流角，南纬二十三点四八度，位于莫桑比克印度洋岸。
[5] 伊德里西（1100—1165），阿拉伯地理学家，其《一名热切想穿越世界若干地区之人的愉悦旅游》为中古世纪最杰出的地理著作之一。
[6] 伊本·赛义德（1213—1286），阿拉伯地理学家。
[7] 源于拉丁语中的"岛屿"。

代的统一名称来称赤道以南的东非。现在所说的"斯瓦希里"(意即海岸地带)一词,仅限于远在半个索马里以外的狭长海岸地带。由于这地区有很多港口,包括拉穆、布拉瓦、帕塔等,所以也称为"港口之地"。斯瓦希里向南延伸至蒙巴萨,至此海岸突然转成所谓的"姆里马"(山区);这里的住民称为姆里马人(山地人)。姆里马南界鲁菲吉河①三角洲,该地所有种族通称为鲁菲吉族。

这个叫做"姆里马"的地方,除了地名之外,没有可考的历史,然而紧邻在它南北的城镇蒙巴萨、基尔瓦,却充满悠久而动荡的史篇。在葡萄牙人征服此地之前,阿拉伯地理学家只记录了五处屯垦地,分别位于麦科迪沙②和基尔瓦之间的海岸,也就是拉穆、布拉瓦、马尔卡、马林地、蒙巴萨。反而欧文船长③的航海地图上,从潘加尼到平行的马菲亚岛④之间,却完全不见任何地名。

## 姆里马人的特质

东非海岸这地区的边缘住了信奉伊斯兰教的黑人,阿拉伯

---

① 鲁菲吉河,位于坦桑尼亚境内,向东流入印度洋。
② 麦科迪沙,即今索马里首都摩加迪沙。
③ 指欧文·斯坦利(1811—1851),曾于一八四五年至一八五〇年间探勘新几内亚海岸。
④ 马菲亚岛,位于桑给巴尔岛以南。

人称他们玛来姆人，他们则自称姆里马人，相对于内陆地区未开化的种族。后者泛称为仙吉人（被征服或被奴役者），其实这名称原本是住在乌萨巴拉山区某一支沦为奴隶的部族之名，只不过后来被外人用来泛指所有内陆种族。至于住在海岸地区的斯瓦希里人，原是非洲黑白混血儿的后代，后来又混有阿拉伯血统，如今居住范围北止蒙巴萨，东抵桑给巴尔岛，南迄基尔瓦。

　　姆里马人有两大支，血缘关系很疏远。一支是阿拉伯混血，另一支是海岸氏族，两者分属伊斯兰教不同派系，虽然都是穆斯林中具最多缺点的，但是宗教狂热却到了危险的程度。姆里马人表面上效忠桑给巴尔君主，不过本性却像贝都因人①一样重自主又畅所欲言，只要离了海岸几英里远，就天高皇帝远，不把他们视若仇敌的当地政府放在眼里。阿曼的纯种阿拉伯人经常越海来此，但绝不在姆里马定居，他们和姆里马人之间的关系原本就有些紧张，随着商业上的同行相忌，更升一级。姆里马人讨厌这些外人，认为他们是入侵者，只要有机会必力加阻挠，让他们去不成内陆。姆里马人也和祖先一样深厌欧洲人，尤其畏惧号称"火之子"的英国人，当地有句谚语说"像英国人一样火辣"；他们有很多故事、传说、歌谣全都预言：这个国度只要出现白人的足迹，终将为白人所征服。

---

　　① 贝都因人，阿拉伯游牧民族。

混血阿拉伯人的体质或智力一代不如一代，到了第三代，根本已成为真正的黑人，和内陆未开化的部族没有两样。即使血统纯正、诞生于桑给巴尔岛以及桑给巴尔海岸区的欧洲裔后代，也逐渐丧失祖先特有的英勇气概，变得像印度商人般软弱。这些混血儿若出现在先祖国度，很有可能会被贩卖为奴，因为他们相貌奇特，上半部脸孔具有闪族人的细致，包括鼻梁和鼻孔在内，下颚却前突，唇厚外翻，下巴细小后缩；头颅颇圆，长度不及黑人头骨。海岸区阿拉伯混血儿没受过什么教育，虽然聪明滑头，却游手好闲、放荡不羁。通常七岁上学，在两三年内学会诵读《古兰经》全文，并学写一种古老字体，这种字体的缺点比库法体①还多。他们把所学运用到斯瓦希里语上，这种语言属于闪族语系，阿拉伯语的音节文字正好跟闪族语格格不入，然而惊人的是他们各凭己意加以运用，产生的语文结构简直要有专家解读才行。此外，他们的学历仅仅包括几首祷词和颂赞。他们的母语只适用于少数关于抓沙占卜的记述、几则非洲谚语，而不适用于任何书籍。之后，他们开始谋生，在自家小店或农地上协助父亲，同时渐渐沉沦在酒精和耍弄诡诈手段中。处在这种气候里，任谁的身体都吃不消长期的荒纵无度，等到尝到了苦果，十七八岁时就娶妻成家。他们远离先祖故土，甚少前去桑给巴尔，因为桑给巴尔有半开化文明的规范、东方

---

① 库法体，早期穆斯林用来抄写《古兰经》，字形有棱角。

社会的礼俗，而且看不起黑皮肤的人，这些都令他们感到别扭又不是滋味。他们的光环似乎是靠穿戴阿拉伯头巾和一袭黄色长衫亮相，以显示其阿拉伯血统。

　　相形之下，海岸氏族姆里马人更近似仙吉人，纯种阿曼人是绝不认他们为同宗的，反而称这支血统世系是外邦人。他们的教育程度低于较高等种族。① 他们就像索马里人，天生不适合从事脑力活动，多年来只出过一个有学问的人，也就是哈勒尔市②的谢赫·贾米。斯瓦希里人当中，也只有桑给巴尔的卡齐称得上是唯一的文人。要这些脑力极弱的民族求学，或从事任何用脑的事，他们就变得像半白痴，甚至连最简单的问题都无法回答"是"或"不是"。举例来说，假如你问某人，他的部落位于何方，他会遥指"云深不知处"，而其实他根本就是"身在此山中"。如果你问他某件事的经过，他会道尽鸡毛蒜皮，就是没说出你想知道的部分。在探险初期，我总是不断重复向当地酋长打听、搜集资料，再经过仔细调查、比较之后，才登录前路的地名、远近。这些酋长尽管居于该地区门户，也惯于年年横越整个地区，讲的资料却一点也不正确，有时远近距离加倍，有时却只有一半。地名也是众说纷纭，很少一致，而且几

---

① 本书中类似的带有种族歧视观点的论述和议论在下文中还有不少，这是作为殖民主义者的作者之时代局限所致，为保留全书原意，除个别表述，编者均未作删节，请读者明辨。
② 哈勒尔市，埃塞俄比亚东部城市。

乎总是把驿站的前后次序讲得颠三倒四。从这些例子里，读者诸君可想而知，要从非洲人口中搜集非洲资料，是多么任重道远了。要是向阿拉伯人打听的话，就不会出现这种情况。没多久，我就决定：凡是出自斯瓦希里人、姆里马人、仙吉人和奴隶口中的话，一概存疑。日后也没发现过让我后悔做出这项决定的理由。

姆里马人肤色较深，模样比海岸区阿拉伯人更像非洲人。他们最喜欢的肤色是泛暗黄的古铜色。一般穿着是头戴土耳其毡帽，下身缠块腰布，如果是富人，腰布图案多半是阿拉伯式方格或印度风格印花，肩上披挂另一块类似的布。男人出现在公开场合时，鲜少有不携矛、剑或棍棒的。他们颇以拥有雨伞为荣，有时或许会去推滚大木桶卖力，不然就躲在奢侈的伞荫下，懒洋洋地消磨时光。妇女则用一幅长布紧裹住身躯，从腋下遮到脚踝，样式极不优雅，有如从前欧洲旧式的那种布袋装。由于胸部受到紧裹而非支撑，因此破坏了身材，而且遮不住身材缺点，尤其是窄小的臀部。非奴隶的自由妇女外出时，会披上头巾。她们和贝都因人、波斯人的妇女一样，出了国境，即使是已婚妇女也不戴面纱。她们最喜爱的项链是鲨鱼牙串成的。她们把耳垂撑成惊人的尺寸，然后饰以染成多彩的椰子树叶、圆形木片、一片柯巴脂生胶。如果还不满意，就再加上槟榔或几根干草。她们又将左鼻翼穿洞，然后饰以银针、铜针或铅针，甚至小段树薯根。头发和身体涂遍椰子油或芝麻油。有些妇女剃光头，有些只剃掉眉上和耳后的头发，有些则留半长或全长的鬈发，但最长也不过几英寸而已。头发梳理花样很多，或编成两股耸立于头顶两侧，像熊耳似的，或梳成很多小辫，发际之间现出头皮，条条可见，因此整个头看起来就像颗西瓜。她们喜欢蛮风的"鬓边鬈发"，突出在双颧上，但硬邦邦的，看起来像小猪尾巴。年轻时，她们的头发又短又柔软，蓬松像俄国羔羊毛，脸孔圆润饱满，肌肤有弹性，五官流露出青春特有的活泼可爱。很多少女都有点风骚泼辣、卖弄风情又泰然自若，有一种爱娇神态，自然予人好感，讨人喜爱。年岁稍长之后，身材壮硕，魅力尽失，通常都丑得吓人。西班牙中部地区卡斯蒂利亚地方的谚语说："窗畔的英国女子最好看，散步时的法国女人最悦目，西班牙女人不论在哪里看到都是美的。至于非洲女人，最好哪里都见不到，要不就在黑暗中见到也可以。"姆里马儿童大多穿着"国王的新衣"，在欧洲人眼中，其中不乏可爱有趣的小家伙。

**姆里马人的生活方式**

姆里马地区的生活形式很简单，男人早起，到店里、船上或种植地里干活；不过更常见的是，整个早上都用来挨家挨户串门子，称之为"跟邻居打招呼"。他们完全不懂何谓"教养"，上门时吆喝着"伙弟！伙弟！"就直接闯入，有时连一声吆喝都没有。进门之后就径自把长矛摆在角落，不等人请，就在地上或蹲或摊开身子，讲够了就不告而别。欧洲人对生活很认真，可是姆里马人眼中的生活却是一幕幕无尽的击鼓、舞蹈、喝酒、飞短流长、为琐事争吵、耍花样。他们最爱喝的酒精饮料是酿成的糖椰酒①"坦布"、蒸馏的糖椰酒"姆威优"，还有小米酿成的啤酒"彭贝"；也吸食鸦片、印度大麻，以及不时地从桑给巴尔弄到的外国麻醉品。他们的主食是小米或粗玉米粉煮成的糊粥，这是"糊口方式"。通常一天吃两顿，早上一顿，傍晚一顿。他们很广泛地运用椰子，学桑给巴尔的阿拉伯人把椰肉刨碎加水，再将米放在这浓汁里煮熟，也用椰肉糅合杂粮粉做糕饼。姆里马人说椰子性凉，颇有退烧解热之效，滥用过度会导致风湿和其他疾病。体面的男人如果被人见到在吃一小块生椰肉，或尚未调味的椰肉，往往会招来伙伴嘲笑。他们嚼混有石灰的烟草，跟阿拉伯人一样受到伊斯兰教瓦哈比派观念的影响，认为烟管不洁，所以很少像仙吉人一样抽烟管。

姆里马人与斯瓦希里人有两种独特的民族性；其一是谨慎得近乎胆小怕事，这点遗传自未开化的非洲血统；其二是异常狡诈善欺，这一点部分归因于半开化闪族和含族通婚的结果。喜欢异想天开地来说文解字的阿拉伯人，根据"斯瓦希里人"的发音，妙解为谐音的"他耍花样"，而自吹很狡诈善

---

① 糖椰酒，砂糖椰子树，割其嫩花茎，搜集滴出的汁液，酿成或蒸馏出来的酒。

欺时就说:"我们像不像斯瓦希里人?"意谓"老滑头"。他们说起谎来特别懂得拿捏,有条不紊,通常比较笨的人会说实话,但他们却说谎。对他们来说,睁眼说谎不算侮辱,在对话中也总是用上"骗子"这个骂人的字眼。他们扯起谎来像非洲人,既无目的也没必要性,就算很快会被拆穿,就算说实话比骗人更有利,他们还是照样撒谎不误。他们还没学会文明无赖的那套"诚实为上策",总要到最后连自己也相信谎言是事实才罢休。对他们来说,说谎并非是运用心智,也非要心机、刻意隐瞒,更不是纯为扭曲真相,显然纯粹就是当地人的本能怪癖,堪称劣根性中的反常毛病。宗教上最神圣的誓词,在他们只是空洞字眼。他们活在虚妄、机变多诈的氛围中,为了骗得一磅谷子或一码布,虚掷光阴、浪费生命,所费心机和手段足够打下一片江山。除了虚妄之外,他们也背信忘义;"人言为信"对他们一点意义都没有,甚至连"感激"一词都闻所未闻。

虽然姆里马人和斯瓦希里人有部分阿拉伯化,不过却从最落后的仙吉野人那里沿袭了许多习俗。他们也像东非未开化的泽辜拉族、西非卡三吉河谷的班加拉族一样,身为叔伯舅舅有权贩卖侄甥和侄甥女,这是一种不可废除的既得权利,连亲生父母都不容置喙。舆论甚至还为这令人深恶痛绝的现象辩解,他们叫说:"什么话!要是一个男人的兄弟姐妹有孩子,他还有什么好缺的?"那些未开化的蛮人虽有这种习俗,但除非是为了挽救自己免于饿死才会贩卖人口。然而姆里马人却借此俗撑腰，找到点托辞就卖亲人。同时姆里马人又坚信女人淫荡不贞，宁可立外甥（因为外甥多似舅）为继承人，而不信任自己的儿子。他们有很多迷信规矩，做什么事之前一定先问过巫医。假如有乌鸦在屋顶上叫，表示会有客人上门；如果某种黑鸟在商队前"凄！凄！"啼叫，脚夫会立刻调头，认为前路有血光之灾。他们会等上四五天，等听到山鹑"奇卡！奇卡！"的啼声，响起"通行大吉"的信号，他们才上路。大清早走在路上的旅人相遇时，如果总人数是双数，这是好兆头；如果是单数，或在动身前听到狐狸的吠声，这表示要倒霉了。有主见的人当然会善加利用这些以及千百种愚昧迷信，这里不像文明国家受过怀疑论的洗礼，能抵制迷信，因此人的大脑变糊涂了，满脑子都是荒诞迷信。

### 姆里马人的"生意"

姆里马人的主要行当说白了就是搜刮往来商队，这一点前文已经提过。基尔瓦附近和南部的各民族勤奋又擅长经商，来到海岸地区只停留几天。走笔至此，就得提到尼亚姆韦齐人，他们会逗留三个月到半年之久，享受这里颇文明的赏心乐事。很多野人天生恐惧水上旅行，再加上船难、溺毙等故事，对水总是敬而远之。不过许多老手已经克服这一恐惧心理，愿意乘船带着他们的象牙来到桑给巴尔这个利润较高的市场，这里甚至发展出尼亚姆韦齐人的居住区。商队来到离滨海城镇两趟脚程外时，商队首领便发令队伍驻足，一直要等到前来拉客的"护送队"所应允奉送的礼物送到，验明无误之后，才肯再动身。商队首领这时会尽量拖延，食宿都由他的生意对象免费供应。经过一段时间，商队才浩浩荡荡地进入村里，这是商贸过程惯有的前奏曲。应付过村长敲竹杠和桑给巴尔政府的收费（通常地方官会加倍征收）之后，这些野人就落到印度商人手里。生意通常在晚间成交；在文明人看来，他们讨价还价的过程简直就是无法通过的耐心考验。一批两百支待售象牙很少能在四个月之内脱手。每件货都放在地上，买方动手把美丽的布匹垫在象牙底下（行话称这类布匹为"枕头"）；一块垫在象牙尖，一块垫在象牙根，再用第三块布匹遮住整支象牙；这是卖方尝到的第一个甜头。接下来几天，开始讨价还价，同时必须免费供应卖主米饭、印度酥油、糖和甜食。印度商人对卖方的无理要求会非常激动，像女人般尖叫，把卖主推到门外；卖主以牙还牙时，他们也欣然接受。印度商人很清楚，非洲人在交易时绝对不会满意第一次的出价，不管那价钱有多好，因此他第一次只出货值四分之一的价钱，然后加到一半，如果那野人还是犹豫不决，他就再添一些有分量的交易品。若企图定出明文价目，只会遭到买卖双方嗤之以鼻的拒绝。非洲人对讨价还价乐在其中，印度人精明，懂得利用讨价还价谋利，如果有公价制度，他们的利润肯定缩水。不管这种"做生意"的方式在伦敦市场人士眼里有多卑劣，试图改变只会徒劳无功，因为这在东非已经是根深蒂固的制度。

## 第三章
# 通过金加尼与姆格塔河谷

场面真壮观！俾路支人手持火绳枪，还很威风地配备了盾、剑和匕首，排成单行，尾随血红的旗帜和他们那位白须主将"穆罕默德大人"（老穆罕默德）疾步踏出栲乐营地。这群人数目之多，照他们的形容，"好像一堆蠕虫"，后来更多到将近百人，堂堂指挥官手下约有三分之一的人抢在我们之前先到慕鼓德（或称库因加尼，意思是"靠海的椰子园"），等在那里为我们送行，以表敬意。慕鼓德是个小聚落，距离栲乐约一个半小时脚程，由于我的同伴已经先行出发，因此现在是第二批人动身上路。我在萨利姆、果阿籍跟班华伦坦、三名俾路支人与两名奴隶的陪伴下，跟在大队后面，其后尾随三头驮行李的乌尼亚姆韦齐驴子，当天早上才从海关买来的。为这些牲口上行李时大费周章；它们乱踢乱跳，不时直立蹬蹄，很难上好驮囊，加上时间仓促，无暇去找鞍垫或鞍袋，只能将就用塞草破袋权充，松松地用烂棕榈绳绑在驴背上，根本负荷不了起码重达两百磅的驮载量。一路上驴子彼此冲撞，时而猛然前冲，时而退缩不前，还执意想甩掉背上驮囊，连我的跟班都忍不住叫说："可真是倔驴子！"后来夕阳渐落时，其中一头半狂野的驴子突然陷入泥沼中，没至驴肚；我那三个俾路支人随从立刻开溜，丢下我们自行设法把驴子拉出泥沼。这支队伍主要由驴子和俾路支人组成，对于一个即将负责指挥他们的人而言，这段小插曲别具意义。

**启程初阶段**

然而置身新奇之地，环顾四周奇特的景色，兴奋之情多少冲淡了阴郁的预感。小径从栲乐村矮小的围栅穿出，蜿蜒通向

扎拉莫族

西南方，先经过一片沙壤，遍覆浓密的荆棘和灌木丛，有些地方甚至蔓延过路面。地势从那里逐渐上升，出现连绵不绝、茂密的椰子树和野生葛根，俯瞰下方林木稀疏的大地，就像书中旅人所描述的：一片覆有腐质土壤的广袤沙地，东一处、西一处地种了稻米、芒果树和其他高树，相当整齐划一，仿佛出自人手。终于在经过杂草丛生的泥沼，以及因大雨而积满水的沙坑之后，这条路穿过绿油油的耕地，通向库因加尼小屯。这路程就是阿拉伯旅人所称的"纳克尔"（就绪阶段）；动身出发的初阶段总是千篇一律：难免有脚夫发现负载过重，或者旅人怀疑负载太轻，因此走到此地都还可以再折回栲乐村重新安排。

库因加尼是个小屯，只有几间蜂巢式陋屋和一座草亭，草亭是村中的议事处①，杂乱无章地环绕着一片空地。村外生长着矮小的老椰子树，还有看来像野生的芒果树，以及木瓜、棉花、香罗勒、类似鼠尾草的香草、甘蔗、木槿花，果阿人称这种花为"罗色"。这些植物点缀在稻田以及生长着绒毛草②、印度树豆的田野间，其实跟印度西南马拉巴尔海岸的草木一样，只是住屋风格是非洲式的。

六月二十八日，我们在库因加尼歇脚，拉姆吉和两个菩提亚同胞戈文吉、凯苏吉来看我；拉姆吉全副武装，长剑、匕

---

① 此处主要指非洲土人与欧洲商人的交涉谈判。
② 绒毛草，源于欧洲与非洲，由于整棵植物摸起来如天鹅绒，故有此名。花穗有白、绿、粉红、紫等色。

第三章 通过金加尼与姆格塔河谷

首、长矛一应俱全，完全不符合印度商人的身份。不过拉姆吉是个天生的军人，曾在已故赛义德大人的领导下积极参与军事行动，与非洲大陆的百姓作战。大概在十三年前，拉姆吉也曾为保卫栲乐村起而对抗大批扎拉莫人，据说对方人数多达三千，在缺乏弹药的紧张情势下，他以削尖的木棍当替代品，照样为千疮百孔的大炮和生锈的火绳枪上膛。桑给巴尔的欧洲人称他为"黑旋风"杀人魔。他的同胞指他是"铁算盘"，出了名的很会慷他人之慨，我个人所掌握到的证据也不容我怀疑他"精通此道"。

库因加尼的夜晚并不宜人，空气窒闷，蚊子的嗡嗡声没停过；我又忘了用薄荷油来防范其他疫疾。到了第二天晚上，看到我那位指挥官一脸隐忍的苦相，我只好差人去请来一位巫医，并且事先允诺，如果预言准确，便送他一顶瓜皮软帽，然后集合俾路支人来聆听。巫医是个肤色黝黑的老人，头上缠了布巾，颈上挂着很多条珠链，由此可见他在村里地位崇高。巫医携了草袋，里面装上要用的道具。他在我对面坐下来之后，开口就要先收费，说法倒是跟其他地方的算命郎中一样，采用了古希腊大将克里昂[①]惹恼当时一位盲人先知的话：

> Τὸ μαντικὸν γαρ πάν φιλάργυρον γένος
> 不先付钱，预言就不会灵验。

---

① 克里昂（？—前422），雅典政治领袖、统帅，后来成为雅典民主派领袖。伯罗奔尼撒战争中极力主战，曾大败斯巴达军，后战败身亡。

收了酬劳之后，巫医先取出小葫芦做的鼻烟盒，庄严肃穆地深深吸了两下，接着拿出一个大葫芦，装有灵丹妙药，凡人不得盯着看。他不停摇晃这只葫芦，听起来好像里面装着石子和一点金属。巫医把这治病工具放在地上，装神弄鬼地从草袋里亮出一对用蛇皮系住的厚实山羊角，蛇皮装饰着一串怪样的铁铃；他用左手握住一支羊角，右手持另一支，用尖端胡乱比画着圈圈，时而指向我，时而指向自己，有时则对着被唬住的旁观者摇头晃脑，嘴里念念有词，身子前后晃着，还不时狠命摇动铃铛。等到巫医通灵到可说预言的境界，与亡灵搭上线之后，就开始发话了，风格一如世界各地的同行。这趟旅途大吉大利，虽多风言风语，却没什么刀光剑影（萨利姆忍俊不禁，坦言已经在桑给巴尔问过另一位巫医，讲法也一样）。巫医还说，横渡乌吉吉海之前，我们应该杀一头绵羊或一只花鸡献祭，投入湖中；此行顺利，会有很多象牙和奴隶；皆大欢喜地回到老婆和家人身边。

**拉姆吉的忠告——树木研究**

这套宝贵建言对拉姆吉先生却起不了作用，他坚持采取必要的预防措施，竖立坚固围栏，每晚派守卫站岗；要我们在天黑后用帕巾裹头，以避黎明时的瘴气；不要乱吃不清不楚的食物、要自行掘地取水（因为扎拉莫人会在水里下迷药）；要把驴子拴牢、拴绳要补牢，每天喂驴子三磅饲料。这番建议虽然非常好，却难以实践。

这晚的余兴节目是一场印度艳舞。俾路支人尤瑟夫拿出一把六弦琴大声拨弦，引来了营地里所有贪玩的年轻人。很会耍宝的胡鲁克模仿舞娘跳起艳舞，惟妙惟肖。如常耍了一段之后，他开始进一步发挥，使出自己的看家本领表演起倒竖蜻蜓，上半身还很奇怪地抖动着；接着改换为坐姿，模仿猫狗、猩猩、骆驼的叫声，又学年轻女奴喊叫。最后更厚着脸皮当着我的面模仿我。我赏了他一块钱，他立刻露出本性又来讨第二块钱。

我终于和印度人清完了所有账目和收据，最后那批为数三头的驴子已经到了，上行李又大费了一番手脚。我向老穆罕默德及其他大人物握手道别，骑上驴子，下令队伍即刻开拔离开库因加尼。这声令下却未立竿见影，只见各种问题纷至沓来，样样都出岔，向导和扈从、驴子和奴隶，似乎全凑热闹一起找麻烦。等到走出这个小屯，已是下午四点。这些烦人的事里，有一件是俾路支扈从拉麦特惹出来的，他是护卫我前往阜加的随从之一，他只要和同伴意见不合，就朝对方举起长枪喊着："我要毙了他。"他的指挥官雅鲁科抓住那柄老爷枪，枪可能没有上膛，拉麦特低声咕哝，乖乖回他的岗位。我们在路上遇见一个缠头巾的黑人，向他问路，没想到他竟然不理，我那牛脾气奴隶马卜禄上去就给他脸上一拳，这时黑人却让众人大吃一惊，表明他是个酋长。据指挥官表示，那一拳必然会引起流血冲突。

第二段路走了一个半小时短程，然后便在玻玛尼停下来扎营并借宿，这个"围场"是个边界村，仍然属于巴加莫约镇辖区。这条上坡路通往古老海滩，沿途有开垦出的耕地，可以见到茅屋和小村，由一片片稀疏的树林和茂密丛生的高草隔开，路过时，规矩的姑娘向我们挥手打招呼。这里的作物，部分是非洲种，部分是印度种。此间的猴狲木①（俗名猴面包树，在南方称为"乌瓦纳"，北方称为"库卡"）比海岸区的粗壮，呈现球形，海岸区的猴狲木树干如圆柱；由于树梢长年受风侵袭，形成笨重的伞状，庇荫其下的野生植物。猴狲木显然有两种，树干相似，叶子和树形则不同。常见的那种树叶是长形的，树冠下垂的形状呈凸圆形；较罕见的那种猴狲木只在乌萨加拉山②上看得到，叶小，叶色如野生靛蓝，枝丫向上伸出，整个树冠如碗形。低洼地区土壤肥沃，生长非洲罗汉松，当地人称为"固得"或"帕拉木悉"，堪称树中佳木。树干笔直，逐渐尖细，高可达四十到四十五英尺；表皮没有栉瘤、裂痕，带点黄

---

① 猴狲木，属于木棉科落叶大乔木，果实长达三十厘米，形状如瓜，果肉可食。树干粗壮直径可达五米，树形非常壮观。在非洲原野丛林中，常为猴狲聚集之树木，并为极佳之果腹食物，故有猴树之称。
② 乌萨加拉山，坦桑尼亚境内山区，位于中部高原的东缘。

第三章　通过金加尼与姆格塔河谷　51

绿色，树冠犹如翠绿的降落伞，有时同一根部会再冒出两三棵新干。还有一种形状扭曲的糖棕榈，也就是野生非洲榈，与埃及和阿拉伯半岛的姜果棕榈是近亲，当地人称为"伏木"，棕榈叶枯萎掉落后留下柄根，形成凹凸不平的树干，分叉长成Y字形。果实形状椭圆，红里带黄，成熟时大小有如孩童的头颅，当地人甚至不等它成熟就摘来吃了，据说大象也最爱吃。这种果实没有果瓤，质硬多筋，成熟后吃起来有点姜饼的味道，因此又被称作姜果棕榈。名为"乌克兴杜"的棕榈，即扇椰子，许多部落都用它的棕榈叶来编草垫和草裙，这种棕榈到处生长得很茂盛，这证明枣椰树也很能适应这里的环境而繁殖。沿海地区一带有很多丛榈，俗称矮唐棕榈或南欧矮蒲葵，树身矮壮，叶形如扇。除此以外，还有几种马钱子[1]，最好的一种长在靠水的地方。硬果皮成熟时呈橘黄色，里面有黄色果肉，其味酸甜，有点像芒果，果核很大。当地人吃这种果实一点事也没有；核仁最具毒性，难以消化。有一种茄属植物，当地人称"姆通古加"，印度人称"野茄子"，南非人称"托罗安尼"，俾路支人称"巴尼尔"（奶酪），因为它的汁液可让牛奶凝结成块，这种植物在此地和索马里到处都有生长。蓖麻也是这些地区随处可见的植物，有两个品种：一种称为"波诺"（在西印度称为"古姆帕"），品种粗劣，种子很大颗，榨出来的油发出恶臭，用来点

---

[1] 马钱子，又称番木鳖，具有毒性，可供药用。

灯会熏臭了灯；但是在非洲，各阶层都拿它来当润滑油使用。另一种是我们所知的蓖麻，此间称作"巴力卡"，在印度称为"依林地"，用来入药。当地土著的提炼方法是先烘烤蓖麻豆并捣碎，加上热水，然后把浮油捞出。阿拉伯人更精明，喜欢采用"冷水提炼法"。蓖麻如果不加修剪，往往可以长到十八至二十英尺高。

## 二度延误

六月三十日，又被迫驻足不前，许许多多各显本色的探险者深入蛮荒所吃到的苦头，至此我都尝遍了。玻玛尼空气窒闷，骄阳似火，到了晚上，蚊群如云，令人苦不堪言。不过撇开这些缺点，玻玛尼倒还算是北上旅队最爱的中途驻足地点，他们总是百般拖延，不到最后不愿面对漫长旅程以及配给不足的苦日子。虽然我深信在非洲探险应该尽速前进、尽可能从容而返，却无法说服俾路支人动身。在亚洲旅行，通常有两次启程就够了，在非洲却得有三次：小启程、大启程和真正启程上路。有人吵着要烟草，于是我捐出自己的板烟；有人吵着要吉他琴弦，我给了一些珠子才让他们安静下来。当然，天生精于赶驴的驴夫也大发牢骚，埋怨上行李和赶驴的工作既辛苦又低贱。印度商人达姆哈和拉姆吉保证过，那位扎拉莫人向导很有影响力，这人收了二十元之后，却拒绝随行陪同探险，此举造成俾路支人争相效尤。他们对探险队的欧洲人公然表现恶意,用荒腔走板的莫克兰语说:"这些人是不信真神的异教徒,不可让他们对我们发号施令。"这话还传到我耳朵里,于是我扬言若再听到谁敢这么说,绝对会修理第一个被我逮到的人,他们才收敛这种可厌的态度。但营里开始出现十分幼稚的传闻,这些横眉竖眼的须髯大汉突然变得胆小如鼠,几乎快吓昏了;说是野蛮人准备好棺材要收我尸,并且已经在路上设好机关陷阱,打算活捉我们这帮人。据说谋杀梅桢的马聪杰拉酋长已为此纠集了几千人,而扎拉莫人也准备总动员。我引述阿拉伯俗语"死生有命":人生自古谁无死,不妨视死如归,不过说了等于白说。这类传闻的确造成严重的后果,主要在于造成杯弓蛇影的惊恐,每有风吹草动,扈从就小题大做,准备随时豁出去拼个你死我活。有一次路经某地,当地村民为琐事起争执,结果俾路支人蹲着不肯走,从黄昏到黎明手持点燃的火绳以为戒备。另一次,夜里有只离群土狼闯入我们的营地,造成一场骚乱,声势惊人,堪称凄风惨雨。有个在半路上雇用的奴隶,听到这些恐怖事件,惊骇之余逃之夭夭;这是第一桩临阵逃脱事件,但并非最后一桩。读者诸君至此或可明了,为什么我这个非洲旅人会霉星高照了,因为前往乌吉吉的一路上,队里每个人,从阿拉伯人萨利姆到最卑贱的奴隶,没有一个不曾开溜或意图开溜。

提到奴隶,在此我必须向读者解释为何有他们随行,以及向导和扈从如何设计我买下奴隶。桑给巴尔岛和非洲东岸地区的男仆均为奴隶；斯瓦希里语甚至没有"用人"这类字眼。奴隶制度的荼毒无药可救，我能做的就是付他们工资，待他们如自由人。萨利姆、俾路支扈从和拉姆吉的"孩儿"爱买哪个奴隶，我无力阻止；我提出的反对意见，全部被他们一句"我们依法可以这么做"给否决了，还宣称得到领事的许可。不过我要见到他们的奴隶吃得饱、没有受伤害才会满意，事实上也不难做到，毕竟没有人会傻到破坏自己的财产。我从来不忘告诉那些人：英国人誓言废除奴隶制度，如果有人送我奴隶当作回赠礼物，我一概拒收。

七月一日，我们终于从玻玛尼出发，这次仍免不了出点状况，简直就像在赶一群野牛。后来终于把这些胆小鬼撵出了茅屋，对他们威胁利诱、软硬兼施，有时还出动"地头蛇"略施小计，要他们坐在太阳下。总之，从早晨六点到下午三点，我一直像热锅上的蚂蚁，最后这支散漫庞杂的队伍终于动身了。为了加强行李的保护，我下达几道命令：每头驴子旁边要有两个俾路支人，一人前导，另一人在驴后驱赶；万一遇到袭击，听到三声枪响信号后，队伍前头的人必须留下牲口，立刻赶往前方我同伴带头处，其余的人则往队尾集合在我所持旗帜的周围；如此一来，就形成两组兵力，一攻一守，而位于两组兵力之间的驴子则得以保全。我们的队伍先在经常令商旅迷途的密林里走了两英里，然后顺着缓坡经过沃野，进入起伏的谷地,远处有繁茂杂草、高大灌木和巨树,形成凌乱的轮廓,走到这里,精心操练的结果只练出一群乌合之众——士兵、奴隶、驴子。我们来到小村落马科瓦如·拉·姆华尼,村名的意思是"雨季罗望子[①]树"。

这个聚落如常所见,由几间茅屋和一座议事亭组成,中央空地有一棵美丽的青柠,是村民消磨时光、讲闲话、打穀、编草席的地方。这里有充足粮食和夹泥带沙的水供应,因此旅人往往选此地做最后的落脚处,趁机擦枪磨剑,思考如何对付扎拉莫人。这里也是巴加莫约镇辖区的最后一个驻点;我通过滑头老酋长昌嘎贺拉关系,找到他侄子瓦齐拉来帮忙,让他收了十七元,说动他陪我们深入内陆,他立刻成了萨利姆通晓数种语言的助手。这天如常度过;有人杀了一条蛇,远方传来一声枪响,为大家添了几个钟头的话题。"拉姆吉的孩儿们"唯恐我命令他们在入夜前环绕营地堆设棘篱,故意丢失给他们的五六把斧头、钩镰和挖洞小铲;直到晚上七点多钟,我才终于让俾路支人听我的话,设法把驴子捉住、清点、拴牢。尽管由于运输工具不足,我们被迫徒步前进,但还是有一名叫伊斯梅尔的扈从因为染上痢疾,要求我们让他骑驴。前一天夜里,萨利姆接管三个恩古鲁族脚夫,这三人是哈兹拉米新捉来的奴隶,暂时用锁链拴住以防他们逃跑。萨利姆自称不易入睡,其实像他

---

[①] 罗望子,一种药用和调味用植物。

这种人守夜最差，因为他们一睡着就睡得很沉。那晚三名奴隶被安置在萨利姆的帐篷里，另有五名奴隶围着这三人，然而他们竟有本事偷走萨利姆的枪，还带走一把斧头和好几把钩镰，逃匿于丛林。事后，很多人向自称警醒的萨利姆恭贺，说他福大命大，因为亡命奴隶有时会割开主人的喉咙或刺盲主人的双眼。之后，萨利姆才命令手下去追捕逃走的奴隶。可是在丛林中搜捕根本徒劳无功，逃脱的恩古鲁族奴隶就怕俾路支人抓到他们之后会割掉他们的耳朵，何况只要花三天就能回到自己的家乡，唯一的险阻是在没除掉锁链前被仙吉人擒获，对仙吉人来说，他们可是很有价值的俘虏，可以转卖给其他流动贸易商。随着这一天过去，萨利姆脸色越来越凝重，因为连他手下的奴隶也没回来，虽然其中几个是在他父亲家出生的家奴，还有一个等于是他的小舅子，可是他真的忧虑这群奴隶趁机开溜。深夜，万籁俱寂之际，他手下的奴隶回到村里，报告搜捕行动失败，萨利姆颇开心；虽然这对我是损失，但仍很高兴能摆脱这批上锁链、满怀敌意的新奴隶。

### 三度启程

第二天天大亮前，我们开始装载行李，准备第三次、也是最后一次的启程；七点半时便走在滴着露珠的路上了。出了小屯后，通过一片丛林就是村民的耕地，他们的住处点缀其间，没有围篱，掩映在丛丛密林中。这条路由此蜿蜒伸展，与河谷平原平行，平原由西北伸向东南，经过几处沼泽地，低洼处的黑色泥地遍生灯芯草，又高又密，还有嫩绿的稻田，负重的驴子一踩下去就陷入烂泥，深至驴膝。较高处的平地上覆有一层黄棕色泥沙。路旁首次出现防守严密的寨村，显然在这地区旅行不安全，当地人又不愿让往来商旅在村里露宿。这地区的茅舍呈圆形，并有用稻草或草覆顶的长形草棚或草亭，以木桩支撑，一头牢牢插入地里，并以细条树皮扎住搭建的木桩。整座村围有密实的荆棘，足以抵御赤脚裸腿的人；入夜后，每个出入口都很仔细用荆棘封住，要到清晨才会再开放。走到通往姆布阿马基的半路时，来到一处交叉口，道路从这里开始变宽，也不再那么崎岖。道路经过右边一片丘陵地（也就是"山"）之后，从古老海滩向下伸入金加尼河的冲积河谷；之后又上坡来到纳扎沙聚落，意思是"平地"。

纳扎沙属于独立的扎拉莫区，是我们来到此境内的第一个地方。我的手下抢先进村占据村子中央的"邦达尼"（议事草亭），因为如同惊弓之鸟的萨利姆用他的利眼，率先发现已有一只大鼓等在那里，这是用来准备作战或舞蹈的表征；他急忙到处去把全部人叫来，聚拢在草亭近旁的树丛下，这地点很利于先下手为强。三位村长来此见我，分别是齐扎亚、敦巴依尔（"毒葫芦"）、孔贝拉辛巴（"狮皮"）。他们来试探我究竟是友（身负和平任务）还是敌（见我们携带了大批枪械）；是否为了要报复土著谋杀我白人"兄弟"而来。等到弄清楚我们的动机与作战无关，他们便告诉我一定得先在那里落脚，好派人送信去通知下一站聚落的酋长。这一来免不了又耗掉三天。第一天算"法定休假"；第二天耗在外面世界的点点滴滴，对象是所有蹲踞在这场秘密集会中的臣民；第三天，真正要传达的讯息才暗暗传入酋长耳中——我通过萨利姆传话，表明自己无法受他们的规矩约束，但是坏了他们的规矩我愿意赔偿。就在我们辩论违反法令这个刺激的话题时，性格火暴的俾路支人尤瑟夫竟然拔剑抵着一名老妇人，因为她拒绝交出一篮谷子；她带着一张像黑面蛇发女妖般的脸孔，冲到会场上，以不很和平的言辞质疑我们所怀的和平本意。等到骚乱暂时平息下来，村里地位最高的长老开始问起这个白人因何闯入他们的国境，还信口开河地说会造成他们失去收益、商贸、土地和自由。长老可怜兮兮地说："我老了，胡子也白了，可从来没有见过这样的灾难。"萨利姆回答说："这些人不是做买卖的；他们既不打听价钱，也不打算牟利。"他更逼问说："再说，你们还有什么好损失的？阿拉伯人拿走了最好的，斯瓦希里人拿走次好的，现在你们这个小部落里只剩下那么两头牛、几件衣服和五六把锄头而已。"萨利姆接着呈上一件大礼，因此打开了诸位长老的心扉（当时我对这地方的风土人情并不清楚，只好信任萨利姆的诚实）。现在长老私下称我为"真正的自由人"，在非洲人而言，这个称呼等于英国人的"绅士"。于是他们打发齐扎亚送我一程，远至金加尼河谷的西半边。

**妇女的舞蹈**

下午四点钟,鼓声大作,召来了村里的妇女,以奇特的活力开始表演庆典舞蹈。这些妇女排成一列,矮小丰满,栗棕肤色,亮晶晶的小眼睛流露出狂野的目光,浓密的头发糊了泥巴,下身围上缠腰布,佩戴大量白色圆片、珠子项链,以及一块用珠子串成的方形小围兜状饰物"坦兜",这些饰物遮掩住了部分胸部;手腕、手肘以上的臂膀、肥腴的脚踝,全都紧紧缠绕着粗铜线,乍看之下铜线圈仿佛长到肉里去了。最叫人倒胃口的是,还用绳子紧紧扎住丰满的乳房!这些妇女忽前忽后、很怪异地扭动身躯,不时发出刺耳、不和谐的号叫,简直就是:

恶声响遍天地间。

我朝她们扔了几串绿珠子,舞蹈因而中断了一会儿。有一串珠子落在地上,我正想弯腰捡起,萨利姆在我耳边匆匆低语:"别弯腰,这样他们就会说:'他甚至不会为捡珠子而弯腰低头。'"

夜里我朝金加尼河的河床走去,河流两边的平原上种满绿色作物,有稻米、绒毛草、甘薯和烟草,茅草屋和小村点缀其间，景色十分怡人。金加尼河流到此处，沙质河床宽度超过五十码，没有可以涉水通过的地方，这一点从每座村子都自备渡船可见端倪，由此也可看出，河水中虽然潜伏着许多鳄鱼和河马，有它的危险性，不过这条河仍然可以通航。河水呈现赤褐色，其味甘甜，像是来自雨水。金加尼河如同东非所有河川，渔产丰富，特别是一种墨绿色无鳞的鱼类（也许是鲶鱼类？），这里的人称为"堪巴力"，其他各地则有不同称呼。这种大条的杜父鱼有肉质须，显然是杂食性动物，肉质带有很重的土腥味。夜里远方传来阵阵鼓声，有可能代表杀伐，也可能代表欢宴，加上蛮人的高呼声，使得俾路支人惶恐不安，结果当我们派出的斥候见到这些蛮人的踪影时，却发现原来他们是在喝叱着驱赶河马。

第二天早晨，匆忙为驴子装载驮包，情况一片混乱，开拔出发后发现忙乱中漏掉了一头驴子；而由于行李装载得很不妥当，频频从驴背上掉下来，拖累了我们的前进。我们正往下走在河边林木茂盛的阶地时，有几位扈从说是望见一面假想白旗正在横越下方的青翠河谷。这标志表示有个穹伟正在游猎或进行突击。阿拉伯人准许他们用这种标志真是不智，因为其实这些活动的色彩是一片血红色。我们在地势起伏的路上走了好几英里，经过开阔如公园的野地，越过崎岖泥泞的河床，这条路把我们从美景中带到另一番景象。路旁竖立着一座非洲特有的"姆齐穆"（祭祀茅棚），架高离地约一英尺，棚内放置绒毛草花穗、剖开葫芦装盛的粟米酒，这些都是向神明还愿的供品。映入眼帘的还有化外之民的坟墓，在东非的其他各地，腐朽的头骨、零落的骸骨，或是巫师、巫婆处人火刑后所留下的几根焚骨遗骸，就是唯一见得到的凡人遗迹了。扎拉莫人的坟墓，尤其是酋长的，则仿照姆里马人采用的形式，坟墓呈平行四边形，七英尺长、四英尺宽，四周围绕常见的矮篱，篱内是除去杂草的空地，死者头、脚位置分别立有一段直木棍。七英尺长围篱的其中一面开了个勉强算是门的出入口，这些异教徒遗体并没有特定朝向哪个方位；倒是长方形坟墓中央还加上一根木头，没有艺术修养的非洲人把木头雕刻成酷似无腿狒狒的雕像，只有脸部和胸部，头上缠了白色破布象征佩戴的头巾，似乎用来表示："这是人像"。俾路支人对这种偶像崇拜的风气报以不屑的一哼，并用他们的土话咒骂一番，要是把这些话翻译出来的话，欧洲人恐怕听不下去。穆斯林旅人万一客死异乡，坟墓是不放偶像的，因为他们对拜偶像深恶痛绝。通常他们的墓地只是一方清理干净的椭圆形土地，根据斯瓦希里人的风俗，坟墓四周以粗石和零碎的小卵石标出范围。墓地上插几根无枝叶的残株，显示遗体面朝圣地麦加，此外，跟西非金嘎族一样，地上放着瓷杯或瓷碗的破片，用来悼念死者。桑给巴尔岛上也有类似风俗，人们把碟盘等器皿打烂了用灰泥砌合在墓碑上。

见到这么多坟墓，我那些黑皮肤的旅伴脸色都发白了，他们匆忙向前跑，嘴里大声乱喊，仿佛大难临头似的摇头晃脑，突然，先头队伍发出一阵高呼，所有人立刻准备采取行动，而且立刻要求起爆火药，不脱其本性。萨利姆非常兴奋，派遣伙伴瓦齐拉过来报告骚动原因。原来是附近村落的小地主带了十来人在前方拦住我们的去路，索讨过路费，坚称带路的齐扎亚无权不停下来知会一声，就带领一批人路过。我的同伴身边只有一名扛枪夫蒙拜和几个俾路支人，他对这些拦路霸说他已经在纳扎沙付过钱，有权通过整个国境。对方坚决反对此种说法。于是俾路支人开始点燃火柴、放狠话，眼看一场冲突势所难免。就在这紧急关头，扎拉莫人看见我的旗帜在半山上迎风飘扬，后面跟着另一支队伍，远远看去声势浩大，他们这才让步。最后，瓦齐拉鼓其如簧之舌，对扎拉莫人发出所向无敌的连珠炮，轰得那些扎拉莫人为之退却让路，瞠目不知所措。这位语言专家于是欢天喜地地回到队伍后方，吹吹手指尖，仿佛刚才指尖搭在火绳枪扳机上，又取笑俾路支人虚张声势的勇气，没想到俾路支人听不出他话中有话，反而因此大吹大擂，扬言要马上占领整个扎拉莫国，并且立我为新苏丹。这天即将结束行进时，我们越过一条浅浅的咸水溪，冷冽清澈的溪水流向金加尼河。下方绿茵平原上开始出现上等猎物——斑马和扭角条纹羚，还有成群结队的珠鸡、鹧鸪、鹌鹑、绿鸠、杜鹃类的鸟（印度人称作马拉巴尔雉鸡），多得不可胜数。我们沿着红棕土路前行，整条路上没有石头，也没有垫底的黑腐土，到了雨季就一片泥泞，炎热季节的烈阳一晒，又干得裂成一块块；这条路把我们带到了扎拉莫境内第一个危险驿站奇兰加-兰加,这是个丘陵区的名字,蓊郁的林木环抱着许多小村落,俯瞰当地人耕作的低地,往来商旅就在这片低地上傍井扎营。

**第一处危险驿站**

还没在奇兰加-兰加的寨村内安顿下来,旅队里两派对峙的俾路支人就又吵了起来;一派是亲王手下的长期扈从,另一派是达姆哈从栲乐派来的临时护卫,双方向来看对方不顺眼,这时免不了又起争执。聒噪的吵闹声逐渐升高,火气也都上来了,最后隶属于穆罕默德卫官的十三人突然采取行动,不做交代就上路回家了。据萨利姆说,这群临时护卫决定只到奇兰加-兰加,不再往前走,这次叛逃是要对其他人起带头作用,这样下去,整支队伍会丧失三分之二的兵力。我立刻招来手下诸位卫官,当着他们的面,向理应尚在栲乐村对面海岸、他们所畏惧的领事汉摩顿中校写了一封信,报告这群士兵擅离职守的情况。卫官雅鲁科眼看抗命可能招致惩罚,只好扛起弯刀,挽着盾牌,出发前去搜索逃犯,未几,便成功将逃犯擒拿回来。雅鲁科是典型的俾路支山地人,也是最优秀的代表——身材高挺、瘦削,骨架子大,黝黑的皮肤上因为天花而留下深深的斑驳疤痕,五官线条坚硬、轮廓高耸、日晒成伤,暴露出无与伦比的强韧特质。雅鲁科的皮带上插着各式各样的武器,不论何时何地,他的手总是搁在一件武器上。

　　七月四日，我们在奇兰加-兰加暂停休息，旅队失去了两头驴子，又有一头背肌拉伤，因此余下的驴子必须负载超重行李，而上次行进间猎到的一头重如小公牛的扭角条纹羚也放置在驴背上，因此每头驴子都显得疲惫不堪，看来旅队难免得停下来休息。我趁机四处逛逛、勘查乡间，眼前是令人称颂的富饶景象：稻米、玉米、木薯是最繁茂、多产的作物，即使无人耕作的土地上，也长了野生的卡撒利①树丛、菝契②、泛白的绿色小桑椹（印度桑椹）和深红色的木槿花。靠近河岸的低地上，耸立着参天林木，非洲罗汉松的树冠直入云霄，高高在上的串串细枝叶在微风中沙沙作响，树下的低矮植物却纹风不动；唤作"素菲"的壮观木棉树，从同一根系生出的主干多达四五株，每一株直径都有两三英尺，侧生的树枝由粗渐渐变细，挺直地与树干呈九十度角相交；树上并没有交织茂密的浓荫，有的是一簇簇各自稀疏生长的叶子。另一种桑给巴尔人也不认识的"素库留"，则是高耸的墨绿色巨树，连英国公园里最高大的橡树和榆树都望尘莫及。一般而言，猎物最喜欢躲在树林里，但这里却完全不见鸟兽的踪迹，也许它们宁愿躲在又高又密的草丛里，毕竟现在还不到野火燎原的时候。

　　到了奇兰加-兰加，天气开始变坏，春雨季和秋雨季之间常

---

① 卡撒利，属于夹竹桃科，结红色浆果，果肉可食。
② 菝契，蔓生植物，果实红色，或译为洋菝契。

第三章　通过金加尼与姆格塔河谷　　65

见的暴雨定时来报到，阴魂不散地陪伴我们穿越沿海平原。因此我坚持旅队停下来休息的时间不可超过一天，虽然那些扎拉莫"帕齐"（也就是村长）都十分懂得好客之道，常常主动来拜访并送我们山羊、谷物等高尚的见面礼。但这些其实都是有代价的礼物，因为萨利姆对村民的种种要求从来都不曾拒绝过，往往又一掷千金，就连对妇人也不例外。扎拉莫人通常不会排斥陌生人进入他们的村庄，但这次我们却被拒绝了。一般来说，扎拉莫人会指派年轻女子侍候进入他们村子的陌生人，但万一村内刚好有人生病或发生意外，村民就会质问这些女子是否和客人有过越轨行为，如果答案无法让村民感到满意，后果往往是乱敲竹杠，甚至暴力相向。扎拉莫人和果果人一样，有别于一般的东非部落，他们很担心绿帽罩顶这个问题，然而这样的事情还是会发生，一旦荣誉心受损或失恋心碎，扎拉莫人会发飙搞破坏，这倒是和其他部族没两样。

### 第二处危险驿站

七月五日，我们一早便出发，横越奇兰加-兰加的平野，穿梭在浓密的森林里，脚下的地势忽而高起，路径忽而又弯进河谷，引领我们走到灌溉这一带地区的死水池塘。走了三个半小时，抵达名为敦巴依尔的驿站，其名来自于陪伴我们的纳扎沙村长敦巴依尔。这里的植物臭气冲天，椰子树却从中鹤立鸡群地冒出来，也是我们最后一次见到枝叶茂盛但树型矮小的芒果树的地方，这种芒果树永远无法长得像桑给巴尔岛上的那么高大。好几支从内陆出来的旅队正停在敦巴依尔歇脚，从内陆带来的奴隶都用链条拴住脖子，再全部串在一起。有个性格顽强的一直企图逃走，商人就用一支叉形木棍抵住他的下巴，将他紧紧缚在木棍上，这名奴隶一旦坐倒在地上，没有别人搀扶绝对起不了身；这些可怜人自然不喜欢这样的待遇，不过健康情况尚称良好。尼亚姆韦齐族脚夫在池塘里洗澡，还无惧无愧地看着我们。我们旅队里每天都有争吵，今天也不例外。俾路支人黎札抽出匕首，指着萨利姆手下的一个"孩儿"，这孩儿不甘示弱，拿出毛瑟枪奋然相向，一场愤怒喧腾于焉兴起；旅队向导以首领的身份插手干涉，他的脸像霍乱病人般铁青扭曲，嘴里像女人似的尖声叫嚷，众人这才纷纷收起武器，一场骚动兵不血刃地就此结束。这时斯皮克开始深受湿热天气和瘴气烟雾所苦，觉得自己就快发烧了；旅队在这种情况下跋涉疲乏不已，因此无法聚拢所有队员，结果有一头驮白米的驴子失踪了——可能是俾路支人垂涎驴子所驮的货物，私下把它带离路径——而斧头、绳索、缰绳却在需要时不翼而飞。

第二天早上，我们离开敦巴依尔，路过一片肥沃耕地与密实丛林交织的红土地，接下来地势开展，延伸至一片当地人叫"桑达杜西"的柯巴树林，树皮轻薄的柯巴树充分长到极限，这里是柯巴脂的盛产地，靠路边生长的每株柯巴树底下都有两三

第三章　通过金加尼与姆格塔河谷

英尺深的洞,直径达一英尺,这是人们挖掘树脂时所开凿的。大雨倾盆而下,泥泞的地面使驴背上的行李频出意外。中午时分,我们进入姆霍威部落井然有序的丰美谷地。姆霍威是可怕的扎拉莫属地中最令人胆寒的部落之一,不过,我们路过这个地方时,唯一的危险只是村妇倾巢而出,她们盯着我们两个白人吃吃发笑,对眼前的景象表示惊异。混在人群里的瓦齐拉问她们:"你们觉得白人做丈夫怎么样?"妇女异口同声地说:"瞧他们腿上的怪东西,怎么行?绝对不要!"说罢,全部人哄然大笑。

过了姆霍威部落,放眼尽是丛林与巨木,红棕色沙地上长出高耸的大树,庇荫着树下色泽鲜艳的花朵与繁花盛开的矮树丛。我们穿过一片长满灯芯草和箭竹茅的低洼泥地,又涉水越过几个黑色的死水池塘,然后沿上坡路走到一块苍郁的林地,最后来到姆宏耶拉寨村。

姆宏耶拉区盘踞在金加尼河南岸高地的边缘,顺着丘陵北坡,隆起的沙滩镶嵌着石英卵石组成的线条,这晚我们就在高地北坡上扎营。我们在山丘下方河谷的七八个芦苇丛生的浅坑中找到水源,由于浸润着腐败的植物,水中带着一股不自然的甜味和黏腻。由于这一带的气候极易滋生疟疾,因此少有人居住,相反地,野生动物的种类和数量就丰富许多。向导说这里有狮子出没,夜里也常常听见土狼的哭号,对驴子造成威胁。土狼在非洲有许多个名字,包括索马里的"瓦路巴"、角区的

"洪得"等,是非洲常见的野狼,属于食腐肉动物,虽然体型庞大,很有力气,却很少攻击人类,唯一例外是人在睡觉时,它们会趁机在人的脸上狠咬一口,留下的疤痕比被熊扯裂的头皮更令人毛骨悚然。探险队就有三头驴子惨遭狼吻,而且都是在夜里遭到攻击,它们在挣扎中发出大声惨叫,后半身被撕咬成稀烂。驴子活生生献出一块臀肉之后,自然无法再驮载重物;毕竟它们是桑给巴尔来的牲口。尼亚姆韦齐土生的驴子就强悍许多,如果不拴住,它们会用牙齿和蹄子保护自己,成功赶走胆小的侵犯者;据说这种驴子甚至像斑马般,能让虎视眈眈的狮子不敢进犯,真是值得大书特书。姆宏耶拉附近树林里有大大小小的灰毛黑面猴,旅队经过时,它们会攀在树上目不转睛盯着,直到好奇心获得满足才从树上溜下,然后像嬉闹的灰犬般蹦蹦跳跳地扬长而去。从山坡上眺望,墨绿色的平原阴沉单调,背景是充满雾气的河岸与水汽浓重的云朵,景致如同印度欧得提亥山区和古加拉特邦的丛林,是最令人讨厌的色彩。值此多雨的季风期,瘴气经常被乍现的恶毒阳光蒸发升腾,不适应这种气候的往来旅人无异于走在死亡的幽谷中。西边更远处则耸立着"齐敦达"(小山丘),这个矮小的圆锥形山丘突破了丛林上缘蒙眬的蓝色轮廓线;在它北面不远处,高耸着一堵湛蓝的山壁,云朵缭绕,那是度图米山的峭壁,经过漫长而疲惫的平地旅行之后,能够将视线投注其上,令人大感快意。

我们发现必须在姆宏耶拉停留一天。根据某些可靠的消息来源，接下来一周的行程，沿途并无可采购粮食的地方；也有人则宣称：途中虽然有村庄，却不清楚能否买到粮食。萨利姆派他最得力的奴隶安巴里回姆霍威购买米粮；先前我们经过姆霍威时，萨利姆担心受到扎拉莫人攻击，因此匆匆将我们带离当地。安巴里这小子于七月二日晚间返回，花了一天时间带回大约六十磅粮食——对饥肠辘辘的八十八口人来说，分量实在少得可怜。这件事自然又引起俾路支人的不满，他们想独占采购的特权。其中尤瑟夫和萨利赫·穆罕默德跑来严正抗议，表示他们营帐中连一盎司米都没有了。我故作相信状，但在半小时后出其不意地去探访他们的营地，他们一见到我来便慌慌张张坐到一只袋子上，可还是瞒不住我，我看得出他们藏了不下于一百磅的大白米，从品质就能判断是来自何处；因为在栲乐时，俾路支人拿到的配给米品质差多了。

我们落脚处寨村的棘篱被前一批尼亚姆韦齐族商旅烧坏了（这种事屡见不鲜），等到修复完成，我离开发高烧、病倒的斯皮克，携枪走出营地，勘查环境，顺便看看能不能捕猎一些存量不足的肉类。好心的敦巴依尔村长陪我一起前往，回到营地后，我送他一份厚礼，酬谢他的服务，随后他便辞行返回家乡。俾路支人在忙自己的事，有的用干椰仁擦生锈的火绳枪，有的用绿色扇叶棕榈为自己编织草鞋，还有的用葫芦纤维制作燃枪火捻子，或是搓成拴驴用的绳子。最好的材料取自一种芦荟，当地土著称作"姆康吉"（索马里人称"西格"或"哈斯库"，这里的阿拉伯人称为"巴格")。这地方也长满野生凤梨,从海边到这儿,我们前后走了三段路程,仍然看得到绵延不绝的凤梨。但是当地人并不懂得利用优良的凤梨纤维。罹患痢疾的俾路支虐从伊斯梅尔病得更重了,另外两个人一样有体力不支的征兆。

### 汉摩顿中校去世

旅途的第一个星期,我们的前进速度像蜗牛般缓慢时,傍晚还听得见"月神"号传来的炮声,让人颇为心安,因为必要时可以随时前去避难。现在炮声消失了,原来汉摩顿中校因为病重突然离开栲乐,就在返回桑给巴尔后不久,于七月五日病逝在"月神"号上。第一批报丧信件遗失了,这要归咎于送信脚夫所表现出的典型非洲人成事不足的习性。他从桑给巴尔岛带着包裹出发,发现我们的探险队已经前往乌萨加拉山,便将包裹托付给一位村长,就此打道回府。看来东方人仍然坚信:

> 虽然事有必要,但
> 报噩耗并非优差。

这个消息通过一位四处旅行的商人传开来,并且整个营地都在讨论汉摩顿中校的死讯,唯独我一直被蒙在鼓里,后来可能是俾路支虐从讨论过后,推派胡达巴卡施"硬起心肠"来告诉我这则噩耗，同时观察我的反应。我不晓得该不该相信。问萨利姆看法时，他却毫不怀疑噩耗的真实性，理由是因为他发现三块被老鼠咬坏的鲜红色呢布——呢布代表死亡的恶兆，而红色则指出死者的国籍。但我难以信服这种中东或非洲式求证法。

如果当初探险队延迟一个星期出发的话，领事汉摩顿中校的逝世很可能对我们造成致命的打击，虽然事先外交部已经向桑给巴尔政府发过公函，希望他们"在海岸区给予（旅人）热忱的接待，并确保境内所有酋长会提供保护"。但真正带来成效的并非这封公函，而是另一封由汉摩顿中校所写、措词强硬的信。由达姆哈带头的印度商人，始终都很不情愿对欧洲人开放这片富藏柯巴脂与象牙的区域。在桑给巴尔度过雨季时，我的沉默骗过了他们，这些印度商人相信海岸区的热病已经浇熄我深入探险的热情，哪知后来发现事实正好相反，他们心里自然非常不痛快。思乡情切的俾路支人天天想着要回家，只要有人提出，即使离目标大湖只剩下几天路程，他们仍会毫不犹豫地掉头就走。萨利姆马上抓住送上门来的良机，试探性地建议我让他回桑给巴尔打听消息，我断然拒绝让他离开，虽然我们的处境改变了，但是他托辞要回桑给巴尔弄清楚马吉德苏丹是否改变心意，不过是个借口罢了。

除了出于私心之外，我确实对汉摩顿中校的辞世感到哀痛。比起我在一八五五年于亚丁所受到的不友善待遇，汉摩顿中校的好客与仁慈实在有如天壤之别。那次造访亚丁，是在我出发前往非洲之角①东部探险之前，当时官方有些人冷漠相待，另一些则心存嫉妒，最终还是破坏了我所有的计划，并导致在伯贝拉发生一场灾难②。反观汉摩顿中校，他像对待自己亲生儿子般来接待两名陌生人，并不把我们当作过客。只要身上那致命的疾病不发作，他一定尽力为我游说有关当局，事实上，汉摩顿中

---

① 非洲之角，位于非洲的东北角，东部面临印度洋、西部与埃塞俄比亚接壤，西南和肯尼亚交界，北部滨亚丁湾。
② 在孟买政府某份文献中（专为孟买政府印行的新期刊，第四十九期，孟买拜库拉，教育协会出版社印制，一八五九年出版），马德拉斯炮兵团兼亚丁英国总督代表第一副手的普雷菲尔上尉令人难解地误称"阿拉伯菲利克斯（或称也门）的历史"，并在"增补章节"里虚构自己到过东非，写下他对"索马里"的印象：

　　一八五五年，"当天（四月十八日）下午，有三名男子造访营地，**他们的间谍身份昭然若揭，探险队的军官都接获本地籍同袍的警告，切勿被其渗透**。没想到军官们对同袍的警告掉以轻心，夜里仍旧信心满满地就寝，并未加强防范，**甚至连普通的防谍措施也付诸阙如**"。

　　上文黑体字部分是我标注的，借此指出：职司如实记录事实者居然留下错误记载，实属不可原谅的过失。这三人确实曾以间谍身份前来见我，目的是要弄清楚我是否准备协助与他们敌对的薛马凯酋长占领国土，而非志在侦查我们探险队。并没有人警告我：这些间谍将不利于我个人安全；而所谓的"一般措施"其实也做到了，我派了两名哨兵分别在营地前后守夜，所以我不会因为他们溜之大吉而怪罪自己。

　　我不会停下去追究上尉这份长达一百九十三页、述及也门历史的内容有何价值意义，因为五行文字之内就已经出现了三次很明显、不符事实的信口雌黄。

　　我很清楚自己于一八五五年离开亚丁之后，当局对伯贝拉之祸展开调查，当时我人已不在当地，也未获得相关通知。我相信这份"免责公文"必定及时地秘密呈交孟买政府，而对于这整桩推诿责任的勾当只有一个人出面谴责，因为这个位居要津、备受尊崇的绅士，实在无法漠视他人品格遭到如此暗箭中伤。——原注

第三章　通过金加尼与姆格塔河谷

校把我的探险计划当成自己想完成的大志。尽管明知生命危在旦夕，他还是不辞劳苦，坚持尽忠职守到底，直到后来病危才被迫去职。他的逝世对国家是一大损失，因为他不但是个杰出的语言学家、精研东方世界的学者，也是出身旧英印学派的优秀公仆；东方人极为敬重他的高贵品德与诚信，欣赏他的勇气与决心，对他渊博的知识更是佩服得五体投地，因此他对东方人的影响力很大。他是个由衷的"忧伤好基督徒"——愿他在天之灵安息！

### 死亡幽谷

七月八日，我们朝低处走进阿拉伯人所称的"死亡幽谷"与"饥饿之乡"，也就是疟疾猖獗的金加尼河平原。斯皮克病情严重，不得不骑驴代步，原已背痛且困乏的驴子现在又添了新负荷。另外，一名拉姆吉之子差点公开叛逃，后来被我的手下用枪逼了回来。小径顺着地形向低处下降，经过的沙地上长满浓密的针茅、灌木丛和荆棘，几处比较开阔的地上种植绒毛草；这时我们经过了"墩达恩古鲁"（鳍鱼丘）的左侧，其名的由来是纪念一名负载鳍鱼、在此地被扎拉莫人谋杀的男子。行进两个小时又四十五分后，我们在邻近一条多石砾、河床半干涸的金加尼河支流旁，找到一座残破的寨村。河岸边树木成行，水质很差，潮湿黑土散发出腐气。这天的天气很恶劣，乌云挟带子弹似的雨滴，狂暴雷电跟着直扑而来,暴雨泼溅在本就湿透的土地上。狂风吹得高耸直挺的树木弯曲且吱嘎作响,驱散枝头栖息的鸟儿,发出凄恻的惊叫声;驴子垂头丧气、耷拉着驴耳,夹着尾巴站在风雨中;连猛兽似乎也都躲在洞穴中不出来了。这地方买不到粮食,队员却跟一般人碰到这种天气时的反应一样,食量比平常多出一倍。我下令公平分配剩余的白米,结果手下便整天煮食。被朋友形容是"嘴甜心恶"的副指挥官尤瑟夫,这时过来请求我解除他和同伙人的任务,理由是饥饿难耐,但我并未让他们得逞;另一个俾路支人瓦里则来报告说自己脚痛,已成无用之人,当然同样被我斥回。

尽管大伙儿越来越虚弱,我们在七月九日这天仍然行进了七个小时,走过一片荒凉但肥沃的平原和几处农田、丛林、湿地。我们沿着金加尼河河岸前进,来到位于一个河床弯道附近另一座破损的旧寨村。这天发生了一件惊险的小事情,在姆布阿马基干道和数条通往各地小海港支线的岔路上(当地人称这里为"马库塔尼洛"),当时斯皮克和带头护卫正悠闲地往前走,忽然发现大约有五十名扎拉莫人拦住去路,他们一字排开,一直拦到旅队右方,还有一支蹲在道路左侧当后备。他们的首领走上前来,开始把最前头脚夫扛的货物卸下,打手势要我们别动,俾路支人不知所措地大声嚷着:"嗨,喂!"紧张焦虑的情绪和眼前蛮人的冷静沉着形成强烈对比。这时候瓦齐拉迎上前跟扎拉莫人的首领讲话,答应送对方布匹和珠子,这笔非洲修正版的"买路钱"果然为我们打通去路，探险队得以继续前进。当我经过时，扎拉莫人站在一棵树底下凝视我，这群年轻战士拥有像运动选手和雕像人物般的体魄，让我忍不住喝彩他们很有军人仪表，一手握着大弓，另一手拿着装满利箭的套子，泛黑的箭镞显示才涂过一层毒药。

墩达又名"水果之地"，其名由来是因为当地缺乏水果之故。我们在繁茂的植物丛中走了一夜，在疟瘴河流的影响下，我的身体越发虚弱，精神抑郁，头痛、眼睛灼热、四肢出现悸动现象；新的环境、湿热与湿冷交替、走路的劳顿、等待和重新整理驴子驮包所消耗的精力、长期暴露在阳光与露水中的疲倦，以及各种疾病的影响，加上担心此行或将失败的揪心忧虑，种种压力都开始沉重地加诸我的身上。斯皮克倒是摆脱了先前的病症，不过萨利姆却在暴风雨夜晚染上严重的季节热，在水果之地恳求队伍暂停休息一天，见我不为所动，改求我暂停半天、一个小时，但连这个要求我也拒绝了，因为我害怕在这样的环境下休息会带来万劫不复的后果。萨利姆骑上驴子，我们却因此走了两小时疲惫的路。驴子开始呈现疲态，每隔一会儿便有一两头不听指挥地躺下来休息。小径越过一条深沟，经过大片针矛草原和一支因为外貌而被称为"古古-姆布呱"（即"野糖树"）的甘蔗。路过的丛林里有硕大的葫芦和天然空地，大型猎物常出没在这些空地上。再走了短短一程后，我看见队伍前头的红旗停住不动，等走过一处急转弯，发现旅队已经停在一座小村庄里，村长说这里叫巴纳迪伦加，是以他而命名的。队伍停得太早了，这天早晨出发时，我曾命瓦齐拉必须走到迪吉拉莫霍拉（字面意思是"丛林大鸟"）才能停，也就是梅桢先生遇害的村庄。萨利姆和瓦齐拉之前都建议过，应该趁第二天破晓前迅速经过迪吉拉莫霍拉村，这项忠告被我驳回，因我认为在那里暴露怯意反而危险，于是这两名外交官便另行运用手段，引领我到巴纳迪伦加，骗我说这里是迪吉拉莫霍拉村。

### 第三处危险驿站

我们在密草与树丛环抱的巴纳迪伦加村休息一天。进村时，村民逃命似的跑进庇护树丛里，但天黑之前，他们就鼓起勇气回来了。村长似乎很害怕我们，他想不通探险队为何携带这么多弹药，经过我们一再保证，他才主动提议由他先行前往"丛林大鸟村"知会那里的村长，以免再次产生误会——这项提议似乎为萨利姆和瓦齐拉带来了鼓舞作用。

离开桦乐镇十一天后，我身体虚弱到几乎站不住，不得不骑上驴背。走了将近半个小时，穿过地势较为开阔的乡间，路过一座栅栏环抱的村落左侧，这里原本属于"帕齐"（村长）马灿杰拉（杀害梅桢的凶手），现在由号称"野牛角"的儿子汉贝占领。由于先前误传我们似乎有意挑起战端，因此汉贝已经准备好放手一搏；他们把妇女送出村子，许多高大的年轻人、弓箭手、掷矛手备感光荣地接受指派，埋伏在树篱边，只要发现有人举起火绳枪，他们就立刻发射毒箭，这样一来，探险队必然全军覆没。浑身颤抖的萨利姆请求队伍暂停，每当处于危机四伏的情况时，他就会像女人般紧抓着我或斯皮克不放。队伍耽搁的短短几分钟内，那些拉姆吉之子的黑皮肤可说极尽其苍白的程度，心慌意乱之下竟然让驴子甩掉五六件行李。此时，汉贝在一小群扈从的陪伴下向队伍走来，他与瓦齐拉、萨利姆交谈数语后，俾路支人迅速牵着我骑的驴往前赶，汉贝则带了一支更强大的护卫队随后，前往下一站马多哥村。我以病体不适作借口，没接见汉贝，不过他还是从萨利姆那里取得了一封写给海岸地区村长们的信，内容当然是对他们的种种职能吹捧一番，好为他以后遣往海岸区采购火药的奴隶提供方便。

在此交代一段令人哀伤的事件：首位深入东非此区的欧洲人来到迪吉拉莫霍拉村，可惜出师未捷身先死。

梅桢先生官拜海军中尉，出身理工学校，在结束一次东非海域的航行后，一八四三年底，他开始构思探索东非内陆湖泊的计划；一八四四年，法国政府同意探险计划。梅桢抵达波旁岛①，在新任法国领事布霍匡（一八四四年十一月二十一日于法

---

① 波旁岛，即今留尼汪岛，位于马达加斯加以东的印度洋上。

国签署商约之后获得任命）的陪同下登上木帆海防舰"摇篮"号，舰长罗曼·德福塞后来官拜法国海军中将。年仅二十六岁的梅桢，通过研究旅行资料充实自己，并在旁人的赞助下备妥完善装备与仪器；然而，他所携带的"装备"正好引起蛮人的垂涎。谋杀梅桢的人后来将原来帐篷支柱上的镀金旋钮改装成颈饰，还拆散一只金制精密经线仪，将它改制成烟草囊。事发后，有人责怪梅桢不够谨慎，带了太多行李，譬如吃早饭和晚饭竟用不同的餐具，类似的累赘用品不计其数。然而依我看来，在无法补充装备的地方旅行，梅桢携带舒适的用品是正确的，从事此类探险活动的老手总是想办法尽可能多带些随身物品，而不是尽量少带东西——当然，你必须有心理准备，万一发生状况，你也许得丢弃所有的行李，准备变成"一贫如洗"。丢弃多余的行李很容易，因此面对眼前艰苦的探险之旅，最佳准备之道当是在环境许可时多享受一些安逸与舒适。

不过，梅桢先生在桑给巴尔岛却遭到邪恶力量的中伤。有人影射梅桢的探险计划实际上和法国的野心有关，怀疑法国企图以大军压境之势，在拉穆、潘加尼及东非沿岸其他地方扩充势力——这项说法让印度人开始忧虑利润会受损。于是这些印度商人对桑给巴尔岛和东非海岸区的居民发挥影响力，可能还买通了内地的异教徒连手行动。梅桢为了学习斯瓦希里语，在桑给巴尔耽搁了八个月之久，一天他见到一艘法国船驶进港口，梅桢担心当局有意取消他的计划，便匆忙离开当地；虽然法国领事布霍匡警告过梅桢，他推心置腹的人其实是恶名昭彰的骗子，而英国领事汉摩顿中校也奉劝他，携带金光闪闪的装备和不计其数的箱子，容易惹人误会里面装的是金子，太危险了，可是梅桢一律置之不理。在真正动身探险前，梅桢三度造访海岸区，让斯瓦希里人有充足的时间与机会实现其计划；阿拉伯人同时认为梅桢和一名尼亚姆韦齐族土著"称兄道弟"是贬低身份的行为。最后，梅桢一方面受够了阿拉伯人的冷漠，另一方面担心行程延误，尽管已故苏丹赛义德允诺提供一支武力强大的护卫队，他却不愿等候，反而仓促上路，深入东非内陆。

梅桢犯下的都是严重的错误，但最致命的当是他犯下了欧洲人一贯的毛病，在身无寸铁、没有随从的情况下贸然前进，因此落入非洲酋长手里。这种生怕遭身边小人嘲笑而罔顾危险的心理，以及为了顾全身份而不带随时派得上用场的兵刃的态度，在英属殖民地印度不知道害死了多少人的性命，这代价未免太大了。

**梅桢遇害的经过**

一八四五年雨季过后，梅桢先生登陆巴加莫约镇，这是与桑给巴尔岛隔海相望的小聚落，他雇用的四十位火绳枪手私人保镖在此与他分道扬镳；他不听那位尼亚姆韦齐"兄弟"的忠告，只带了一名马达加斯加籍扈从弗德烈克和少数几名随从，便径自前往迪吉拉莫霍拉村拜访村长马灿杰拉。住在这座村子里的是扎拉莫族的支族甘巴族，表面上亲切地接待梅桢，私下却计划伺机暗算，梅桢对此浑然不觉。经过几天极为友善的往来后，恶人计谋臻于成熟，马灿杰拉突然命人将客人请来，怒气冲冲地责怪梅桢送礼给别的酋长。怒发冲冠的村长马灿杰拉宣称："现在你得受死！"他发出信号，一群野蛮人带着两根长竿冲了进来；村长的妻子救了弗德烈克一命，而弗德烈克则向主人大声叫喊，要他赶紧跑去触摸村长妻子，这样就能得到村长妻子的保护，不过梅桢可能一时失神并未照做，村长妻子旋即被带走。紧接着，这位不幸旅人的双臂就被紧紧缚在两根呈十字交叉的长竿上，头、脚也被绳子绑着，甘巴族人就这样把他抬出村子，来到五十码外道路对面的一棵葫芦树下（我曾亲眼见过这棵树）。冷酷无情的马灿杰拉先切断梅桢身上所有的关节，迪吉拉莫霍拉村的村民在一旁以战歌与战鼓吟奏凯旋之音；马灿杰拉在割断被害者的喉咙时，发现他的"辛枚"（双刃刀）有点钝了，便停下来磨刀刃。这项血腥举动完成后，马灿杰拉将梅桢的头颅扭了下来。

一个敦厚、才华洋溢、受过高等教育的人，就这样殒逝了，他唯一的错只是行事鲁莽——当命运之神不眷顾某人时，鲁莽与否经常足以左右胜负。野蛮的马灿杰拉对客人的死深感失望，他对梅桢施刑是遵照巫医的指点，目的在于逼问梅桢藏宝之处，没想到这可怜人只知道呻吟和恳求上帝宽恕他的罪愆,此外就是呼唤一些曾好意向他提出忠告的友人的名字。马灿杰拉接着把目标转向载运梅桢装备的四十名火绳枪手,企图将他们从巴加莫约诱捕过来,但是此计未能得逞。他继续进行邪恶的勾当,当来自马斯喀特的商人阿米尔领着一支庞大的商队路过迪吉拉莫霍拉村时(关于此人,后文还会详述),马灿杰拉要求阿米尔多付一笔通行费,同时亮出他谋杀梅桢的刀以示威胁,然而阿米尔可没这么好欺负。

梅桢遇害后不久,弗德烈克回到桑给巴尔,法国领事布霍匡对他详加盘问;弗德烈克被拘禁在一座堡垒中,后来却神秘失踪,假如他没有逃脱的话,这桩令人发指的阴谋也许能够水落石出。据说弗德烈克目前住在坦噶尼喀湖畔的马龙古,并取了个伊斯兰教的名字:穆罕马迪。他的潜逃落入好事者颠倒是非的口实,他们质疑桑给巴尔亲王和这桩谋杀案有关联,还恶意散播不实的消息,把向来独来独往的马灿杰拉村长说成是桑给巴尔国王的附庸。

一八四六年,波旁岛的法国海军派遣吉兰船长指挥双桅战船"杜库艾迪"号前往桑给巴尔,除了具有一般的商业与政治意图外,也负有任务要对梅桢遇害事件兴师问罪。法国方面坚持严惩杀害梅桢的凶手,虽然赛义德苏丹辩称马灿杰拉不在他的管辖范围内,但法军不为所动,因为凶案发生之后,有人在海岸区的姆布阿马基亲眼见过马灿杰拉,证明苏丹的说法与事实不符。最后赛义德苏丹派遣总数三四百人的火绳枪步兵、佣兵、奴隶进入内陆，领军的是萨达尼①已故首长姆蕃比和现任首长伯立。这一小支军队深入内地一段距离后，突然遇上马灿杰拉的儿子汉贝所率领的扎拉莫人，经过两天持续的冲突，汉贝被火绳枪击中，落荒而逃。这场搜捕行动的主要收获是逮捕到一名案发时在一旁擂鼓助阵的倒霉的甘巴族人，这人立刻被送往桑给巴尔，这些不善说谎的非洲外交官伪称他就是马灿杰拉村长。接下来将近两年的时间里，一直用锁链把这名甘巴族人拴在法国使馆前，而后又转为囚禁于一座堡垒中，关在狭小的铁牢内，跟一口大炮锁在一起，要站要躺都很困难。这个可怜的倒霉家伙约在一年前死了，桑给巴尔自此少了一项名胜。

据说杀害梅桢之后，直接通往迪吉拉莫霍拉村的路线被一条"辜尔"（龙，或说巨蟒）封锁住了，当然，大家都认为那是遇害者不散的冤魂，此说至今仍有人深信不疑。至于十恶不赦的马灿杰拉，读者想必很高兴知道他虽然逃跑，却未能躲过苍天的惩罚；遭到残酷杀害的那名客人的"佩魄"（鬼魂），缠住了郁闷年迈的马灿杰拉，使他饱受身心折磨，过着近乎自我放逐的生活。而迪吉拉莫霍拉部落的地位亦如前所说，直线下降，未来的前景更是黯淡。梅桢遇害一事，法国政府表现出睚眦必

---

① 萨达尼，坦桑尼亚境内海港，与桑给巴尔隔海遥望。

报的民族荣誉感，现在来说，可谓略有所成。

和英国子民遭遇类似情况时相比，法国政府的反应显然迅速多了。英国的米尔恩上尉在亚丁附近的山上被杀害，凶手拉赫马特至今仍然逍遥法外，这是因为唯恐惩罚附庸国百姓的叛逆屠杀，将招致东方的粮食和物资涨价。至于谋杀斯特罗扬中尉的凶手奥艾里，现在仍然藏匿在伯贝拉一带，其实只需悬赏几块钱，立刻就会有人提着奥艾里的人头前来领赏。当局目前所采用的"封锁"手段名不符实，然而负责的普雷菲尔上尉竟还有颜面为之冠上"严密封锁""严厉惩罚"等名堂，真是连亚丁的民众也要瞠目结舌了。如果认为这种方式足以惩罚当地索马里人谋害陌生人与旅客的懦夫行径，实在大错特错！虽然破坏者提议要赔偿受损的公私财产（这在东方世界可说是相当普遍的解决手段），可是无所不在的中央集权精神却冒了出来，决定不可接受赔偿；认为这并非官员应有的作风。可不是！英国一度以"威望服人"自豪，因此这期间决定实施这个新制度来巩固地位，但在也门的阿拉伯人眼中，他们的征服者[1]却不过是一群"唏啦大人"，意思是狡猾、贪小便宜的人。也门人比我们聪明多了，既然沦为殖民地，怎可白白承受痛苦与惩罚？他们当然也要捞一些好处，宗主国的保护正是其中之一，可视为不时之需。

---

[1] 英国于一八三九年至一九六七年间将南也门纳入殖民地，亚丁即位于南也门。

**警报之夜**

马多哥村这个名字的原意是"小鸟",与被称为"大鸟"的西边邻居马库巴村构成对比。我们在马多哥村一棵巨大的无花果树下扎营,俾路支人忙了一整夜,每有风吹草动,就以为是豹子、河马或鳄鱼入侵。七月十三日,我们天明即出发,一路穿涉过森林和矮树丛、泥浆与沼泽,金加尼河密林丛生的蜿蜒河岸,使我们的行进更为艰困。经过三小时的跋涉,走到一处有害健康的扎营地点"齐敦达",也就是小山丘。这儿的景色相当怡人,湍急的黄色河水大约宽达五十码,漫流过高大坚硬的土质堤岸下,两岸尽是纠结的野草和高大的树木,终年青翠。附近零星散布着锥形茅草屋,这是农人用来看守丰盛作物的地方,林木茂密的小山丘位于河岸以北,河的南岸是凸起的地形,显然是远古时代河水冲积形成的梯形台地,在视线上调和了河岸平原单调的常绿景观。有个叫姆维拉玛的扎拉莫族小头目,带领一小支武装队伍来到我们营地附近站哨,向我们索讨白米,但遭到严厉的拒绝。这个地方邻近边界,扎拉莫族和乌朵伊族、库图族、萨加拉族混居一地,因此我们不再对他们心存畏惧。

从小山丘往前走,沿路是砂质土壤,河卵石构成行行线条,有些地方的卵石则零星散落,沿途地势从高峻的砂岩陡然下降,道路变成木石堆成的台阶;我们跨过一段称为"曼尤拉"的多

第三章 通过金加尼与姆格塔河谷 85

石砾崎岖干河床，见到大量雪白的大块石英、灰色与粉红色的花岗岩，用作磨石的巨大角闪石呈不规则形，还有一层层粗糙的砂岩砾岩。过了这一段，道路延伸至草丛和树林里，路线仍然贴近金加尼河，然后逐渐偏离右方的河水，开始走上砂质土壤。接下来我们走上一片起伏的地势，此处与一条称作姆格塔的溪流毗邻。这条溪流终年淌水，源头位于度图米山区，下游注入金加尼河谷前端。

溪流的这一段河床地势较低，大雨过后无法涉溪，不过其他商旅用树木在此搭了一座克难桥：他们各自从溪流的一边砍下树木，以藤蔓捆扎牢固，然后借着溪流的力量将两边的木排推挤成一体。大伙儿来到这些树干上，以抛接或传递方式将行李和货物运送到对岸。至于驴子，在棍棒与石头的威逼下，被牵到下游河岸，乖乖涉水渡过溪流。忽然，人群中传出比平常更响亮的呼喊，原来我的双管猎象枪掉进冷冽且处处漩涡的溪水中，果阿仆人盖塔诺勇敢地跳进河里寻找。这里的溪水深约十二英尺，溪底泥沙松软，布满植物的根系，水势颇强劲。我向那柄枪说再见，这是它第二次发生类似意外了；乡下人不懂得潜水，也没有人肯冒险与鳄鱼一搏，我自我安慰说，至少探险队已经安然穿过此行最危险的地带。从六月二十七日出发到七月十四日为止，尽管途中疾病与各种困境不断，我们还是在十八天内迂回走了一百十八英里，进入库图境内；对外国商旅而言，这里算是安全之境。

七月十五日，我们继续前进，来到姆格塔河西岸的"到泊"（由河水一分为二而环抱的三角地），地上长满稠密纠结的树丛，有些植物欣欣向荣，有些却已经腐败，其下的土壤经常被洪水淹没，野草丛生。这片浓密的树丛逐渐开阔，变成优美如公园的乡间景致，飞禽走兽多得出奇；海岸地区常见的葫芦与大树已经销声匿迹，取而代之的是金合欢、桉树及矮小的荆棘。体型硕大的牛羚在草地上跳跃奔驰、蹬足踢土，并且摇晃颈上壮观的鬃毛；脚夫对它们相当敬畏，宣称牛羚的力量足以攻击旅队。平原上狷羚和其他羚羊杂处一地，有些则成群结队到河边饮水解渴。树丛里传来鹧鸪的咕咕叫声，栖息在树上的珠鸡看起来像大朵蓝色吊钟花；小型陆生蟹躲藏在坑洞中，使得我们所到之处意外频生。这里蚂蚁种类繁多，密密麻麻地排队横越道路，它们凶猛地攻击人畜，逼得队伍大乱，大伙儿欲行又止，跛着脚连跑带跳，狼狈不堪。越过一条砂质干河床时，俾路支人阿卜杜拉无意中触发我的第二柄猎象枪，四盎司重的铅弹击中一头驴子的头部。走了六个小时，队伍进了一座库图族村落，这个破败、泥泞的小村子叫基鲁鲁，村外种满绒毛草，高挺的茎部几乎将我从鞍座上扫落。天气变化多端，先是雾气弥漫，接着下起暴雨，之后又转为炙人的烈日，大地变成烂泥，丛林散发出死亡的气味。我在基鲁鲁发现一间小茅舍，自出发以来，首度体会到炊烟甜美而温暖的气氛，斯皮克则仍然留在臭烘烘、黏腻的帐篷里，这正是他患上热病的部分原因，后来差点因这热病在乌萨加拉山区丢了性命。

虽然带着驴子的探险队在基鲁鲁落脚并不安全,随时可能遭到土狼、豹子和鳄鱼的攻击,可是天公不作美,我们被暴雨及积水很深的烂泥困在基鲁鲁村,因而延误了两天行程。根据当地人的说法,基鲁鲁其名意为"棕榈叶",原来从前有位干渴的旅人路经此地,因不晓得附近就有水源,口渴难耐之下,嚼食非洲野生棕榈叶而死去。一名俾路支人提议为我洗个"土耳其浴",即他们的原始"干蒸浴",因为这是中亚许多地方惯用的治疗高烧热病的疗法。他将我安置在一张当地人用的小凳子上,然后为我裹上许多件叫"阿巴斯"的毛斗篷,再拿出一个装着点燃煤炭的小陶罐和一些香脂,放进斗篷下面。在基鲁鲁停留期间,我派六名脚夫帮忙驱赶疲惫的牲口先到下一处驿站,因为基鲁鲁的酋长虽然客气,居民对出售谷物却显得万分不愿意。

### 遭遇黏稠深泥沼

七月十八日,我们步上一条令手下心里沉重的路径,他们原以为整趟旅程的环境都差不多;基鲁鲁一带密生的野草和各种作物到近午时分还潮湿得滴着露水,使得黑色土壤又湿又滑,等到我们开始穿越一片密不透风的丛林时,路况变得更差,必须涉过底部树根盘错的黏稠深泥沼,树种多半是形状歪七扭八的非洲野生棕榈，少部分是非洲罗汉松和高耸的墨绿色巨树"素库留"，俯临低处长着金合欢的贫瘠土地，以及遭陡峭河岸切割的了无生气的草原。沿途我们越过三处湿黏的沼地，长度从一百码到一英里不等，深至膝盖；脚夫像驮兽般踩着烂泥前进，我自己则被迫端坐在驴背上，让脚夫牵引过去。这种泥沼是大雨过后水分无处宣泄所造成，有时甚至深达颈部，除非吹起东北季风，日晒加上风吹，将湿气全部蒸发殆尽，否则泥巴永远不会变干。唯一叫人眼睛一亮的景致，是不远处一座可爱的山丘度图米山，远远看去呈深紫色，偶尔被乍现的阳光照耀得闪闪发光。这趟行程即将告一段落前，我趋前赶到旅队前方，经过无数被绒毛草田围绕的村落，我率先抵达阿拉伯商人赛福所租住的垦殖地（后来发现此人是个声名狼藉的恶棍）。赛福来自阿曼的比尔凯，本身是哈里斯人；身材高瘦，外表一副年高德劭貌，然而这份老态有一半其实是嗜饮粟米啤酒所造成。他曾经久居乌尼亚姆韦齐，人地熟稔的结果引来其他商人的敌意，尤其有个叫萨瓦非的阿拉伯商人看他最不顺眼，联合了其他阿拉伯人，说动非洲酋长姆帕加默擒住赛福，并且将他绑在视野清楚的地点，让他亲眼看到自己的仓库被人捣毁、焚烧，最后还被驱逐出境。赛福撤退到度图米区东山再起，在生意上逐渐累积一些资产；他在贩奴方面尤其积极，总用铁链拴住奴隶，对待他们极为严苛，因此人人都说他不会有好收场。尼亚姆韦齐族更给他取了个名字叫"姆索波拉"。我到

第三章　通过金加尼与姆格塔河谷　　89

达之后，赛福立刻开始在我面前诽谤向导萨利姆，把他说得一文不值，说他根本不够资格管理我们旅队的事务；为了让他闭嘴，我只好在茅屋凉爽的屋檐下假寐。过了一会儿，斯皮克摇摇晃晃走进村子，他病重得几乎无法说话，过度的劳累令他体力透支。接着探险队成员慢慢到齐，步履蹒跚的阿拉伯人、俾路支人、奴隶和驴子陆续出现，每一个都累得东倒西歪。这趟路的向导是瓦齐拉，他喜欢抄捷径涉过沼泽，而不愿意绕道走好路。

我们在度图米停留将近一个星期，疟疾引发了沼泽热病，以我为例，症状就持续了二十天左右，发作的症状虽然比印度疟疾（或称信德①疟疾）温和，却会引起严重的肌肉疲劳，彻底击垮了我。发烧时和烧退后的几个小时里，我很诡异地相信自己人格分裂，同时扮演起两个立场彻底对立的人。失眠的夜里，眼前浮现出可怕的景象：形状狰狞的野兽和容貌丑恶、头颅长在胸前的男女。斯皮克的病况有过之而无不及，发作起来整个人会昏厥，就跟中暑一样，这场病似乎对他的大脑造成了永久损害。萨利姆是状况最好的队员，两个果阿仆人病得也不轻，不过他们的病主要是暴饮暴食引起的，假如不是出于被迫，他们这辈子恐怕再也不起身了。除了天气，还有更令我们备受煎熬的：驴子全部用来驮运行李，因此我们虽然亟需休息，却

---

① 信德，今巴基斯坦东南方靠近印度的一省。

不得不拖着病体徒步前进，有时甚至得在烈日和暴雨中连续走上好几英里路，不时还得穿越泥沼和充满瘴气之地。即便骑驴行进，也会造成过度疲劳，这地方的地形与欧洲大异其趣，绝对不是老弱妇孺散步的好地方。非洲公驴顽固而又凶猛，马类动物的四大缺点样样齐全：易受惊吓而退却、走路跌跌撞撞、偶尔以后脚站立、常常趁机脱逃；有一次，斯皮克在两小时内被驴子甩落地面两次。只要有人想骑上驴背，驴子必然紧张地扭动、上下颠踬、原地转圈；它们拱背乱跳，直到捆绑包袱的脆弱系绳绷断为止，走路时也专挑坑洞和低洼处走。如果刮起强风，它们会像猪般四处奔窜；日头火热时，则一径儿往树荫底下钻。这些驴子喜欢最崎岖难行的地面，因此当我们在道路上行进时，一定要有人牵驴才能让它们顺着路线走；一旦遇到它们使起性子，牵驴的奴隶马上就会丢掉手里的缰绳，逃到安全距离外。行程如果必须在一小时内走上两英里，就得找第二个人跟在驴子后面，沿途不断鞭策这些慢吞吞的蜗牛。非洲驴的腹侧浑圆、背脊短小，几乎没有肩膀可言，种种缺点使得我们所用的粗劣阿拉伯驮鞍很不安全，也许只有狒狒或小男孩才能稳当地骑在驴背上吧。此外，它们的骹骨（蹄毛与蹄之间的骨头）像山羊那样又直又硬，走起路来一步步颠簸，令人心烦气躁。尽管一开始我们骑的是供人骑乘的桑给巴尔驴子，但是那些娇弱的牲口没多久就不耐操劳而累死，于是我们只好改骑这些叫"克洛马"的半驯化尼亚姆韦齐牲口。至于驮运行李用

第三章　通过金加尼与姆格塔河谷　　91

的驴子更是麻烦透顶，奴隶对绑绳索和平衡驮包的工作（这是用驴子驮运行李的最大诀窍）总是粗心大意，结果每次路过泥泞或崎岖处时，驴背上的行李一定会被甩下来；每当这种时候，俾路支人只会念念有词地抱怨，坐下来袖手旁观，留下他们的指挥官、萨利姆和我们自己动手重新固定行李。我和斯皮克沿途轮流在队伍后方压阵，有时候过了中午才到达扎营地点。用来拴牲口的粗细绳索经常失窃，显然是手下想逼我买新的。他们从来不把牲口聚拢过夜，在我们生病期间，也没有人想到去清点驴子，因此前后丢了好几头驴子。探险队似乎一直走走停停，永远不能顺利走完全程似的。这样的过程令我们感到莫名的心力交瘁，对我而言，每个早晨都是新的烦恼与麻烦的开始，每个夜晚则提醒我睁眼之后又是悲惨一天的到来。不过阿拉伯人说得好："绝望中藏有无穷希望。"尽管整夜忧烦，我们绝不放弃，情愿牺牲一切（包括我们自己在内），也不愿无功而返。

**度图米山区**

度图米是库图境内最肥沃的区域之一，平原上的土壤是黑土和沙子，未经开垦的地上长满各种植物，终年流淌的度图米河灌溉了这片土地；此河由各草原林地中的源流汇集而成，然后注入姆加齐河，再汇流进姆格塔河，终而流入金加尼河。这一带人工灌溉相当普遍，人们修筑中空土堤来引导水源。度图米山区形成平原的北界，看似骤然拔地而起，实际上南面仍有些低矮丘陵，缓缓下降至贴近水平线，再与平原接壤；锯齿状尖锐峰峦带有原始地层的风貌。山势走向是北偏西北方，据向导表示，只要走上四天，就能抵达度图米山和乌萨加拉山脉相连处，也很可能衔接萨达尼港西方恩贡丘陵区（或称恩古鲁）的南缘。据说乌萨加拉山脉是金加尼河源头所在，水源从一个山洞或裂隙中涌出，汇集南坡诸支流后，逐渐形成这条河流，及至姆格塔河从分水岭西侧汇入，环绕着南边山麓。除非天气特别晴朗，否则这些云雾缭绕、雨水丰沛的峻岭从不暴露完整的轮廓。寒冷的温度影响到下方平原，白天刺骨的东北风和西北风劲扫而下，被太阳炙烤的度图米区首当其冲，夜晚气温则下降到二十一摄氏度，甚至十八摄氏度左右。高山上的水想必也结了冰，不过山区对人体健康并无大碍。此地盛产绵羊、山羊、禽鸟。据阿拉伯人的说法，山上长满了蒟酱[1]，以及其他平地常见的绒毛草、芝麻、木薯、甘薯、黄瓜、棱角丝瓜，此外也盛产豆子、煮食香蕉[2]、甘蔗。山麓浓密的丛林，是大象和犀牛的藏身之地，这些动物数量相当多。野草长得太高时，很难发现躲在里面的牛羚和扭角条纹羚。有一种小型的树蛇会追

---

[1] 蒟酱，亦称荖叶、蒌叶，胡椒科植物，叶子用来包槟榔嚼食。
[2] 煮食香蕉，此种香蕉并非作为水果的鲜食香蕉，而是需经烹调方能食用的香蕉。或译作"菜蕉"。

猎树林里的动物；日暮时分，矮树丛中则会传来猫鼬的啾啾叫声，本地人十分喜欢这种叫声，就跟欧洲人喜欢单调的蟋蟀没两样。从度图米朝北方走约六小时，便可到达一片称作果果尼内地的地方，这儿有一块两河汇流所环抱的三角河洲"迪慕"，旁边是姆格塔河。地势较低的南侧山坳河谷土壤肥沃，昆巴库族（？）① 和苏潘加族部落定居在此；较高的山海拔显然有三千到四千英尺，居民则是卢谷鲁族，对于抵御山上酷寒天气和对付周遭穷凶极恶部落的措施，他们从来不敢松懈。眼前果果尼内地人人视为瘟神的是出身卑微的泽古拉人齐沙班哥，他征服度图米山东麓的卡米区、打败该地穆斯林首领昂果基之后，自抬身价号称"薛尼克汉比"，即"大头目"。与桑给巴尔岛隔海相望的海岸城镇万德，住了以绑架为业的穆斯林海岸氏族，齐沙班哥伙同这批人，并在泽古拉族人的协助下，经常突击卡米地区，结果该区几乎所有人都被他送往桑给巴尔的奴隶市场，其中多半是苏潘加族和卢谷鲁族的人。接着齐沙班哥等人继续向西挺进，造成当地哀鸿遍野，危害范围之广，甚至远及慕康多瓦河谷以外。尽管如此，此地山区部族仍然热忱欢迎陌生人来到他们的村子里。这里有个山洞，扎拉莫朝圣徒总是不远千里前来朝拜；据说有名男子的灵魂脱离了肉体（其实就是鬼魂，

---

① 本书中常会出现这个令人不满意的符号。由于数据不足、错误、人为疏忽、别人夸大等种种因素在这块地方屡见不鲜，作者对一切他未能亲身证实的数据，均保留怀疑的态度。——原注

当地人称"佩魄"),从洞底传出阴森的声响——当地人把这种声响称为"酷列罗"或"柏克罗",但这很可能是从地底伏流传出来的水声。到此朝拜的妇女在山洞的水池里洗澡,据说可以求子,男人则宰杀绵羊和山羊作祭品,祈求作物丰收、战事奏捷。这些山地部族讲的是很独特的方言,据向导说与库图语渊源很深。

**度图米绑架事件**

虽然度图米恶劣的气候远近知名,阿拉伯人有时候还是会在这里住上好几个月,目的是购买廉价奴隶,另一方面则借机休养生息,为下一次内地之旅做好准备。基于这项因素,多年来度图米的酋长们彼此心怀敌意,鲜少有哪个月不发生强敌入侵、村落被焚、农人被俘虏卖为奴隶的惨事。

我们在度图米停留期间,有一支人数不算多的军队奉派攻打一个名为曼达的小酋长,因为曼达不把桑给巴尔亲王派驻当地的军队看在眼里,竟然侵略一座村落,并绑架弱小邻邦姆戈塔的五名百姓。我很高兴能协助这些可怜的俘虏返家,两名逃过奴隶命运的耄耋老妪喜极而泣地向我道谢。

等完成这举手之劳的好事后,我还是头重脚轻、双手颤抖,但总算能动手写篇短简,向皇家地理学会报告探险队的情况。我将这篇报告连同其他文件,特别是一封请求医疗支持(最要紧的是奎宁、麻醉剂等药品）的信函，托雅鲁科卫官送去给汉摩顿中校，万一无法交到中校手上，则转交法国领事科歇先生。此外我还冒昧建议亲王，等雅鲁科完成任务之后，不妨派遣他填补巴加莫约镇驻军出缺的队长一职。经过先前三次叛逃事件后，从栲乐镇一路随我来此的护卫队人数越来越少，我将这些人遣走。同时，志愿前来者一直吵着要回去，凭我现在的财力也没法子再留下他们。除了本应在前路等我们却拖延在后的两大批布匹、金属线、珠子外，达姆哈还送给我一批白色和蓝色的棉布，以及一些漂亮的服装，还有两万串陶瓷珠子，颜色包括黑白相间、粉红、蓝、绿及红棕相间等，也有缝衣针和五金用品，都是为了通过扎拉莫区所准备的过路费。这些物资价值大约两百九十五元，理应足够我们支持到第三个月末，可是才三个星期就消耗殆尽。我把这些东西托付给萨利姆，没想到他胆小如鼠，一碰到半裸的蛮人向他伸出求乞之手，就慷慨发送礼物；更甚者，当他自己病得没办法主管支付事宜时，竟然准许自己的手下在俾路支人伙同拉姆吉之子的协助下，任意掠夺他们想要的东西，而且隐匿不报。商人达姆哈由于无法给予旅队足够的配给，竟然"自作聪明"地将十八件美国制棉布改制成驴子的鞍座垫布，中途休息时被俾路支人和其他手下拿来当铺盖；另一件事也证明了此行所托非人：十三名全程扈从本来只有两头驮运行李的驴子，后来竟然变成五头！更气人的是，那些拉姆吉之子在往后很多个星期内，居然阔绰到用四五块布料换一头山羊。七月二十一日，从桪乐镇跟来的护卫队解散时，我差点想鸣炮欢送，因为他们的离开令我欣喜若狂。这些家伙不断骚扰我，要求多发配给，并求我给他们驴子，总是吵到半夜才罢休。这些桪乐驻军里的废物所想所求的唯有食物，不愿意工作，还不断挑衅、欺压温和的库图族人，似乎一心想拖垮俾路支人的声名，以达令人忿恨和鄙视的地步。

基于有备无患，我从桑给巴尔带来了四副吊床，用途是绑在柱子上，充当一种印度人叫"曼契尔"、葡萄牙人叫"曼契拉"，而西非人则唤作"提波伊拉"的运输工具。赛福同意以十元代价出租他的奴隶，我们坐在吊床上让这些奴隶扛着，他们也负责搬运装备。七月二十四日，我觉得身体渐渐复原，可以继续上路了，便重新整队出发。我们走过度图米区的农地，越过一道崎岖不平的泥泞河床，即使在干旱季节，污泥都直陷至膝盖；随后进入平野，周围有山地丘陵环抱，这些低矮的圆锥形丘陵和印度丘陵的地质类似，无人居住，比平原更容易让人感染疟疾。地表多岩石，树木并未随山丘高度的增加而稀少，林木苍翠的景致从山脚延伸到山峰。过了垦殖田地的范围，道路突然伸入一片丛林，非洲大陆顿时变回了它一直烙印在欧洲旅人心目中的形象，既丑恶又怪异。整体来说，非洲丛林的外表混合了矮树丛与较高的林木，使得地平线缩小为短短数码，不但看起来单调无比，连想象空间都狭小得很。丛林里的黑土非常滑溜，遍生浓密的灌木丛，比较开阔的空地上则生长着一

第三章 通过金加尼与姆格塔河谷 97

簇簇箭竹茅和针茅，高达十二三英尺，每片叶子约有一指宽。至于高耸的树木，通常从根部到树梢遍覆附生植物，一条条沉重的浓绿色叶脉垂挂在树间，长在树冠上的看起来像硕大的鸟巢。路径不时又会进入本地土著形容为"死路"的地方，前路被矮树丛逐步侵占，藤本植物、匍匐植物、爬藤等，像椰壳纤维编织成的粗缆索，有些呈弧线状攀上树木，有些直直朝树干延伸，还有的蔓延在任何可攀附的东西上，往往一条藤蔓搭上另一条藤蔓，交织成密密麻麻的网络，像绳索般紧紧缠住攀附的植物，甚至生命力最旺盛的葫芦树都被缠勒得长不大。永远浸泡在雨水中的大地散发出硫化氢的恶臭，有些地方甚至令旅人以为每丛矮树后面都藏了一具腐尸。在这片瘴气冲天的悲哀景象之上，是一条堪称绝配的天际线：浑然穹苍压着厚重的紫色云彩，后方的强风与寒冷气流紧追不舍，最后化成声势浩大的阵雨，或扩散成晦暗的深灰色天幕，将世界全部笼罩住。天气好一点时，空气一片惨白，薄雾与蒸气似乎聚集了"雨阳"的闷热。路过此地，身心立刻觉得提不起劲、虚弱、精神疲惫，这其实是因为湿热与湿冷的交替，让过路人吃不消和不舒服。这片充满瘴气的土地似乎坏到不能再坏了；丛林深处有一堆堆肮脏、简陋无比的小屋，是为数不多的居民遮风避雨的地方，这些憔悴的人因为长期处在有害的瘴气中显得极为瘦弱，四肢因发炎溃烂而变形，印证了天地不仁的古训。东非从库图区中部到乌萨加拉山区，所呈现的尽是这片令人作呕的景象。

**祖果梅洛地区**

　　路径穿过这片臭味四溢的平原，右边是被太阳晒干的盐矿浅坑，据阿拉伯人说，干季时盐坑是湿的，雨季时却是干的。我们辟开另一堵绒毛草墙（草茎比印度丛林里的藤还硬），进入巴可拉村打尖，这是一座景致优美的小村落，周围点缀木瓜树和煮食香蕉树，树上的鸽子正在嬉闹。一八五九年，我们打道回府时再次经过此地，但浓密的杂草像波浪般已经吞蚀了村舍与屋顶。非洲人对石墙怀有恐惧的迷信，他们仍是半游牧民族，具有文明所不能感化、爱流浪和漂泊的本性。虽然今天非洲东北角落后的蛮荒地不乏大规模且稳定的定居群落，有大量人口定居在哈勒尔与赞比西河①河畔被毁的葡萄牙城镇之间，但非洲内陆至今却仍然不为石头建成的村镇所动。我们携带的地图也不成样子，绘图者以小圆圈代表城市，其实只具误导效果，城市的名字代表的往往只是苏丹辖治单位——贵族地、区或省。

　　第二天我们继续前进，走过洼地和稻田，几乎每头驴子都在这里跌倒或摔掉背上驮载的行李。经过漫长的步行，终于来到祖果梅洛区最外缘的哨站，已经有数支商队在此扎营，四下

---

① 赞比西河，非洲第四大河，又称利巴河。非洲南部河流，源出安哥拉东部和赞比亚西北卡莱内丘陵附近的沼泽地，向东南流入莫桑比克海峡，全长两千七百三十五公里。流经安哥拉、赞比亚、纳米比等地。

堆满象牙，并有一群群脚夫。领先我们到达的三十六个尼亚姆韦齐族人选了远方一座小村落脚，我们只好继续往前走，并在路上碰巧遇到两名拉姆吉之子率领队员前来会合。旅队上下为此欢声雷动，挥舞剑矛，凌空刺来刺去，还没头没脑地向四面八方冲撞，仿佛在与想象中的敌人作殊死搏斗，这番情景似曾相识：养鸡场里也经常可见母鸡如此这般嬉闹似的互斗。也难怪他们这么兴奋，我们这段旅程花了四个星期，比平常多出一倍时间，脚夫们自然开始怀疑我们是否在扎拉莫人手中遭遇到什么不测。

祖果梅洛位居大河谷顶端，地势平坦，土质属于黑土与沙土，非常肥沃。平原周围群山环绕，只有东边是河流出口，北方有度图米山高耸的峰峦；西边坐落着维果丘陵和乌萨加拉山的其他分水岭。虽然山脚下聚落稠密，这一边却乏人开垦，也没有人居住。南边是地形相近、呈锥状的山丘，陡峭多岩、林木蓊郁。这里海风强劲，然其范围所及之外，空气却湿热窒闷。受到靠海气候的影响，当地人称"扣西"的西南风有时接连吹到七月底才停止。这里一年中的天气不会有太大的变化，通常由清晨乳白色的淡雾揭开序幕，雾气慢慢形成一圈圈云霭，在东边转为雨云和积云，逐渐笼罩度图米山的山头，等到阵雨兜头倾泻而下时，一道厚重的层云将高山和矮地划分成上下两边，低垂地伏在平原上方。每逢朔望，这里日夜会各下一两场雨，等到云破日出，火毒的太阳则会把毒质从腐臭的土壤中蒸发出来。入夜后空气窒闷无比，破晓前雾气凝结，形成了深重的露水，连当地人都望之生畏。在此逗留过久的话，容易令商旅脚夫和奴隶病倒。这里的湿气足以侵蚀一切，火药罐上的弹簧受潮后，居然像烧坏的线圈那样稍折即断；衣服摸起来软趴趴地带着潮气，纸张上原有的涂层脱落，变得又软又湿，足以充当吸墨纸；我们的靴子、书籍、植物采集样本全都开始发黑；金属锈蚀的情况自然不在话下。品质最好的雷管虽然标示具有防水作用，但除非用蜡布包好，小心储藏在锡盒里，否则仍旧点不着；与空气接触过的火药根本无法点燃，木头上长满了白霉。我们带来了充足的德国制普通磷火柴和英国品质最好的含蜡黄磷火柴，然而两者在此地都起不了作用；火柴头缩小，稍微接触就整个掉下来，常常整盒火柴化成一堆泥膏。在此我要建议未来前往此地旅行的人实行好用的"老法子"：将橄榄油注入小玻璃瓶达半满，然后加入一点点磷，不仅可以用来照明，也能引燃火药。话又说回来，当旅队还有持火绳枪的军人伴护时，升火完全没有困难，因为他们的囊袋里总是装有钢条、打火石、用硝酸钾溶液浸过的棉絮或野生木棉。

### 环境恶劣却粮食充裕的祖果梅洛

尽管祖果梅洛的环境条件如此恶劣，却仍是东区重要的交通枢纽（即当地人口中的"邦达里"），地位宛如中区和西区的乌尼扬比及乌吉吉。祖果梅洛位于主要干道上，是往来商旅必经之地，每年六月到次年四月间，每星期路过的旅客超过千人。过去基尔瓦经常派商队到此，尼亚姆韦齐脚夫也常取道本地（他们把这条途径叫作"维瓦路"）。通常在此处落脚的阿拉伯商人情愿自己搭帐篷，也不愿住宿漏雨的土著茅屋。简陋屋舍里栖息着母鸡和鸽子，老鼠、蛇、蜥蜴满地乱爬，蟋蟀、蟑螂四处横行，蚊蚋、苍蝇扰人不休，模样讨厌的蜘蛛随处可见，住在里面的人经常受到成群蜜蜂的攻击，此外又得随时面对火灾的危险。护送商旅的武装奴隶多半占据最好的茅屋，若非独占，就是和一些倒霉的室友同住，至于脚夫则会挑一处当地居民的屋檐下睡觉。祖果梅洛吸引人之处在于粮食补给充裕，谷物丰盛到当地人几乎全赖粟米啤酒或绒毛草酒维生——外来旅客也立刻入境，随俗喝个痛快。另外，野生印度大麻与曼陀罗也为此地增添迷人之处，大麻的品种包括来自印度、波斯、阿拉伯，以及北非和南非的。它们的植株大且质量优良，东非地势低的地方，家家户户门口都见栽种，跟其他气候炎热的地方一样，此地大麻纤维质量差，因此唯一的价值就是它的麻药性质。阿拉伯人将大麻叶子晒干，和烟草一起放在巨大的水烟斗里抽，烟斗容量竟可装入四分之一磅重的大麻和烟草；非洲人的抽法相同，但是不加烟草。阿拉伯人与非洲人对大麻的不同品种从不讲究，亦不去想大麻的加工问题。他们所抽的品种，性质和一种出产于信德省的非常相似，会造成喉咙肌肉的收缩。深深抽几口之后，烟雾会被吸入肺部，造成到了后期声音会如同尖叫的剧烈咳嗽，而一旦某人起头咳嗽，旁人也必然跟进。这种讨人厌的声音很不自然，连小男孩也有样学样，仿佛要让别人晓得自己会咳嗽是一种潮流似的，目的是向人宣扬小鬼已经长大，并开始吸食大麻。斯瓦希里人和阿拉伯人同样称之为"穆拉哈"的曼陀罗，生长在水分充足的平地，开大朵的白花，形似印度的白花曼陀罗。本地异教徒与来客将曼陀罗的叶子、花朵、幼根外皮晒干，认为这是最讲究的准备方式，接下来将晒干的曼陀罗放进一只普通的碗或水烟斗里抽，据说这是治疗气喘（当地人称为"齐克纳斯法斯"）和流行性感冒的特效药，以产生的黏痰来减少病人的咳嗽。印度人拿曼陀罗制造毒药，非洲的仙吉人并没有利用该植物作这种可怕的用途，倒是许多人对曼陀罗的强烈麻醉药性一无所知，因此常发生意外。肉类在此地很罕见：偶尔有路过的尼亚姆韦齐人赶牛到海岸区域，是唯一可见牛只的时候，也因此我们在这里买不到牛奶、奶油、印度酥油。原本一头绵羊或山羊起码要用一件缠腰布或四腕尺平布才能换到，此地人却只索价二十五分，这样一笔钱本来只能买到两只家禽。此外，鸡蛋和水果（主要是木瓜、煮食香蕉、椰子、青柠等）的售价同样令人难以想象。一件缠腰布在这里大概可以换取八份未剥壳的绒毛草、四份白米（前往内地的旅人非购买不可），外加五块烟草，总价大约三英镑。算下来，一支大规模商旅在此地每日的开销，也不过等于桑给巴尔市场上价值一元到一元五角的布料。不过物价变动很大，而且卖方很多时候甚至会不惜血本，只求脱售。

祖果梅洛吸引商旅的条件，正好引来一批趁火打劫的匪徒，他们一方面等待象牙商人的来临，一方面以劫掠本地人为乐。现在这种瘟神劫匪如同蝗虫过境，迅速肆虐各地。本性温和的库图族不像扎拉莫人那么骁勇善战，也没有苏丹作为靠山，已经逐渐被赶出祖先留给他们的地盘。规模甚大的村落里也往往只有三四户人家，住在最破败的茅屋里，最好的屋舍都被匪徒侵占或拆掉作柴火了。这些由奴隶、逃犯、亡命之徒组成的抢匪，为了躲避贫穷、惩罚或死刑，从海岸地区来到这里，身上配备了火绳枪、弯刀、弓矛、匕首和圆头棒，还携带弹药，强大的武力绝非乡下百姓所能敌。匪徒先以强悍言辞威吓，如果无法奏效，便出动枪杆子来侵占民房和财产，并任意处置其妻儿。缺钱的时候，匪徒会在夜里放火焚烧村落，然后将全村百姓卖给第一支路过的商队。有些地方枪击声不绝于耳，情况之惨烈和印度若干动荡的省份不相上下。尽管如此，抢匪很少需要真正诉诸武力，因为库图族人相信这些暴君是苏丹和桑给巴尔贵族的使者，通常只会非常消极地抵抗一下下（譬如将家人和牲口藏在树丛里）。这种劫掠行径造成的结果是，大好的一片肥沃土地，每年收成的谷物却少得可怜。

前文已经提过，桑给巴尔苏丹极力谴责这类恶行，如果发生太过分的暴行，苏丹便会下令采取补救措施。这些措施包括派人（例如一名印度商人）到沿海地区去警告涉案首领，然而当这些首领得知苏丹自己的手下也有一批手段雷同的劫匪时，苏丹的空言又起得了什么作用呢？当这个国家找不到一个诚实的人来以身作则时，奢言改革又能有什么作为？既然桑给巴尔政府有名无实，唯有指望岁月带来转变了。事实上，库图族就经常威胁要脱离桑给巴尔管辖，转而请求阿拉伯苏丹保护，派一支俾路支戍卫队驻扎当地。后来这项期望落空了，理由很实际：没有人敢离开自己的住家，因为，唯恐回来时家已成为一片废墟。此外，假如匪徒猜出他的意图，一定会开枪杀了他，即使侥幸逃脱，也很可能在前往海岸区的路途中，被残暴的邻邦扎拉莫族抓住卖掉。最后一个理由也有道理：一旦他们的愿望果真达成，谁晓得俾路支戍卫队会不会吃里爬外？如此岂非引狼入室？阿拉伯人太聪明了，他们对俾路支佣兵的脾性了如指掌，才不会同意雇用这种"骁勇骑兵"呢！

读者必须明白，进出东非这一带走的是奴隶之路，与游历南非那些自由、独立的部落截然不同；踏上这条奴隶之路，基本上就是要扼杀人性本善的信念。尽管库图族似乎很值得同情，但是旅人却爱莫能助，而且永远处在虐待或被虐的矛盾心态中。如果旅人以礼貌、慷慨的态度对待库图族，他自己就得挨饿，出价购买东西根本没有用，因为你一出价，对方必然索求更高代价，到头来竟是需索无度，即使最基本的生活必需品也成交不了。换言之，如果抢匪不动武力强占房子，就算外面风雨交加，库图族人也不容许他们进来遮风避雨；如果匪徒不强迫库图族人劳动，他自己必须做到累死；如果不放火烧村子、贩卖村民为奴，就算坐拥丰富的资源，他可能还是会饿死。

## 第四章
# 海岸区的地理与人种

告别海岸区之前，有必要谈论一下当地地理学和人种学上的细节。（如欲获得更详尽的资料，不妨参考一八六〇出版的皇家地理学会会刊第二十九期，内有深入报道。）

从东经三十九度的印度洋沿岸，一直向西延伸至东经三十七点二八度的乌萨加拉山区，是为海岸区（又名第一区），以直线距离测量，宽度为九十二地理里[①]，而其位于金加尼河与鲁菲吉河之间的长度则约为一百一十地理里。海岸区的平均坡度每英里小于四英尺，可以划分成两个盆地：东边是金加尼河盆地，西边则是由姆塔格河和众多支流组成的盆地。前者面积较大，又名扎拉莫区；后者还可一分为二：较大的是库图族的聚居地，较小的则是兹拉哈区。当地土著又将兹哈拉区分成三处低地，分别为墩达、度图米、祖果梅洛。

---

① 地理里，一地理里相当于六千零八十英尺，亦即一千八百五十三点二米，亦等于一海里。

库图族妇女

## 海岸区的地理景观

沿河的这条大道,全程贯穿金加尼河与姆格塔河的河谷,其间只有少数无关重要的歧路。本地商旅若是负载不重,一般来说,在沿途休息一次的情况下约两星期便能走完全程。用沸点温度计测得路两旁的最高点为海拔三百三十英尺,地形则是本区常见略为起伏的地貌,并无任何特色。近海丘陵短而陡峭,往内陆去则像波幅较长的海浪,两者都因为土壤肥沃而草木丛生。有些地方看起来简直和公园没有两样,零星的树林下不见灌木,高高的野草几乎可以碰到小荆棘树离地面较近的枝丫。

在树形浑圆、枝叶茂盛的大树周围，偶尔可见丛丛枝叶纠结、令人无法穿越的繁密矮树。连贯于村落间的狭道，由于经常深入树枝拱抱的黝黯、浓密的林荫隧道，往往因此拖慢扛着货物的脚夫队伍的速度。雨水带来的泥巴积聚在低地上，空气因此变得阴冷潮湿。路过此地的商人总会不寒而栗，因为这儿是强盗埋伏的绝佳地点，不论正面拦截或从背后偷袭，只要几名亡命之徒就能轻易劫掠一支商队。道路常常与深深的河渠、水道相交，炎热季节河床干涸，下雨时水势足以阻碍通行。为数众多的林间开垦地上，烟草、玉米、绒毛草、芝麻、花生、木薯、豆子、甘薯欣欣向荣。本地视凤梨为野草，但近海区域则可看见零星的椰子、芒果、木瓜、菠萝蜜、煮食香蕉和青柠。较低的平地上，稻米长得十分茂盛。海岸区的村落都隐藏在树丛或野草中，但除非身处漫漫荒野，否则沿路清晰可闻的鸡啼声，足以证明这些村落比比皆是。然而无疑它们的规模很小，人口也稀少。这里一如东非的沿海岸一带，地势朝印度洋方向缓缓往下倾斜。流水来自小河道，并聚存于地底深可达十英尺的"席默"（坎坑），然后从土壤汩汩涌出，即使离河川甚远的地方，依然水源充足。此地的雨季比桑给巴尔早来约一个月，雨水从三月开始倾盆而下，但是持续的时间则与桑给巴尔没差别。地势较高的地方，气候虽然比河谷里好一些，还是相当闷热。岩层方面，沿途所见的分别有珊瑚礁、石灰岩、钙质凝灰岩、位于海边的粗砾岩，以及眼前的原始砂岩。这些闪闪生光、奇形怪状的石头随处可见，乃当地人浑然天成的

第四章 海岸区的地理与人种　　109

磨石；而河床的泥土则是用来做陶器的上等材料。近海地区的心土[1]是坚硬的蓝色壤土，内含红色石英质砾石；表层土壤是深棕色或黑色腐殖土，偶尔表面被覆一层洁净的白沙，并夹杂条状赤红壤土。地面上淡水贝壳星罗棋布，石头稀少的松土则是陆栖蟹挖洞的好地方。海岸区虽然没有黑牛，家禽、绵羊和山羊倒是不缺。在靠近丛林的地带，有用来保护牲畜不受豹子或土豹偷袭的大型木舍，像笼子般用柱子撑高了底部以保持整洁。

至于河谷的地理特征，基本上和桑给巴尔岛及东非沿海地区没有两样，气候方面则略有不同。河道蜿蜒贯穿近海地区的盆地，使之呈现一道宽阔的曲线；下游河床很深，已经不可能再改道了。河谷中段附近，峭岩山脊和山丘取代了原来绵延起伏的地面；河谷顶端则是一片低矮的平原。许多地区，尤其是河口附近一带，河堤如行人道似的分合不定。从零碎成层的鹅卵小石和贝壳，可看出多年来河床斜坡的上升及水位的沉降。远远望去，这些高于水位的浅滩仿佛都戴上一顶树木编织的帽子，绿叶成荫，是当地人爱聚居的地方。沉重的气压和炎热潮湿的气候，造就了生长于低洼地区、庞杂得难以形容的森林。茂盛的草丛，特别是蒙受湿地和沼泽黑土所滋润的部分，足有十二三英尺高，草茎粗细则仿若鹅毛笔管，甚至粗若成年男人的手指，常有逃跑的奴隶与罪犯藏匿草丛间。较浓密的草丛甚

---

[1] 心土，或译为"底土"，指表土下的土层，颜色明显，又称淀积层。

至掩盖了泥土，没有道路的话根本无法通过。然而即使有了路径，过路人仍须费尽九牛二虎之力才能通过屏障般的野草，途中还不时被反弹回来的芦苇及割断后仍锋利无比的草桩子所伤。就算是习惯不穿鞋、脚底早就硬得像牛皮般的非洲人，走过这些草丛时仍免不了被割伤或刺伤。不论何时，夜寒露重或烈日当空，任何人只要在健康稍逊的情况下走过这个地方都消受不了。草木受了雨水滋润，有时茂盛到把河床与溪流完全覆盖住，但通常猎人或干燥季节所带来的山火会将之烧毁。由于干季的山火很危险，因此当地人有此习俗：以带叶的树枝扑打火焰来控制火势。这一带野草种类繁多，在河谷某些地方，几乎每天都能认识到一种前所未见的草类。越湿的地方，树木则越为罕见。少数硕果仅存的树木均生长在微微高出地面的土堆上，以避免根部长期浸泡在水中导致腐烂。这地方恶臭弥漫，长年累月散发着植物腐朽的气味。有的地方在水退后，会呈现出大片草地及一丛丛高高的灌木，在后方成列树林的衬托下，浑然像个天然公园或庭园。牛羚与羚羊不时成群结队地奔跳于这片绿茵上，形成了怡然的画面。

　　这里的气候炎热沉闷，姆格塔河谷顶端缓缓吹着的海风，来到地势较低的平原却一点也感受不到。除了一月间的两个星期之外，祖果梅洛雨量不断，在外人看来，植物必然会腐烂，哪知却非如此。即使地势较高的北方，太阳仍能穿透浓雾，阳光惨淡却炎热，酝酿于空气里的电量则不时带来雷电交加的风

第四章　海岸区的地理与人种　　111

暴。西部比较寒冷，常有从度图米山陡峭的岩面直刮而下的冰寒刺骨的山风。

河谷里最常见的疾病是严重的皮肤溃疡和热病，通常是隔日热型。有一种名为"恐古鲁"的热病，在发作时，病人脚趾和手指尖首先会感觉寒冷，然后冷颤向双脚蔓延，接着肩膀发痛，出现头疼、双眼发热、身心疲惫乏力、敏感易怒等症状。症状大概持续一到三个小时，然后便进入不时欲吐的燥热阶段：发高烧、心跳剧烈、口渴，眼球有如被挤压般疼痛，通常还有厉害的咳嗽和发炎。病人的意识变得模糊，不时看见幻象，并因为脑部受刺激而自言自语。当病症随大量发汗结束时，病人往往神志不清，耳朵嗡嗡作响，四肢虚弱无力；假如病人太快起身，会导致肝导管胆汁溢出而头晕目眩。然而若是出现胃口差、失眠、情绪低落、体温微热、脉搏急速、两边太阳穴鼓胀、两脚肿胀发痛、身体出现不同种类的疹子和嘴巴溃烂，反而是痊愈的征兆。此时只要稍为用药，病人便可以痊愈，但病程可达三周之久。

起点为海岸区的多条道路，在扎拉莫中部汇合形成一个三角形；当地人称汇合处为"马库塔尼洛"。我们走的那条路线，是其中一条连贯栲乐和巴加莫约的主要道路，直到并入来自姆布阿马基的西行大道之前，基本上是朝西南方走。路线共分十三段商旅路程，不过装备良好的旅人只需花一个星期就能走完。

下文将详述海岸区的民族志，篇幅之长在所难免。如果人种学不是非洲唯一引人入胜之处，相信也会是名列前茅的几项之一。凡与这些新人种的习惯、风俗、道德观点、宗教、社会和商业有关的种种，都值得不厌其烦地观察、仔细描述，并甫以精绘的图解。的确，除了以事实战胜传说的那份满足感，以及这个人类迅速迁徙的"旅行时代"所带来的各种新发现外，东非半岛并无太多值得读者关注的地理特征。事实上，这个地区的绝大部分景物乏善可陈。在这一层面上，不单缺乏气温上的变化，绵延不断的河谷、山脉、高原、呈梯形的平原，同样显得非常单调。土壤不见任何变化，物产相同，就连石头和树木看起来都一模一样。位于南、北回归线之间的东非与中非，也欠缺古迹或历史遗产，传统不多，历史纪录和遗迹付诸阙如，就连一丁点可以引起旅行家和读者兴趣的古老遗产也缺乏。这里又毫无具实用或装饰价值的手工艺品，其文明贫乏，对于运河或水坝更是闻所未闻。连研究西非风土的学人所爱读的野蛮祭典和原始习俗，到了这里更是杳然无踪。尽管如此，东非的民族志却新奇有趣：形形色色的奇怪行为与习俗、令人大开眼界的拜物教、值得一提的贸易，以及让人赞叹又惋惜的社会现象。尽管如此，由于当前学术界对研究规范的吹毛求疵，致使"精通希腊文、拉丁文"的生理学家无法深入研究细节，而所研究之民族最与众不同的特色也因此无法彰显。我经常感到遗憾：如果希腊文和拉丁文已经不敷运用于自然史的研究（对象包括

第四章　海岸区的地理与人种　　113

人类与其他动物），那么知识界可说至今仍未建构起一套足可弥补这项缺憾的符号系统。

海岸区的居民包括扎拉莫族、库图族及其支族齐拉赫族。这些部族组成了人口主干，另外还有比较次要的移入民族堕夷族和泽古拉族。

### 扎拉莫族

扎拉莫族（据他们自己的发音则是"拉拉莫"）的特质和海岸区的其他蛮族如出一辙，他们与索马里人、加拉人、恩金兜人、马夸人、角区卡菲尔人一般，虽不至于受外来文化统治，然与这些强大文明接触却足以腐化他们。尽管他们以耕作维生，但是往来海岸区与内陆湖区的商旅却极害怕这些凶残的部族。扎拉莫族的活动范围，东止于海岸区的穆斯林居地，西至库图族所在处，北迄金加尼河，南界鲁菲吉河。他们宣称与过去几年间迁徙至蒙巴萨西北方的半游牧甘巴族有血缘关系；然而其方言却显示他们应是库图族的同宗，与甘巴族关系甚远。一般说来，想估算东非的家庭人口或部落总人数根本不可能。扎拉莫族底下有许多支族，最重要的是甘巴族与潘噶拉族。

和海岸氏族相比，这支黑种民族显然身强力壮、身材高挺，不过他们的发展远远不如大多数内陆部族。扎拉莫族人与其他部族一样，每个人的肤色差异很大，通常酋长的肤色黑得像煤炭，只有少数肤色较浅，缘由是此地的传统是进口奴隶而非出口奴隶。此外，扎拉莫人和阿拉伯人一样，偏爱深色肤色。除非是后来改信伊斯兰教的人（当地人称"姆哈吉"），否则扎拉莫人从来不行割礼。他们通常也不刺青，不过有些人会仿效麦加的做法，故意从耳边到嘴角割出三条长刀疤作为装饰。扎拉莫族最与众不同之处，是头发上的装饰。他们将山里采来的赭石和云母石混合芝麻油或蓖麻油，揉成蜂蜜般浓稠的黏土，然后涂在鬈密如羊毛的头发上，趁干燥前用手指拉成许多绺细鬈，顺水平方向环绕头部，再梳成节瘤状头发，排列成一两条直线，以耳朵为界分成上下两排。这时候头发已经变得硬邦邦的，仿佛得了严重的纠发病似的。他们用以装饰头发的红果核，与身上发亮的黑皮肤恰成对比，视觉效果非常突出。黏土干了后必须用温水洗涤，由于他们不知肥皂为何物，只能以手指耐心梳理，费尽力气才洗得掉黏土。妇女的基本发型也和男子的茅草屋顶形式相同，不过又可梳成几种不同的款式；通常是将头发从前额中分至颈后，再任由它长成厚厚的一层或两层，两耳间的头顶部分则朝天直竖。妇女依个人喜好决定是否为头发染色。有些扎拉莫人将两侧头发往上梳起，看起来和熊耳朵没两样。他们的脸通常呈菱形，眼睛有些歪斜，鼻子又宽又扁，嘴唇丰满外翻，下颚突出。扎拉莫男子的胡须多半稀稀疏疏，只有少数例外。他们的皮肤散发浓烈的皮脂臭味，特别是身心兴

第四章　海岸区的地理与人种

奋的时候，这是黑人有别于索马里人、加拉人、马拉加什人[①]之处。扎拉莫人的表情粗野，喜欢盯着人看，五官粗犷，步履缓慢疏懒；阿拉伯人和印度人那种雄赳赳、气昂昂的步伐，是东非人闻所未闻的。扎拉莫族有许多白化症患者，我们探险队在同一天内就先后看到三个。患有白化症的黑人看起来像欧洲人般白皙，脸上无须，皮肤粗糙，深粉红色的皱纹多而深，短鬈发，颜色像蚕茧，嘴唇则呈红色，灰眼珠周围是玫瑰色的"眼白"，好像对光线非常敏感，眼睛经常眯成一条线，致使脸部表情扭曲变形。白化症患者的五官出奇的平凡，身高比普通扎拉莫人矮，当地人并不歧视他们，只是叫他们"瓦尊古"，意思是"白人"。

扎拉莫人算是颇为富裕，负担得起像样的衣服：几乎每名男子都买得起一件棉胚布做成的"舒卡"，也就是缠腰布，买来后再自行用壤土染成脏脏的黄色，做法和印度人十分相像。扎拉莫族的装饰品是五花八门的绳索、珠串，以及用海贝外壳做的白色圆片，他们在额头上佩戴一个圆片，或成对戴在脖子上；手腕上总是戴一串乱七八糟的铜圈或锡圈。扎拉莫族有一种特有的装饰品，就是叫做"莫勾威扣"的紧箍项圈，男女都常佩戴。这种项圈宽一两英寸，由红黄相间或白黑相间的珠子串成，每隔一小段缀以五颜六色的短轴。扎拉莫男人出现在公共场合

---

[①] 马拉加什人，住在马达加斯加岛的印度裔和非洲裔居民。

时，一定随身携带武器，耀武扬威。要是买不起火绳枪，最常见的武器就是长矛、淬毒弓箭，或以进口铁材自制的"辛枚"（双刃刀），样子有点像索马里人的匕首。酋长的衣着通常很耀眼，头上除了戴传统形状的非洲刺绣软丝帽外，还要包一条雪白的中东式头巾，与他们的黑皮肤、两撇短须恰成对比。酋长穿的缠腰布是耀目的印度棉布或阿拉伯格子布，有的则偏爱长衬衫或沿自桑给巴尔奴隶文化的"奇兹巴奥"（背心）。这里的妇女和大部分东非民族不一样，她们的衣着像男人一样得体，许多妇女因为年纪很小就开始扛沉重的水壶，因而胫骨显得向前弯曲，不过不用背负东西时，步伐倒是细碎矫饰得出奇。扎拉莫妇女从不遮面，在陌生人面前也不显得羞怯，带孩子时，她们用一块布巾将孩子绑在背上。

扎拉莫人的住屋比库图人好太多了，不但格局好，房子也宽敞，事实上，扎拉莫人的房子是乌尼亚姆韦齐区以东最讲究的。一般而言，外观像比较简陋的英国牛棚，或像英印治下的独栋平房。穷一点的人家将绒毛草的草茎略为捣碎后，用来筑屋子外墙，比较讲究的则用又长又宽的姆永博树和姆科拉树的树皮紧贴在柱子上，再以劈开的竹子打横固定，外层用坚韧的绳索绑牢。阁楼状屋顶通常覆盖两层茅草或芦苇，向外突出的屋檐相当高，成年男子不必弯腰也能站在檐下。支撑屋檐的是一根架在直立柱子上的长梁，柱子则是刨去树皮后磨光的树干，顶上呈叉状，坚实地打进地里。顺着檐廊外缘围着一圈大圆木栅栏，人们长年坐在上头，把木头磨得发亮。屋子没有窗户，里面漆黑一片，用硬草茎做成的隔墙将室内分成几个隔间，家具并不多，一张称为"卡泰"的矮木板床，只有四英尺长、十六英寸宽，但是连已婚夫妇都睡得很舒服。凳子是用一大块木头凿刻成的，另有一个巨大木臼、一些黑色"图吉"（陶罐）、葫芦、椰子壳汤勺、旧衣服、磨刀石、武器、网子，有些地方还有捕鱼用的鱼篮。扎拉莫人用一块倾斜的细花岗岩或正长岩石板舂谷子，石板有的可以随意移动，有的则用泥巴固定在地上，东方人传统的手推磨在非洲这个角落完全不见踪迹。屋子内侧的屋顶和椽木被油腻的煤烟熏得发亮，下雨时，雨水会从缝隙中一排排滴进屋里，地上唯一的雕琢是屋主人的脚印。所谓的门，是关上的篱栅，用切成条状的树皮将干绒毛草打横绑在五六根木棍上构成。一座村子里多半有四间到十二间"平房"，其余都是普通的非洲茅草屋和蜂巢状小屋。在敌人众多的地方，聚落外围总是筑起栅栏，只留下一个大小足够让一头牛通过的入口，进入前，得先通过用牢固的路栅围成的一条小巷，入口本身则有厚厚的木皮加强保护。

扎拉莫民族欠缺教养、嘈杂喧闹、个性暴躁、崇尚暴力、冥顽不灵。几年前，阿拉伯人和其他外来旅人进入东非时，扎拉莫人仍是最主要的障碍，直至桑给巴尔前任领袖派兵攻下栲乐，旅人才有了落脚的据点。扎拉莫人接触到外来的甜头后，态度开始软化，不过他们和往来商旅之间的争执仍屡见不鲜。

本区的"帕齐"（当地首领的称号）要求所有前往内地的商人路过此地时，必须缴交一定数量的布匹作为过路费，至于自内陆前往海岸区的商人，则需缴交牛只、矿物、锄头、手斧等物。但其实不管是什么，只要能得手，他一概来者不拒；假如不满意，他的族人就会埋伏在路旁，对行人发射几排毒箭。不过这只是做做样子，扎拉莫人不同于果果人，他们不会大规模袭击商旅，因为对他们来说，损失一兵一卒都是莫大的损伤。那一小群几乎灭绝了库图族的强盗还曾企图染指海岸区，不过扎拉莫人成功抵抗了他们的侵扰，然而扎拉莫人也经常和沿海垦殖聚落互生敌意。年轻的族人有时会偷偷跑到巴加莫约和姆布阿马基进行抢掠，趁黑夜挖通人家的墙脚，潜入屋子。城里比较有钱的人家，在墙基下埋石头和粗大圆木以防范这些小偷，却徒劳无功，因此小偷高超的技巧逐渐在人们口中渲染成一种迷信，城里人相信这些小偷有一种奇特的"药"，也就是称作"乌干巴"的魔咒，能使屋里大大小小的人全昏睡不醒。如果小偷在作案现场当场被逮，很快就会被砍下脑袋，悬挂在聚落入口的长竿上示众，一个地方挂着五六颗血淋淋或已经泛白的头颅并不罕见。只要喜欢，他们有时会愿意做阿拉伯人的脚夫，然而万一扎拉莫人在旅途中死亡，他的亲戚就会立刻扣留死者所背的行李，并坚持物主要支付一笔"偿命费"[①]，仿佛脚夫是战死

---

① 偿命费，阿拉伯人有"血债血还"之俗，故有此名。

沙场的军人似的。扎拉莫人在自己的土地上对待过路商旅的态度好坏，必须视商旅的力量而定，因此许多商人都喜欢结伴同行以壮声势，但这并不表示他们心里不害怕。

扎拉莫酋长的地位并非理所当然，在桀骜不驯的子民面前，他们仍需以财富或个人力量来争取百姓的敬意，否则也只是虚有其名。酋长是世袭的统治阶级，其下至少可以分为五等："帕齐"是村庄首领；"姆维内戈哈"是足智多谋的大臣；以及"金勇戈尼""穹玛""喀万布瓦"三种长老位阶。除非村长的势力非比寻常的强大，否则就必须把向过路旅人勒索得来的钱财跟这些"大臣"平分。村长的妻妾、家人分布全村，而且土地很多，还亲自督管奴隶的工作。只有在两种情况下村长可以贩卖他的村民，即村民犯下通奸或巫蛊时；其中"巫蛊"是一条死罪，惩罚通常是处以火刑。海岸地区的某些地方，道路两旁每隔几英里就可见一两堆余烬，钙化或焦黑的人骨混合烧了一半的木炭，此即火刑惨案的遗址。令人触目惊心的是，离两堆比较大的遗骸不远处会有另一堆小小的余烬，这是怕孩子长大后重蹈父母的覆辙而一并斩草除根的做法。判刑的权力完全握在巫医手上，他主持一项叫"巴加"或"克牙迫"的酷刑，试炼被告：烧一锅滚水把被告的手浸入沸水中，如果手出现任何损伤，便证实有罪，被告立刻遭处死刑。

东非地区的仙吉人比较有道德良知，他们有几种风俗已演变到近乎法治。第一种是"萨列"，也就是兄弟之盟，苏格兰、印度和大部分热衷社交的古老的野蛮部落里，都有类似的结盟仪式。主要作用似乎是为了协调男子之间的歧见，缓和野蛮社会里的拼斗与纷争，更重要的是让需要联盟的人找到壮大实力的途径。这是一种容许人们自己选择人际关系、不受自然力量左右的机制。另外，当地盛行的一夫多妻制，难免淡化血亲兄弟间的手足情谊，间接促使这种结义兄弟制度永续发展。兄弟结拜仪式仅限成年男性参加，各部落的仪式内容不尽相同，扎拉莫族、泽古拉族、萨加拉族举行结拜典礼时，两位"兄弟"面对面坐在一张毛皮上，双脚向前伸出搭在对方的脚上，弓箭横放在大腿上，第三个人在他们头上挥舞一把剑，大声叫嚷"背叛兄弟之盟"的人将遭到诅咒。接着宰杀一头绵羊，将烤好的羊肉（更常见的是羊心）送到立盟的两人面前，两人以匕首在对方靠近胃部凹陷处的胸膛上切一刀，然后将一块羊肉抹上鲜血吃下肚去。如果是尼亚姆韦齐族或吉吉族，切在对方身上的一刀则划在左侧肋骨下或膝盖上方，立盟者获得一片盛着兄弟鲜血的叶子，混入油脂或牛油，并将它揉进自己身上的伤口里。最后的仪式通常是结拜兄弟交换礼物，这种缔约关系非常牢固，因为所有的男子都相信背约毁誓的人将被贩为奴隶或遭遇不测。阿拉伯人的法律禁止人们饮血，因此他们在结义仪式上多半采用代理人。至于商队里的奴隶商人，只要发现可以利用结义关系牟利，便找人来进行这种立盟仪式，甚或仙吉人都可能变成他们的"兄弟"。

第二种风俗比较奇特。东非人不敢把别人掉在路上的东西据为己有，尤其是当见者怀疑失主是自己部落里的人时更是不敢造次，他们相信窃占他人失物会招致"基干波"，即不幸、奴役或死亡。我们探险队曾经在祖果梅洛遗失一只表，当地人在丛林里捡到后，用草叶包扎好，迅即归还失主，后来的遭遇不得不让我遗憾这种迷信未在西方及世界各地流行。

关于东非民族的宗教信仰，我们在后文中再详述。扎拉莫族及其旁支不太关心庆典或宗教，不论是神灵之事或世俗之事，他们只听从一种声音："埃达"（习俗）。在这里，不尊重习俗者的遭遇和欧洲那些藐视传统的人一样，同样会受尽社会的责骂和唾弃。扎拉莫族婴儿诞生时并无仪式，妇女也不会被视为不洁而必须净身。如果发生流产或死产，人们只会说："他回去了。"意思是胎儿回到了泥土里的家。万一产妇在生产过程里不幸死亡，她的父母会向女婿索讨一笔钱，因为"这男人害死了他们的女儿"。不论在非洲大陆或桑给巴尔岛，新生儿头上都不缠头巾；如果产下双胞胎（这里称之为"瓦帕恰"，桑给巴尔的阿拉伯人称之为"舒库勒"），通常会把婴儿卖掉或丢弃在丛林里，这种风俗和西非的伊波族相同。假如新生儿死亡，家人会杀一只牲畜宴客，在某些部落里，做母亲的还需表达某种形式的忏悔，她必须坐在村子外面，被人涂上油脂和面粉，接受围观人群的嘲笑，这些人以粗鲁的言辞和动作奚落、讥讽她。为了防止这类不幸，扎拉莫族和其他部落都养成一种习惯：婴儿顺利成长前不予剃头，而母亲则在脖子上佩戴几条以蛇皮索子系上几块木片制成的避邪项链，头上并缠绕不同形状的珠子。扎拉莫妇女很少让孩子离开视线，抱孩子时手里都要拿着一种称作"奇兰哥济"的护身符，这是巫医亲手做的避邪物，形状为两根数英寸长的树枝，枝上缠绕有好几圈五颜六色的珠串，趁夜里把护身符放在婴儿头下，此后便与婴儿形影不离，一同度过这个孩子的婴儿时期。"奇兰哥济"的作用是要保护挚爱的孩子不遭到亡魂恶灵的骚扰，也就是所谓的"邪煞眼"。尽管阿拉伯人、斯瓦希里人、姆里马人普遍有此迷信，内陆的异教徒却完全不信这一套。

为孩子命名，除了痛饮粟米啤酒外，别无其他仪式：通常这是发生在一户人家喜获期盼已久的男孩时。东非人没有民族上的偏见，他们喜欢为孩子取个阿拉伯名字，或采用陌生人的名字命名，甚至愿意花一头绵羊的代价去借用外地商人的名字，因此这个地区现在必然已有成百上千个赛义德和马吉德。探险队在东非旅行的十八个月里，主要干道沿途或附近的每名新生儿差不多都是叫"穆尊古"（白人），这又是英国人在非洲土地上留下的见证。扎拉莫婴孩和南非婴孩一样，大约两三岁断奶，也许这是此地孩童十分健康、绝少体弱畸形的原因；事实上，勉强称得上畸形的毛病，是肚脐部分不雅的向外突出（有的甚至突出好几英寸），但那只是扎拉莫人不懂得如何护理婴儿的肚脐所致。这些碍眼的肚脐在青春期后就会消失。妇女哺乳的

第四章　海岸区的地理与人种　　123

能力并没有因为年龄增加而衰退，即使成为了干瘪的祖母，依旧喂哺孩子。做母亲的总是背着孩子，直到孩子学会安全走路为止；她们不像亚洲妇女那样将孩子抱在腰间，而是让孩子趴在她们赤裸的背上取暖，用一条布巾或兽皮包着孩子，两端在母亲的胸前打结固定。即使才出生不久，小婴儿就懂得像猿猴般攀着妈妈，而非洲民族的特殊体型也提供了一个方便婴儿附着的"位子"，从一旁观看，小婴儿全身上下只露出椰子壳般的小脑袋，一对又黑又圆、像珠子似的小眼睛直勾勾地盯着人看。有些婴儿生来就有两颗门牙，扎拉莫人叫他们"奇戈戈"，认为会为家人带来疾病、灾祸或死亡，因此不是把婴儿弄死就是送人，要不然就卖给奴隶贩子。斯瓦希里人和桑给巴尔的阿拉伯人有相同的迷信，前者把孩子杀了，后者则为孩子上一段《古兰经》的课，虽然孩子不会说话，他们却想办法用点头来代表发誓，表示不会伤害周遭的人。读者也许还记得，欧洲某段时期也曾把生来有牙齿的婴儿视为不祥之兆。

　　扎拉莫男人的妻妾数目没有限制，只要负担得起婚礼费用和养得活一大家子，男人爱娶几个就娶几个。离婚很简单，做丈夫的只要拿一枝绒毛草的草茎给妻子，就算宣示休妻了，这时候做妻子的如果识相，就会立刻离开家门，否则丈夫会动手强迫她离开。婚前甚至也没有什么浪漫过程，和买一头山羊差不多；想结婚的男子请一位朋友向女方的父亲提亲，这父亲如果同意了，他的下一步绝对不是和女儿商量（这地区只有疯子才这样做），而是尽可能向男方索讨衣服，从六件到十二件不等（甚至可能更多）。此外，男方还得先送女孩的爸爸一份称为"基兰巴"（中东式包头巾）的订礼。不过，嫁出去的女儿没有生下一儿半女便死掉的话，男方将会索回这份订礼；如果女方生下孩子，外公外婆则可以保留"基兰巴"。等到女方父亲讨完礼物，换女方母亲上场，她会代女儿向男方索取一条用七彩珠子串成名为"孔达维"的宽腰带，让女儿贴肉戴着，以及一条叫"幕卡亚"的缠腰布，和将来用来把孩子绑在背上的布——"维列扣"。内陆人索讨的聘礼是牲口，数量从三四头山羊到十二头乳牛不等。双方讨价还价确定聘礼数目后，丈夫随即领着妻子回到自己的住处，接下来便举行结婚庆典，以击鼓、跳舞、烂醉如泥来庆祝新婚。在婚姻关系中生下的孩子都属于父亲。

扎拉莫人临终前，亲朋都会聚集起来，妇女偶尔会吟唱、悲号和流泪，临终的人则躺在矮木板床上咽气。不过，这支部落很少为死者表示哀伤，他们最害怕的莫过于亡灵，因此恨不得赶快弄走亲人的尸体，死者自身的遗物也得全部丢弃。扎拉莫族比邻邦文明一点，他们将死者平放埋葬，而且让死者穿着生前的衣服下殓，至于坟墓形式，先前已经叙述过了。

接下来要略述扎拉莫人的"营生"。每年雨季来临之前，人们必须先除草，并且用锄头在田地里刨土，以便播种。挖掘柯巴脂的季节和雨季同时降临，当地人掘出地底的柯巴脂，若非卖给路过的商人，就是用唤作"马坎达"的轻草袋包好，带到

第四章 海岸区的地理与人种　　125

海岸区卖给印度商人。买卖双方讨价还价、吆三喝四，一方拼命杀价，另一方则使劲还价，这是非洲人最爱的动脑筋的娱乐活动，因此绝不轻易认输，总是绞尽脑汁争取自己的利益。这里的东北季风又叫"阿兹亚布"，伴之而来是阵阵的秋雨。雨季过后，人们放火焚烧野草，同时持弓箭、长矛猎杀所有逃窜的野兽和鸟类。年年的杀戮造成这片动物天堂的野生动物数量日渐稀少。要是家乡的营生办法都不管用，扎拉莫人会到海边讨生活，虽然名声不好，却多半能找到一份劳力工作。

**库图人**

库图族是海岸区力量仅次于扎拉莫族的另一支部落，两者民风颇相近。库图族分布区域从姆格塔河延伸到乌萨加拉山，横跨度图米高地与鲁菲吉河。

库图族不论体型或智力，都明显逊于扎拉莫族，肤色非常深，严酷的气候显然对他们的身体有一定的负面影响。虽然有些人胸前有图案复杂的斑痕，不过一般而言，库图族人并没有特殊的刺青。最常见的头饰是扎拉莫人的泥巴涂料，大小则略有不同。一些体内可能流有西奥族或其他南方氏族血统的库图人，有一种在高地上很不常见的习惯，就是爱把门牙修掉一部分，使牙齿呈尖尖的形状，以模仿爬虫动物的爪牙，效果还真像。库图人长年与烟酒为伍，眼睛浑浊发红，除了唱歌跳舞打发大半夜外，似乎别无其他娱乐。这个民族只有富人才穿得起布料，一般人用葫芦纤维代替布料，再以一条葫芦纤维编成的绳子系在腰上。妇女穿的葫芦纤维布通常窄窄的，只有一指宽，如果不是因为底下多穿一件软山羊皮衬里，势必春光外泄；这种下身遮布加上胸前挂的一块呈方形的皮，就是最普遍的服饰，不过胸前的皮块其实可有可无。库图族的装饰品和扎拉莫族的差不多，但数量不及后者多。库图人过得穷困，饮食里没有印度酥油，但会在绒毛草粥内加点芝麻油和蓖麻油。他们会到境内河川里捉泥鳅，偶尔也打打猎。家里饲养的绵羊、山羊和家禽不是自己吃的，而是留着去海岸区交换货物。虽然这个地区到处有蜜蜂，有时甚至成群结队地出现在村子里，库图人却懒得造蜂窝来取蜂蜜。

　　库图族和姆里马族一样，首领人数的增长似乎并非按需要而定。他们领域中的每一区都有"帕齐"（村中首领），其下有他的代表"姆维内戈哈"及名为"昌杜梅""穆文吉"和"姆巴拉"等三种不同头衔的副首领。这些人主要靠自己田地的作物维生，把收获卖给往来商旅。由于生性胆小，他们不像扎拉莫人般坚持向商旅勒索，或发动大大小小的偷袭，唯一施展威风的机会是对村民作威作福，有时则禁不住组织一些小规模的绑架行动。这些首领在奴隶制度和巫蛊的协助下，使百姓的生活朝不保夕，随时随地（特别是老年人）面临被人处以火刑的危险。他们对陌生人很客气，只是无法改变族人对陌生人不友善的态度。库

第四章　海岸区的地理与人种　　127

图人一向为商旅担任脚夫，可是因为生性顽劣，半路丢下工作离去仿佛是必然之事。由于在东非雇用人力向来是先钱后货，因此库图人的坏毛病使得人人都不信任他们。不仅如此，在处理财产方面，他们同样不牢靠：库图族的习俗是男子对外甥有既定权利，而他死后，兄弟与亲戚也会无所不用其极地剥削他的孤儿寡妇。

库图族村落的脏乱，正好凸显这支民族的性格。海边的民族住舒服的茅舍小屋，扎拉莫人的住处也宽敞坚固，反观库图族人的住处却是摇摇欲坠的茅草房，设备简陋不堪，门只比英国的猪舍高一些，屋檐极为低矮，除非四肢着地地爬进去，否则根本进不了房门。这些茅草屋的形状不一，有些是简单的圆锥形，有些则像欧洲的干草堆，还有一些像英国的老式干草蜂巢；最普通的茅屋呈圆形，直径从十二英尺到二十五英尺不等。有些酋长的居处面积相当大，建造方法是先以长柱或不加修饰的小树干围成一圈，柱子间以富弹性的树枝平排交织成墙壁，里外糊上红色或灰色泥巴，有的茅屋里又架起第二层墙壁，仿如舍中舍。墙壁造好后，便将树枝、青草编成的屋顶架上去，屋顶重量都靠房子中心的一根树干支撑。这种茅屋有向外突出的窄屋檐，边缘是水平的枝条，架在叉状柱子上。如此这般，屋子的雏形建好了，接下来把厚厚的青草或椰叶抛上编好枝条的屋顶，遍覆整个屋顶，再用树皮捻成的绳子扎妥。经过炽热的阳光曝晒后，屋顶的草叶难免缩水许多，只要下一场滂沱大雨，几分钟内屋子的四壁便会布满泥浆。库图人的家具和扎拉莫人相去不远，他们也用树枝草叶编成屏风，室内每几英尺见方就隔成一个黑暗空间，分别作为储藏室、厨房、卧室。库图人任凭野草长满每座村子外的空地，以防万一遭人追捕时，可以躲到又高又密的草丛里；有些屋子还建了后门，同样是为了在危急时刻容易逃脱。村子中央通常有一棵大树，树下总是有男人在活动床上纳凉，这些床非常小，在英国恐怕连一个孩子都容纳不下。奴隶聚集在树下，一边以巨大的木臼捣去绒毛草的外壳，一边嬉闹取乐。这些村落鲜少长存，有时一名村长去世也能造成全村离弃家园，另觅新村址，短短几个月后，蔓生的野草便匍匐越过废弃的茅屋，圆形地基和树干、草棚就全被野草吞噬了。

库图族的支族中，唯一值得一提的是齐拉赫族，这支部落居住在马布鲁奇山口下方的低地，也就是与乌萨加拉山区平行的第一道外缘区。齐拉赫族只有一项与众不同的特色：他们的胡子比其他东非种族浓密，至于体态方面则和库图族一样呈病夫状。

**堕夷族**

接下来要谈谈堕夷族和泽古拉族。堕夷族的家园位于东边萨达尼港附近的通得威部落和西边库图的克威雷族之间，北方有泽古拉族，南方则是加马河和金加尼河。加马河是堕夷族的灌溉水源，盛产谷物，但牛只不多。他们输出高粱和玉米到桑给巴尔岛，以及一小部分未成熟的柯巴脂胶。

堕夷族曾经非常强大，邻近部落对他们深感恐惧。然而与甘巴族一役，双方斗个两败俱伤，致使后者不得不大举迁出原来的家园，搬到离蒙巴萨西北方大约十四天脚程的区域定居，可能就是古代称之为梅瑞蒙高的地方。这场战役令堕夷族元气大伤，期间由于害怕被甘巴族打败，他们开始了一种连非洲人都发指的行径（更有力的说法是：这是一种本来已弃用的古老传统），就是当着敌人的面，割下阵亡者的肉，血淋淋地烤来吃；这一招果然管用，甘巴人虽然不怕死，却无法面对自己变成敌人食物的想法。现在，由于泽古拉族懂得买来火绳枪自卫，而万德的居民也开始组织起来进行大规模劫掠，因此堕夷族过去的强势完全消失无踪。大约十年前，萨达尼港已故首长姆蕃比强行向堕夷族索讨贡物，他去世后，几个儿子继承父志，继续对堕夷族作威作福。一八五七年，为期甚长的饥荒迫使许多堕夷人逃到金加尼河以南，并从扎拉莫人处获得位于萨杰瑟拉和迪吉拉莫霍拉村附近的部分土地。

堕夷人的肤色和体形差别很大，有些堕夷人的个子很高、体型健硕、肤色较浅，有些则深黑如墨。他们最大的特征（男女都一样）是两颊从太阳穴到下颚各有一对长长的刀疤，人人几乎都锉去上排门牙的中间内侧，在两颗门牙当中留下一个箭镞形小洞（这是当地很常见的习惯）。堕夷人的外表十分野蛮，身上的穿着好像是用金合欢的树皮与花朵（？）染黄的软化皮革，武器是大型皮盾甲、长矛、弓箭、手斧、双刃刀和称作"龙古"的圆头棒；据说他们至今仍以髑髅盛水喝，也不会为此目的特别打磨或改造这些髑髅。堕夷族的领袖叫"威莫"，之下还有好像叫作"马昆嘎"（？）和"马那米劳"（？）的顾问与长老。"威莫"死时几乎赤裸着身子下葬，不过会保留头饰，埋葬时采用坐姿。坟墓是个浅坑，以便死者的食指伸出地面。每个男子下葬时，都有一男一女两名奴隶活生生殉葬，男的手执叫"孟度"的钩镰，以便替主人在冰冷的阴间劈柴取暖，女的坐在一只小凳子上，让主人的头枕在她的大腿上。如今有些部落已经废除这项习俗，据阿拉伯人的说法，现在堕夷人以一条狗殉葬，代替过去的奴隶。堕夷族的支族数目庞杂，但是并不重要。

### 泽古拉族

泽古拉族虽然不是住在沿途的部族之一，但由于他们在非洲悲惨的历史上扮演过一角，在这里我们必须谈谈他们。泽古拉族的领土介于潘加尼河以南和同得维角之间，向西延伸至恩古鲁丘陵区。泽古拉族原本是一支爱好和平的部族，但拥有枪支后变得很可怕；如今泽古拉族的酋长们收集了大批军火，用来绑架和俘虏附近的弱小居民，供应桑给巴尔的奴隶市场。大约二十年前，桑给巴尔岛上有许多泽古拉奴隶，都是阿拉伯人趁一次饥荒以一点点谷物廉价买回来的。然而在一次反抗行动中，他们逃到了丛林里，并在一些心有不甘或心怀不轨的人士的支持下，展开了一场长达六个月、轰动一时的战争。已故苏丹赛义德的舅舅艾哈迈德·本·赛义夫当时是总督，从哈德拉毛派遣一支佣兵前去收拾这场动乱，不但悬赏人头奖金，还将俘虏送给抓到奴隶的佣兵。前文已经提过泽古拉族齐沙班哥的事迹，乌尼扬比区的阿拉伯商人宣称，除非砍下齐沙班哥的人头来挂在高竿上，否则这条路再也平静不了；这些商人气愤难消，因为齐沙班哥实在是需索无度。

泽古拉族的政治组织在东非算是特例：他们没有世袭的苏丹，而是服从声音最大、体魄最强、拳头最硬的人，这种习俗造成族人永不停歇的流血斗争，也造就了相当多为求更上一层楼、动不动就兵戎相向以凸显自己实力的小酋长。他们收集大量武器，特别是火药枪械，如果能介入奴隶买卖，身价更是不凡。泽古拉人只有在攻打疏于防范的邻邦时，才会彼此团结起来。简单来说，泽古拉族已经变成一个无可救药的民族，未来除非被迫放弃现时的生活方式并从事起诚实的买卖，否则他们是不可能改变了。

## 第五章
# 在祖果梅洛歇脚，重整旅队

为了等候补给和二十二个约定前来的脚夫，我在祖果梅洛这个疾病温床待了两个星期，差点葬身在这阴湿的地方。我们唯一的栖身之所是一间密不透风的非洲茅屋，以泥草拌和敷成的外墙里还有一堵内墙，屋顶像筛子般挡不住雨，墙壁有无数缝隙，地面则是一层烂泥。屋外大雨下个不停，感觉好像身处爱尔兰终年潮湿的"黑色北方"。南风和西南风时时刮起，风势凛冽且寒冷刺骨，巨大的植物也因为浸泡在水里太久而开始腐烂，杂草丛生的姆格塔河河岸就在我们住处的手枪射程内，因此瘴疠的威胁更形严重。旅途上的恶劣气候，连俾路支人护卫也开始受不了，他们满心以为会有人代为打点一切，结果在凄风苦雨中忍受了七天后，才打起精神自行建造一个遮风避雨的棚子。自此他们变得难以驾驭，像吉卜赛人那样偷窃村民养的家禽，和奴隶激烈争吵，甚至侮辱地位属他们上司的萨利姆；十三个俾路支人中，有三个更被指控曾粗鄙地侮辱库图族妇女。经过调查，他们侮辱妇女之事虽然"未能证实"，但是我们已有

东非探险队员

结论：万一这件事传回家乡，一定要叫这些家伙吃鞭子或尽数赶离营队。

七月二十七日，赛福领着他的三十名奴隶返回度图米区，这些奴隶不守规矩，强行染指村民的绵羊、山羊、母鸡。他们的主人赛福主动提议，愿以总数六十元的代价帮我们把行李搬运过山区，运到往乌戈果路程的中途点；我认为他索价过高，要求以同样的价钱包下全程，他拒绝了，宣称即将组织另一队商旅前往内地。我怀疑他的话不可信，因为以前有个叫穆萨·姆祖里的印度商人托赛福运送一大批值钱的象牙，却被他无耻地骗走了，这件事很多人都知道。不过这次他倒是说了实话：大约一年后，我们在路上遇到正要前往乌吉吉海的赛福。眼前他则向我乞讨药品、茶叶、咖啡、糖、香料，事实上他每样东西都要。然而我们自己的补给已经被不懂得未雨绸缪的果阿人浪费太多了，这两名果阿侍从似乎以为自己住在物资充沛的市集里。为了报复我在度图米不肯雇用他的服务，赛福欺骗我的脚夫，宣称我要抓他们去当奴隶，其中九人便因此逃跑了。他们不但带走预付的一半酬劳，还卷走零星衣物与瓦齐拉的长剑，我因此派遣了三名毛瑟枪手奴隶去追回失物，并交代必要时可以动武。关于遭窃衣物，赛福写信来说，损失几件"居家用品"对我来说不算一回事，所以他并没有强迫逃走的脚夫归还，但他倒是老实地归还了那柄有价值的长剑。这个人以行为证明他真是忝为阿曼阿拉伯人的一分子，因为他们向来以好客

第五章 在祖果梅洛歇脚，重整旅队

有礼闻名；卑鄙的赛福却是例外，只会令同胞丢脸。我曾写信向马吉德陛下提出正式控诉，可惜桑给巴尔的兵力尚未涵盖库图区。

**旅队阵容**

我们在祖果梅洛雇用了五名新的脚夫，纳入瓦齐拉的编制，现在整支队伍总共有一百三十二个人。瓦齐拉公然酗酒，因此一伙人吃饭时总是会引来严守戒律、一丝不苟的穆斯林的不满。他是个很有能力的口译，通晓五种非洲方言，不过在这个地区算不上出众，倒是当他清醒时，在工作的起步阶段一人可抵三人用。尽管如此，正如古印度历史所记录的：通晓多种语言的人是危险的族群。如果一名东方人懂得两种语言，我对他还存有疑虑，但他若能讲三种语言，我便完全不怀疑他了。此外，瓦齐拉由于体内有一半的奴隶血统（母亲是扎拉莫奴隶，父亲则有一半斯瓦希里血统），因此做事总是虎头蛇尾；对粟米啤酒和绒毛草啤酒的酷爱使他忽而浑噩冷漠，忽而暴戾激动，并在海岸区欠下大笔债务。来到乌尼亚姆韦齐后，许多公函随后追来，敦促阿拉伯人立即逮捕他，所幸当时地方官和狱卒都外放公干去了，才没有捉拿他下狱。不过瓦齐拉并没有随我们旅队抵达乌吉吉海。他的五名同伴亦然，虽然他们每人事先领了价值十五元的布匹，作为全程来回的工钱。

从祖果梅洛出发前往山区之前，我想先为读者报告一下旅队的阵容，让你们明白带领这样的一支队伍是多么不幸的一件事。

萨利姆可以撇开不提，因为我已经在《布莱克伍德杂志》①描述过他的事迹（一八五八年二月号），不值得在这里再浪费篇幅。他有四名奴隶随行服侍他，包括不久后便叛他而去的小厮法拉基。法拉基这个年轻人拥有哈巴狗般讨人欢心的外表，个人魅力十足，但往往不守本分。当时正充当法拉基妻子的哈丽玛夫人本来没有随队同行，但有一天我却听见哈丽玛夫人尖声哭喊，依我推想，哭声的背后大概有顿棍打。这件小事的缘由……算了，还是不要在这里搬弄是非，反正之后我便要求哈丽玛离开旅队。

替斯皮克扛枪支的是西奥族的黑人蒙拜，这个人我曾经在《布莱克伍德杂志》上两度描述过他（一八五八年三月号和一八五九年九月号），因此这里也用不着再次介绍。与他同族的马卜禄是我的侍从，是蒙拜在桑给巴尔挑选来的。他原本是一位阿拉伯酋长的奴隶，我以每个月五元的代价租下了他。马卜禄是那种方头大耳的黑人，眉毛很低、眯眯眼、塌鼻子，天生神力，并有食肉兽般强而有力的下颚。马卜禄刚刚加入，就变成旅队里最丑陋、最重名利的一员，热衷打扮已经到了毫无

---

① 为英国出版人威廉·布莱克伍德出资印行的文学评论杂志，于一八一七年至一九八一年间发行。

节制的地步。他的脾气很坏，而且忽冷忽热，这一刻还亢奋得发野，下一刻却变得抑郁寡欢；有时沉默寡言，未几又会露出凶野暴戾的性格。他的笨手笨脚简直无可救药，交办他的每件事情总是搞砸；当我们从祖果梅洛出发时，除了牵驴和搭帐篷以外，我已经禁止他做别的事情。这些家伙一开始都表现良好，无惧中午的烈日当空，寒冷的夜里只需伴随火堆余烬也能呼呼大睡；我们对他们也就另眼看待。可是后来有一次，因妇人之仁，我把两床英国毯子扔到他们肩上后，却即刻把他们宠坏了。从此他们学会早上赖床，要别人前来吆喝才懒洋洋地耸着肩膀，蜷缩身体，浑身上下用毯子裹得紧紧地爬起来，好像生怕晨风会把肌肤刮走。懒散的本性开始流露出来：旅队休息时，他们故意选在主人叫喊声传不到的茅屋落脚，怕被人叫回去工作。英国人总是有本事宠坏东方仆役。一开始我们走很长的路才休息，心里期望这种高压制度能持续下去，当然了，手下很快就耗尽精力，变得懒散、冷漠，与先前的勤快有如天壤之别；我们开始讨厌他们，最后不得不将其开除。不过，蒙拜和马卜禄却是例外，他们一路跟随探险队，最后与我们一起返回桑给巴尔，分别时心中还有点依依不舍。蒙拜尤其令我们感动，大病一场后，他又摇身变回从前那个凤毛麟角的人才——勤快而且诚实。

　　熟知印度人者，根据经验都晓得东方的葡萄牙混血儿有多么平凡无趣，因此关于两名果阿仆人华伦坦和盖塔诺，我除了可以简单形容一下之外，实在想不出任何值得一提的事。这两名仆人是我在孟买为东印度公司雇用的，除了食宿，每个月还要发二十卢比薪水，每一年，果阿、达曼、第乌①总要诞生许多半下阶层混血儿，长大后泰半在富裕的英属印度谋个厨房小厮、保姆、仆役之类的差事。这些混血儿的缺点是阶级观念甚重，瞧不起土耳其人、异教徒、无宗教信仰的人，因而常常带来后悔莫及的后果。他们又专门狐假虎威；面对布匹、衣服、药品和其他日用品时，就把十诫中的第七诫（不可偷窃）抛到脑后。此外又不肯面对现实，喜欢糟蹋别人的物品，却会小心爱惜自己的东西；体力不佳且意志力薄弱；贪吃无餍，以致天天闹消化不良；习惯放血，要是拖迟了放血就会立刻生病。不过他们也有优点，华伦坦具有印度人手巧、机智的特质，能在短时间内学会足以表达自己意思的斯瓦希里语，也很快懂得看经线仪和温度计，对我们帮助颇大。尽管如此，华伦坦有个严重的缺点：热爱胡说瞎掰，因此需要严格监督。他很会缝制外套，煮咖喱也很拿手。至于盖塔诺，担任起看护工作时出奇的细心体贴；他奋不顾身的勇气也值得嘉许：有时为了取回忘了带的钥匙，敢在夜里独自一人穿过森林；碰到情绪激动的土著时，盖塔诺也可以毫无惧色地混入其中，并且每次都有办法让他们转怒为乐，这样的勇气和他瘦弱的体型形成了强烈

---

① 达曼和第乌是印度西部海岸地带的联合区，曾经是葡萄牙属地，一九六二年被印度吞并。

第五章　在祖果梅洛歇脚，重整旅队　　139

对比。盖塔诺罹患严重的继发性热病，与他主人的症状一样会侵犯大脑，在姆塞尼时，他的热病再度发作，症状看起来像癫痫，病情似乎渐渐恶化。他的脑袋越来越糊涂，个人卫生越来越糟糕，浪费与健忘的程度都比以前更甚；要他工作往往又得强迫才行；印度酥油可算是旅队物资中最稀少的珍馐，但盖塔诺竟然用来引火、燃火，对于这种种失当的举止，我只能归咎于他染上的疾病。

**俾路支人**

轮到谈谈俾路支人了。他们由桑给巴尔的马吉德亲王派遣来担任随队扈从，每个月向我们收取十元的"代表团津贴"。马吉德亲王命令他们：不论我去哪里都得随行保护，负责我和物资的安全。前文曾经提过，汉摩顿中校离开前，曾预付一小笔钱让他们添置装备，并向他们保证，如果表现良好，返回桑给巴尔后，英国政府还有丰厚奖赏。俾路支扈从的配备是常见的火绳枪、卡奇弯刀（其中一两人还拥有大马士革刀刃）、缀有发亮饰物的印度皮盾牌，以及随身配备的长匕首、额外火柴、火药包、打火石和拨火棒。

领导这支扈从的马罗克卫官，从桑给巴尔带来七名口碑甚佳的战士，分别是穆罕默德、夏达德、伊斯梅尔、贝洛克、阿卜杜拉、达伟西和杰莱。行经栲乐镇时，马罗克卫官又说服胡达巴卡施、穆萨、古尔、黎札和裁缝小斯胡督尔等人随他一起发财去。

马罗克卫官是个独眼汉子，古印度谚语有云：

独眼汉，少善类，
笑里藏刀不忠心。

马罗克也不例外。他有俊美如意大利人的五官，但因曾经罹患天花，以致破相。他从来不正眼看人，嘴型暴露他不太可靠的人格。马罗克宣称自己喜欢杀敌作战，不贪恋饮食，不过根据某些可疑的情况，我认为他是阿拉伯人形容的"赴宴跑第一，作战总殿后"的那种人。一开始，马罗克表现得十分热忱，也很勤快，可惜不久就完全走样，嘴里喃喃抱怨，对什么都不满意，做事拖拖拉拉，当旅队逐渐西行，离他的家乡越来越远时，马罗克的行为甚至恶化到公然抗命。然而回程抵达海岸地带时，他对我却又变得谦卑起来，分手时还虚情假意地痛哭流涕。

穆罕默德是旅队里的"白胡子"（当地人称之为 rish safid）；东方商旅队伍若少了一位白胡子老人，就会觉得队伍欠周全。我有两个这类不可或缺的老队员，但他们唯一的用处似乎只是在年轻人面前倚老卖老，除此之外，我实在看不出他们有什么作用。真是从早到晚说个不停的老头子！在文明的军队里，士兵并不因为某人年龄大而尊敬他，相反地，老兵白了胡子只是他个人才能欠佳的证据，否则应该早就升军官了。因此在东方，每次有一小撮人抢好处时，职位低的白胡子老翁总是被当作傻子或低贱的小人物，可心安理得地将他撇到一旁；尽管别人还是命他做扈从，但是一般来说他的表现总是不尽如人意。

穆罕默德是个四肢发达、头脑简单的家伙。他的战友们很失望地发现他空长了脸上的皱纹，脑子却空空如也，常常讥讽他是颗烂核桃，当着他的面说："什么！胡子都白了还没长智慧？"穆罕默德拿汉摩顿中校事先发放的十五元装备费用买了个男奴童，后来又一意孤行地用男奴童换了个女奴童。一开始他的举止相当和善，可是由于我拒绝把他的奴童纳入编制并发予佣金，他的态度因此有了一百八十度大转变。后来这个脾气暴躁、生性吝啬的老兵，向卫官质问配给多寡的问题，一言不合，竟然拔出弯刀刺向卫官；这桩犯上的举动让我不得不交代胡达巴卡施私下惩罚他，让他挨了顿棍棒。

夏达德是旅队里最年轻风流的人物。他的相貌绝对称不上英俊，五短身材，体型略胖，鼻子往上翻，小小的眯眯眼，胡须像黑莓荆棘丛般浓密扎人，波浪形鬈发像帘子那样，自一顶猩红色小毡帽披挂而下，使他看起来头重脚轻。尽管如此，夏达德却以一把喷喷琴①和高亢的假音掳获过许多妇女的芳心，在

---

① 喷喷琴，像吉他的乐器，但只有一条弦。

这里，这两样加起来的吸引力，就和男高音鲁比尼[1]令欧洲女性神魂颠倒的魅力一样无法抵挡。夏达德在孟买住过相当长的时间，学会了印度话和印度人的狡猾，在我碰到过的东方人里，和伦敦人一样爱滥用H音[2]的大概只有他一个。夏达德很熟悉英国和欧洲各地的人，更擅长欺瞒他们的伎俩，因此养成他喜欢上下其手、胡乱抱怨、犯上叛逆的习惯。他的兄弟，或表弟（在这些地方，同部落的人多少都沾亲带故）伊斯梅尔体弱多病，有一张畸形的嘴巴，两颊深深凹陷，形销骨立，一路上虽然渴望回东边的老家，却始终和旅队一同前进，直到在乌尼亚姆韦齐染上慢性疾病倒下为止。

贝洛克是我们之中的势利小人，出身奴隶家庭，五官粗蠢、血盆大口、嘴唇外凸，言行傲慢无礼，单凭外表就可以断定是个麻烦的家伙。贝洛克的同袍大可引用阿拉伯谚语"助我阻止乞丐变富人、奴隶变自由身"来表达对他的不满。他将预支的酬劳投资在一名奴隶身上，这个奴隶得侍候其他俾路支扈从、为他们干活儿，反过来，俾路支扈从就必须耐心忍受贝洛克的傲慢，以免丧失差遣这名奴隶的权力。贝洛克又像个傻瓜，喜欢利用那仅有的一点点智慧来戏弄队友，而在这方面所取得的成功，大概只有他这样笨头笨脑的家伙才能胜任。全因为他，这支俾路支卫队第一个月过后便变得有点像长途邮轮上

---

[1] 鲁比尼（1794—1854），意大利男高音，走红欧洲各国。
[2] 大概是指 Hello（你好）、Honey（亲爱的）等词，口甜舌滑的意思。

第五章　在祖果梅洛歇脚，重整旅队

的旅客,分成两支对立的帮派,第二个月后,两大帮又拆成几个小帮,到了第三个月则成了一盘散沙,不是独来独往便是只有一个伴儿。旅队抵达"乌戈果池"时,我不得不写一封公函给桑给巴尔政府,要求召回贝洛克和他的捣蛋帮手胡达巴卡施。

阿卜杜拉倒是个值得尊敬的优秀年轻人,曾经当着我的面回忆母亲的谆谆教诲,回忆他不屈不挠的奋斗,讲到身为独子如何被人领到坟墓旁埋葬年迈的寡母时,他情绪激动,声音颤抖,热泪盈眶,真让人同情。穆斯林没有敬妻的观念,但阿卜杜拉却认为妻子是上天给予他的最大恩赐。他又会巧妙地融合虔敬和自律两种特质,从不错过站在马罗克卫官身后礼拜的机会,由于马罗克升了级,阿卜杜拉对他总是毕恭毕敬,丝毫不敢越轨。我虽然相信美德的确存在,但一旦出现在我眼前又不禁让我有所怀疑。后来这名优秀年轻人的行为很快就证实了我的怀疑:他不断以我的名义向萨利姆索取珠子,其实全进了他自己的荷包。

达伟西乏善可陈,约莫二十二岁,眉毛隆起,有对貂眼,鹰钩鼻、尖下巴,事实上,整张脸长得很奇怪。达伟西是卫官的"好兄弟"——意思就是间谍,其特别处则是讨厌盲目服从命令。原本我对他有许多意见,但到了祖果梅洛时,他病得很严重,幸好欧洲药品将他治好,此后达伟西表现得相当坚毅、循规蹈矩,待人接物颇和善,与先前的表现判若两人。

虽然杰莱分明是含族后裔，他却自称是俾路支人。杰莱憎恶"黑奴""黑鬼"这类称呼，有人只知这样喊很侮辱人（虽然在发生印度叛变[①]前，家家户户都叫得理所当然），却不知原来黑人也为英国人取了难听的绰号，叫个不休。杰莱的腿又细又长，胫骨像胡瓜，膝盖全是骨头，他用软棉布制成的裤袜裹住双腿，效果适得其反，暴露了下肢所有的缺点。杰莱对自己髭须的长度洋洋得意，因为他的非洲同袍只能留短短的髭须。他把两边的髭须搓卷成獠牙的形状，酷似十七世纪法国作家笔下的英勇贵族；如果他真的像，照理说应该很勇敢才对，可是却不然。有一次，我们在乌萨加拉山区碰到需要戒备的状况，他私下向同袍提出"逃命"的建议；更过分的是，在乌吉吉海时他被选为我的扈从，后来却可耻地弃我于不顾。

胡达巴卡施的天赋是整支扈从队伍中最杰出的，不料后来却自甘堕落成为最糟糕的一员。他的体型矫健、神态严肃、沉默寡言，经常让人联想到冷静与坚毅的特质。从外表看来，他是个百分之百的军人，令人由衷欣赏。然而胡达巴卡施的脾气简直失控，有时在众目睽睽之下也非要和人争吵不可。他的鲁莽粗心堪称无可救药。有一回几名非洲战士在他面前跳舞，他竟然发射火药[②]到他们的小腿上，以此自娱。此外他又天生具有

---

[①] 印度叛变发生于一八五七年至一八五八年，在英国东印度公司服务的印度军队为了反抗英国在印度的统治而发起的叛变，后来被英军敉平。

[②] 当时的枪用火药还需弹丸推进，这里指的是只用火药，没有放弹丸。

恶意诽谤、挑拨离间、反抗所有权威的倾向，因此是探险队里的危险人物。胡达巴卡施专门在旅队中惹是生非，又和贝洛克两人狼狈为奸，没多久我便对他的所作所为感到厌恨。

穆萨是个高挑精瘦、肤色暗褐的老人，是旅队里辅佐穆罕默德的二号"白胡子"。穆萨在蒙巴萨住了二十年，把波斯语忘了个一干二净，如今只会说蹩脚的美克拉尼方言和他那一族人所偏好的斯瓦希里语。身为老兵，他的老奸巨猾弥补了年龄与精力的不足；身为老旅人，他和新手的最大区别是：凡事会先无微不至地注重自身的舒适。他携带的火绳枪是最轻的，爱在早上气温凉爽时出发，挑好位置过夜时总是快人一步，除了自己，什么也不用顾虑。穆萨的脾气温吞吞的，因此尽管白了头发，别人还是不重视他；队员认为白胡子穆罕默德是个傻瓜，白胡子穆萨则像个老妇。不过穆萨根本不在乎同伴对他的看法，只管把自己的早晚两顿餐顾好，看好他的印度酥油、烟斗和睡觉用的席子。他知道自己能比所有的新手撑得更久，野心不如随风去吧——这种处世哲学岂不令人羡慕！

古尔是扈从队伍里最有修养的一个，长得十分俊挺，很有古希腊人的风采，红棕色皮肤（最佳肤色），留了把中亚式的大胡子。古尔既有外表，也有内涵。他对自己部落的各种知识了如指掌，尤其以神学、医学和博物学最为得心应手。抵达马尔卡时，还不嫌麻烦地跑去看朱巴河，只为满足好奇心。令人遗憾的是，古尔是住在山地的俾路支人和住在平原的信德人的混血儿。在东方世界，人人都知道这两个民族混血的结果刚好撷取两方直系血亲最坏的缺点；因此古尔虽勇敢但奸诈、能言善道却好说人长短、有荣誉感但不诚实、脾气好而心肠坏。

俾路支扈从队伍里最后两位是黎札和裁缝小厮胡督尔：前者和达伟西雷同，乏善可陈，但不像他的同袍那样令人讨厌。至于后者的身体特征只有一个：皮肤病；胡督尔的嘴巴永远都是张开的，牙齿宛如老兔子，他有一脑子古灵精怪的想法，每当听到别人用他不懂的语言交谈时，便幻想他们是来整他的。胡督尔首先是投诉果阿人，但因为这两个果阿人说的话他一个字也听不懂，结果被人讥笑一顿而驳回；接下来，他又用一贯的哀兵姿态在同伙面前指控我，说我让他的日子很难过。

我记取先前的教训，开始严加管教那群担任口译、向导、战士的"拉姆吉之子"。他们配备了可填充将近一盎司火药的老旧"塔式毛瑟枪"，永远枪不离手，另外还佩带不知什么时候流传到东方的过时的日耳曼骑兵弯刀，腰上绑着小型皮匣和巨大牛角，里面盛装弹药。这批拉姆吉之子惯称自己为"姆因宜"（主人），这是非洲拥有自由身者的头衔，因为父母或叔伯舅舅将他们抵押给商人拉姆吉，只是后来忘了偿还债务，因此他们仍然宣称自己出身不凡。这一群拉姆吉之子共有九人，他们的"姆图姆库"（首领）叫"齐多哥"（小先生），他比探险队早出发，护送三十六名尼亚姆韦齐脚夫先到祖果梅洛，对其余的奴隶弟兄影响力很大；这些人都很崇拜他，以他为荣。齐多哥绝非普通人（Natione magis quam ratione barbarus[①]），他刚毅无比：处在这些非洲毛头小伙子之间，特出的经验、智慧和精力使得他鹤立鸡群。齐多哥一旦下指示给部属，就会要求他们奉行如法律。套用一句非洲人的形容词，他也很"大头"，意思是自视很高，但这正是他与众不同的地方。他个子矮小，体型瘦削，肤黑如炭。据说他的部落带有食人族（堕夷族）血统。他留着尖翘的胡子，眉头突出，嘴唇薄而紧，眼白部分比一般人多，因此看人时眼光很奇特，在他不注意时细加观察，会发现他的表情有一股令男人着迷的风采。齐多哥的态度永远卑恭谦诚，陷入沉思时下巴抵着衣领，平时沉默寡言，但说起话来低沉平缓、抑扬顿挫的音调相当悦耳。交谈时他似乎同意任何意见，但最后总会以最坚定的语气提出"但是……"，把论点转回他原先的主张。齐多哥的热切态度和火爆脾气，使得脚夫对他相当畏惧。他在乌尼亚姆韦齐有妻子儿女，对当地语言、礼仪、习俗知之甚详。情况需要时，他从来不犹豫，时而无情地差遣部属，或像野猫似的对抗命者挥舞刀剑，借此贯彻他堪称温和的命令；每次像这样发脾气时，齐多哥的朋友总会抓住他，仿佛他是个危险分子般强拉他走。为了

---

[①] 此为拉丁文，引自某部古罗马史中的一句，大意为"其出身混有相当的蛮人血统"。

确保旅程中保持某些规律,我命令齐多哥每天晚上来我的营帐和萨利姆、瓦齐拉开个"马萨鲁伊"(详细的会议),讨论第二天的行进与休息事宜。可是这套措施毫无用处,因为齐多哥每次都威吓其他两人,使他们不敢在他面前发表意见。如果他是领导人,确实有立场这么做,但是身为奴隶,他的执意抗命却很不恰当。齐多哥直截了当地要求我们应该视他与同伙为"阿斯卡力"(军人),而阿斯卡力唯一的职责就是携带枪支。他又表示手下不应该接受俾路支卫官的指挥。结果得到的回答是:旅队里不可能人人都当主子。他应了一句"很好",报以不友善的一瞥后便走回去。从那一刻起,拉姆吉之子的行为开始越轨,以前他们还保持奴隶应有的礼貌,将狂妄傲慢收敛起来;然而他们逐渐知道自己的力量——旅队如果少了他们,我就必须折返海岸区,而且坚信这项假设不会错。他们摆出勇士"雄赳赳、气昂昂"的姿态,不屑被当作"机械",矢言不搬运行李,也违抗替骡子装载行李和牵驴的工作。如果旅队在营地或路上掉了东西,他们绝不去捡回,并扬言要拥有采购粮食的绝对权利。他们越权抢下使唤脚夫的最高指挥权,只要想享受一顿丰盛的酒肉,随时会从旅队的行囊中顺手牵羊。拉姆吉之子和妇女打情骂俏,不止一次危及旅队的安全,但是申斥根本无济于事,他们对所有反对的声音全报以相同的反应:威胁离开旅队。为了确保旅队顺利完成目标,我宁可咽下这口气,在暗地里等待报复的机会。其实我并没有做到完全忍气吞声：东方人经常劝告旅人"收敛起男子气概，回家再施展"，但英国人可不这么想，反而认为一个人最重要的职责是争取别人对自己、对继任者及对英国的尊重。在旅队回程途中，齐多哥的表现证明他是个"有用的坏蛋"，不过他需索无度，就像阿拉伯人形容的，任何东西落入他的手里宛如受"猩猩看管"那样，唯一的解决办法只有撤除他接触旅队装备的一切权力。

神气的齐多哥之下有四个助手：慕玻尼、布玉尼、黑加、颉可，他们是行政官员的儿子，所以地位较高，其余四个拉姆吉之子出身平民，分别是谢喜、姆巴鲁可、伍雷迪和哈米西。

**驴夫与尼亚姆韦齐脚夫**

驴夫共有五人，全程雇用的费用是每人三十元，他们的名字是穆山吉西、桑哥拉、纳席布、哈撒尼和萨拉玛拉。由于他们工作的性质实在平凡无奇，所以并没有什么值得谈的，唯一的特点是他们比那些拉姆吉之子还难以管理。这些驴夫奴性难驯，和驴子一样顽固，如骡子般暴躁，好吃懒做，喧嚣蛮横，傲慢且爱争吵。

旅队中地位最低，甚至自认只比驴子优越一些的，是三十六名尼亚姆韦齐脚夫，也就是旅队的运输团，有鉴于他们负荷沉重，在此有必要花些篇幅来解释他们的工作。

当商人准备纠集一支商旅时，第一个步骤就是如当地人所说"造"一座寨村"克汉比"。"姆托吉"（商贩物主）会在一片开阔的空地上搭个帐篷，插上他的旗帜，借此宣示他准备好要旅行了。这样做的原因是：如果是由雇用的尼亚姆韦齐脚夫出面说服其他脚夫加入商旅，结果途中对方发生意外或死亡，这名脚夫就会遭到起诉，并需支付罚金；反之，如果由商人主动昭告其意图，那么小酋长和亲戚就会自动带一批人前来应征，有时甚至全村的成年男性都到齐了。事成后，村里的男性就会奉小酋长和他的亲戚为首领。接下来是挑选"基拉戈吉"（向导）。商旅向导并非什么特别的职业，只要是有影响力、熟悉地方事物、曾经走过预定路线的人，都有资格担任。向导必须花钱让随从认同他的支配地位，还要付钱请巫医提供护身符和预防疾病的道具；商旅行进时，向导必定走在他的脚夫前面，任何人违反这项规定都有可能罚钱。如果商旅迷了路、走太多或太少的路、没有在恰当的地方暂停休息、没有在正确的时间出发，向导都会遭到严厉的责罚。不过，当向导也有好的一面，他不必接受别人的指挥，能享用比较美味的食物，旅程结束时，物主有时也会送他一件礼物；此外，向导背负的行李比较轻，较优渥的酬劳通常也意味着他请得起一名奴隶来侍候他。物主要驯服这群保守而固执的脚夫，要他们表现出一丁点儿纪律，唯一的法子是给予向导绝对的支持，可能的话，除了每天的粮食配给之外，偶尔再送他一些肉类当礼物。

商贩物主在粗略成型的寨村里监督每一载货物的配置内容，所雇的"帕加吉"（脚夫）几乎都是体型细瘦的少年，细长而干净的双腿跟豹子一样。不过偶尔也会发现粗壮魁梧的脚夫，脖子像公牛般粗，胸膛宽阔厚实，四肢强健有力。脚夫中经常有少数几个白胡子，一般人可能会以为他们是"年老力衰"的一群，但尼亚姆韦齐老人可不是省油的灯，他们比年轻小伙子更善于运用力量。非洲人和阿拉伯人一样，坚决反对旅队里没有一两个上了年纪、有经验的白胡子。谈到分配运载之物，永远都有无穷的麻烦：每名脚夫各有自己的喜好，会斤斤计较地挑选他背负的东西，直到跟物主达成共识后才愿意上路。分派脚夫的负载需要技巧，脚夫愿意从了解他们能耐的人手里接过运送之物，但如果是一个陌生人把同样重量的负载物交给他们，脚夫则会愤怒咆哮、悍然拒绝。脚夫最讨厌不方便背负的箱子，除非箱子很轻，可以用长竿两头各挑一只，重箱子则由两名脚夫合力用一根长竿挑着。脚夫的负担绝不能轻于合理标准，尤其是探险队回程行李越来越少时更需注意这一点，因为负担轻的脚夫不但会变懒，还会引来同伴眼红。话虽如此，探险队的行李毕竟比较难以平衡，譬如紧紧卷成一大捆的布匹，总长五英尺，直径二十四英寸，外面包裹着扇椰子叶织成的粗席子，以防布料磨损或被雨淋湿，再以绳子捆扎。采取这种包裹方式的目的是要保持布匹的形状，另一方面也便于堆叠；脚夫砍掉小树分杈以上的部分，只留下树干，然后剥去树皮、修整干净，把这种有弹性的树干放三根以上在路上，以绳索绑牢成摇篮状，之后再将布匹堆叠上去。脚夫除了携带武器和私人行囊之外，可以背负七十磅重的行李，不过这也许就是极限了。珠子放在狭长的棉布袋里，然后像布匹那样覆以席垫、捆上绳子、放进摇篮里。这种货物由于搬运时较为困难，重量很少超过五十磅。铜线和其他金属线卷成圆圈状（当地人把这形状称为"达乌尔"或"卡塔"），捆绑在长竿两端；竿子多半以棕榈复叶中间粗大的叶梗做成，其中一端切开呈叉状，行李放上去时刚好以此为基部，脚夫会用一种叫"基坦巴拉"的草垫、破布或皮革的保护物品。各种物品尤以金属线最轻，象牙最重；非洲脚夫只肯用头顶着体积最小的物品，而通常只有妇女和儿童有这种习惯。至于出资的商人自然什么都不扛，除非遇到极为特殊的情况，譬如某个脚夫突然病倒或逃跑，致使商人担心自己货物的安危，这时他们会毫不迟疑地扛起货物。货主通常是跟在商队的后方，由一些同伴与武装奴隶陪同，借此防止有人落后、脱队而导致重大的损失，因此，货主往往比商队里的其他人忍受更长久的暴晒和更乏味的旅途。

**脚夫背负物：珠子、布料、铜线**

在这块盛行"以物易物"的土地上，脚夫背负的泰半是珠子、布匹、金属线等物品，这三样东西是当地人物资流通的媒介，价值由低至高，相当于铜、银、金的类比。为了使读者明了我们如何运用这些复杂的物品，在此先稍加说明。

珠子的种类约有四百种，有些珠子就有三四个名字，其中最便宜的一种是商业活动的主要货币，称为"哈菲齐""康耶拉"或"乌山加沃皮"，这是一种白色的陶瓷圆珠，在桑给巴尔岛重五六磅的珠子大概相当于一元。最贵重的一种叫"萨姆萨姆"，又称为"脚货"（意思是"红布"）、"奇马拉帕姆巴"（意思是"让人挨饿的东西"，因为男人会放弃晚饭来换取这种珠子）和"奇夫尼亚姆吉"（意思是"倾家荡产的东西"，因为女人会为这种珠子毁了自己和丈夫），这是一种小颗的珊瑚色珠子，有白里透红的光滑平面，及十五种不同的大小，在桑给巴尔每三十五磅相当于十三到十六元。印度商人垄断了零散（不成串）珠子的买卖，本地商人向他们买来之后，再以名为"特罕贝"的棕榈纤维线串起来，如果串得整齐又美丽，珠串就能卖个好价钱。买卖珠串的主要计算单位是"毕提尔"和"克提"，前者比较小，两者相当于英国货币里的四分之一便士和一便士。一毕提尔的算法是：从食指指尖到手腕的长度，至于一克提则是四毕提尔，亦即从大拇指到手肘骨尖来回一次的长度。另一种算法也差不多，就是颈部绕两圈。十个克提合起来叫一"方度"或一"节"，常常在交易量大时使用；虽然一名非洲人每天的粮食配给通常才一克提，我那两个果阿仆人却可以每天挥霍掉两三节珠串。使用珠子消费应该十分谨慎：这玩意儿虽然看似用之不竭，但一大堆珠子可撑不了多久，一个人背负的一担珠子绝少能维持整个月的开销。至于非洲人拿了这些珠子后做什么用途，则不得而知：几个世纪以来，进口了大量珠子到这片大陆，既然珠子不会腐败，而非洲人又和印度人一样，都把私人财产穿戴在身上，为什么放眼看去，佩戴略有规模珠串的人口仍然不到三分之一？也许是那些与海岸区直接贸易的周边区域的大量需求已经扩散开来，蔓延到广大的中非盆地区。

远在几百年前，航海家达·伽马①便惊诧地发现，非洲人对于珠宝、黄金、白银都不屑一顾，却会像小孩子那样贪婪地争夺珠子和其他廉价装饰品。这种反应直到今天仍无二致，非洲人见到这些垃圾时，脸上露出的表情滑稽得令人难受：欣羡之情万分强烈，而且全神贯注，一副想占为己有的贪心相。不过，等到他们真的牺牲一头山羊或一担谷子换来梦寐以求的一克提珠串后，却把珠串当作玩具，通常先挂在脖子上两三天，然后又像孩子那样很快就玩腻了，于是又处心积虑地要把它换成别的珠串。珠子是所有讨价还价的程序中绝不可或缺之物，有女性在场的话，尤其如此；文明妇女面对心仪的钻石和珍珠时，总爱摆出一副视若无睹的高傲姿态，跟这些在珠子面前真情流露的非洲淑女比起来，反而该感到羞愧。

---

① 达·伽马（1460—1524），葡萄牙航海家，数度航行至印度，经由好望角打开西欧通往东方的门户，因而开启了世界历史的新纪元。

进口到东非的布料有三种:"美堪尼""卡尼其"和"有名字的布料"。

"美堪尼"这名字是非洲人误读"美国货"一词的结果,这是一种未经漂白的棉布,供衬衫和床单用,产地是美国塞勒姆①附近的纺织厂。"卡尼其"是常见的印度靛青色棉布;至于非洲人所谓的"有名字的布料",指的是阿拉伯和印度的格子布与有色布料,有些是棉布,有些是丝棉混纺的布料,其中最常见的一种叫"巴萨蒂",是带有红色宽条纹的深蓝色棉布,在内地可以当作货币使用,很适合送给酋长做礼物。价格比巴萨蒂多出一倍的"达布娃尼"产于阿曼首都马斯喀特,底色是蓝白相间的小格,上有红色条纹与白、黄条纹垂直交叉,这种色彩鲜艳的布料特别受位高权重的苏丹喜爱,当他们和手下瓜分勒索来的"宏加"(贡物)时,总是把达布娃尼留给自己与妻妾。

当阿拉伯人初次踏上东非土地时,东非人对于印度商人从卡奇进口的卡尼其粗劣布料已经很满足了。及至美国商人进驻桑给巴尔,引进美堪尼布料后,卡尼其便相形失色,如今从阿比西尼亚②到蒙巴萨都是美堪尼布料的市场。不过这些野人很快就对既不舒服又不耐穿的衣料失去兴趣,许多地区的部落仍然钟情于山羊皮和树皮,宁愿把钱投资在更有魅力的珠子和金属

---

① 塞勒姆,美国马萨诸塞州北部的城市。
② 阿比西尼亚,即今埃塞俄比亚。

线上。假如英国和所属殖民地能够生产一些更合乎非洲人企望的产品，必然能从中获利，然而英国业者如果执意采用印度生产的短纤棉布，恐怕很难打败竞争对手美国业者。

东非人只用棉布做衣服，最盛行的是长度六英尺、宽度不一的单件棉布，直接做成非洲人日常穿着的缠腰布。这种缠腰布的名称有好几个：葡属非洲区称为"巴沙"，阿拉伯人称为"舒卡"，而斯瓦希里语称为"乌古欧"，非洲内陆则名唤"乌潘德"。这种缠腰布可能是东非和阿拉伯最早的服饰。蒙佛孔版本的《基督教地形学》有文森特博士的印版插图，可以由图中看到缠腰布是埃塞俄比亚人和埃及人的普通穿着，长矛则是一般人使用的武器。穆斯林前往麦加朝圣时，都摒弃外套、短裤这些后来发明的服装，仅穿着与祖先一模一样的缠腰布，证明缠腰布在整个红海以东地区的历史十分悠远。在非洲海岸区，一件美堪尼缠腰布大概值两角五分，等于一先令又半便士，但是到了内地，价格却暴涨四倍，变成一元（四先令两便士），有时甚至高出这个价钱。海岸区的卡尼其布缠腰布只比美堪尼布便宜一些，可是到了内陆增值却很有限，有些部落更是完全拒绝收购卡尼其布。手头比较宽裕的妇女会购买十二英尺长的布料来穿，也就是两倍缠腰布的布幅，这种当作外衣穿的服装叫"朵缇"，阿比西尼亚人和索马里人称做"拓比"。一块完整的美堪尼布料可做成七到十一件朵缇，东非人称作"朱拉"或"果拉"。

第五章　在祖果梅洛歇脚，重整旅队

进口到东非的产品中，当地唤作"马桑戈"的四号和五号粗铜线，是重要性仅次于珠子和布匹的物品，尤其是北方路线沿途和大中部地区西部路途上更是如此。铜线的采购单位叫"弗拉希拉"，一弗拉希拉约等于三十五磅。商人到桑给巴尔购买铜线，便宜时一弗拉希拉只需十二元，昂贵时则要十六元。运到非洲内地的铜线，每弗拉希拉分成三到四大卷线圈，方便挂在脚夫的挑竿上。到了乌尼扬比，工匠再把铜线加工成线圈镯子"吉汀迪"，这是非洲特有的装饰品，铜线从手腕一路以同心圆方式向上缠绕至手肘，上下两端向外弯曲，一方面为了美观，另一方面可以让佩戴者活动关节，铜线的弹性则使镯子不至于掉落。这种线圈镯子重达三磅，不过"爱美不怕痛"，有些部落的妇女手脚上佩戴多达四个这样的镯子；大部分地区只有妇女佩戴这种饰品，不过湖区的男子整条手臂都绕了线圈，而乌萨加拉山区的男子则经常在手腕、手臂、脚踝上佩戴一半或四分之一长度的镯子，但由于两端没有弯曲，对四肢的压迫显得很痛。镯子的价格在乌尼扬比值两到四件缠腰布，而到了乌吉吉区，人们对装饰品需求很盛，使每个镯子涨价到等同于四五件缠腰布。

**驮兽与装备**

旅队"成员"少不了驮兽，此地全数以驴子充任。我在桑给巴尔买了五头驴子,供旅队主要领导人骑乘,包括萨利姆和两个果阿人在内。驴子价格从十五元到四十元不等,旅队出发时本来有二十九头驮运行李的驴子,但是在祖果梅洛重新整队时,只剩下二十头,由于走失、死亡和意外而数量迅速减少,令我开始有些担忧。

以下是我寄给南非旅行家弗朗西斯·高尔顿①先生的"探险装备录",邮件上记载"一八五七年八月二日星期日,寄于库图区祖果梅洛营地",刊登于下:读者由此可以想象,我究竟带了多庞大的物资翻山过岭。

粮食等——白兰地一打(未来还会再加四打);雪茄一盒;茶叶五盒(每盒重六磅);咖啡少许;咖喱佐料两瓶和零星姜块、晶盐、细盐、红辣椒和黑胡椒各一瓶、酱瓜、肥皂、香料;腌菜二十磅;醋一瓶;油两瓶;糖二十磅(蜂蜜可以在非洲各地买到)。

武器与弹药——包括两柄滑膛枪、三支步枪、一支柯氏卡宾枪、三把左轮手枪和额外零件,以及三把长剑。每一支枪都附有皮袋,这种特制皮袋隔成三层,可以放置火药罐、弹丸、火药纸包、碎布等用品。在弹药方面,枪用火药一百磅(放在两个铜制安全弹药匣和其他容器里);弹丸六十磅;铅弹三百八十磅,这是孟买军火厂生产的特硬子弹,分开放置在箱

---

① 弗朗西斯·高尔顿(1822—1911),英国探险家、人类学家、优生学家,曾在南非从事探险。

子里，为了方便搬运，每个箱子装载四十磅重，这些箱子空出来后，可以收藏探险队采集到的样本，我们用螺丝紧紧锁上，以防东西遭人偷窃；两万支雷管；填充材料。

俾路支人配备有火绳枪、盾牌、长剑、匕首、刀子；他们的火药包括四十磅枪用火药（四桶）；一千发铅弹；一千枚打火石，供奴隶携带的毛瑟枪之用。未来还会增加相当数量的火药。

营地用具——军用绳索一条；三角形小帐篷一顶，这是由两张船帆连接而成，在终年下雨的此地可用来保护旅队的物资；一桌一椅；一套克里米亚锡餐具，包括刀叉、茶壶、锅具等；被褥、上漆防水床罩、两只大棉花枕头（以后可用来填充鸟类标本）、一只空气枕、两条极为有用的防水毯子、一条品质极佳的马耳他毛毯、两条其他质料的毯子；软木制的床一张，附有两只枕头、三条毛毯和一顶蚊帐。果阿仆人带了厚棉床垫、枕头、毯子，旅队里每名仆人都拥有某种形式的铺盖。另外有三只坚固的对开式旅行皮箱，装衣服和书籍；一个书箱；一个装有书籍、盥洗用具、日记、素描本的漆皮袋子；一个装仪器的小背包；五个装普通器具的帆布袋；三张作为地毯的席子。

仪器——水平仪一只；经线仪一只；棱镜罗盘两个和吊绳、脚架；航海用天文罗盘一个及袖珍罗盘两个；袖珍型温度计一支；可携式日晷仪一个；雨量计一支；蒸发皿一个；盒装六分仪两套，放在帆布袋内后挂在脚夫肩上；人工地平仪两个（另外还多准备了额外的水银，未来还将再多添置一些）；手持放大镜一支；向孟买地理学会借得的高山气压计一支（非常精密）；温度计三支；量尺一卷（一百英尺长）；测量水深的测深锤一个；沸点温度计两支；数学仪器一盒；量杯一个；望远镜一副；附有铜滑动片的两英尺长的直尺一把；迪克西牌的计步器一个；平行尺一把。

文具——大张书写纸；普通纸张一令（四百八十张）；空白记事本六册；雷茨牌日记本三册；铅笔两打；橡皮擦六块；金属面笔记本六册；备忘录三本；封缄纸一盒和封缄蜡；实地调查记录本两册；钢笔；鹅毛笔；无需酸液就能调制得宜的墨水粉；墨水三瓶；天然墨水一瓶；空白气象表两套；装纸张的锡筒四个（品质极糟，里面的东西一概生锈）；一八五七年到一八五八年的《航海天文历》；库利先生所绘的图表与地图；《蒙巴萨传教团地图》；略图；星象图；会计账簿；文件夹；装笔的木筒与锡筒。

工具——大型螺丝起子一把；手锯一把；锤子一把；铁钉二十磅；虎头钳一把；磨刀石一个；手斧九柄（每名脚夫都随身携带一把斧头，毫无例外）；锉刀两把；非洲锄头九把；叫"玛斯哈"的土产钻洞工具九支；冷錾①一把；特重铁锤一把；

---

① 冷錾，指能在常温以下切断或刨凿金属的錾刀。

拔钉钳一把。尚未送抵的工具还包括：台式虎钳一座；手钳一把；各种大小钻子十二把；十八英寸石磨一台，附有转动轴和把手；劈柴斧头六把；各种大小螺旋锥十二把；有柄的中心钻两套；凿子十二支；榫眼凿四支；钻头两组；锯锉二十四片；各种锉刀六支；大小不同的半圆凿四支；铁钉五十磅；刨刀两把，另附备用刀片两片；手锯三把；螺丝钉。这些东西到了湖区应该很有用，因为那里很缺木匠。

衣服、铺盖、鞋子——法兰绒及棉布做的衬衫；保护头部的头巾和厚毡帽。①

---

① 本来没预期旅程这么长，因此离开桑给巴尔时并没有添购新衣服，旅途还未结束，身上衣服已经褴褛不堪。来到天气恶劣的地方，要靠法兰绒保命是不够的，于是我的旅伴只好加添美国棉布做的衣服，我也被迫剪下毛毯做成外套和宽袍取暖，果阿人则用破布包裹身体（如果是犹太人就绝对不会这么做，一定规规矩矩穿上卡尼其蓝色棉布衣服）。穿旧衣服在非洲旅行相当不智；多刺的丛林经常钩破衣服，而且洗过的衣服往往还来不及干，就得打包上路，因此这样漫长的旅程实在需要两倍衣物才够。此外，法兰绒衬衫、长裤和袜子都应该密封在锡罐里，等到要用时才开封，而且每一种至少要带六件。

这里最好的铺盖是一种马鬃做的小型床垫，上面铺一薄一厚两条毛毯；至于蚊帐，则可以收藏在枕头里面。有一种形式简单的毯制手提包，既没有皮带也没有装饰，大可用来装旅行用服装。所有铺盖都可卷成一捆，盖上防水帆布，再以结实的束带扎紧。

提到鞋子，最适合行走的是军用靴，最适合骑马的则是过膝长筒靴。鞋子必须是浅色，而且要比在英国穿时大一号。一路上应该小心保护，因为这里的天气很容易损毁皮革，时时擦油（固体脂肪，而非液态油），否则皮鞋很快就变得又干又硬，一旦皮革变硬，唯一的挽救之道是用印度人的办法：将皮鞋泡在热水里，然后往鞋里面塞干草，借此伸展硬化的皮革，之后这双鞋才可能穿上脚。——原注书籍和绘画材料——《诺里的航海图表》；鲍迪奇①的书；汤普森的《月亮航用表》；高登的《时刻表》；高尔顿的《旅行的技艺》；比伊斯特的《观察手册》；杰克森的《观察标的》；杰克森的《军事测量》；《海军部手册》；居维叶②的《动物生活》；普里查德③的《人类的自然史》；基思的《三角学》；克拉普夫的《斯瓦希里语文法》；克拉普夫的《基尼卡证言》；伊森伯格的阿姆哈拉语④文法书；贝尔彻的《桅顶天使》；库利的《尼亚萨湖地理》；其他杂类书籍。色彩齐全的软性水彩颜料一盒；一小盒附带中国墨色和普鲁士蓝的水彩；绘图本两册；大型绘图本一册；描图箱一个。

手提式家用医药箱——做工粗糙，里面装有送给土著的药包。我们已经向桑给巴尔方面多申请一些奎宁、吗啡、治疟酊、柠檬酸、印度龙胆根。

杂项物品——送礼用的鲜红色宽幅布料十块（其中三块已经用掉）；供仆人用的三把刀；雨伞四把；一卷鲑鱼钓钩线；一

---

① 指纳撒尼尔·鲍迪奇（1773—1838），美国自学数学家、天文学家，他写过一本当代最好的航海书籍，并发现鲍迪奇曲线，对天文学和物理学贡献极大。
② 指乔治·居维叶（1769—1832），法国动物学家、政治家，创建比较解剖学和古生物学，曾任国务委员（1814）和内务部副大臣（1817）。
③ 指詹姆斯·考尔斯·普里查德（1786—1848），英国医生和人种学家，最早将所有人类和民族归纳为同一物种。他在作品《人类的自然史》中推出只有单一人类物种的结论。
④ 阿姆哈拉语，埃塞俄比亚中部高地民族阿姆哈拉人所使用的语言，目前是埃塞俄比亚的官方语言。

**库图族村子／吉贝树**

打扭股钓钩线；蜂蜡一磅；信差用皮包一个，上有铜扣环，用来在路上携带琐碎杂物；削铅笔刀两打；鱼钩两千个；钓鱼线四十二捆；照明灯两盏（一盏是警察用的牛眼灯，另一盏是普通的角灯）；铸铅用的铁勺两把；针线盒一个，里面装有扣子、针、线、丝线、大头针等物；缝帆布用的粗针十二支和顶针用的掌盒；剪刀两把；剃胡刀两把；号角一支；烟斗两个；烟袋一个；雪茄盒一个；鼻烟七小罐；过滤器一个；过滤口袋一个；镜子一个；小型盥洗盒一只，里面有肥皂、指甲刷、牙刷（很有用）；梳子和刷子；英国国旗一面；保存样本用的砒素膏；拨火棒和打火石十组。

我说过，祖果梅洛的生活极不舒服，像所有山脚地带的气候那样有令人生厌的天气：滂沱大雨下个不停，偶尔雨停，却又出现火毒的太阳，将水分从浓密的草堆、树丛里蒸腾出来。我们把大队分散寄宿在附近的村落。据村民说，因洪水延误行程而被迫在这里寄宿过的旅人不下千人；这些人总是天天喝啤酒、抽大麻，还常彼此拌嘴吵架，目中无人又暴戾成性的态度使当地村民怨声载道。两名果阿仆人都罹患轻微的黄热病而卧病不起，我只好让他们住进已经相当拥挤的茅屋里，这屋子里白天有鸽子、老鼠、苍蝇横行，晚上又有蚊子、臭虫、跳蚤为患。二十二名已经约定好的脚夫迟迟不来，最后我们终于等得不耐烦了，准备好文件之后，交给了海岸区一位首长的心腹奴隶。这个首长住在祖果梅洛，专门帮在栲乐的叔叔伍克威雷拉客，要商队前往栲乐落脚。他有一个奇怪的名字，叫作"穹姆韦拉姆图姆库瓦姆贝拉"，意即"凡事优先的大人物首领"。这类人就像自命不凡的小国君，自行冠上响亮的皇帝名号，其实权势不过等同于英国乡绅。此君在公共场合永远是醉醺醺的，从他提供的驿站名单来看（十八个站名没有一个正确），我实在感到犹豫，很不想把探险报告和样本交付给他的奴隶，不过"凡事优先的大人物首领"最后果真兑现诺言，将我托付的东西安全送达，我要趁此机会向他公开致歉。

## 第六章
# 越过东非洲山区边界

一八五七年八月七日，探险队离开祖果梅洛。我们深受瘴疠之苦，斯皮克和我都十分虚弱，几乎无法稳坐在驴背上，软弱到甚至连听力也受影响。出发这一天诸事不顺，装载行李的工作困难重重：奴隶和脚夫过了早上八点才集合，他们没有征询萨利姆各人该背负什么东西，而是径自抢走最轻的行李或最驯服的驴子。

从祖果梅洛中部出发，走到乌萨加拉山最近的坡道费时五小时。这条路线始于开垦区，右侧是维果丘陵，其名大概来自丘陵下静止的死水，以及贯穿平原的姆格塔河。道路左侧有延伸四五英里远的连串的低矮山锥，其中较大的一个山锥下有座温泉，当地人称为"马基亚惠塔"，意思是"间歇涌泉"。温泉位置介于山锥基部和草原之间的缓和山坡上，低矮无树的草原四周有高墙似的丛林环绕，分水岭则呈南北走向。沸腾的温泉冒着气泡从白色的沙地里涌出，四处可见氧化铁的污迹和结块

东非山脉

铁屑。表面结了一层鳞状石灰泉华①，由泉水喷出，其四周则有突起的巨砾，或许是长年受到高温烟雾弥漫的影响，色泽泛黑。这里的土壤颜色很深，有些地方是砂质土壤，表面还有细碎的石英与砂岩碎屑。有的地方则在扇椰子树林背景的衬托下，显现出土地的阴险、难测、不稳定，其性质不亚于水泽。温泉区域的直径大约两百码，由于热度很高，土质又很不可靠，因此根本无法接近喷泉中央。据向导说，这座温泉偶尔会喷发，水势强劲，并会喷发得满天都是石灰岩碎片。据说动物不肯喝这里的水，有人还绘声绘影地叙说野兽陷入沸腾沼泽的故事。

我们循着左边的姆格塔河行经一条难以辨认的小径，穿过茂密的草丛和树林，进入一片作物欣欣向荣的耕地，田地中央则是库图区最西端的几座村落。过了这个地点，前方连续三段长途路程将都会是贫瘠荒地，奴隶和脚夫因此趁机在村子里落脚，找到房子舒舒服服安顿下来。一想到还要在平原上度过一夜，我实在无法忍受，于是极力把他们赶出屋外，说服他们继续前进。此地聚落极为破败，许多房舍不过是顶端有几根捆缚在一起的枝棍，再胡乱铺上几把绒毛草茎。这里还看得见椰子树，再往前走就看不到了。田地里老鼠四处乱窜，家徒四壁的百姓将老鼠从地底掘出来果腹。路面遍布很深的凹洞，几乎每个转角都竖着一个叫"姆铁戈"的捕鸟笼，当地人用灯芯

---

① 泉华，多孔质碳酸石灰的沉淀物。

草或竹片编成笼子,放在路旁的地上,旁边再撒些玉米,村里的小男孩躲在一旁守候,等鸟儿飞来啄食诱饵时,男孩匍匐接近,之后一扑而上,用双手堵住笼子的出口,鸟儿振翅难逃。出了村落后,小路六度横越姆格塔河的砂质河床,陡峭滑溜的河岸上长满茂密的矮树丛和野草。第六趟涉河之后,小路地势下降,并入满是卵石的河床浅滩,另一半河道里仍然可见潺潺的流水,流过林木森森的原始丘陵下方。纵然是干旱季节,浑浊冷冽的河水也深及脚踝至膝盖不等。旅队又涉河三次,来到了林野中的空地。我们在这里发现豪猪和非洲红松鼠的踪迹,这种红松鼠是韧性很强的小动物,深棕色的皮毛又长

壮观的洋桐槭

又厚,背部有一抹绿色,身体部分仿佛穿了一件鲜红色的背心,口鼻和尾巴尖也呈鲜红色泽。中午时分,我们离开姆格塔河几英尺远,开始走上乌萨加拉山的第一道山坡,这里比山下的平原高出三百英尺,是第二区(山脉区)的边界。这儿的最低处的陡坡堆满了岩石碎片,当地人则把这里叫做"姆齐齐姆朵歌",意思是"小罗望子",有别于前方的"大罗望子"驿站。

**小罗望子**

这地方没有建筑物的痕迹,也完全不见人烟,流血械斗和令人发指的奴隶买卖让这里变成一片孤寂的荒地。尽管如此,我们还是发现上一队路过的商旅在此建立的颓圮寨村,由于疲惫不堪,众人急切地往短草地上一倒,躺下来休息。落后的脚夫和驴子直到入夜才抵达,而由拉姆吉之子黑加和哈米西照料的两头驴子显然走失了,这两个家伙只顾坐在树荫下乘凉、和路过的商旅闲扯,而懈怠了自己的职责。我派了几支搜索队去寻找走失的驴子,第二天总算找了回来。不过,旅队渡过姆格塔河时,驴夫没有将驴背上的行李卸下来,以致我们的盐、糖随水融化;肥皂、雪茄、芥末粉、砒素膏变成烂泥;茶叶泡水变质;腌菜发霉;放在防火铜罐里的枪用火药也结成不新鲜面包似的硬块。

姆齐齐姆朵歌的气候堪称截然不同的转变，我们奇迹似的恢复了体力和健康，连在祖果梅洛时深受热病痼疾所苦的果阿仆人也痊愈了。之前经历的混沌天空、刮着云雾的强风、声势惊人的暴雨、笼罩在植物臭气之上的湿黏水汽、从地表蒸腾出来的湿冷寒气、火毒炙人的热气，这一切统统消失了，能够摆脱这样的气候，真叫人打心底里觉得舒畅。尤其是从河谷地形的恶劣气候中出来，一下子呼吸到纯净芬芳的山区空气，时而温润、馥郁，时而清凉、令人振奋；蔚蓝的天空晴朗无云，将高原上林木茂密的山脊衬托得绿意盎然。先前乏味的红树林、阴暗的丛林、单调的草原，被高大孤立的树木所取代，其中不乏枝叶繁茂、树形优雅的罗望子树。之前由溪流、三角洲、死水池塘等交织切割成的一块块湿地，现在也被干爽而有益健康的山坡所取代，四处可见短短的陡坡和缓坡的梯形丘陵。赤道的艳阳硕大无比——我从没在其他地方见过这么大的太阳和月亮；阳光欢舞在岩块和卵石上，石头颜色有红有黄，还有雪白耀眼的石英石。轻柔的海风吹拂树梢，藤本植物优雅地从树顶上垂下，木苹果像甜瓜一般大，匍匐植物从灰褐色的大树根部向上攀缘，紧紧缠住硕大的树干。猴子在树上玩捉迷藏，躲在棉铃后吱叫不休；色彩斑斓的鬣蜥都跑出来，在暖洋洋的河岸上晒太阳；白腹乌鸦受到惊动，在栖息的枝丫间聒聒啼叫；鸽子栖在粗枝上咕咕叫，而几近透明的晴空高处则可见到老鹰盘旋。树丛的浓荫下蟋蟀唧唧鸣唱，白天，不论身在何处，都能

听见空中、土里、山坡上、沼泽下传来热闹的昆虫声响,以不绝于耳的鸣叫表达自然的喜悦。我们这简陋的营地正好位于:

浅溪旁,
鸟儿的妙音传唱着牧歌。

夜里,山脚下传来令人舒畅的潺潺溪水声,混合微风的飒飒声,偶尔被夜鹭拔尖的叫声打断,又或者是沼泽里牛蛙的低鸣、土狼的嗥叫、狐狸的长吠,在沉寂的夜里交织成动听的旋律。这里的夜晚没有冰冷的雨水和飕飕的寒风,放眼尽是宁谧祥和的景致,月光像白雪般笼罩在红土色高原上,星星则如金色灯笼悬挂在无尽的蓝色苍穹中。这样的景色让我百看不厌,因为远方仍依稀可远眺令人不快的祖果梅洛,和这里形成强烈的对比:铅灰色的天空、泥巴色的土地、强风横扫、浓雾密布、云朵挥之不去,和山区有着天壤之别。

旅队在这片清新的养生地点休息了一天,精神立刻振奋起来。俾路支人厌烦了彼此的骚扰,于是转而开始找拉姆吉之子的麻烦,但幸亏齐多哥慑人的威势,拉姆吉之子由始至终团结一致,不为所动。于是他们通宵互相打斗,甚至违背了畜生应有的习惯,连白天也不再走在一起。正是:

屋漏偏逢连夜雨，

祸害自古不单行。

萨利姆和俾路支人基于道不同不相为谋，向来水火不容，现在萨利姆却又和拉姆吉之子交恶。他手下的四个小子堪称顽劣，却还是他的心头肉；虽然把手下的小子列为公用脚夫，却因为自大和私心，坚持他的小子只能为他服务，而且即使是为他办事情，也尽可能把工作分派给其他脚夫。每次扎营，萨利姆的帐篷总是头一个搭起来，营火也是率先生好，他的奴隶总能分到酥油、蜂蜜、姜黄等奢侈品，而营区其他人等，包括我们在内，反而无缘享用。当所有人都缺少衣服时，萨利姆竟然私自从旅队装备中拿布料给他的小子，好像那是他的财产；旅队的大串珠链也挂在他手下小子肮脏的颈项上，直到我提出强烈抗议才停止。回程时，萨利姆情愿花钱雇用三名脚夫为他搬运东西，也不愿让他那些肥胖懒惰的小子扛一副铺盖或拿几个葫芦，久而久之，这些小子自然变得傲慢无理、桀骜难驯——不止一次拿火绳枪对准俾路支人和脚夫，如果有人拒绝让出柴火或炉石，便抽刀朝对方刺去，对于这些行径，身为主人的萨利姆一句责备的话都没有。由于姑息养奸，这些小子更加得寸进尺地搜刮我们：咖喱材料一下子就用光，盐罐总是空了大半瓶，路旁偶尔还见到抽完的雪茄烟蒂；对此果阿人指控奴隶，奴隶又反过来指控果阿人。很可能两方都难得说了实话。

**罗望子树**

萨利姆这种愚蠢的偏心行为，当然引发高傲的齐多哥的不满，于是拉姆吉之子比以前更偷懒。不过，阿拉伯人和非洲人从来不争吵，也不会恶言相向，彼此脸上仍然带着吟吟笑意，只是打心底痛恨对方，至于行为上，则仅止于扯后腿和中伤对方。萨利姆向我严正声明，除非齐多哥的长剑断裂，并且命丧桑给巴尔军队手中，否则他死不瞑目，不过，我猜萨利姆这个面恶心善的家伙在旅程结束前，就会忘掉所有的仇恨。齐多哥深信萨利姆这名阿拉伯佬是个生手呆瓜，经常暗示想"坑他一下"，到后来这两个人针对同一个议题不断针锋相对，场面火爆到令身为探险队领队的我厌烦不已，于是下令禁止萨利姆呼唤齐多哥的名字，齐多哥同样也不准在我的面前提起萨利姆这几个字，毕竟我没办法像这对死对头那样，在短短一小时内爆发争吵、相互埋怨、仇视对方，但旋即忘记彼此冲突，而原谅对方，和好如初。

我们在八月九日离开姆齐齐姆朵歌，出发时看见一只红喙白腹的长尾鸟，当地人相信这是好兆头，因此士气大振。道路在绵延不绝的低矮陡坡上前进，红棕色土壤零星分布着巨岩和砾石，地面则被覆着一层稀疏的野草；此地已经出现干旱地区特有的植物种类，例如芦荟和多刺植物，以及仙人掌、较大型的尖尾凤属、大戟属植物，还有发育不良的金合欢。而这里的葫芦树依然高大挺立，优美的罗望子树点缀其间，不负当地"小罗望子"之名。桑给巴尔的阿拉伯人叫罗望子树为"肃巴"，生长区域由海岸区一直延伸至湖区，树干相当粗大，复叶状如羽毛，枝叶向外延展，形成阴暗凉爽的绿荫，也创造出非洲景观中非常美丽的一面。带酸味的罗望子果实无疑对眩晕呕吐等症状具有缓解和调理功效。非洲人把罗望子果皮剥掉，将果肉压进树皮编成的篮子，使之变成黏黏的汁液，接着发霉腐败，但他们并不懂得从中酿酒的技术。阿拉伯人在烹饪时广泛使用罗望子：先蒸熟罗望子果实，再放在太阳下曝晒，之后加入盐巴和油脂防潮，揉成一颗颗小球。经过这番加工后，将之密封保存好，几年都不会变质。

沿路不仅见到被动物啃食得干干净净的骸骨，也不时地可见肿胀的尸体，这些都是饿死在此的脚夫，景象实在令人伤感。昨天有一支庞大的商队在路上超越我们，其中已有五十人左右死于天花，尸体倒卧路旁，令人触目惊心。队伍中有因疾病而瞎眼的男子，蹒跚前行，妇女背着褴褛中的婴儿，母子的模样都令人作呕。这些可怜人不愿离开道路，在体力如此虚弱的情况下，每走一步都难能可贵，因为只要一倒下来，就永远起不来了。没有任何村落会愿意接纳被死神缠上的人，而同行的亲友也不会回头处理善后，病弱倒地的过路人只能无助地躺在路上，最后由乌鸦、秃鹰、野狗、狐狸结束他们的痛苦。我发现我们所路过的寨村都有一些位于较远处的帐篷，据向导表示，这些都是用来隔离病人的。疾病蔓延，我们的旅队自然不能幸免，有好几名队员染上了这种传染病。他们落后在队伍尾端，最后可能投身丛林去了，因为我们回程路过这些地点时，并没有在路上发现他们的遗体。

在四个半小时疲惫的行进期间，旅队偶尔会暂停一会儿，把驴子甩落的行李重新系牢。旅队再度来到姆格塔河边，又是来回涉水过河六次；这时见到的植物转为又高又浓密，野草盘踞道路，河岸上长满豆科硬梗植物和称为"野甘蔗"的坚硬芦苇，让半裸的脚夫苦不堪言。一路上，河岸边的坡地不是泥泞滑溜，就是陡峭多岩，最后河流终于汇拢成山区的一条激流，夹岸有的地方不到五十英尺宽；此处水流湍急，夹带泥沙的水流染成红棕色，河床或为砂质或为初始岩质，巨岩里夹着一条条雪白的石英石纹路。接近湿地的末端时，我们攀上一道陡峭的短梯，这是由岩石和树根构成的坡道，右手边有一道小型悬崖突出于山壁，凌空悬在河水上方，对背负行李像甲虫般缓缓攀上坡路的驴子来说，这地方相当危险。下午三点钟，我们抵达一处叫洽勘吉的寨村，这是一个和鼍蜥有关的名字，由来是此段河流附近鼍蜥的数量极为可观。这里的空气和姆齐齐姆朵歌一样清爽，也是个让人心旷神怡的地方，往来处眺望，已经抛在远方的度图米高地的景色尽入眼帘。

第二天我们被迫在洽勘吉暂停，两头脱队的驴子有一头找回来了，另一头只能听天由命。在桑给巴尔购买的牲口，体力比先前明显衰退了；它们所习惯吃的那种草，在这块骄阳炙晒的丘陵地上完全不见踪影，因此只得改用绒毛草喂它们。但萨利姆认为，绒毛草对它们来说，作用不过等同于咖啡。反观乌尼亚姆韦齐驴子，并不排斥粗韧的灯芯草，幸运地找到被太阳晒得半枯的草桩子时，也会欣然大啖一番。队员又开始患病，俾路支人夏达德在热病的痛苦煎熬下，吼叫得像公牛似的；盖塔诺抱怨他痛苦到好比身受酷刑。两名尼亚姆韦齐脚夫染上初期天花，无法再背负行李，另一个脚夫则因间歇性寒热而卧病不起。尽管如此，次日旅队仍然按照计划出发，走了很久，终于走完了"罗望子丘陵"这段路程。我们穿过一处地表被干涸河床（其实更像是深沟）切割得支离破碎的地方，来到一片带状森林，右边紧邻深邃的苍翠峡谷，途中两度停下，为难耐辛苦而赖地不动、丝毫不肯面对困难的驴子松掉负荷，然后再上好行李；这两段棘手的路况，一是水道交错的泥泞沼泽，一是卢夫塔河床的高耸土岸，时值酷暑季节，河床干涸。

**仪器损坏**

道路由此沿着丘陵地的山腰蜿蜒前伸，避开河床的一段弯道，直接伸入卢夫塔干河床的底部。据向导说，周围高地的水经由较低的斜面处，汇集灌注姆格塔河。卢夫塔河床的宽度

第六章　越过东非洲山区边界　　177

从三英尺到十六英尺不等，以突兀的角度穿过丘陵区，河床表面不是深沙就是黏土，被水浸得湿湿的，然而源头处的表层却是浅薄，大约只到脚踝。水质有时是淡水，有时是咸水；河泥被铁质染成一块块，表面浅水静止不动时，竟然辉映出光谱和虹彩的色泽。来到河岸最狭处，只见两岸的高大野草交织在窄河床上，再向前走过几码既短又险的曲处后，河床又豁然开朗。两边堤岸高耸如墙，不是土壤就是大块灰色正长岩，这些巨岩经常堵在河床里。右岸靠近河堤边缘处，可以见到矗立在后方的丘陵砂岩，以近乎垂直的角度俯临干河床，砂岩的缝隙里冒出多节瘤树根，高大的树身爬满寄生藤蔓，垂挂着足球大小的果实，有些果实竟然吊在纠结的藤蔓下方，这些藤蔓有时达三十英尺长。地势较低的河岸，要是没有被灯芯草埋没的话，往往长满青嫩无比的植物，并有随风起伏的如羽细竹。倒毙路旁的脚夫尸体比先前更多，我们的伊斯兰教队员经过尸体旁边时，总是转过脸嫌恶地低啐一声；有个老朽的尼亚姆韦齐脚夫凝视这些尸体，想到自己的处境，不禁悲从中来，流下眼泪。下午两点钟左右，我们经过一个急转弯，离开了河床边，领着载物的驴子攀上一条遍布石头的短陡坡。最后爬上戈马隘口脚下一座矮小的山锥顶，我们发现这里也有屡见不鲜、为罹患天花的濒死脚夫所建的偏僻茅屋。还有一座旧寨村，我们在里面过了颇舒适的一夜。极目四望，见到的是同属于萨加拉族支族的卡古鲁族和克威维族之蜂巢状村落，远远坐落于天边山峦下森林的角落。虽然这些部落拥有大量牲口和农作物，但从前的不幸遭遇使得他们不再信任外来人，并断绝和外人的一切往来，包括阿拉伯人、斯瓦希里人、姆里马人，以及尼亚姆韦齐族。以前这地方风光的时候，道路两旁可说大型村落林立，现在却荡然无存。

汉摩顿中校送了我一支科克斯牌沸点温度计，这是现已官拜海军上将的史密斯当年任上校时留给他的。史密斯是地理学会成员，昔日测量安第斯山时就用这支沸点温度计，没想到却在洽勘吉被斯皮克不慎打破了。旅队抵达卢夫塔时，我发现另一支纽曼牌沸点温度计与一支同厂牌的巴斯温度计也坏掉了，损坏严重得简直难以想象，连焊接牢固的把手都扭断了，显然是有人用蛮劲硬把它们从盒子中扯出来而受损。几天后，我们的第三支沸点温度计被粗心大意的果阿仆人盖塔诺弄坏了。于是我们准备的三具真正精准的高度测量仪器，全在抵达湖区前损毁了——气压计已经摔坏，无液气压计也未从孟买运来。所幸我们抢救了一具纽曼牌、一具孟买强森公司制的巴斯温度计，它们发挥了很好的用途，后来其中一具还进行过海平面的烧沸校正。此地根本无法从事三角测量，而脆弱的无液气压计和山地用气压计，在携带时又难免出问题，在这种情况下旅行，温度计成了不可少的备用仪器。不过温度计的出错因素相对较多，例如玻璃的延展性（尤其是新的仪器）会造成水银缩降到刻度之下；温度计放在有盖的"刮胡砵"里，以及放在不加盖且吹风的锅子里煮沸，以此法来测量高度，有时华氏一度的差距竟然达到五百英尺。由此可知，宣称不论使用何种容器烧沸，结果均一致是错误的。更何况，除了最精良的，其他所有的温度计玻璃管里多少都有空气，并没有完全排除干净。事实上，有些作家就曾提出警告，指出这种测量地形高度法会出错，比伊斯特博士就是其中之一。

我们在卢夫塔干河床又遗弃了一头驴子，它无法站立，紧张不安地凝视自己的肚子，俾路支人推测这头驴子吃了有毒的草，看来活不久了。八月十二日这天，我们必须攀上卢夫塔的戈马隘口，也就是东部山脉，我原本和齐多哥、向导商量好，让脚夫扛着行李先往上爬，登上山丘后放下行李再折返，以便协助驴子攀爬隘道。等到日高三竿了，却不见任何脚夫回来，我们只得径自出发，队伍紧贴着山腹前进，右边是又宽又深的峡谷。我们穿过一座树木高大但稀疏的树林，从树干和树干之间可以清楚地看见树林两边下方被峡谷、水道切割得支离破碎、连绵不绝的林地，之后，旅队来到了一座险峻的高山下。上山的路径类似坡道，由土阶、坚韧植物根系牢附的土块、四散的结晶片岩、云母石屑与含铁砂岩组合而成。这山顶的最高点为海拔两千两百三十五英尺。过了山顶，沿着左边山丘的山腹有一条好走的下坡路，上方是突出的陡峭山壁，由此路可以鸟瞰下方零星的山锥与连绵不绝的起伏山脊，坡度缓缓下降，终于完全隐没在远方朦胧晕蓝的地平线尽头，仿佛环抱地平线的一片海洋。旅队抵达一个叫穆弗乌尼的矮山丘，我们在山丘顶上找到一座弃置的寨村。穆弗乌尼其名来自当地遍生的"穆弗乌"树，苹果状的果实可食，外表看似最小型的山楂果，果核却异常硕大。

### 笨头笨脑的马卜禄

脚夫在我们扎营地下方发现一条以寨村命名的净水涓流。穆弗乌尼曾经是人口密集的聚落，然而经过来自海岸区的绑匪（特别是最凶残的万德镇匪徒）一番肆虐后，如今只剩下狐狸和土狼这些"老居民"。这天晚上我一夜没睡，望着星辰交替起落，在地平线上起伏的高大树影间射出最后一丝闪烁的光芒，一面暗许笨头笨脑的马卜禄的能耐。这时他正躺在营火边，半边靠火，几乎快烤焦了，背火的一面却受到冰冷强烈的南风吹袭，几乎冻僵。

在库图区，每个队员都分到三天的粮食配给，因为预计三天后就可以抵达补给大站慕哈玛。结果和往常一样，他们以最快的速度消耗掉个人配给，这已经是第五天了，慕哈玛仍然遥不可及。八月十三日，我们在破晓时分装载行李，又是乱成一团地出发，看来行进速度难免拖拖拉拉了。今天的行程是取道一条好走的小路，登上隘道的最后一段坡路。山顶上林木茂密，四周山丘覆满树木，峡谷遍生大片纠结的植物，杂草中散发出一股令人作呕的腐臭，其中包括养分十足、印度牛只最爱吃的狗牙根草。山丘顶在早上原本飘着一股令我想起苏格兰的阴冷浓雾，但到了十点左右，骄阳骤然出现，无情地猛然向饥饿、发烧的队员当头罩下。由山系平坦的高原峰顶上开始，道路向下陡降，继而缓缓延伸，一点儿也不似东方或面海山势那般突兀：我数了一下，沿途共经过十二段明显的上坡路和十五段下坡路，上下坡之间隔着林木茂盛的半干河床，河床长满了气味难闻的杂草。每隔一刻钟，我们就得停下来重整驴子的驮囊，这些畜生一旦赖在地上，驴夫便会丢下它们不管。我们在小路附近发现了斯皮克的铺盖——瓦齐拉的哥哥酒醉之际，在祖果梅洛送了一名奴隶给他，这个奴隶后来成了旅队的脚夫，铺盖就是由他负责扛运的。当初这奴隶曾向巫医发过誓，绝不叛逃，之后果真信守誓言达一个星期之久，但在他和另一个队员吵了一架后，却愤而悄悄丢弃负责扛运的行李，朝最近的一处陡坡跑下去，可能已落入克威维族人手中。我们逐渐远离了雨势不断的山峰，来到土壤干燥的缓坡，此时的景象开始出现炎阳晒枯的牧草与丛生的野草，可以见到无数狮子的踪迹，性喜干旱土壤的仙人掌和芦荟再次映入眼帘。中午时分，我们渡过荣荷韦河，这条淡水小溪由此西流，烂泥河床长满野草，两边的高岸生长密密麻麻的灌木丛。两个小时之后，我突然见到旅队的前导部队，他们停在干涸的水道上，驴背上的行李全卸下了，查地图才知这里叫"突出的河床"，真是倒霉。原来他们被一队尼亚姆韦齐商队误导了；瓦齐拉曾指出他们走错了路，但徒劳无功,理由是齐多哥的意见压过他的,而俾路支人则下定决心要在能找到泉水的第一处地点停下来休息。这些家伙就像所有性格软弱的人,对于口渴最缺乏耐性,每次听闻"水还远得很"的消息,牢骚和不满马上升至沸点。结果,尽管旅队白天走了十五英里路,当天晚上却只好再次饿肚子入睡。

八月十四日一早,我们上好行李,在绵绵雨丝中从东南丘陵循原路往回走了两个小时,从"突出的河床"走回荣荷韦河,到了一座前一天因为走错路而没发现的新辟建的小聚落。夜里有几名脚夫不见了人影。我们派人四处购买粮食,但是这些人非但慢吞吞,且买回来的东西也不敷所需。萨利姆的茅草屋不小心着了火,旅队的奴隶急忙拆除草屋灭火,喧哗叫嚷的声音把当地百姓全吓走了,这一折腾,我们被迫在荣荷韦这个倒霉的地方多耽搁了两天。

荣荷韦可说是这回探险的困厄转捩点:旅队又有一头驴子暴毙,现在总共只剩下二十三头驴子。旅队刚出发时,俾路支人仅分到两头驴子,当时显得很满足,后来却开口说要四头驴子才够用,虽然他们已经将自己的火药全部交由其他牲口驮运,但八月十四日这天竟然索求分配第五头。于是我向俾路支人的卫官提议,请他手下将个人行李中的布匹、珠子和其他类似物件打包好,密封后分别加入脚夫搬运的行李,因为这时多位脚夫所扛的行囊已经减轻了一半。但他以为我可能在使诈,意在揭发他们的个人财物为何暴增三倍的事实;他的手下更是担忧,

第六章 越过东非洲山区边界

原因是，这一路上的粮食补给一直不顺利，他们甚至片面认定汉摩顿中校的亡故使我失去桑给巴尔政府的支持。独眼龙卫官抽饱了鸦片后，前来汇报他的手下拒绝打开行李，宣称私人财产和他们"共存亡"。当我向卫官解释这项措施的目的时，俾路支护卫集体出现，开始叫嚣喧嚷，音量之大足以发挥上战场的效果，他们耀武扬威地把自己的旧衣服扔在地上，声称他们在桑给巴尔都是很受敬重的正派人，并扬言赛义德苏丹曾把几十万元巨款托付给他们。我再次提出理由解释，可是照例是我越解释，他们越是无理取闹。卫官更指控我让旅队挨饿；我告诉他不要吃那些可怕的东西，说到这一点，他却拍着刀柄，态度嚣张地禁止我再提这些。当时我正在发烧，体力不济，只能做到让他明白，他对我重复五六次相同的台词没什么作用。于是他恶狠狠地转向胆小的萨利姆出气，等到发泄完怒气后才转身离开，赶去和手下商量对策。

**危机结束**

俾路支人故意大声争辩，好让我听清楚每个字，而自始至终可说是我的煞星又最会作怪的胡达巴卡施，竟敢不顾往后日子可能被拴上锁链的后果，出言恫吓要"那个家伙的性命"。另一个人却认为"基督徒没一个好东西"！他们全都抱怨得不到"希什马特"（尊重）、缺少食物，更过分的是没有肉可吃。

接下来，俾路支人请萨利姆当他们的代表，表示日后他们每天都要分一头绵羊——在桑给巴尔，这些家伙可能一年中只有节日才有机会吃到肉。我拒绝了这项索求，他们改而要求每天分得的布匹从一匹增加到三匹。假如粮食补给继续吃紧，我倒是乐意给他们两匹布，不过他们看我稍有让步的样子，又马上加到四匹布，并扬言我若拒绝，他们当晚就睡在村子里，第二天动身返回桑给巴尔。见我嗤之以鼻，他们集体跨大步走开，吵吵嚷嚷说准备马上离开。

这几个佣兵竟然会做出这种事，实在不可原谅。我平常对他们极好，甚至纵容他们，因此他们从不抱怨，毕竟根本没有抱怨的理由。就举伊斯梅尔为例吧，由于他罹患赤痢，我的果阿仆人总是煮好饭定时端给他吃；即使我们自己患了热病，勉强拖着病体徒步前进时，伊斯梅尔仍然有驴子可骑。现在这卑鄙小人竟然完全没有说句话打圆场，反而和其他人一齐叛离。

俾路支扈从消失踪影以后，我招来那批拉姆吉之子。萨利姆私下证实我的观察：这些人对身为领队的我颇有意见，他们觉得我并非大坏人，对于我这个英国人抱怨最多的是"脾气火爆"，而且不太买他们的账。至于俾路支人，拉姆吉之子们私下谈笑间，总是不忘用最粗鄙下流的话去中伤他们。另外，旅队雇用的奴隶听到目前的状况，全欢欣鼓舞地答应支持我们，可是当天晚上齐多哥集合奴隶，对他们下工夫，之后奴隶们同意一旦局势需要，他们会和扈从队伍站在同一阵线。一直到数天后我才晓得这件事，不过即使我当时就得知此事，恐怕也于事无补。我与斯皮克下定决心，万一扈从队伍和奴隶当真叛逃，我们只好就地掩埋行李，将自己的性命托付给尼亚姆韦齐人。所幸，这番忧虑只是虚惊一场。

第二天（八月十七日），我下令旅队开拔。当手下忙着把行李捆绑在驴背上时，独眼的俾路支卫官带着花胡子穆萨和达伟西一同出现，他们看起来比平常更加垂头丧气，也显得更愚蠢。他们以谦恭的态度猛力抓住我的手，哀求我签署一张解职书，好"弥补他们的羞耻"，并借此证明是我遗弃他们，而非他们叛离旅队。我不发一语，径自骑上驴背往前走。

向西的道路通过一片绵延的草原与林地，下降的地势相当缓和好走，沿途有好几条水道切过路面。中午时分，我倒在"慕哈玛努拉"（意思是"扇叶棕榈"）的砂质河床上，整个人几乎晕了过去；我留下瓦齐拉和马卜禄，催促旅队继续往前走，等到旅队走到预定的休息站，再由斯皮克差人送一张吊床回来。这时候，眼前忽然出现整批叛逃的人员，少了脚夫和驴子，他们只好自己用肩膀扛着行李，从外表看来，这些行李中有布匹、脏地毡、防水布、旧陶罐、油腻的葫芦等。他们引路带我来到一段蓄积死水的河床，途中不断表示忏悔，设法编造借口，我说我会再考虑一下。到了下午三点钟，仍然等不到吊床，我只好再次爬上驴子。沿着起伏的道路继续向前走，低洼的山坳旁有许多矮小的丘陵，勾起我对"绝望的泥沼"祖果梅洛的回忆。

这地方同样遍布腐败的野草，四处可见葫芦、野生非洲桐、木瓜和扇叶棕榈；绒毛草和玉米欣欣向荣，深邃的老鼠洞触目皆是，当地的男孩为了猎捕老鼠，把这些洞钻得更宽，弄得野草丛生的道路坑坑洞洞。沿途发现两个小村落，居民分别是从基尔瓦附近迁移来的恩金兜族和曼丹笃族。之后出现的是旅队停驻的山边寨村；我们的队员先是迷了路，接着又被一群野蜜蜂追散——这种意外在东非发生的频率甚至比在印度还高。

次日早晨，俾路支扈从联合向我求情；他们费尽唇舌表示自己悔不当初，并且把如此有失军人风范的行为归罪于鸦片和邪灵萨塔纳的诱惑，还信誓旦旦地保证会洗心革面。他们的保证果然一直持续到旅队抵达乌戈吉。这批俾路支扈从自始至终都是个拖累，除了制造良好印象的表面功夫，以及"吓吓漫不经心的埃塞俄比亚人"外，实在没什么用处。老实说，我看到了他们最恶劣的一面。俾路支人自许为桑给巴尔亲王的仆人，由于东方的习惯向来是一仆不事二主，因此他们在我手上也就丧失了唯一的优点，变得难以统御。俾路支人毫无毅力可言，不过走了三四次较费体力的路程，他们就开始叨念：

饥荒、绝望、口渴、寒冷加酷热，
轮流上阵折磨人。

在桑给巴尔住久了，俾路支人的体力不济，不但容易罹患

第六章　越过东非洲山区边界　187

疾病，一生起病来还软弱无力，比印度贱民还不如。不过是患上轻微的热病，他们就倒在地上呻吟；太阳的照射很快就让他们抛弃押队的职责，夜里也不执行警戒守夜的工作，即使真的有盗贼行抢也会袖手不管。尽管俾路支人十分热爱军人的身份，实际上却胆小如鼠，谈不上英勇；如果说他们还有一些儿纪律，也只是出于恐惧。谈到武力，所有俾路支人都只配携带木头汤勺。我在栲乐镇目睹过整支戍卫队的射击演习，他们瞄准粘在一根木棍上的贝壳开火，距离大约是十二步，一个钟头下来没有一发射中目标。用掉旅队三十磅重的枪用火药，却连一头羚羊也打不着，此外，我根本不可能把弹药交给他们保管，这些家伙如果没办法卖掉弹药，就只会浪费子弹打小鸟。当俾路支人口口声声要求别人"尊重"他们的同时，却忘记自己民族的谚语："敬人者方得人敬"。他们也经常妄想在我们的帐篷内安坐半天，每次造访都迟迟不肯离去，总是等到主人受不了，开口"送客"才罢休，这又是一项令人难以忍受的行径。俾路支人就跟东方较低等的人种一样，永远企图侵犯别人，千方百计为自己谋好处，而且每每得寸进尺。他们认为别人都是傻瓜，相信只要扯个谎、使点计（不管谎言多么漏洞百出，计谋如何幼稚浅薄），准能叫别人吃亏。俾路支人不懂得感激，别人好意相待对他们来说似乎是理所当然的事，若是别人拒绝他，以前这个人对他纵使有大恩大德都因此一笔勾销。俾路支人的生活目标似乎是大吃大喝和买奴隶，最大的乐趣则是喝酒和耍阴谋。

他们是贪得无厌的乞丐，也是吵闹喧哗、口出秽语的恶棍，咒骂别人时声如巨炮，举止粗鲁唐突，言语下流损人；他们生性喜爱造谣生事，如果缺少题材，他们又会互相猜忌，然后再时时验证自己的假设。有时候我几乎要花整天时间监督这十三个"好吃懒做"的俾路支扈从是怎样消耗食物的。我和斯皮克不断提出警告，如果他们不服从指示，探险结束时绝不推荐他们受奖励，他们的回应是大发雷霆。后来旅队返抵海岸线之前，俾路支人似乎认定自己得不到奖赏了；可是等到我离开桑给巴尔，他们却说服汉摩顿中校的继任者向孟买政府提交正式报告，嘉许"这些汉子经历千辛万苦，证明他们具备效忠之心和卓绝的毅力"！

我在慕哈玛停留三天，这是进入长途沙漠行程之前常见的延误，因为旅队必须采购足够的粮食。第一天，齐多哥带回六十磅谷物；第二天他派遣手下四散到各村落，一共买回足够五段路程用的三百磅谷物；第三天他派人将谷物去壳、研碎，以便次日使用。有三支朝内陆走的商队在慕哈玛超越我们，人员总共约一百五十人，队员罹患天花的情况很严重。其中一支商队的领队是来自海岸线地区的阿拉伯人哈勒凡·本·穆阿利姆·萨利姆和他的兄弟埃德，后来我们又在两个地方重逢。哈勒凡故意骗我，说了一些关于二十二名后继脚夫的不实消息，譬如他说这些脚夫在海岸区的齐敦达因病逗留，由一个名叫阿卜杜拉·本·朱玛的领队管理；这番话误导了我，其实当时脚夫根本还没有雇妥，我却开始眼巴巴地期盼他们早日出现。此外，他和手下也在乌戈果与其他地方散布关于"白人"魔法与邪恶力量的消息，而这些地方的居民正好疑心病特别重。事实上，哈勒凡身上杂种血液的缺点可说是表露无遗。慕哈玛是秋天雨季可达的最西方，气候和卢夫塔一样，雾气很重，早晨云雾缭绕，山巅上好像铺了一张白云织成的桌巾，直朝山脚垂挂下来；白天晴朗无云，艳阳高照，夜里南风冷得刺骨，露水极重。我再度为热病所苦；虽然发病只持续七天，但是随后肝病的症状却挥之不去，直至十个月后不知是因为疾病的力量减弱，还是从桑给巴尔姗姗来迟的酸剂、麻醉药和兴奋剂等药物产生效用才完全消失。斯皮克因为参加了一场毫无收获的打猎活动，身体过度疲劳，加上四周植物蔓生的死水塘冒出令人作呕的空气，他的热病再次复发。

两名尼亚姆韦齐脚夫感染了天花而卧病在床。一头驴子因过度疲惫而暴毙，另一头驴子遭到一只土狼撕咬，第三头驴子则过于衰弱无法行走，我便把它们和先前被蜜蜂蜇伤的另一头驴子一并留给恩金兜族酋长姆潘比照顾。现在旅队只剩下十九头驮载行李的驴子，我征询萨利姆的看法，是否该留下一些金属线和弹药，按当地习俗埋藏在地底，或者托付给姆潘比酋长。队里的阿拉伯人赞同这一做法，但是齐多哥持反对意见，后来我决定听齐多哥的，因为他坚信一旦留下这些东西，就再也拿不回来了，何况这个酋长看起来就像个聪明的笨蛋，实在不值得信任。几个月之后，我委托一位朝海岸方向行进的阿拉伯商人为我取回寄放在姆潘比酋长处的驴子，结果姆潘比拒绝归还，证明齐多哥的判断果然没错。

在这片被阳光晒得龟裂的土地上，当地人刻意隐藏起收成的谷物，因此我们好不容易才采购到一批补给品，然而这些粮食根本不够眼前的长途跋涉所需。八月二十一日，我们开始跨越呈南北纵向的平原，地势缓缓向西隆起，刚好隔开卢夫塔和第二条山脉，即慕康多瓦山脉。平原的四面八方都被低矮的丘陵线包围，数条深邃的河床切割平原的表面，致使沿途行进备感艰难。树干膨大无比、树型高耸的扇叶树头榈，是这一带的新奇景观，由于树干粗大，想要攀爬极为困难。这种东非人称为"姆玉摩"、尼罗河上游居民唤作"戴乐比棕榈"的树，在东非内地四处可见，生长地并向南方延伸极远。在我们旅行的路线上，在西乌尼亚姆韦齐会看见比较多的扇叶树头榈，当地人割下这种树的复叶，用来提炼棕榈酒，非洲其他地方却没有类似做法。此地猎物繁多，可是我和斯皮克两人的身体都太虚弱了——事实上，我的这位旅伴因为体力不济，已经被迫落后旅队甚多——至于俾路支虘从向我借了枪支去打猎，结果都空手而归。我们开始看见当地叫"姆玻戈"的野牛的踪影，它们在东非相当常见，尤其在水源充足的河岸平原数目更是众多。这种野牛的品种相当优秀，比普通体型的英国公牛稍大，皮毛颜色呈暗褐色，无一例外，不像家畜牛只般有着杂色皮毛。它们的黑褐色犄角相当粗大，犄角底部宽约十二到十三英寸，两支角向外突出，在角尖处朝内弯曲，体型大的野牛两支犄角尖距离可达三英尺；犄角底部由一道窄沟分开，年长后这一部分会变成坚实的骨骼。这种野牛虽然凶猛无比，却很鲁钝；它们喜欢在固定的地方出没，因此过路商旅的猎人成功射杀它们的几率往往很高，连用弓箭的非洲人也可以猎杀到它们。尽管人们认为野牛肉辛辣难吃，吃野牛肉的仍然大有人在，至于野牛皮则比家畜牛皮更适合用来制作皮带和缰绳。

通往寨村的路是一片十分平坦龟裂的硬化泥地，显示过去这里曾被大片水泽淹没。我们经过一处面积很大的扎营地点，是往东行的商旅辟建出来的，位置靠近马卡塔；马卡塔是一道像溪流般的"水槽"，呈东北方向流。据说大雨过后槽里的水会流入慕康多瓦河，槽边尽是软泥，边缘点缀百合花属与其他大型水生植物，水色虽然暗沉，倒是可以饮用。我们涉水渡过水深及胸的马卡塔槽之后，发现另一端还有一座寨村，为往内陆方向走的商旅所使用，在这里休息可说是相当明智，可以避免一早出发就耗费太多的体力，万一突然下雨也不必担心无法抵达下一个休息站。在非洲各地，像这样的地方总是有两座寨村，分别位于障碍物的两端，所谓障碍物可能是一条河、一道山隘，或是人口众多的开垦地，假如是最后一种情况，商队会选在耕地的远程卸货休息，以便随时逃进丛林，而不必冒险通过村落。当天晚上我试图减少拉姆吉之子越来越庞大的行李，他们不断把东西堆在累坏了的驴子背上，驴子原本就已经载运好几天的粮食，现在还需驮载他们的鼓、睡褥、鸡只。而果阿人的床褥和烹煮器具却被他们抛在地上。拉姆吉之子们告诉我，如果驴子不载他们的行李，他们也不打算赶驴了。最后的答案很简单：我表现一丝"卑贱的美德"——谨言慎行，默默走开。

这晚前来骚扰的只有蚊子。其实以东非这个角落的自然特质和地理位置来说，此处蚊害并不比我们原先预料的严重，而蚊子叮咬的毒性也没有莫桑比克甚至西印度来得厉害。一般最常见的蚊子体型相当大，颜色是褐色或暗褐色，最喜欢在河岸的积水区、泥塘边缘、海岸区的小港湾，以及位于中区的湖泊繁殖。

第二天我们继续前进，在这片奇异的非洲土地上，我亲眼目睹一幕不可思议的大自然对比的景象。非洲的景致很多时候会呈现出完全相反的极端——优雅迷人的美景每每与怪诞粗鄙的景象比邻。这天早上看见的是绚丽多彩的景象。天空呈现再澄澈不过的蔚蓝，几片棉絮状带有猫眼石色泽的云烟飘浮在高空，尚未升起的太阳已经将最初的几抹玫瑰色笑颜染在浮云上。遥远的地平线上堆砌着一条条悠长的蓝带子，随着高度的变化，色调逐渐加深，唯有城堡状峭壁与如诗如画的山棱阻断了绵长的蓝带子。近处的高地褐色中透着紫晕，雪白的氤氲冰河似悬挂在山壁的褶缝上。平原仿佛深秋的公园，被倾泻的阳光点燃，放眼尽是烧焦的黄褐色，其间夹杂着一批当地人焚烧野草的黑褐色余烬——一班人正在开开心心地工作，仿佛英国农人准备庆祝丰收。焚烧野草的目的是把野兽赶出来，同时促进新生作物的成长，此外，当地人多半相信野火燎原可以诱发降雨。葫芦树、扇叶树头榈、罗望子和一丛丛常青树散落在各个角落，每一棵树都尽情伸展枝丫，怀抱被露水浸润的墨绿叶片。这里鸽子的咕咕叫声非常嘹亮，珠鸡扯直了嗓子啼叫，露出地面的草桩子里传来京燕的唧啾声；一只小巧的岩燕不躲起来，反而在地面上灵活地飞驰往返，模样之美堪称燕子中的佼佼者。大兀鹰缓缓在高空滑翔；体态至为优雅的斑马和羚羊本来在啃食青草，此刻都从远处抬起头来凝视旅队长长的队伍，过了一会儿它们缓步走开，又从另一个方向回头遥望我们，有那么一刻它们的身躯完全静止不动。好奇心攫住了这些动物。最后它们仿佛被自己的怪念头吓坏了，这才蹦蹦跳跳地越过平原的彼端。

接近中午，美妙的景色仿佛被人施了魔咒，一下子全部消失不见。旅队突然转向北方，进入一片高大、恶臭的芦苇和林木纠结的丛林，腐败的树干倒卧在坑坑洞洞的狭窄小径上；呈之字形的小径通往姆永博河。据向导说，这条终年有水的河流源自一处与度图米高原相望的高地。渡河的滩头约有五十英尺宽，水深及胸，遮覆在流沫之上的是以河流命名的姆永博树的厚密枝叶。这种非洲特有的树可作很好的木材，虽然桑给巴尔人并不认识，但其实从海岸区到湖区都可以看见这种树木。它的花朵是浅绿色的，浓郁的香气很像印度的茉莉花，果实则是大型蒴果，里面有十到十二颗又长又硬的褐黑色坚果，坚果尾端长着一个红色的杯形蒂头。当地人用姆永博树粗糙的树皮搭盖茅屋和寨村，树干里层的纤维可以用来编织席篮和绳索，至于木材烧起来不仅持久而且燃烧彻底，东非人称烧出来的这种火焰为"热火"。先前在平原上行进时，大伙儿都感受到炽烈的太阳和干燥的空气，现在走在河岸边，头上是密不透风的树荫，加上河水大量蒸发，使得周遭的气温陡然下降，大伙儿又湿又冷，好不难受。在这种地方，人会以为自己好像遭到瘴疠毒害了，从头到脚窜过一阵颤栗，冷汗从额头冒出，仿佛下一刻就会昏倒。我们卸下驴子的包袱开始渡河，爬上河对岸后，进驻一座兀自烧着营火的寨村，前一批商旅显然才离开不久。虽然有个脚夫因为罹患天花没有跟上队伍，但这次行进时行李的搬运并没有带来太多困难，结论是，我越是磨练这些脚夫，他们干起活来就越卖力。此外，他们尽管在旅队休息时经常生病不起，可是只要一上路，绝少有人病倒在路上。对此斯皮克的说法是，脚夫不行进时总是大吃大喝，又不活动，因此容易生病。萨利姆的说法比较厚道，他认为脚夫一旦停下来休息，旅行的兴奋便消失不见，而路途中的困乏劳顿也跟着浮现。

八月二十三日破晓时分，我们继续前进，花了四个半小时越过分隔卢夫塔和慕康多瓦山脉的横向平原。小径曲曲折折地经过一片荒凉土地，只有在稀少的水源旁才见得到绿色植物。

大伙儿蹒跚地穿越一座藤林之后，听到一阵隆隆的大鼓声（当地把鼓叫作"恩戈玛"），我们吓了一跳，完全没料到这里竟然有村落。原来，我们在复杂的小径间迷路了。绕了很久以后，前面出现一片烟草田，俾路支人和拉姆吉之子大肆搜刮烟草。这时候几个刚才只顾熏陶自己打鼓劫掠的热情的尼亚姆韦齐族人回来了，他们继续引导我们，旅队不久便来到了一座原为萨加拉族村庄的废墟。这座村子唤作"姆卜米"，村名是依村长的名字取的。眼前所见是无限凄凉的一片景象。被烧得半毁的草屋破败不堪，地上散落着网子、鼓、杵臼，以及简陋的床板和家具碎片；虽然没有血迹，但看得出这座村子不久前曾遭到突袭。萨利姆认定这是那个在慕哈玛超越我们的年轻阿拉伯商人哈勒凡所干的勾当，多疑的他又认为这是海岸区阿拉伯人的计谋，目的是要让山区部落起而对抗我们这支旅队。不过，齐多哥观察到村子遇袭至少是十天前的事，因此研判应该是万德镇的伊斯兰教绑匪所为，而帮凶则是令人胆寒的齐沙班哥。这位库图附近乌卡米地方的强盗头子，他拥枪四五百挺，不断地蹂躏地方百姓。有两名劫后余生的村民在丛林里游荡，不敢回到已经残破的家园。再一次，邪恶的奴隶制度几乎将此地的人口清除殆尽。难道是基于什么无法解释的法则，在大自然尽力为人类创造出最美好的条件之后，人类却一手毁了这样的幸福，而陷自己于万劫不复之地？当天晚上，队员们在这座遭毁弃的村子里打鼓、欢唱，享用强盗所留下的一切资源。不过，众人彻夜保持警觉，唯恐幸存的村民会突然现身。

又有一头驴子被土狼咬死。八月二十四日午前，我们沿着慕康多瓦河右岸离开姆卜米村，前往渡河的滩头。岸边又高又挺的野草茎部相当粗大，露珠儿不断从草株滴淌而下，像冷冻剂般冰冷。布满泥巴的小径滑溜不堪，而小红蚁和另一种大黑蚁的叮咬更是让人畜烦恼不堪。小红蚁集结横越道路，密密麻麻的蚁群仿佛队形紧密的军队；它们的头很大，仿佛在告诉人家，它们正扮演抵御外侮的角色，同时在蚁群移动时担负起兵蚁的任务。尽管无法跳跃，遇到凌空路过的人畜脚踝，它们依然能够以惊人的速度紧咬住目标不放。至于体长一英寸的大黑蚁是一种蚂蚁，当地人称之为"桩古福度"或"西亚福"（siyafu，来自阿拉伯语的 siyaf），头部长得像斗牛犬，强壮的下颚足以摧毁老鼠、鼹鼠、蜥蜴，甚至蛇类也沦为它们的餐点。大黑蚁最喜欢河岸边和死水塘边的潮湿地；它们只会在地底下钻洞筑巢，而不会建造突出于地面的蚁丘。这种蚂蚁的身影从四周出现，在道路上绵延好几英里。这种大黑蚁和其他蚁类一样，既不知恐惧也不懂得困乏；灭亡的危险摆在眼前，它们依然勇往直前，除非动用烈火或滚水，否则绝对无法将它们驱逐出人住的草屋。大黑蚁进食前会先叮咬猎物，被叮咬的灼热感宛如被烧红的针头戳刺；它们叮咬猎物后，会再用嘴拧住对方，身体蹲着用力挣来挣去，迫不及待要饱餐一顿，这时候假如有外力从后面拉住它，大黑蚁宁可身首异处，也绝不松口。

它们最喜爱的食物是白蚁——这种大型的赤褐色蚂蚁是大黑蚁的死敌,当地人替它们取了个名字叫"马吉莫托",意思是"沸水",因为被它们叮到后会疼痛不已。另外,在这座发臭的丛林里,队员们也惨遭采采蝇的攻击,根据利文斯通博士[1]的说法,这种折磨东北非旅人至深的吸血蝇只生长在赞比西河以南地区。此行结束时我带了一只采采蝇的标本回到英国,呈交大英博物馆的亚当·怀特先生,经过一番研究后,怀特宣布那确实是真正的采采蝇,因此佩瑟里克先生[2]更正了利文斯通的理论,将采采蝇出没地域的北界移到北纬八度附近。在探险队的行经路线上,自萨加拉以西就开始有采采蝇出没,一直到中非湖区为止,都没能够摆脱它们的纠缠。采采蝇最常寄居在垦殖地周遭的带状丛林里,至于已经开垦的土地上倒是很少发现采采蝇的踪迹。这种吸血蝇追咬猎物时比埃及苍蝇更穷追不舍,如果你将采采蝇从身上拍掉,它仍然会不断飞回来企图咬你,如此持续五六次之多,除非你懂得如何猛力一举击毙它,否则很难杀死这种讨厌的虫子。采采蝇的针状口器又长又利,即使隔了一层帆布吊床,它们也有办法吸到你的血。旅队中赤裸的脚夫并不害怕采采蝇的叮咬,虽然被它们咬到就像被英国马蝇叮咬般

---

[1] 指戴维·利文斯通(1813—1873),英国探险家、传教士,深入非洲腹地从事传教和地理考察活动达三十年,发现了维多利亚瀑布。
[2] 指约翰·佩瑟里克(1813—1882),英国贸易商、探险家,曾经深入尼罗河上游调查当地土著,行踪遍及埃及、苏丹和中非。

疼痛，皮肤红肿也会维持相当长的时间，可是全身硬皮的土著并不担心采采蝇会造成太严重的后果。基尔瓦附近的人称采采蝇为"基磐甲"，意思是"小剑"。令人费解的是，在这片极为适合蓄养牛群和种植作物的地方，怎么会有这样的瘟神？如果少了动物，采采蝇不可能大量繁殖，除非人类能够想出办法加以铲除，否则采采蝇只会更嚣张。也许有朝一日这片土地的价值水涨船高时，人们会引进专门捕猎昆虫的鸟类，以消灭采采蝇，如此必然是中非百姓的莫大福祉。

我们在隧道似的丛林小径上前进，狭窄的小径仅容得下一头驴子行走，走了一个钟头以后，小径豁然开朗，我们来到了慕康多瓦河的渡口。眼前的景色叫人精神为之一振：上游河床的一个小矶使棕色的水流变得比这里宽阔，扩大至将近一百码，岸边浅滩上尽是灯芯草，灯芯草后方则是浓密的野草和高大的林木，河水和丘陵之间的狭窄空间完全被这些野草和树木占据。通往河床的下坡路和上岸的地方一样糟糕。脚夫在陡峭泥泞的河岸上滑倒，一个个跌入深达胸部的河水里，他们背负的行李因此严重受损。浅滩的水深让我们腰部以下全湿，然后变浅只达到膝盖，不过上岸处是有如被河马践踏过的烂泥，堆满草根、树枝、残株和被人拔起、用来渡河的树木，后方则是一整片泥沼，坚硬的草茎因为过重而仆倒在泥泞上，构成自然的地毯，也是我们唯一能够落脚、通行的凭借。脚夫背我们过河，我们爬上一块略为突起的坡地，感觉上像是初死的灵魂渡过冥河，颓然倒卧下来。我命令齐多哥带领一群脚夫回到河对岸协助殿后压阵的萨利姆，齐多哥口头说好，却朝相反方向出发——他们竟然往前走了。旅队继续沿着慕康多瓦河左岸（北岸）迈进，迂回曲折的小路在山肩和山脚间穿梭，有时必须翻越石块嶙峋的山脊和林木森森的高地，这时小径变得异常崎岖、陡峭；有时则必须往下走，涉过死水潟湖和长满芦苇、灯芯草的沼泽，以及溪流边缘的湿地。经过整整六个小时以后，我们抵达了阻挡河流的盆地北面山墙脚坡地上的一处寨村，慕康多瓦河流过这个野草丛生的盆地后，汇入一条浑浊色暗的溪流，河宽缩减至四十英尺。这里叫作卡岱塔麻尔区，原本是个补给站，连牛只都买得到，可说是乌萨加拉地区的小聚落当中非常罕见的。因此旅队一抵达，我立刻派人前去收购粮食，然而却无功而返：我派去的手下在途中遇到一小支队伍，他们从汝穆玛来，携带着谷物，我们因而打听到卡岱塔麻尔正在闹饥荒。

**仪器故障**

旅队里唯一的一只计步器可能因为气候因素发生故障了。这是一种新式表型仪器，作用在于固定比例放大距离。由斯皮克携带的时候，得出的数据本来就有点夸张，但当我们把仪器调到惯用的军旅行程三十英寸时，在蒙拜身上所显示出的数据实在错得离谱，有时十三英里竟可变成二十五英里，情况比计步器完全无法使用时更糟。我建议，未来想到这些地区探险的人，测量距离最可靠、耐用的方法是使用两部小型手推车，每一部由一人负责推动，因为完全信赖单一仪器是绝不可行的。万一手推车坏了或被偷走，不如利用现成的表，配合估算正确的步行速度、罗盘轴承和队伍行进时测量到的振动平均值，就能够计算出"方位推估值"，接下来经常核对纬度（无云雾阻挡视线时）和重要驿站的经度，如此便能画出几乎正确无误的地图，反正在此地"几英里"误差算不了什么，符合旅行的需要便可。虽然我们小心翼翼地保护其他仪器，不让它们接触到空气，但是这些仪器（三个袖珍型计时用经线仪和一个价值不菲的杠杆表）的命运却和计步器差不了多少，最后不得不以一个仅值六便士的日晷仪来判读时间。在我们第二次登陆非洲后，不到两个星期这些仪器全部发生故障，无法读取经度资料，可叹斯皮克在桑给巴尔耗力费时收购这些器材，没想到竟然如此不堪使用。以经线仪而言，贝克制（伦敦制造商 Ed. Baker，型号 863）和巴劳德制（伦敦制造商 Barraud，型号 2/537）的莫名其妙就停摆了；第三个经线仪是承蒙海军部的贝尔彻上校好心建议，并蒙皇家格林威治天文台配发的最先进仪器（制造商 Parkinson & Frodsham，型号 2955），这个经线仪的玻璃碎裂，秒针则被冒失的果阿仆人弄丢了，后来的解决办法是计算经线仪机械转动的滴答声——每响五声即两秒，这么做倒也还可以。一八五八年十一月九日，就在我们打算在吉维拉姆科亚"彻夜

第六章 越过东非洲山区边界　　201

狂欢"的前一天，这个经线仪也毫无预警地罢工了。我们的经验可以做为未来旅行者的殷鉴，最好避免携带这么精密的仪器，以免稍微震荡便造成故障（斯皮克从一艘独木舟跳出来，杠杆表的微力弹簧应声而断）；而这类器材一旦出了问题，亦只有专家才能够修理。为了使仪器保持水平，我们让两个脚夫挑一根扁担似的长竿，希望能保护盒装的经线仪。不过我们也从欧文船长知名的非洲海岸观测著作里得知，他用这种方法运送九个经线仪，结果所有仪器的准确度都受到影响，波动性相当大。最好的办法是购买六只牢靠的旧表，经过仔细检查和清洁之后，每次测量时使用一只；如果是金表，还不失为得体的礼物，可用来馈赠阿拉伯人，比起送出对旅人而言更有价值的东西，送走一只旧表显然经济多了。

最后一只经线仪的故障让我们气馁了好一段时间。等回到乌萨加拉区的休养地，我们被太阳和疾病扰乱的脑筋逐渐恢复正常后，才想起一种粗糙但是唾手可得的替代测量方法。也许读者已经猜想到了：要确定一个地点的经度，唯一的方法是找出当地和格林威治的时差，只要将时差经过若干调整，就能够换算成空间距离。我们将一颗四盎司重的步枪弹丸切开，塞进一条绳子，这条绳子从悬接端点到弹丸中心总共长三十九英寸，再将两半弹丸以铁锤敲击接合，绳子的一端便固定在弹丸里面。绳子的另一端绑在一支作为枢轴的三刃锉刀上，再把锉刀牢牢绑在一根树枝上，尽可能遮蔽树枝，不要让风干扰。确定当地时间的方法是以六分仪测得某颗星辰或行星的地平纬度，再以那个星辰或行星和月球之间的距离测得格林威治时间，我们所制作的正是钟摆的粗略原型，只要记录几个观测值之间的秒差，便能校正钟摆原型的振动频率。

我对这项题目的议论似嫌冒昧，不过想一想，不如趁机一一说明旅队其他仪器所发生的意外。我们有两个施马尔考尔德氏罗盘（制造商是位于奥克森登街二十六号的 H. Barron & Co.），只要盘面纸板适应当地气候，不再朝玻璃方向翘，效果倒是不错，可是斯皮克踩坏了一个，另一个则在游湖时遭一名水手践踏而报废。探险之行结束时，旅队上下只剩下一只罗盘，那是我的老朋友蒙蒂斯中将送给我的礼物，它曾经测量过波斯，也曾安然经历两次深入东非的长途探险，至今仍然功能完好。依我看，当今仪器业者所生产的罗盘都中看不中用，这个老罗盘很可能比所有的新产品更长寿。最后谈到一只船用罗盘，那是向孟买的专门店订制的，固定在平衡环上供小艇作业使用，这只罗盘不久就变成废物，因为指针转动慢吞吞的，根本不堪使用。

**壮观的洋桐械**

旅队于八月二十五日离开卡岱塔麻尔，走入较高的慕康多瓦河谷地，据向导说，慕康多瓦河是金加尼河的上游，在扎拉莫区汇入金加尼河（？）。这条河切割过慕康多瓦山系，形成河谷横贯山脉，与山势呈垂直交叉，同时排水畅通，因此山脉看起来不像河水依山势生成排水管道，反而比较像是专为河流而形成的排水管道。河谷的四周显然都被高耸的山峰环绕，住家的袅袅炊烟和放牧的牛只处处皆是。夜晚从河岸往上升起的寒气阻止旅队前进，到了早晨，从高大的野草上滴落的点点露珠，又使队员浑身湿透。我们穿过一些田地，上面种植的谷物和烟草刚刚收割不久，离我们不远处的村民受到惊吓，纷纷从高处出声向其他村民吆喝示警。经过一个半小时的步行，我们抵达慕康多瓦河的第二处渡河滩头，这里河水的流失比位于低处的河床少，因此河道较窄，深度只到膝盖；不过彼端上岸处异常泥泞湿滑，驴子意外频生，几天后我们清点行李，发现全部的东西都软化、发霉了。读者可能感到好奇，为何我们不在这类情境下亲自监督粗心的手下谨慎行事，事实上，除了设法让自己在驴背上保持平衡之外，我们根本无暇照顾到其他的事情；我在卡岱塔麻尔被另一波热病击倒，而斯皮克也尚未从他的第二次严重热病中痊愈。渡过慕康多瓦河后，我们沿着河的右岸前进，穿过田地、野草和树林，进入一条地形渐次展开、田鼠四下乱窜的谷地。接着道路横越大大小小的沼泽、三角洲、山脊与"牛舌"状岬角，路况和先前一样崎岖陡峭，且有荆棘阻挡去路，更糟的是道路地势沉降至河区，我们必须通过一个又一个水深及胸的池塘和茂密难以穿越的丛林，更别提必须涉过在火毒的太阳下足以伤及人畜的烂泥沼，这对脚夫和驴子而言都是严酷的考验。过了这一关，道路在高耸的山脚下向南蜿蜒，路旁的山腹经过大肆焚烧，仍然冒着烟，至于对面的河左岸则是地形开阔的山谷，上有棕榈树林与高大的林木。下午两点左右，我在一处荆棘环绕的空地上停下来，手下称那种荆棘为"姆因宜"。可是，殿后的队员一直到六点钟才零零落落地赶上来，仅剩的十七头驴子显得精疲力竭，我不得不下令休息，今天行程到此为止。

在这两天的路程中，俾路支人宣称他们已经没有米粮；至于比较懂得撙节物资的拉姆吉之子和脚夫们则仍保有一小部分粮食，到了下一处驿站，甚至有办法买来一头绵羊。第二天瓦齐拉带领一支队伍出发，目标是到山里各个聚落收购粮草，为了表达和平与善意，他们并未携带武器。将近中午时一行人返回营地，报告说山里的居民一见到陌生人便四散奔逃，但逃跑前却对我们的队员表示，当地的习惯是一见到有非奴隶身份的自由人路过一律加以杀害；不过此次他们准备放过这批陌生人。话虽如此，萨利姆的奴隶安巴里后来吐露的事实并不是这么一回事：我们派遣的英勇队员根本不敢进入村落，当他们听见一个又一个聚落响起追战的呼啸声，看见萨加拉族连妇孺都拎起长矛备战，立刻没命地逃进丛林，匆忙奔跑下山，而且许多队员被荆棘和石头刺伤。两名俾路支崽从黎札和贝洛克点亮火柴，鼓起勇气试图前进，齐多哥嘲笑说："对啊，兄弟们！你们是要去打硬汉，可不是会娘儿们！"两人走了百来码路，想了想调头走回来。慕康多瓦山区一度是百姓安居乐业的乐园，现在却成为秩序混乱、骚扰劫掠不断的地方；残虐与暴力斫伤居民的灵魂，使他们学会以暴制暴，凡是比他们弱小的外人都是复仇的对象——我们旅经各地，一再见证这种残忍的恶行。

八月二十七日，我们重新上路时再度面对新的难题。旅队在前一段行程里又折损一头驴子，而齐多哥则未经我的允许擅自让感染热病的驴夫穆希那骑乘驴子，结果他跑掉了，因此我们又损失第二头驴子。旅队仅剩的牲口都衰弱不堪，行进速度极为缓慢。另一方面，旅队的人员饥寒交迫，这里的气温并不低，但是浓厚的湿气和大量蒸发的水汽使人感到相当寒冷，再加上刺骨的东南风不断吹刮，更是凛冽。道路难行也令旅队痛苦不已，小径沿着遍布石头且长满灌木的山肩曲折绵延，上有崎岖不平的凹角，有时道路往下探进慕康多瓦河的河谷，地质坚硬的河流右岸在大大小小的沼泽间展开，宽度将近两英里，临时形成的沼泽靠雨水润泽，永久性沼泽则是因为低处有水源自由渗入。小径左手边陡峻的山丘上长着高大多刺的索马里兰旱地芦荟与仙人掌；小径右手边是海岸潟湖、港湾和桑给巴尔青色湾流的缩影。经过三个小时艰苦的跋涉之后，危机出现了：小径在某个地点与河流成直角分开，随之而来的一段路是一列岌岌可危的土梯，土壤和石头已松弛不堪，旅队攀爬时，好几个脚夫和一头驴子不慎失足，连同行李一起滚落路旁荆棘遍布的陡坡，一头栽进底下的灯芯草堆里。接着我们离开右手边的河谷，跌跌撞撞地走进一段干河床上松而深的沙子里；这段干河床大约有一百码宽，盘踞在日益宽阔的台地中央。现在周遭的景观改变了，干涸的河道乍看之下颇为宜人：宽敞、平坦、闪烁的河床上有牛只留下的凹陷脚印，两侧垂直但低矮的河岸土质是坚硬的红色黏土，边缘则镶着层层叠叠的鲜绿色的浓密植物，包括罗望子、葫芦树和洋桐槭，在身后一些变黄了的树木残株的衬托下显得十分特出。东非的洋桐槭异常壮观，树干像是巨柱，平均高度在八英尺到十英尺之间，树枝非常粗壮，茂盛的叶子形成凉爽的浓荫；它的枝叶向侧面伸展，日正当中时，一整圈树荫的外围有时长达五百英尺。洋桐槭的果实称不上是可口的浆果，皮和籽很多，没什么果肉，有人以无花果相称，实在名不符实，不过往来旅人倒也摘来吃。此地的洋桐槭显然有两种，外观差不多，有差别的是细节：一种叫"姆塔巴"的有又大又沉的肉质树叶，果实质地比另一种叫"姆库玉"的粗糙，但里面有绿色的柹子，树干也比普通的洋桐槭粗壮。树龄较老的洋桐槭树根会突出于地面，形成相当大块的隆起，当木头腐烂或遭到破坏时，便在地上留下许多小土丘，弄得到处崎岖不平。当地人垦殖的面积很广，这里的主要谷物是唤做"巴杰里"的匍黍，取代先前最常见的非洲绒毛草。此外甜玉米、豆子、野豌豆、烟草等作物在这儿也欣欣向荣，显示这个地区已经脱离了海岸区绑匪的势力范围。左手边的高地传来响亮的咚咚鼓声，俾路支人认为需要警戒，便胡乱射了几枪，惹恼了脾气暴躁的齐多哥，因为他先前已经明令不可浪费火药，而且在这个地区开枪不能阻止外人来袭，却会招来敌人的攻击。我们往地势较高的干河床前进，干河床的宽度急速缩小，尽头堆了一大堆大圆石，一条甘美无比的细泉则自圆石间涌出。旅队在河床左岸扎营，向导称此地为"恩达比"，名字很可能是来自附近遍地生长的一种多梆瘤小树，这种小树的果实看似浅色的红醋栗，尝起来则像溶解在脏水里的软糖。我毫不耽搁，赶紧派人采购稀少而昂贵的粮食。蒙拜没办法买到绵羊，反观愿意付出六匹布的俾路支人运气就好得多。齐多哥受到萨利姆的影响，决定不管旅队多么缺粮，都要阻止我们高价采购粮食，原因是担心先例一开，未来路经此地的旅人（包括他自己在内）都必须负担额外的"亚达"（过路费），因此我们和仆人只好安于以一丁点匍黍米和两颗鸡蛋果腹。

**汝穆玛的萨加拉族苏丹**

在恩达比停留了一天，八月二十九日我们重新上路。小径越过一道嶙峋多石的山肩，阴寒湿冷的空气使一名脚夫仿佛被冰冻过似的麻痹倒地。接下来地势缓缓起伏，小路伸进一片遍生仙人掌、乳浆灌木、芦荟、荆棘的红砖色土地，再过去是一处上下起伏的高原，上面长着被风吹得扭曲的矮小葫芦树，并分布种植谷物的田地，看得出来农人用锄头仔细而费力地筑起一行行田畦。四面八方都有一群群禽鸟和牲口的踪影。有些地方的土壤呈锈红色，另一些地方则是掺有花岗岩碎屑的耀眼白土；云母石在阳光下发出闪闪银光，柔细如丝缎的绿草随风款摆，夺目的光线似乎把所有色彩都洗净、染白了。高原的尽头是急速下降的山坡，斜坡和着石阶下降至汝穆玛河盆地。汝穆玛河是位于南边的一条内陆溪，也可能是慕康多瓦河的支流，自汝穆玛区西南边的山丘流出，其主流则位于亨姆巴或慕赛伊区，是西面地区的主要河道。我们因为迷路来到了这条湍急的山涧边，坚硬的红土河岸下有岩块和大圆石，激起处处漩涡，河岸上长着茂密的灌木丛和芦苇。为了找寻寨村，我们被迫沿着河岸往上游前进，经过的田地有十分完善的田畦，农人抬高水道以利灌溉。寨村的地点选得很糟，粗重的栏栅坐落在河流与丘陵间的坳地上，从冒烟的余烬分析，不久前有旅人在此地落脚，营地可说脏乱到极点。这一天驴子的情况教人忧心，我把它们都交代给萨利姆，他和许多队员一样，直到黄昏才抵达寨村。

汝穆玛是商旅最喜欢的休息站，因为此地各种补给品都比其他地方充裕。我们在这里逗留了整整两天，除了休息和喂饱挨饿的脚夫之外，也趁机修补囊袋、鞍袋，并安排补充驴子。在这里首度有村民成群结队地下山来兜售物品，他们带来了家禽、骨架小但比例匀称的山羊、瘦削的绵羊，还有健壮的公牛（价值十二匹布）。此外，还用头顶着一篮篮几乎满溢出来的野豌豆、蜀黍米、豆子和花生。阿拉伯人称花生为"苏姆布勒西巴"，意思是"猴子的香油膏"；沿海地区的人则爱把花生称作"恩朱古雅尼亚萨"；而在乌尼亚姆韦齐，则唤为"卡朗嘎"或"克哈朗嘎"；更西的地方则叫作"马攸瓦"或"姆瓦萨"。印度人又把花生称作"布辉帕利"，意思是"大地的果实"；而在马哈拉塔地区它的名字则是"比克翰"。这种花生因为味道近似杏仁，价格较便宜，在甜点里经常被用作杏仁的代替品。旅队里资历较深的东非队员把这种花生称作光滑山核桃。这种植物沿着地面匍匐生长，果实则长在植株下的土壤里，雨季之前播种，六个月之后成熟，在内陆它的收成时间是六月份。阿拉伯人的吃法是用略施薄盐的鲜奶油炒花生，把它当作各式浓郁菜色的配菜；它的果实亦有被提炼为油的功用。至于非洲人多半把花生当作旅行用的干粮。花生的价钱高低完全视供应多寡而定，两磅花生的合理价格大约值一克提珊瑚珠子。

汝穆玛区的萨加拉族身材矮小、皮肤黝黑，男人都没有胡子。他们将前额的头发往后梳，从额前到颈项的头发全都拧成一绺绺小马尾。很少人披戴布匹，大部分人只围一条山羊皮，有点像修鞋匠系在一边肩膀上的围裙，也类似我们随便挂在肩上的猎物袋。萨加拉族的装饰品是以锌与黄铜做成的卷状耳环（把他们的耳垂撑大了），以及用类似金属做的手环、臂环。另外，他们也用铁链和椭圆形扣环做成脚环；武器则是弓箭与装有长箭镞的长矛，以及用公牛皮制成一英尺宽、三英尺长、表面漆着黑红两色垂直线条的盾牌。萨加拉族的苏丹尼贾萨前来拜访，他是个头发花白、个子矮小的老人，眼睛因为贪杯而泛红，嘴巴很宽，胡子极为稀疏，皮肤像煤烟那样黑，长长的头发纠结散乱，身上穿一袭叫"巴萨蒂"的陈旧蓝红格子棉布衣服，下摆塞进去，肩上还挂了另一件巴萨蒂，脖子上是一圈又一圈的珠串。尼贾萨坚持要和萨利姆"结拜"，可是萨利姆尊崇的律法禁止茹血，因此找来不知情的瓦齐拉替代。准备结拜的两兄弟面对面坐在地上，腿向前伸，有一个人拔出一把长剑放在两人头部上方，另一个人对两人轮流念一段训语，昭示违背结盟誓言的人将遭到死亡或奴役的惩罚。接下来，两人以刀划破心脏（其实是当地一般人认定的心脏位置）上方的皮肉，各自以手指蘸些对方的血，然后舔掉手指上的血液。最后，尼贾萨苏丹送给瓦齐拉一条精巧的铁制脚链当作纪念品，瓦齐拉则取出旅队的一些布匹回赠苏丹。

历经海岸区河谷永不停歇的大雨和卢夫塔山区的浓雾与湿气之后，对我来说，汝穆玛区的气候十分新奇。汝穆玛区的天气呈现两种极端：夜晚受到带露水的强风影响，帐篷里的温度降到摄氏九度左右，对生长在这个纬度的半裸土著和没有房子的人而言，这样的温度足以冻死人；到了白天，气温上升到二十七摄氏度到三十二摄氏度之间，太阳威力炽烈无比，遒劲的南风刮得天空万里无云，纯净湛蓝的天色更胜希腊或意大利的蓝天。据当地人说，山顶上有时云雾缭绕，特别是早晨和夜晚时分，郁积的蒸气和雨云偶尔会飘到平原上，带来的暴雨每每造成疾病。在此地斯皮克再度爆发"肝疾"，他推测是自己过度贪尝一头肥公牛脊肉的结果。两名尼亚姆韦齐脚夫则出现感染天花的初期症状，萨利姆委婉的说是"苏鲁拉"，即水痘；包括风采迷人的哈丽玛在内，也有几名奴隶病倒了。不过情况最糟的是华伦坦，他的头痛剧烈难挨，双颊鼓起、皮肤蜡黄，看起来和刚断气的死人没两样，后来有一名尼亚姆韦齐族脚夫替他放血，才逐渐恢复了体力和食欲。

### 咸水河

九月二日我们前往"马伦加姆克哈利"，意思是"咸水河"。这条细细的溪流汇入汝穆玛河，我们在汇流点渡过汝穆玛河继续前进，沿途经过砺石遍布的山丘与荆棘，路旁偶尔点缀葫芦树、金合欢、蓖麻树丛、野生茄子；地势逐渐向上隆起，我们必须穿越种植绒毛草、蜀黍、豆子等作物的零星田园。在这里我们首度见到构筑在空心圆木里的蜂巢，海岸区的居民称之为"马齐加"（大炮），取其外观之类似；蜂类用草和胶土封住圆木两端，然后在封口的中心开一个椭圆形入口，整个蜂巢高挂在树叶繁茂的树枝上。野生的黄瓜、西瓜、南瓜到处都是，当地人显然不须费心培育，其中西瓜是当地人最喜欢的蔬果，阿拉伯人称之为"约赫"，而斯瓦希里人则叫西瓜为"提基蒂"。在整个非洲内陆都见得到结实累累的西瓜藤；雨季之前播种，六个月后采收，然后放置在村子里平坦的屋顶上等待熟透。这里的西瓜和卡菲尔区产的一样，质地坚硬无味，果瓤虽然很多，却长满密密麻麻的籽，除了名字相同外，可以说与埃及、阿富汗美味的西瓜毫无类似之处。若说西瓜难吃，叫"朱萨尔"或"波加"的南瓜更是难以入口；此地南瓜的果瓤是红色的，吃法是简单的水煮，味道甜得令人作呕。不过，这里的人认为南瓜有益健康，而且喜欢把种籽烤一烤，磨成粉，并统称为"姆波加"的野生蔬菜混合在一起吃；在东非这些区域里，非洲人靠野菜就能够生存半年。早上十点左右，我发现哈勒凡的商队停在咸水河东边丘陵区村落间的一座大型寨村里，他们正在装载行李准备上路，我的手下满心期待地望着那些舒服的草屋，然而因商队里有人感染天花，所以我催促旅队继续渡过小溪，抵达对岸山丘上风势甚大的丘顶。山丘顶上一点儿都不舒服，强风呼啸而来，到了夜里温度降到十二度摄氏左右，白天则无法提供遮阳的地方，唯一能提供水源的咸水河，距离又相当遥远。更甚者，我们的雨伞和床褥都被破坏力极大的白蚁攻击得体无完肤，这是旅队第一次遭到白蚁危害。只要是温润的红黏土和凉爽湿润的地方，叫"桩加姆契瓦"的白蚁数量便多得惊人；它们会避开热气、砂子和石头，在生物界扮演清道夫的角色。

事实上，如果没有白蚁，非洲许多地方根本无法通行，它们的摧毁力量确实非比寻常。在短短的一夜间，白蚁便洞穿了一张坚固的黏土长椅，并且将它咬穿成筛子一般；而只消几个钟头，被褥底下垫着的一束束芦苇亦被白蚁化成一堆烂泥；皮带被啃蚀殆尽，布匹、雨伞变成破布，仆人用来覆盖睡褥的席子眨眼间已被白蚁咬得不堪使用。当地人一方面为了报复这些可恶的白蚁，一方面也为满足口腹之欲，将最肥大的白蚁抓来煮沸，为难以下咽的粥汤添一道配菜——这似乎是附近地区人民的主要活动，甚至可以用"热情"来形容。白蚁体内水分极多，即使在最干燥的地方，它们也有办法制造胶土，以和着口水的黏土建筑长长的泥道，外观像是中空的树枝，白蚁便是利用这种掩护接近猎物。人们猜测这种现象的成因是白蚁能将空气中的氧气和食物中的氢气结合成水。成熟的白蚁长出翅膀，多半在近晚时分从地底钻出来，仿佛烟斗吹出来的团团稀薄烟雾；飞动几英尺之后，细致的翅膀便自动掉落，显然目的只是为了让白蚁进驻新的殖民地。东非还有一种半透明的褐色蚂蚁，体型类似白蚁，习性却大不相同，破坏性更是有过之而无不及。它们并不会筑造通道以利攻击，而是无遮无掩地单兵作战，用强壮的下颚撕裂猎物，然后将之带回洞穴中饱餐一顿。这里的白蚁蚁丘很少高过地面三英尺，不像索马里兰的蚁丘那么高耸引人注目。

在咸水河边停留时，尽管附近有以掠夺闻名的亨魁族出没，但是俾路支人并未安排守备警戒。第二天齐多哥开始训人，他不断强调前方并不安宁，提示我们必须遵守种种原则：旅队不可以再像平常那样散漫无章；前导小队与旅队主体相隔太远时，必须停下来等候；殿后的队伍听到代表集合的"巴咕米"（羚羊号角）响起，就必须加速赶上前去。我心里想，齐多哥恐怕是对牛弹琴，后来证明我想的一点都没错。

乌萨加拉山以西与其平行的第二条山脉是慕康多瓦山，第三条山脉是鲁贝侯山，而现在我们走的路线刚好经过分隔这两条山脉的平原。咸水河位于东边两堵山墙的避风处，不过山墙顶上则受到潮湿的东北贸易风和东南贸易风吹拂，放眼看去不再是先前一整片单调的绿色，鼻子也不再嗅到有害植物散发犹如死亡的气味。露水消失无踪，早晨时经常悬挂在山巅的云雾也不再出现，河谷中并不常见到层云。而且，除非是在某个特定的季节，否则这里的雨势也不像先前那般猛烈。此地的气候据说有益健康，属于中海拔（两千五百英尺，即约七百六十米）的地势高得足以远离致命的热病，却不至于高到赤痢和肋膜炎可以肆虐的地步。过了咸水河以后，沿途有好几英里路缺乏水源，旅队只好"午后行进"（在沿海地区或斯瓦希里语中叫"库提里克扎"或"提里克扎"，而尼亚姆韦齐语则称之为"库威特克扎亚"，但都是不及物动词，意思是过了中午之后才上路；不过，在阿拉伯人中就被当作名词使用。这就跟"库宏加"〔付小费〕这个动词相同，到了陌生人口中就变成了名词"宏加"）。

第六章 越过东非洲山区边界　　215

"午后行进"是在非洲旅行最难受的苦事之一：早上十一点左右，每件事都混乱不堪，总是得花上两三个钟头，旅队才能真正开拔，这时候行李捆绑妥当，烹煮用具清洗、打包完成，帐篷收拾整齐，坐立不安的脚夫和情绪兴奋的奴隶也已抢好凳子。等队员喝过最后一次水，并且把葫芦装满水以备晚上使用后，大队人马才在中午结束时出发。如果旅队早晨出发，气温是慢慢上升，但如果是午后出发，队员从阴影中立刻走进火烫的阳光下，更是令人酷热难熬。大伙儿在大火球下疲惫地跋涉，脚底下是水汽蒸腾的大地，燠热的空气似乎在烘烤我们的眼球，大家必须忍受这样的煎熬，直到众人长长的影子拖曳在地上为止。几乎没有例外，午后行进永远冗长不堪，因为脚夫希望能缩短第二天早上找寻水源的行程。等到队伍完全停下来准备扎营时，多半已经明月高照，大伙儿的脸被路旁突出的荆棘剐破，脚则遭到石头和树桩刺伤，偶尔有人不慎被地上又深又窄的洞绊倒而跛脚。这些洞是由田鼠和各种昆虫造成的。

**赶驴苦差事**

我们于九月三日下午一点钟离开咸水河，有一大群全副武装的当地人聚拢过来，在一旁指指点点、说三道四，甚至发出嘲笑声；为了让他们刮目相看，我们特别表演了一场无伤大雅的剑术表演，刻意表现出队员骁勇善战、有备而来的一面。前方的路穿过好几条崎岖陡峭、灌木丛生的山脊，累坏了的驴子一见到一小方树荫，便急奔前去纳凉，使得队伍走走停停。这些尼亚姆韦齐牲口顽固得要命，一旦发起性子，颇令人头疼，勉强拉着走的话，它们又会使性将驮包甩到地上。我们攀越一道山隘后，映入眼帘的是宽阔的盆地，盆地远程环绕着蓝色的山脉，脚夫敬畏地指着那些山峦，表示那里正是凶残的亨魁族出没的地方。道路引导我们走下西边的山腹，进入部分被火焚烧过的一片空地，忽然队员中冒出一声尖叫，有人发现附近出现人迹，于是大伙儿立刻仓皇遁入浓密的荆棘丛里，脚底是干硬的红黏土。出乎意料地，当旅队通过一段相当深的北向干河床时，我们在河底砂岩的坑坑洞洞里发现一点点赭红色的水，接着道路逐渐向下延伸，落入一片粗犷的灌木丛中。沿途还不时可见空旷的小草原，道路和先前一样被深窄的水道切断，这些水道挟带南方山区的水源流向北方的低地。六点钟左右，我们在浓密的荆棘丛林里找到一块清理过的空地，这天晚上旅队便在此过夜。夜里土狼的号叫声很接近，令驴子不时发出惊呼，大家都辗转不能入睡。俾路支扈从一旦口渴起来，缺乏耐心和自私的丑态毕露，贝洛克自己就拥有五只装满水的大葫芦，水量也许有三加仑之多，却连一瓢也不肯让生病的伊斯梅尔喝。这天我被迫换掉一直为我牵驴的夏达德，他善弹吉他，也是个花心大萝卜，行进时总是只顾和同伙聊天，强行扯着驴子走过荆棘丛和树丛，结果我穿的裤子很快就撕裂成一条条破布。我

第六章　越过东非洲山区边界　　217

找来花胡子穆萨接替夏达德，但经过区区数天，穆萨居然哭着求我解除他这项任务，原来他习惯抢在旅队前面寻找寨村和树荫，而驴子走起路来跟跟跄跄，一拖就延误一个钟头，简直令他痛不欲生。于是我又把这份工作交给年轻的裁缝胡督尔，不消片刻，胡督尔便扬言我虐待他——他说自己是俾路支人，可不是一头笨驴。接下来我找上好青年阿卜杜拉，可是他每天都编一个新借口向我索讨布匹、珠子、葫芦或凉鞋，理由不外是为领事讨个礼物，或是嘉赏他自己的诚实、美德等等，不堪其扰的我只好将他辞退。最后我把驴子托付给方头大耳的奴隶马卜禄，他只顾着和自己的"兄弟"蒙拜谈天说地，也和所有的奴隶拥有同样的天性，老是对主人的命令充耳不闻；他暴躁地驱赶我所乘坐的驴子，许多次我和驴子被地上的裂隙和老鼠洞绊倒，双双摔得鼻青脸肿。至于斯皮克则选了蒙拜为他牵驴，蒙拜虽然算不上赶驴好手，至少没出什么大乱子。

九月四日，一上路就得穿过一片密林，艰辛跋涉一整个小时，出了灌木丛林后，小路横越红土与石头，地势使然，道路变成陡急的下坡路，因此我需要时时下驴行走——彻夜失眠之后，这项运动实在令人难以领教。位在下方的是一座面积广大、地形起伏的盆地，周围环绕一圈丘陵，这幅景色和非洲许多风景都称得上"捕捉了天堂的映像"；从远处眺望，粗糙的线条和扭曲的景观变得异常柔和，构成一幅诡异的瑰丽景致。低地上有着纵横交错的砂质干河床，上面四处可见耕作和畜牧活动，地势较高处是规则或不规则形状的方形或椭圆形聚落,我们第一次见到这种当地人称为"坛比"的聚落。在这个地区,九月初是隆冬季节,在火热炫目的太阳底下,绿草变得像土地一样白,草桩子坚硬得有如掘地的耙子,唯有浮云飘过时,亮晃晃的地面才因云影而稍微暗淡;除了干河床边的河岸之外,各地树木都长得瘦削而光秃,走来走去的动物瘦得剩下皮包骨,生机盎然的似乎只有苍蝇、白蚁、铁蒺藜和刺钩植物。涉过流往东北方和东北偏北方的深邃水道后,我们走下一道险峻的下坡路和一段大圆石堆叠而成的崎岖步梯,在岩石遍布的峡谷边发现一座肮脏而狭隘的寨村,旁边是一道深度非比寻常的皱谷①,高地多余的水分全是通过这里排出,泉水非常甘美,而土壤受到泉水的滋润,长出营养多汁的水草。由于我们计划在此休息,俾路支人、拉姆吉之子、脚夫都比平常更焦急、更粗暴,大家都想抢到最好的扎营地点。俾路支卫官与三名走不动的尼亚姆韦齐族脚夫落在队伍后头,他们一直到中午过后才抵达营地,至于斯皮克来得更晚,因为他那周期性发作的胆汁热又犯了。华伦坦的身体比平常虚弱,盖塔诺也比平常呻吟得更频繁,不断叫着"昂杜克塔",意思是他浑身疼痛!我们的麻烦还不止于此,一头驴子走丢了,而我那编号第五十号的坐骑克汉姆辛与

---

① 印度语 khad(皱谷)指的是多丘陵乡间深邃的石质山沟,不同于英语 ravine(沟壑)的一般解释,也不同于形成于较平坦地区的 nullah(水路)。——原注

其他驴子打架时撞断一颗牙齿，现在不能吃也不能喝。由于它变得弱不禁风，我只好改骑另一头驴子，那是来自桑给巴尔的最后一头叫"施里吉"（意思是"二十五分钱"）的坐骑驴，可是它背痛、臀部抖缩，每隔几分钟就从我的胯下溜走，一副随时有可能倒毙的样子。

**巧遇商队**

伊楠吉盆地静卧在鲁贝侯山（或称多风山隘）的山脚下，这是乌萨加拉山系西边的第三条山脉。这里的气候和汝穆玛山一样日夜呈现两极化，白天热得像火炉，夜晚则冷得似冰柜；由于位置呈现漏斗状，酷烈的阳光和刺骨的强风轮流从雾气蒸腾的高原直灌地面。附近的聚落从高处俯瞰峡谷，村民带着牲口和谷物到山下来赶集；自从离开海岸区之后，这是我们首度能够采买到蜂蜜、酥油，还有最令我们兴奋的鲜乳和酸奶的地方。有过类似经验的人定能体会：长期以绒毛草和匍黍米为主食，偶尔才能享受一顿豆子（豆汤或豆粒），食物如此贫乏，难怪当我们意外发现牛奶、奶油、蜂蜜时，兴高采烈之余，不免认定这一天是我们旅程的新纪元。

为了庆祝旅队在此处停留，这天鼓声和歌声持续大半夜，鼓舞了队员的精神，也使他们开心起来。先前，大伙儿一整天谈的全是可能遭到亨魁人攻击的危险。第二天早晨来了一支商队，拥有大约四百名尼亚姆韦齐脚夫，他们的目标是海岸区，领队则是伊萨·本·哈吉和另外三个阿拉伯商人。我们彼此彬彬有礼地问候对方。这些阿拉伯人缺少布匹，也喂不饱奴隶与脚夫，因此队上天天有人叛逃，斥巨资买来的象牙岌岌可危。我们这支欧洲队伍负担得起区区三件棉布的见面礼，后来又以一些品质极佳的白米、好几磅食盐和一头山羊当礼物，换回来一些添加了香料的鼻烟和阿魏（药用植物的茎，胶脂经过特殊程序浸泡之后，可用来外敷治疗伤口，或是内服治疗多种病痛）。我忍不住多买了几码长的绳子，这是将行李捆缚在驴背上时不可或缺的工具。旅队的驴子数目已经从三十头减少到十五头，脚夫则从三十六人减少为三十人，显然有必要征募新的生力军。阿拉伯商人以每头十元的代价卖给我们两头尼亚姆韦齐驴子，并且讲好到桑给巴尔再收款。后来证明，其中一头驴子是良好的坐骑，一路驮着我抵达中部湖区。至于另一头虽然已经阉割，而且右眼已瞎，却因为受到虐待而变得异常顽固，另一方面又十分聪明狡诈、难以驾驭，因此俾路支人称它为"独眼魔王"；除了一些杂物之外，这头驴子还驮载四只弹药箱，总重量达一百六十磅，然而在这么沉重的负荷下，它居然还是脚步轻盈，仿佛是一头善舞的鹿。这头驴子唯一的缺点是脾气坏透，短短几天之后，它被放逐到"姆冈达姆克哈利"（火原）的旷野中，因为旅队里没有一个人敢把行李缚在它背上，也没有任何人敢牵它。往来于这条路线的阿拉伯商人信守一项原则，他们拒绝雇用从别处逃走的东行脚夫，希望借此遏止脚夫喜欢叛逃的本性，我坚信陌生人应该比他们更严格遵守这项原则，于是下达最紧迫的命令：如果旅队中发现任何从他处叛逃的脚夫，我必定将他交还给原来的雇主，届时他的身份将变成犯人。尽管如此，海岸区的阿拉伯人和斯瓦希里人并不理会这项商业道义，依然无耻地出高价雇用这些"逃兵"，再者，在这片土地上，很难使人们明白言行必须"合一"。结果，我们的旅队遭回七八个私自离开阿拉伯商队的脚夫，但是有一个漏网之鱼却在我不知情的状况下被旅队雇用。萨利姆说服阿拉伯商人出借三名尼亚姆韦齐脚夫，请他们搬运行李至乌尼扬比，每个脚夫的租金从八件缠腰布到两匹布不等，另外再加一大卷足以打造三个手镯的金属线圈。我们离开扎拉莫区时，当地首领齐扎亚送给旅队向导萨利姆一份叫"萨瓦达"的贵重辞别礼——这份礼物是个年约三十的妇人，黝黑的肌肤如同漆皮长靴般闪闪发亮，眉头突出，有发红的眯眯眼，宽阔的嘴巴一张开就露出几颗长而有力的乱牙，粗壮的体型与她纤细的双腿不成比例，这两条腿直挺挺的，仿佛保龄球瓶般毫无美感。她的精神比体力好，虽然带病在身却勤于劳动，是非洲人公认的好女人的典型。萨利姆的这名女子很快便被许配给老驴夫穆山吉西，他的鼻子和下巴仿佛英国传统滑稽剧主角潘趣的卡通肖像。可是，后来穆山吉西有一次发现她走进丛林许久才回来，怀疑她跟别人幽会，便开始极为残暴地对待她，忍无可忍之下，我命令解除这桩婚姻。经历过多次冒险之后，这名女子终于随旅队安全返回桑给巴尔。据我所知，现在她大概已经成为萨利姆的宠妾。在伊楠吉停留期间，又有一名女奴加入旅队，她的绰号是"不知道夫人"，她有如大象般力大无穷，加上泼妇性格，使她的身价高达六匹布加一大卷铜线。这个女奴嘴唇上的人中曾被刺穿，以容许一块骨片穿过；她的阿拉伯主人企图用刀割和粗盐加以矫正，可是已经隆起的肌肉非常固执，以尖锐的角度从她脸上突出来，形状有如普通鸭的嘴或罕见鸭嘴兽的喙，这种非洲特有的装饰法应该列入那位勤勉作家有关"人类变形"①的记载才对。"不知道夫人"的道德观令人惊骇，为了灌输给她一点道德，我们把她嫁给了库图族脚夫里最能吃苦耐劳的郭哈，但是两人成婚才一个星期，"不知道夫人"对待郭哈就如同敝屣，陆续替他制造了十来个情敌。她不按牌理出牌的作风扰乱了旅队的秩序；交给她保管的所有东西样样遭她摧毁，因为这是减轻负担最快的办法，而"好女人唯一可挑剔之处，就是她是一个好女人"。她也经常厚颜无耻地叛逃，最后萨利姆忍受不了，在乌尼扬比以一点米的价钱把她卖给了

---

① 英国医生约翰·布尔沃（1606—1656）一六五三年在伦敦出版的《人类变形》一书中，如此解释人类变形：人改变形体，或谓人工变体，传统上大多数民族都有这类现象，以此展现疯狂与残忍的英勇、愚蠢的蛮勇、荒诞的美感、卑劣的诡谲和可厌的娇美；他们故意以时尚、衣着扭曲大自然所赋予的身体，甚至刻意改变形貌，造成身体和容貌变形，破坏人类天生的样子，最后演变成民族特有的畸形体貌。

第六章　越过东非洲山区边界　　223

一位旅行的商人,第二天,商人却前来诉苦,说他的头被打破了。

### 伊萨和他的同伴

伊萨对我们非常慷慨,提供各种协助;他和同伴好心逗留了些时日,以确保我们跨越鲁贝侯山脉的准备工作周全无误。针对某些队员容易叛逃的地点,他们也提供有效的防范建议;关于乌戈果和乌吉吉两地,他们给我的消息极为宝贵,甚至把他们位在乌尼扬比的房子借给我使用。他们又"修理"了一下旅队向导,指出他们粗心大意,并未每天晚上筑造一道寨村护墙,而且没有依照习俗,在寨村里准备木头和水。齐多哥也遭到谴责,因为他容许手下把个人行李交给驴子驮载。至于俾路支扈从也没逃过责骂,阿拉伯商人教训他们不该时时因为食物而抱怨;俾路支人老早就忘记他们曾经在慕哈玛许下的诺言,一有机会就故态复萌,辩称为了搜集物资而敲诈布匹和珠子,其实是要进行奴隶买卖。在汝穆玛时,他们宣称每天一匹布的薪水会饿死他们,于是萨利姆改配给等值的粮食给他们,大约合五十磅豆子。他们其实本来就拥有足够的牛肉、羊肉配给,却不吃豆子;到了伊楠吉,俾路支人开口要面粉,由于当地居民只卖谷粒,他们整天垂头丧气。我把他们的卫官找来,当着阿拉伯商人的面告诉他,这是个好机会,我愿意正式解雇胡达巴卡施、贝洛克,以及不中用的伊斯梅尔,还有他喜爱弹弹唱唱的"兄弟"夏达德,以趁机清除队里的害群之马。在询问这四个人的意向时,他们异口同声说宁死也不愿意离弃岗位,以免辱没自己的名声。然而我事后得知,当天晚上他们便托阿拉伯人向他们在桑给巴尔的总卫官打小报告,这几个人以哀兵姿态表示总卫官将他们推进火坑,还说他的双手沾满了部属的鲜血。斯皮克准备好呈交皇家地理学会秘书的公文与地图,我也再度向领事与税务官订购药品、医疗缓解品、额外的布匹与珠子,总价高达四百元,我在信中附上一张支票,付款人是我在孟买的代理人。阿拉伯商队于九月二日离去,我一再要求他们不要把我们生病的消息散播开去;目送他们离开时,我心里忍不住惆怅,重新感受文明与同情实在让人感到安慰。

但我们的工作尚未完成。在深受打摆子、头晕目眩、听力受损、四肢无力之苦的状况下,我们以深切绝望的眼神看着眼前的路况,那是一条笔直向上、不见弯曲、只有树根和圆石垫脚的小路,路旁尽是纠结的植物,队员和饥饿孱弱的驴子正要踩着植物攀爬上去。九月十日我们铁了心,开始攀登这道恐怖山隘。斯皮克身体衰弱不堪,必须靠两三个人扶持才走得动;我自己的情况稍好,只需一个人搀扶。我们绕过两堵山墙似的岩板(岩墙底下的营地附近绿草如茵、清泉可口,却没有任何队员赶驴去吃草),又穿过一片灌木丛生的原野,接着面对的是一长条松软的白土陡坡,布满了大大小小会滚动的岩石。往上有大批尼亚姆韦齐脚夫正在攀爬陡坡,他们看起来比较像攀登峭壁的狒狒,而不像是人类;队伍中的驴子每走几码路就摔倒。就在我们缓慢痛苦地往前走,不时被咳嗽、口渴、疲劳逼得卧倒在地之际,征战杀伐的吼叫声忽然从此山传到彼山,小路下方有如黑蚂蚁纵队般的弓箭手和长矛手从四面八方拥出,原来,以劫掠闻名的亨魅族早在一旁等候商旅开拔,再趁机攻击伊楠吉的村落,以抢夺牛只。两队全副武装的过路人告诉我们这项消息,黑皮肤俾路支扈从杰莱惊吓到失了心神,提议弃主逃命,他认为我们这些闯入异境的外人既然担任领队,就应该在危难时负责任挺身而出。号称"勇者中的勇者"的胡达巴卡施正轻微发烧,他躺在地上宣称自己无法再前进,哀号声之惨烈直逼丧子的母亲,而且像生病的女娃儿似的哭着讨水喝。其余俾路支扈从在卫官的领导下移到旅队尾端押后,当前述的武装队伍之一朝旅队后方接近时,俾路支扈从都举起火绳枪对着来人,要不是齐多哥出面阻止,恐怕已经发生流血事件了。

靠着手下的搀扶和每走几码路就略作休息,如此经过六个小时,我们终于登上恐怖山隘的顶端,大伙儿坐在受到山区露水滋润的芬芳花朵和色彩鲜艳的矮树之间休息,才慢慢喘过气来。斯皮克疲惫到几乎无法回答我的问话,只是机械式地往前走,整个人仿佛处于昏迷状态。从山顶向下眺望,四周景色异于寻常,发人深省,可能是因为经过千辛万苦才到达此地,眼前美景也就格外怡人。近处尽是巨大无比的裂缝、岩石,以及露出地面的硕大圆石，下方的山区植物像一席毯子般铺盖着大地，峡谷里林木苍郁，山壁上也有凌空茁长的树木，深邃的坳缝蒙着漆黑的阴影。我们脚下正是远在天边、近在眼前的伊楠吉盆地，土黄色盆地上点缀着方块状大型村落，嫩绿色条状地带夹杂其中，那是水道的行迹；浮云飘过，云影使大地出现明暗不定的斑驳色泽，一块块乌黑地表是新近焚烧过的草地。更靠近我们的地方是一处平原，浓烟笼罩在平原上方；蔚蓝氤氲缭绕在较远处，那段破裂的山墙正是我们昨天经过的地方，灿烂的阳光为之染上了一层金彩。

我们穿过一段稍有起伏但还算好走的路，寒冰似北风顺着下滑的道路吹来，使我们身心畅快了些。沿着这条长有仙人掌和金合欢树，还有翠绿草儿及缤纷矮树丛的道路，我们来到一座又脏又小的寨村，位处分布有大小村落的山旁空地上。这个地方叫大鲁贝侯，和西边的小鲁贝侯分庭抗礼，我们被迫在此停了下来。生病的斯皮克在过去两晚持续发高烧，神志不清的情况相当严重。他变得非常暴躁，使我们不得不取走他的武器，凭我事后观察，他的脑部从此受了永久性影响。虽然他看起来活不久了，俾路支人与拉姆吉之子却迫不及待要继续上路，因为他们不喜欢这儿的寒冷。

九月十二日，病恹恹的斯皮克觉得凉爽的夜晚使他恢复了体力，便提议旅队前进，后来却又觉得自己力有未逮，就在他踌躇不决之际，队员却不经我的命令就擂起通令出发的鼓声。

尼亚姆韦齐脚夫已经出发了，我派人叫他们回头，得到的回答是他们这种民族绝不走回头路；这项理由听起来冠冕堂皇，但是脚夫们只在符合自己利益时才会援用，平常倒是不怎么讲究。最后手下支起一张吊床让我的旅伴躺着，旅队这才全员出发。

小路沿着突出的山腹前进，地势再度向上升起，我们来到小鲁贝侯，或称多凤山隘，陡峭程度虽不亚于恐怖山隘，但是路程比较短，它是乌萨加拉山系最西边一条山脉的顶峰，高度为海拔五千七百英尺，也是这山区的主要分水岭。在伊楠吉时，山势依然呈东南走向，过了鲁贝侯山之后，山脉走向变成朝西南方，不过山脉两侧的水流最后都注入印度洋。靠东边山麓的水流汇入慕康多瓦河和金加尼河，而西边山麓的水则先后注入卢瓦哈河与鲁菲吉河。

抵达小鲁贝侯时，一场热闹正等候我的到来：一大群黑人打得不可开交，并发出愤怒的喊叫与咆哮，我认出来这些人正是我们的脚夫。阳光下，长矛与短刀闪闪发亮，时起时落的棍棒一副要把人头敲破的样子。几码外站着一些陌生人，凶恶的脸上像军人般面无表情，他们腰带里插着斧头，右手握在斧柄上，左手则紧抓住一张弓与两三支磨亮的长矛，看来平息这场纷乱的希望相当渺茫。人群的最中央，有一支仿如英法大战中被法国骑兵包围的诺曼·拉姆赛的军队（只是眼前这班人当然无法与当年的英雄人物相比），我看得出几个人挣扎着起身又跌倒，那是体型庞大的瓦齐拉和他的四名库图族伙伴，他们面无

惧色，以寡击众，生命危在旦夕。冲啊！冲啊！死亡是福气！打啊！杀啊！最后，

> 眼见鲜血（自某人的鼻孔）涌出。

我最后出面干预，才挽救了这五个"迷途羔羊"。脚夫们打架的缘由是争执该不该让天花患者进寨村，瓦齐拉和他的伙伴喝醉了以致敌我不分，无聊地试图证明他们具有英雄气概。一般来说，碰到这类纷争时最好袖手旁观，如果时机未到便出面阻止，当事者愤怒的情绪只会稍微压抑，而不会完全消弭。另外，一点儿"惩罚"总是能让澎湃的热血冷却下来，也只有这样，未来才会有和平安宁的日子。除此之外，在这里喜欢四处调停纷争的人常常吃力不讨好，想要调查争执的由来根本无济于事，因为人人满嘴谎言；听取一方的片面之词就宣布谁是谁非，无疑是最简单的仲裁之道（威尔士人最精于此道），但若公正无私地听取双方明知是胡说八道的证词，却会让评断是非的调停人心中顿生无力感。有一位陆军上尉"警官"的做法倒是值得一试，他在海德拉巴服役时想出一套办法，专门用来斥退那些好兴讼、爱陈情的信德人，并以此为职志。这则故事可能有些离题，但是我仍然想在这里提一提。

举例来说，两个东方打扮的人在打架中挂彩，其中一人仔细用布包裹着头部，另一个人蘸了几滴鼻血涂在眼睛和耳朵上，

两人都用力敲鼓宣泄情绪，同时高声尖叫："我要死了，啊，呦——！"

接下来，原告接受问话：

"喂，你呐——家伙①！你要告什么？"

"噢，大人！充满了同情心的大人！这个人闯入我家里，还打了我一顿，辱骂我母亲和妹妹，偷了我的铜锅，而且还——"

"够了！够了！"治安官喊，"把他（被告）绑起来，你自己打回来，打他三十六下。"

可以想象，气冲冲的原告这个时候当然乐不可支，他用力殴打被告三十六下，然后被告被解开束缚。现在轮到治安官问他了。

"喂，现在，你这个家伙！你有什么话说？"

"噢，我的大人，我的主子！公正的使者啊！这个人什么谎言都说尽了！他对我恨之入骨，您看看这个（指着涂上去的血迹）！他在路上碰到我，一股脑把我推在地上，还踢我、践踏我，他还——"

"够了！够了！"治安官再次嚷嚷，"把他（原告）绑起来，你倒试试看能不能狠狠打'他'三十六下。"

同样不难想象，亟思报复的被告自然狠狠修理原告一番，而后来，不论是原告或被告都不曾再找那位优秀"警官"的麻

---

① 家伙，当时官方对"土著"都是这么称呼的。

烦了。

在鲁贝侯峰顶上我们发现一座孤零零的村庄,居民是恶劣的萨加拉族。一名性格温和的印度人表示,有一支商队因为队上一名脚夫遭到谋杀,愤而报复村民,"清除"了这村子里的居民,无一幸免。尽管山顶很不舒服,旅队仍然在此耽搁了一整天,用水必须从一条涓涓细流里汲取,距离营地至少一英里远,源头是一摊锈红色水池,上方有倾斜的砂岩遮蔽。雨下了一整天,偶尔酷热的阳光会在雨停时露脸;浓重的雾气滚滚倾泻而下,弥漫在峡谷中和洼地上,到了夜间,呼啸的寒风,仿佛全吹到鲁贝侯山来了。拉姆吉之子们不肯扛斯皮克所躺卧的吊床,而萨利姆也不让他的孩子挑起这个重担,更令人气结的是,只要有一方想支使脚夫,另一方立刻全力阻挠。波斯人说:"为达目的,不顾颜面。"据东方人的说法,甜言蜜语胜过手铐脚链,我如法炮制,以最谄媚讨好的口吻和齐多哥商量,他果真被我说动,大方地允许我把斯皮克的交通问题交给向导处理。

九月十四日,转冷的天气冷却了大伙儿暴躁的脾气。我们离开山顶朝下坡路前进,这也是从乌萨加拉山系下到内陆的最后一段坡路。旅队顺着在山腹上曲折蜿蜒的狭窄步道往前走,脚下的红色泥土长着一丛丛浓密的仙人掌和羽毛状金合欢树;走了四十五分钟,我们在一处沼泽般潮湿的绿色山坳里发现一座寨村。山坳被一条缓缓流动的细水分成两半,此地贫瘠的农地全靠这丝丝细流灌溉,住在远处的村民在农地上种植谷物、

第六章 越过东非洲山区边界　　231

葫芦、西瓜等作物。多日来，我首次找回足够的体力点召脚夫、检查他们的装备——原本计划用上一年的装备，竟然在三个月内消耗泰半。我把萨利姆找来，告诉他我对这个发现极为不安，萨利姆以阿拉伯人一贯的口吻，十分平静地宣称我们剩下的物资足以撑到乌尼扬比，届时，随后赶来的二十二名脚夫自然会与我们会合。我问他："可是你怎么能确定呢？"他回答："全知全能唯有阿拉！不过我晓得他们一定会来。"听了这么有感染力的宿命论，我便不再烦恼这个问题了。

九月十五日，我先派遣脚夫把行李搬运到前方，脚夫答应到达后会返回接运斯皮克。我在中午时分出发，所幸凉爽的山风使得燠热的阳光威力消减不少。小径始于绿草如茵的洼地，沿着树林繁茂的丘陵边缘前进，穿过一小片有灌木丛围篱的矮草原。此地可见巨大的树木，有时孤零零一棵，有时好几棵簇拥成团，树叶比教堂墓园常见的紫杉木更让人心情沉重；这些树绽放一种细致的粉红色花朵，它们从被太阳晒得枯黄的大片土地拔地而起，树荫下有一种翡翠色灌木丛，景象之鲜明有如人工栽培的样子。草原的尽头是一座梯级的边缘，天然的台阶陡直往下，走着走着，眼前蹦出豁然开朗的景象，近处是凌乱的田埂和晦暗的峡谷、山坳，远处即是乌戈果高原与它东边的沙漠，壮阔的景致真让人叹为观止。异常透明的天色将苍穹顶得比平常更高、更辽阔，西方地平线弯曲的边缘静卧着一方又一方平原，在炽热的太阳光线下，仿若被舞动的烟雾搅起波涛起伏的黄色汪洋；北方的天际线被零零落落的山锥截断，诸山锥宛若孤悬海中的岛屿。带状树丛与荆棘构成黑色的长线条，与水道交织而成错综复杂的网络，向南迤逦至卢瓦哈河为止，河旁枯黄的野草和藤桩子看来是这块土地上的主要植物。我对乌戈果地区的第一印象既非阴柔或华丽的美景，也缺乏热带地区特有的丰盈与饱满，这里似乎只有严峻和粗犷——也许大地之母在此孕育出吃苦耐劳的民族，他们明白生活充满危险与艰辛，这样的心理对于眼前奇景的造就贡献卓著。我在梯级顶上盘桓了几分钟，心里的感觉有一种人能懂：英裔印度人平时过着令人生厌的日子，好不容易盼到夏天到北方翠绿的喜马拉雅山山谷避暑，享受数月湖光山色、清风习习的假期，当他们回首眺望背后干枯窒人的平原时，内心的感受正是我此刻的心情。我们蹒跚走下崎岖难行的下坡路，脚下尽是耀眼的红黏土与白垩土，上面洒满深橄榄色燧石屑。坡道底下是一条长长的山脊，上面有一方平地，萨加拉族人在平地上建立小村落，矮小的绒毛草、匍黍、玉米田围绕在村子四周。过了平地就是所谓的"第三鲁贝侯"，一条坡道从这里顺着地势伸入下方深邃的峡谷中，我们在凹凸不平的土地上找到一座毫不舒适的寨村。

　　旅队的行程在第三鲁贝侯延误了一天，这是"午后行进"之前的习惯，因为穿越丛林以前需要贮备补给品，而队员之间的吵吵闹闹也浪费了许多时间。俾路支扈从每逢天冷或肚子饿时，便像个顽童乱发脾气，天气暖了、肚子吃得饱饱时，他们又变得像蟋蟀般快乐无忧。一名向导怒气冲天地带着旗子去找萨利姆，扬言他不干了，原因是前次行进时有两名俾路支人不依规矩抢先走在他前面，后来萨利姆给了他几串珠子，总算平息了这家伙的怨言。过了几天，穿过乌戈果区时，同一个向导担心自身安全不保，要求我派遣一队火绳枪先锋保护他。拉姆吉之子们和脚夫联手抵制挑运斯皮克，假如不是蒙拜与马卜禄好心帮忙，也许我们还得在那恼人的山顶多逗留一个星期。驴子受到野兽惊吓，夜里挣脱了束缚，其中一头就此下落不明。这里的白天炎热、晚上阴凉的情况比先前更剧烈，早晨雾气浓重到竟然出现雾虹——色彩蒙眬的一小弧彩虹像湍流般顺着峡谷倾泻而下；中午的阳光灼热无比，迫使我们躲在薄薄的帆布下。受到西部平原热气的牵引，此地二十四小时刮着干燥的北风，横扫过我们的营地。

将卧病在吊床上的斯皮克送上路之后，我跟在队伍后面；萨利姆变得异乎寻常的自私与乖戾，撇下我们自行解决问题，他说他只穿凉鞋，因此不能在夜间旅行；有些俾路支人因为必须搬运自己的装水葫芦和皮革，委屈得流下泪来。

九月十七日下午两点钟左右，我们继续攀登崎岖的山脉，脚下的小径朝西北方砾石树丛甚多的山脊蜿蜒而下，右手边有一道深邃的山沟，树木很多，有些地方只有陡峭的坡道，有些地方则有梯级可落脚，有些比较平坦的地面上杂乱地点缀着一丛丛带有香气的植物。小径延伸进"马达马"（或称"度戈马罗",意思是魔鬼峡谷)的上端,斯瓦希里语里的"魔鬼"专指邪恶的灵魂,也就是故意让别人讨厌的冤魂——或许这个词正可用来开拉姆吉之子的玩笑。

当旅队下到西边山坡一段仿佛超大型地面排水沟的峡谷时,路况简直是寸步难行,深沙上尽是巨大的圆石和被水磨圆的鹅卵石,还有许多荆棘遮蔽地面。跋涉了五个小时,我发现脚夫已经在前方一块比较软质的地上扎营;我好说歹说才说服四位拉姆吉之子回头协助那些落后且精疲力竭的队员,尽管吹了号角,信号枪也放了,落后的俾路支鼠从仍然拖到晚上十点钟才抵达营地。

九月十八日,经过最后一段四小时的行程之后,旅队终于来到乌戈果平原。我们离开昨夜的营地,循魔鬼峡谷的路线前进,偶遇大圆石堵住去路,便暂时离开原来的路线。来到峡谷较低处,长年涓涓流淌的细泉从土墙里渗出,滴落峡谷侧面,峡谷的底部长满了芬芳翠绿的植物。随着平原越来越接近,行走时越来越困难,不过,四周的景色却令人眼睛一亮。魔鬼峡谷是个巨大的粉红色和灰色花岗岩裂罅,间杂着一条条白色石英石,另外还有绿色砾岩和黑色角闪石。峡谷底部有一层凹凸不平的岩石,两侧镶着窄窄的褐色腐殖土平台,矮小的仙人掌和荆棘就长在上面;峡谷上方耸立的石峰长有树木,四面八方把这里团团围绕。再往峡谷下方走,高达一百至一百二十英尺的大圆石像墙壁似的笔直矗立在那里,它们被太阳晒得焦黄,

第六章 越过东非洲山区边界

长年的雨水、急流冲刷也留下污迹，地表是一层发亮而倾斜的岩石，上面有宽阔的裂痕、陡峭的落差，还有大大小小的坑洞，小的像杯碗，大的如澡盆，这是急流经年累月的冲刷所磨蚀出来的，它们的表面对称、平滑，简直像是车床凿磨出来的成果。只要有水流过的地方，就有厚厚一层泥巴和丛丛野草、芦苇，迫使小径沿着峡谷底部靠山的狭窄边缘前进。慢慢地，坡道下降的角度趋于缓和，峡谷河床益形开阔，高大的石墙减少了，取而代之的是长满橡胶树的低矮泥土河岸，深而松散的沙地上有一个个竖坑，可作水井使用，此时魔鬼峡谷已经变成宽阔而平坦的干河床，南方地势贴近水平，渐渐融入与其接壤的平原。中午前，我转过河床的一个弯段，瞥见旅队的帐篷已经搭在一棵巨大的洋桐槭下，位置就在干河床右岸的一方平台上。在满目荒凉中，这里的景色算得上美丽，河岸上芳草青青，绿意盎然的金合欢树伸展降落伞似的羽状枝叶，地上的朦胧阴影在微微拂动的轻风下跳跃、颤动。

在这段跌跌撞撞的下坡行程，我们仅遗失了一口装枪的箱子，里面装的是斯皮克的靴子、一张桌子和一张椅子。其实桌椅是旅途中不可或缺的物品，因为各种计算、书写、绘图都必须仰赖桌椅。当天晚上休息时，我派遣一支队伍循原路去找回遗落在激流河床上的箱子，队伍成员包括瓦齐拉、巴罗齐扈从、花胡子穆萨和几名奴隶。结果，他们带回来一个令人毛骨悚然的故事，他们说旅队的活动危险万分，他们认为有一支萨加拉族军队紧紧跟踪在旅队后面，迫不及待想杀人夺财，在这种情况下，他们怎么可能找得回失落的桌椅？数月之后，一位斯瓦希里人带领一支商队往内陆走，他们在原地找到我们遗失的箱子，而且体贴地送到我们手中（当时我们正在乌尼扬比）；想来那天我从乌戈果派遣出去寻找失物的那支队伍，一定是停留在最近的某口水井旁，在凉荫下度过了安静、愉快、慵懒的一天。

# 第七章
# 论第二区的地理与人种

所谓第二区指的是从库图区西疆（冲积河谷顶端，东经三十七点二八度）至乌戈吉省（乌戈果东边台地，东经三十六点一四度）之间的山区，这个地区的对角线长度为八十五地理里，行李比较轻便的本地商旅通常花三个星期就能横穿全区，包括其间停留休息三四次。至于本区的长度根本无从测量，据向导说，乌萨加拉是恩贡山系的延伸，山势朝南走，中间的缺口形成卢瓦哈河或鲁菲吉河的河谷，整体来看是一整排高地，最高点应该是乌西奥区的恩杰萨山。换句话说，这里的地形类似印度半岛的东高止山，一般而言，整个山系呈南北走向，但是目前这个区域稍有不同，大略呈西北、东南走向，与经线夹角为十点一二度。乌萨加拉山系是东非最高的山群，事实上，从海岸区到西乌尼亚姆韦齐的直线上，它是唯一值得一提的高原；虽说如此，比起地球上其他高山，乌萨加拉山的排名还落在很后面。根据沸点温度计测量的结果，乌萨加拉山最高点为海拔五千七百英尺（约为一千七百三十七米），然而有些山峰却可能高达六千英尺，甚至七千英尺，因此与印度尼尔吉里丘陵[①]有民居的区域不相上下。如同前文所描述，乌萨加拉山系被南北走向的长条平原分割成三座平行的山脉。

**乌萨加拉区的地理志**

由于面海方向的山坡底部地势低平，因此要在东边一带找到山脉几乎是不可能的事情，直至库图区平原北方接壤高低不一的丘陵线，地势才缓缓出现起伏，小山丘亦渐渐自平地升起。

马基亚惠塔，亦即库图区的间歇涌泉

---

① 尼尔吉里丘陵，印度东南部泰米尔纳德邦的山区，峰顶从附近平原突兀地拔高达六千至八千英尺。

第七章 论第二区的地理与人种

如果从西边往东看，面山方向的另一边山坡宛如长长的新月，前方突出，后方凹进，两只尖角逐渐消失在远方；峰顶正好位于新月中央，侧面轮廓有点像壁画，比例匀称。山腹是浑圆丰满的锥形，从形状研判，属于原始的火成岩地形，山锥和岩脉体系裂断的平原、盆地交叉。和一般花岗岩地形一样，这片山系的内部地势并不规则，山棱线没有一致的走向，交会的形态似乎乱七八糟，山脊两侧山坡的坡度也不平均。这里类似半岛边缘的山系，面海的下降坡比较陡峭，而面对陆地的山坡不仅较长，高低落差也缩短了，因为接续山坡下方的并非山脉隆起所在的平原，而是高原地形。换言之，进入内陆比返回海岸区的路途艰辛得多。

乌萨加拉的风景十分悦目，先前在桑给巴尔和海岸区河谷只有一成不变的绿色景观，现在开始看得到各种生动活泼的色彩。比较深的山沟和峡谷露出底土层，有花岗岩、绿岩、片岩，也有粗糙的褐色或绿色砂岩，陡直倾斜的岩层大量暴露出来。地势较高的地方，表层土壤的深度变化很大，最浅的只有数英寸，最深的可达三十英尺，土壤里经常夹杂一条条长长的卵石层，显然是被水冲刷而磨圆的。土壤颜色若非赭红即为暗灰；赭红色土壤有时夹带一些云母石，多半是因为铁质氧化而染红；至于暗灰色土壤则属于长石碎屑，和所有颜色的混合体一样，在阳光下熠熠生辉。平原与凹地的土壤是黑色的，只要下几场雨就变成杂草丛生的泥沼，到了干季，土壤严重龟裂，地上只剩下干枯的草桩子。地形突出的高地从头到脚覆盖着稀疏的森林，在肥沃的褐色腐殖土（植物腐败分解后所形成）层下露出绿岩和砂岩层，大约海平面三千英尺高的地方，我们发现一只豆螺的化石。另外，当地人称为"克霍瓦"的大型玛瑙螺散布在地表各处。丘陵上（特别是较低的山坡）四处可见矗立的岩块和大圆石，以及细碎的白色、暗红色、红褐色石头，还有黄色的石英石，形状千奇百怪；此外也有富含钙质的瘤状石灰石（或称印度石灰石）。有些地方的水源深藏在地表下，上面的丘陵和平原覆盖稀疏的金合欢树丛和其他带刺的胶树。以整个东非的旅程而言，这类树林是我们唯一可以真正享受旅行乐趣的地方。东非最常见的景象不外是光秃而刺眼的土地、发臭的矮树丛、无边无际灰败腐朽的草本植物、隐蔽的沼泽和水道，除了深浅不一的绿色之外别无其他颜色；相较之下，这儿高大的金合欢树和胶树确实令人欣喜。旅人似乎被一片永远到达不了的浓密森林所包围，每次往前靠近一些，树林就变得稀疏一些。在晴朗的太阳天里，这里的风景怪异却动人，白蚁在树干上建筑上下通道，因此暗红色的土壤竟然顺着树干堆到半树高，把特殊的非洲林相烘托得更加突出，树叶大部分只生长在较高的树梢上，颜色柔和嫩绿，从树下往上望，舒张的叶序构成细致的回纹，万里无云、时而蔚蓝时而金黄的天光从叶隙间跃跃流泻而下。盆地的水源比较接近地面，在水道和细流的岸边，肥沃的土壤孕育出丰富的植物，木材产量惊人；这样的景致和更

第七章 论第二区的地理与人种 241

偏西方的盆地迥然不同。

乌萨加拉区以丛林花卉与水果著称，果实带着可口的酸味，在这种气候下，胆汁亟须防腐与矫正，而大自然借由酸性果实正好提供了解药。果树数量很多，但是人们并未刻意栽培，因此果肉部分发育不良。平原上，空气里溢满茉莉花迷人的香味，另外金合欢树的花也散发着芬芳。不过有一种鼠尾草的臭味非常浓烈；金合欢树的花朵像是金黄色铃铛，从粗大的绿色枝叶中垂挂下来，令人看了心旷神怡，与低地沼泽所散发的恶臭恰好形成强烈的对比。野生的罗望子树满山遍野，树型极为高大；姆永博树以及一种长有红花、叶子茂密、细藤蔓上并会生长出高约十八英寸藤葫芦果实的叫"玛雅戈"的树，均生长得异常高大；树葫芦则茂密得像一栋栋草屋；而最喜欢生长在乌萨加拉山区低缓山坡上的洋桐槭，则茂盛得足以遮蔽一支军团。至于陡峭的山坡上则零星散布着人们开垦、焚烧过的土地，青绿或枯黄的野草蔓生其间；状似降落伞的金合欢树，树干又高又瘦，枝叶宛如绿色拱顶，一蓬比一蓬高，远观好似一堆雨伞。

不论是平原、盆地、梯级或高原平面，都有一条条溪流、细水经过，土壤因此相当肥沃；这些水道最终汇成单一渠道，并与这个区域的主要排水干道汇合为一。耕地东一块、西一块，被浓密的带状荆棘树林隔离开来；村落数目很少，外人鲜少来访。与一般丘陵地形相同，此地聚落多半建筑在高处山棱上和山锥的缓坡上，理由是下雨时排水畅通、空气干净、蚊虫较少，同时大概有利于防范外来的绑匪。有商队路过时，村民把谷物、豆类等粮食带下山兜售。当旅队第一天抵达一处驿站时，粮食补给出现延迟和困难，由于在我们之前村民已出售了三四趟粮食，存粮仅剩零零落落，突然要应付我们过百人的需求实在不容易。萨加拉人的偷窃癖严重，会企图偷取沉睡旅客身体下的垫布，因此路过的商旅很少会在聚落附近扎营落脚。行进的每一段路途中我们都能发现寨村，外面围绕荆棘，宽敞的内部区域有数间草屋，万一寨村不慎焚毁或被人破坏，后来的人也会很快就地兴建新的寨村。这里的道路和东非大部分的道路一样，是被往来商队与牛只践踏出来的，而顺着河道前进则是人们最喜爱的路径。许多上下坡的路径极为陡峭，必须先将驴背上的行李卸下才能前进；涉水渡过缓慢流动的溪水时，由于岸边没有可落脚的草地，只有又软又黏脚的泥沼，牲口经过时几乎下陷到膝盖。最险峻的小径位于山势较高的区域，至于地势较低的地方，坡度起伏虽然大，但坡道通常比较长，因此走起来容易得多。每两座丘陵脚下都有一摊烂泥或一条水道分隔彼此，迫使我们绕道而行。

  山地的水源相当充沛，和先前海岸区河谷略带咸味的水相比，显得十分甘甜可口，一些没有流经灯芯草丛生的河床的水质更是怡人，因为草会使水变得滑溜黏稠；高山上潺潺流动的细流，在半山腰上形成一个个颇大的台地，景色堪称如诗如画。溪流底部开阔空旷，布满洁净无比的白沙，上面有许多清澈的池塘或浅井,边缘镶着一圈色泽暗淡的矮红土棚,再过去则是壮丽的原始森林,河床上经常有林木葱郁的支流或沙洲,多樠瘤的金合欢树丛和一堵墙似的灌木丛在支流或沙洲最上游处拦住沉重的浮木,见证了红棕色激流浪潮的威力是何等惊人,只需一点点雨水便可以把河道注满。排出山区多余水分的渠道,下游处满是一堆堆和一片片花岗岩,粗糙的砾石触目皆是;河岸两边高耸的岩壁上爬满了植物,每次豪雨像山崩似的沿着陡峭的斜坡狂泻而下,沿途刻蚀大地,深入低处的平原。干季期间人们从竖坑里汲水,这些竖坑位于河床凹角处,深度从几英寸到二十英尺不等。溪流的水源是土壤中渗透出来的水,结合了泉水的洁净和雨水的丰沛。一路上忍受着干旱的"午后行进"的东行商旅们,对如此美好的甘泉无不由衷感谢。

山坡的歧异性相当大,面海方向和中央地带的溪水朝东流,注入金加尼河与其他大河;面南的丘陵则经由马萝萝河和多条较小的支流,把水排向南方与西南方,最终汇入卢瓦哈河,也就是鲁菲吉河的上游。至于山脊之间的侧向平原和被丘陵环抱的盆地上,死水池塘静静地躺在多孔的黑色土壤上,在雨季常常出现泛滥,积水却无处流失。由于四周芦苇、灯芯草等杂草丛生,再加上人工灌溉栽培许多谷物,使得这些池塘瘴气冲天,危害人们的健康。

乌萨加拉区的气候既冷且湿,以对人畜的影响加以区分,又可归类为两种形态:地势高者有利健康,地势低者有害健康。

较低矮的支脉弥漫着腐败植物的恶臭味,夜晚湿冷,清晨冰凉多雾,到了大白天则晴朗炎热;在靠近慕康多瓦河源头、地势较高的区域,气候和印度西边的默哈伯莱什沃尔①、尼尔吉里丘陵十分相似。与扎拉莫区和乌尼亚姆韦齐相比,这些山区堪称疗养病体的好处所,假如有朝一日欧洲商人或传教士打算到东非定居的话,他们可以在此暂居,直到适应内陆的水土为止。东南贸易风在此地偏转为南风,挟带大西洋和印度洋的水汽,并盈满河谷所蒸发的热气,吹拂着面海山坡的上方,越往山上气压越低,温度也跟着下降,因此这些地方经常下滂沱大雨,海拔最高的苍翠山尖上,清晨时总是云雾缭绕。当太阳逐渐加温时,空气挟带水汽的能力跟着增强,因此盆地里蒸腾出牛奶色的雾气,较高的丘陵顶上却清澈无比,只有偶尔飘过的卷云暂时遮蔽一小块山头。太阳西沉,空气再度缓缓变凉,无数露珠儿点滴成形,这样的夜晚让来自欧洲的我倍觉愉悦。白天在面海山坡上总会感受到轻缓的海风吹拂,但是在背海这面却完全感受不到。事实上,这里的气候远不如中部和东部高地来得舒适。此地和西瓦利克丘陵②及喜马拉雅山支脉类似,干季里艳阳高照,雨季时若非雷电交加、风狂雨急,就是空气凝滞、令

---

① 默哈伯莱什沃尔,印度孟买东南方一处驿站,位于西高止山一条山脊的峰顶。
② 西瓦利克丘陵,从尼泊尔延伸到印度西北方和巴基斯坦北方的山脉,平均高度在九百米至一千两百米之间。

人喘不过气来，偶尔吹来几回噼里啪啦的强风，显示空气里电荷极高。这里的雨季从元月初开始，持续三个月，平常吹的东风在此时转变为北风和西北风；干季从八月展开，但是只限于东边的山坡。此处与平原一样，在春天的干季和秋天的雨季之间，经常落下阵雨。

居住在地势较低处的萨加拉族人多半罹患严重的溃疡，来源或是皮肤病，或是平原地方常见的疾病；地处高地的居民比较健康，不过，肋膜炎、肺炎、痢疾的病例仍然时有所闻。在这里热病很平常，在沼泽和腐败植物多的地方疫情较严重，反之，在通风良好的山坳和山丘上，人们罹患热病时症状相对轻微许多。这类热病会导致急性重症肝病，和一般热病不一样，发烧时间并不固定。开始时病人一阵冷、一阵热，接下来大量出汗，有时还会进入谵妄状态，如此每天发作或隔日发作一次，总共持续四到七天，尽管症状并不严重，但患者发病后极度虚弱，缺乏胃口、嗜睡、无精打采；如果遭到风吹雨打或过度劳累，病情会急遽恶化，而这种疾病通常会留下脑部和内脏疾病的后遗症。

从东向西跨越乌萨加拉山有两条路线：北边的慕康多瓦线和南边的奇林加瓦纳线。慕康多瓦线本来因为长年饥荒而封闭了，一直到一八五六年才恢复，至于饥荒的原因必须归咎于此区遭受恶邻居的蹂躏，包括东边的泽辜拉族和万德镇匪徒、北边的亨魃族和马赛族，以及西南边的猡黎族。一八五八年，山上部族在非洲人称为"基塞萨"、身材魁梧的阿卜杜拉·本·纳西卜的带领下，先以最卑劣的手段残杀了身为桑给巴尔皇室的年轻阿拉伯商人萨利姆·本·纳西尔，随后企图掠夺一支由尼亚姆韦齐人和斯瓦希里人联合组成、携带七八百挺枪的庞大商队，他们夺走牛群，焚烧村落，乌萨加拉西部山系鲁贝侯区因此沦为废墟。

如今居住在这片东非山区的是萨加拉族与其主要支族克威维族，另外，还有黑赫族——住在西南角落的一支少数民族，居住地延伸到下方平原。

**萨加拉族民族志**

萨加拉族附近以掠夺闻名的邻居都清楚这些山地人的性格，他们虽然天生嗓门大、好打闹，但是胆子并不大，他们携带弓箭躲在丛林里埋伏，等落单的脚夫经过时才扑出来动手，永远只会守株待兔，结果自己反而容易沦为猎物。地势较高的山坡往往显得萨加拉族人身材高挑健壮，但一到低地他们就跟不成器的库图族人无异了。和东非这条路线上的其他民族相比，萨加拉族男人髭须比较浓密；而也许是因为他们与姆里马人往来密切，大多数萨加拉族人都通晓海岸区的语言。女子的手脚细长迷人，可惜胸部松弛下垂。

萨加拉族人的皮肤颜色并不一致，有的肤色几乎呈漆黑，有的则是巧克力肤色，这样的差异不能仅以海拔和温度的差别来解释。有些人把头剃得精光，有些人则戴着阿拉伯式瓜皮帽。

在这条路线上行走多日后，我们在此首度见到古埃及式典型的发型，长长的头发卷成许许多多绺细小发卷，每一绺由两小股发丝缠绕成型，这些发卷本身相当硬挺，所以能彼此分开，固定在特定位置上；后方的头发编成一整排马尾，垂挂到后颈项上，前方的头发或从前额向后梳，或向前梳，在眉毛处剪成刘海。就整个非洲而言，萨加拉人的头饰可说是最能代表非洲的野性与个性；他们在头发上涂抹含云母石的赭色发油，并饰以珠子、铜丸与类似的装饰品，只要头部移动，头发和发饰就跟着像波浪般起伏有致，而且琤琤作响。年轻男子与战士用秃鹰、鸵鸟和各种七彩鲣鸟的羽毛装饰发丝，有些部落的男子则用一串红色纤维缠绕在每一绺细辫上；绑好的头发很少梳开，因为要梳开一头浓密的头发可得耗上一整天的工夫，正因如此，萨加拉族人头上虱子密密麻麻的景象也就见怪不怪了。村落里只有首领戴帽子；不分男女都把耳垂拉得很长，方法是先以一根针或荆棘在耳垂上刺出一个洞，再插进一小段藤条、木条或翎毛，随后逐渐增加到二十根，洞成形后，用铜、象牙、木头、树胶等做成的圆片儿，或是一卷叶子、一颗槟榔塞进耳洞，使耳洞维持张开状态。一旦完成，变形的耳垂具有外人难以想象的功用，譬如萨加拉人经常把藤制鼻烟盒放在耳垂里，有时会放一个山羊角凿刻而成的鼓笛，其他各种值钱的小物件也常被放置在耳垂里；耳垂空出来时，特别是年老后，呈圈圈状的畸形耳垂竟能垂挂到肩膀。萨加拉族人的特殊癖好是喜爱在耳朵到眉毛之间划上许多凌乱的小刻痕，有些男子特地把牙齿敲成尖尖的形状，尤以东部山地最常见。

萨加拉族的衣服是一块六英尺长的缠腰布，为了便于走动，他们只用布在腰上缠绕一圈，缠腰布从身后往前拉紧，前端拉拢后在肚子上方塞进腰里，有时他们在腰上系条绳子、皮革或铜线帮助固定布料，免得塞进去的部分松脱，这其实就是阿拉伯人所谓的"乌萨尔"。如果旅行在外，萨加拉人会将缠腰布裁小裁短，以便必要时奔跑。缠腰布所用的布料有时染成靛蓝，有时是未经漂白但因为长久穿用而变成暗黄色的棉布。不过，缠腰布唯有富有的人家才穿得起，穷人只得穿树葫芦树皮编成的叫"坎佩斯垂"的短裙，或是软化的绵羊、山羊皮。谈到皮革，东非人以皮革为日常衣物的历史长远得不可考据，有些部落更以皮革造屋，在这种情况下，我十分好奇为何当地人并未发明也未抄袭粗略的鞣革技术？他们甚至不懂得如何处理金合欢树的树皮——这项技术大多数野蛮部族都相当娴熟。萨加拉人剥下羊皮之后，立刻将皮革内侧向上摊开并固定好，以避免收缩，然后放置在太阳底下曝晒到干净、干燥为止。皮革边缘有许多小洞，萨加拉人并不加修剪，有如装饰一样；有时他们把皮革上的羊毛刮除，只在边缘留下两三英寸长流苏状的羊毛，至于腿部和尾巴则是"盛装绅士"特别偏爱的配件。为了软化这些皮革，晒干后他们会用脚踩踏，再以木棍拼命敲打：几天的磨损在尘土和油脂的作用下，几乎与鞣革有异曲同工之效。羊皮的穿法是以一截绳子绑在一边的肩膀上，或是把皮革的角角简单打个结，这样一来身体的另一边必然赤裸，加上羊皮只是松垮垮地挂在身上，半边身体总是遭到无情的风吹雨淋。旅行期间遇到下雨时，萨加拉人便将羊皮脱掉，小心放置在肩膀和行李之间，如此等到抵达扎营地点时，这些"讲究"的旅人就能穿上一件"干衬衫"。

富裕阶级的妇女所穿的长巾长度是男子缠腰布的两倍，在双臂下紧紧拉拢，遮住胸部之余也同时把它裹得紧紧的，交接口则塞在一边腋下。理所当然，妇女较喜欢的长巾颜色不是单调的白色，而是暗色、靛蓝色和阿拉伯式格子。至于一般妇女的衣服，仅是以油腻皮革做成的好看的短上衣，另有蒙住胸部、在身后开口的遮皮，从身后延伸到前面的腰腹间。如果带着小孩，则用另一块皮革将孩子背在身后。最穷的阶级不分男女都穿狭窄的树皮纤维短裙，在海岸区，穷人穿的树皮多半来自当地人叫"乌克西度"的棕榈纤维，内陆的穷人使用的大多是树葫芦纤维。小孩穿的是细麻绳织成的围兜，样子像是东非努比亚人所穿的皮条衣。如果珠子的数量丰富，萨加拉人会把珠串用线缀成叫"夏吉勒"的小方巾，再用一条细绳或一串珠子固定在腰部，这种饰品变化多端，有些孩子戴着锡片儿串成的肚兜，每片锡片儿都有成年男子一根手指的大小。不过，绝大多数孩子们仅在腰上系一根绳子，有的绳子上串珠子，有的啥也没串。

萨加拉族的装饰品是寻常的珠子和金属线，而它们的重量则是财富与地位的象征。通常他们在头上绑一条蓝白相间的镶珠发带，颈项上、臂膀上、脚踝上也以大量珠子当装饰，叫"吉汀迪"的粗铜线圈从手肘一路缠绕到手腕；有些人佩戴细手链，或是以黄铜、红铜、锌制成的厚重手镯，比较有钱的人还会在膝盖下方绕上几圈黄铜线。男子以弓箭为武器，箭镞上并未施毒，但形状是十分残酷的倒钩，衔接木头的铁管上更有像鱼骨般的利刺。至于刺枪和长矛的材料是旧锄头，萨加拉人向尼亚姆韦齐商队购买随队使用的锄头，再加以改造；他们将牛尾上的一圈皮革套在窄窄的手柄上，并使之收缩当矛头。有些长矛中央有隆起的部分，作用大概是当作圆头棒来打人，当地人称圆头棒为"龙古"。

萨加拉族的男人出门时，身上很少不带一把形状奇特的钩镰——这钩镰的刃狭窄而锋利，末端呈直角状，刀刃固定在木柄上，刃上还有一处突起。在东非的这条路线上鲜少见到盾甲，乌萨加拉地区是少数例外，他们所用的盾甲长三四英尺、宽一两英尺，以两张平行的硬皮带制成，制作时先把生皮料摊开并固定住，接着风干，然后仔细清理，再以一条细皮带纵缝起来，有时会再加上另一层皮料；盾甲的一面染成黑色，另一面则染成红色。接下来，当地人用一块坚硬的薄木片从上至下衬在盾甲背面，藉此增加盾甲的硬度，并且在皮革中央制作一块隆起的地方，以便使用者的手能抓紧木衬。萨加拉人最喜欢用的皮料是猎捕大象、犀牛、长颈鹿之后割下来的皮，不过最常见的盾甲则是用公牛皮做的，有毛的一面向外当作装饰，有的为求美观还会再加上斑马和牡牛的尾巴。其实这种盾甲相当脆弱，有点螳臂挡车的效果，不过碰到蹩脚的非洲藤箭，倒是足以从容应付。

每个村落都有自己的首领，不过这些首领对地区性叫"穆特瓦"的大酋长（亦即阿拉伯人所称的苏丹）却不怎么忠心，首领的手下总是有一个叫"姆戈西"的心腹军师，而各聚落的长老和首领则统称为"瓦巴哈"；一个人的阶级决定他是否有权穿戴叫"菲兹"的软丝帽和叫"奇兹巴奥"的无袖背心。由于从奴隶买卖中他们会得到一点点利益，因此许多萨加拉人都在桑给巴尔的奴隶市场营生。此外，此地的狩猎法律严定只有大酋长能够猎大象，如果大酋长的辖区里发现死了一头象，虽然是在别的地方负伤逃来此地，只要大酋长拿出几块布料或珠串打通关系，这头大象就可归为他的财产；象肉由全部落的人分享，象牙则卖给旅行路过的商人。

**黑赫族**

黑赫族分布在萨加拉族和果果族居住地之间，相貌和其他两族各有几分相似。这种族可说平凡无奇，但是体型健壮、发育良好。尽管外表似乎没有心机、幽默风趣，实际上却是不折不扣的宵小；他们已不止一次攻击商旅，若非因为猡黎族的关系，恐怕早已把通往乌戈果区的道路切断了。一八五八年，旅队回程经过此区，黑赫族出人意料、神不知鬼不觉地趁机赶走了一群山羊；除非在坚固的寨村里扎营，否则路过的商旅还真是躲不过黑赫族偷窃他们的货品。有一次他们行窃失手，当场遭人逮捕，被迫归还窃得的财物，并且加倍赔偿失主以求开释。黑赫族和所有的邻邦交恶，在酋长邦布穆的领导下，内部倒是相当团结。

黑赫人像果果人一样撑大耳垂，另外又会锉尖上排的两颗门牙，及在上臂烧点美人痣。有些男子拔掉下排三四颗门牙，在乌戈果区，只要见到这些缺牙的人走动，大家就知道他们是黑赫族人。黑赫族还有一个绝无仅有的特征：他们的双颊从颧骨到嘴角有刀切的斑痕。衣着方面与果果族大同小异，但布料少得衣不蔽体。已婚妇女通常穿一件外套，样子像是欧洲人早期穿的燕尾服，上臂和手肘上都佩戴"吉汀迪"这种线圈镯子，材质有黄铜线也有铁线。未婚的黑赫族女郎以奇特的服饰著称，她们裹着一条长布巾，类似印度人叫"朗古托"的丁字形缠腰布，只不过布长及膝，上方固定在黄白磁珠或蓝玻璃珠串成的腰带上。她们在这件布巾上又绑了一条树葫芦纤维编织成的短裙，长度只有几英寸。黑赫族男子穿戴粗重的黄铜线腰带，这是以一条细绳为中心、巧妙编织而成的手工品；武器方面，除了前文描述过的萨加拉族武器之外，黑赫族男子还携带一两英尺长双刃刀,从刀柄处向外扩展,末端刀尖则是磨圆的钝角。刀柄刻出一条条突起的圈圈,如此抓握起来便安全无虞,收入刀鞘后,还有一半刀刃露在粗糙的皮鞘外面。黑赫族人居住的村落是当地人称为"坛比"的椭圆形聚落,屋子不但狭小、破漏,而且非常低矮,也许是为了方便在遭受袭击时逃跑。黑赫族也从事奴隶交易,并蓄养大批家禽家畜,然而他们不敢与之交锋的猡黎人经常来犯,夺走黑赫族人所饲养的部分牲口。

# 第八章
# 成功跨越乌戈果区

我在乌戈吉停留了三天，为即将面临的四段漫长的沙漠之旅做准备：雇用人力、采购粮食。此地粮食相当充裕，不过当地人一开始不太愿意出售谷物与牛只，即使我们出的价格高到像敲竹杠也不为所动。俾路支扈从都在抱怨"早已不知肉味"。从乌戈果区搬到乌戈吉来定居的一位首领姆洛马前来拜访，别名玛坎德苏丹的他现在是这区的酋长，在近海岸线的东部区域名声非常响亮。姆洛马表示希望加入我们的旅队，不过他的谈吐像个白痴，不论看见什么东西都开口恳求我送给他；他还希望我走通往乌尼亚姆韦齐三条路线中最北方的一条——显然是为他自己的利益设想——这条路线上至少住着八位苏丹，齐多哥形容他们"一个比一个贪婪"。消息传来说在姆洛马的辖区里发现到一头倒毙的大象，他这才为了饱餐一顿象肉而匆匆离去，令我大大松了一口气。

乌戈果区

### 探索乌戈吉

乌戈吉是位于海岸区与乌尼扬比区的中途区域，朝内陆走的商队多半在第二个月结束时抵达。这片"人迹罕至的地带"种族混杂，虽然萨加拉族自称拥有这片土地，但是他们却容许大批黑赫族和一群恶名远播的果果族人在这儿定居。当猡黎人不来侵扰时，此地的平原上谷物丰盛，山野随处可见牛只，不过我们抵达之前不久，当地才又遭到猡黎人骚扰。有时居民会出售质量极差的牛奶、蜂蜜、鸡蛋及酥油：牛奶极为稀薄，像清水般从指尖滴落；蜂蜜已经泛红，显然进入发酵阶段了；绝大多数鸡蛋更是快要发育成小鸡；酥油陈放过久，浮在上层的太甜，下层沉淀的又太苦。此区有大量猎物，珠鸡数量极多，还有一种外形仿如索马里兰兔子的豹猫，以及美丽的"银色胡狼"。大象和长颈鹿经常在平原上遭到杀害。阿拉伯人称长颈鹿为"野地骆驼"，译自斯瓦希里语"恩嘎米亚姆伊图"，而内陆的人则称它们为"提加"或"特威加"。虽然这种动物通常出现于未经开垦的地方，不过它们游荡的范围很广，若非巧合，很难发现它们的踪迹。当地人把长颈鹿的皮毛制成盾甲和鞍袋，成簇的长尾巴做成叫"邵里"的苍蝇拍，至于它们的肉更被视为珍馐。不过乌戈吉的猎物已经因为商旅频频停留而数量大减，此外当地居民喜欢吃肉，人人都是狩猎高手，兽网、弓箭、陷阱、猎狗形成天罗地网，鸟兽可说逃生无门。

乌戈吉海拔两千七百六十英尺（约八百四十一米），我们经历先前乌萨加拉区严寒的气候，来到干燥温暖、有益健康的此地，感觉十分舒适愉快。夜晚空气清新，没有露水，这里像海岸线一带，常常有阵阵清风顺着曲折的魔鬼峡谷吹拂而下，减少了热带阳光的温度。我们饥肠辘辘，证明乌萨加拉区的空气确实让我们振作起来；斯皮克现在已经恢复至能够出去打猎的程度，还带回了一对漂亮的鹧鸪及一只肥腴的珠鸡。这些珠鸡平常栖息在高大的树上，成鸟呼唤雏鸟时，嘹亮的叫声使岩石也发出回音。俾路支扈从、拉姆吉之子和脚夫们开始摆脱胸膜

第八章　成功跨越乌戈果区　　257

炎和其他疾病（他们把病痛都归咎于山顶上风吹雨打的艰辛）。唯一还卧病不起的是两个果阿仆人。盖塔诺再度罹患季节热，他不但没有适应这里的水土，反而更加衰弱、沮丧，而且疾病一再复发。华伦坦的眼睛流泪不止，可怜兮兮地指着胃部的两个疼痛处，自哀自怜命运多舛，被迫离开挚爱家乡潘恩吉和玛加欧的庇荫，如今恐将命丧中非，平白为这片不友善的土地添了一些肥料。

如今旅队只剩下九头驴子，就在出发的前一刻，几乎已经不抱任何希望的时候，我很幸运地雇到十五位尼亚姆韦齐脚夫，每一位的代价是四匹布。这批脚夫原本在乌戈吉服务，但后来为了"女人"与雇主发生争执，集体离开了。由于惧怕自行穿过乌戈果区回家，因为在没有人保护的情况下，途中可能遭到强行捕捉、贩卖为奴；于是他们同意替旅队扛运行李，直到抵达自己的故乡乌尼扬比为止。旅行跟作战一样，一丁点儿运气往往比最出众的才能还可靠！就像我们长辈过去所说的，如果婚姻是天堂的产物，那么非洲探险必定是地狱的杰作。尽管搬运人手大量增加，但是接下来的旅途中每个人的负担似乎比过去更沉重：大伙儿扛了六天的谷粮，也扛了一晚的水。

从乌戈吉到乌戈果区东界的"兹瓦"（池塘），我们总共要走四段行程，由于中途缺乏粮食补给，时值干季又只能在一个地方找到水源，因此我将行程约略分成四天。乌戈吉和乌戈果区之间的小片沙漠称作"马伦加姆克哈利"，和乌萨加拉区的咸水河名字相同，可不要混淆了。

我们于九月二十二日离开乌戈吉，时间是下午三点钟，而非正午。当所有队员忙乱地往前迈进时，我刻意走到旅队末端殿后，陪同的人员包括萨利姆、俾路支卫官，以及数名拉姆吉之子——这几个小伙子坚持长时间驱赶驴子疾驰，但只跑了一百码，驴背上的行李便松脱落地。在离开乌戈吉地带之前，道路蜿蜒穿过一片芳草如茵的乡间，树葫芦相当繁茂；道路两旁出现方形聚落，鸡鸭牛羊随处可见。远离了村落与田园后，砂质的红色土壤被浓密的荆棘丛林所遮蔽，地平线的两端被逐渐细窄的起伏丘陵线籍住，那是鲁贝侯山脉的山脊，像蝎子伸展着螯似的朝西方挥去；平原也同样朝西方缓缓沉降，偶尔出现一座孤零零的丘陵和矮小的土坡，是唯一打破平坦地形的隆起。浓云遮住新月的光芒，在重重阴影下，旅队的行进越来越困难。荆棘和扎人的树枝对我们的眼睛构成威胁，崎岖不平的路况使我们一再颠簸，土狼频频号叫，令惊恐的驴子比平常更难控制。抵达休息点前，迎上前来的只有蒙拜一人，脚夫们都因长途跋涉而精疲力竭；晚上八点钟左右，我们在嘈杂的喊叫声与摇曳的火光中抵达一座寨村，这片枯黄的草地是密不透风的荆棘树丛间难得的一方空地。这天晚上是露营的绝佳天气，由于附近有丘陵屏障，空气十分清新凉爽，透着此地森林的宜人芬芳。

第二天我们很早就上路继续辛苦前进，原因是眼前有一段荒凉而缺水的旅程。在骄阳下跋涉过这片酷热、荒旱的土地，我只能以怪异的图画来描绘周围的景色：平原远处是艳黄色的草桩子，砖红色土尘上有一块块黑褐色干枯树丛，光秃秃的树枝萧索无比。靠近一点，大地的色泽就比较生动活泼。泛红的平原上凌乱散落着一堆堆灰色花岗岩大圆石，石头顶上、四周长满一丛丛被太阳晒白的野草。灌木丛呈现各式诡异的色泽：树葫芦被阳光和雨水调理出紫黑色的外表，荆棘像是染了铜绿的黄铜，死去的树干是阴森森的惨白，胶树（不知是否为东非角区的蓝胶树）透着不自然的天蓝色，原来树干上的黄色外皮被灼热的阳光剥除；白蚁在树干上爬上爬下制造出来的双向甬道，令每一棵树几乎从地上到成年男性身高的高度都变成红色。此地大量生长的荆棘品种，使我开始对这种讨人厌的植物改观。有些荆棘鲜绿而柔软，另一些长约一指，又细又直，坚硬如木材，许多地方都拿这种荆棘作缝衣针；有一种绰号叫做"珠头针"的荆棘底部有一块核桃形状的突起；另一种则弯曲如公鸡的后爪；有一种到阿比西尼亚和卡鲁角①游历的旅人常常描述的双刺荆棘，两根针背对背生长，在这里数目也很多；又有一种荆棘非常矮小，弯刺非常尖锐，基座坚硬，绰号叫做"要小心"；还有一种比较小型的荆棘，形状很短、扭曲得厉害，数目也多如牛毛，它像鱼钩般扎住了就紧紧不肯放开，能够轻易撕

---

① 卡鲁角，南非干旱高原地区的北方，大部分是沙漠地形。

裂最坚固的布料，甚至我们的阿拉伯毛质斗篷和涂漆帆布被套也无法幸免。

循着路径跨越这片光秃的树林、穿过草丛密布的平原，沿路见到去年大象在泥巴地上留下的脚印，可见这里并非永远那么干燥。早上十一点过后，旅队在一段陡峭的上坡路底休息了将近一个小时，这条坡道显然是如今已在远方的鲁贝侯山脉所延伸过来的支脉。本来脚夫想在一条陡峭得无法攀登的小山沟口过夜，因为那里的岩床上偶尔可见沙滩和深水池塘；不过齐多哥强迫他们继续向前走，他宣称驴子万一喝了那些"令人作呕的水"，必定会病死。我怀疑齐多哥的主张也许是什么"乡野奇谭"，但是后来到了乌尼扬比，却有阿拉伯人证实他的话不假。那些阿拉伯人表示，乡下人绝对不让牲口或家禽喝山脚下的水，因为上下游池塘间区区几码的距离，可能就生长着具有毒性的植物；话虽如此，并没有任何人能对这种现象作出解释。

我们艰苦地爬上东边山壁的梯级，这是两段松动的石头和各种稳固的大圆石所形成的台阶，大圆石的质地包括灰色的正长岩、角闪石、绿岩，以及色彩缤纷的石英石、云母片岩，还有一层层含有滑石的黏板岩，在圆石表面如珍珠般闪闪发亮。攀登到半途时，我们发现一级最宽处达一百五十英尺的台地，地面倾斜不平，上面卧着黑绿色池塘；可惜这些池塘不论在外观或气味上都令人作呕，它们的水源是涌泉和雨水，满溢的雨水流泻形成激流，躺在泥巴洞里的池塘边缘镶着一大圈丝缎般的绿草。在咸水区上方这一段，往来的旅人倒可以安心喝水，因为尽管名字叫做咸水，这里的水质其实比真的咸水软而黏腻，池边也见得到野兽的踪迹——羚羊、水牛、长颈鹿、犀牛都不少。热季达到高峰时，池塘有时会干涸，脚夫们（特别是滴酒不沾的尼亚姆韦齐族人）往往会因为干渴而倒毙。这里的人不懂得掘地或其他找寻水源的方法，但旅行南非的人往往会在这儿发现含水植物的地下球茎。不过东非人的水源通常十分充沛，因此从来不曾费心为干旱筹措饮水。攀上另一道陡峭的坡道后，我们在一小块梯级上扎营，到较高的下一层还有一半路。

## 艰辛的行程

九月二十四日又是另一次"午后行进"：俾路支人和拉姆吉之子花了大半个早晨猎羚羊、鹧鸪、鹦鹉、雉鸡和姬鸨，浪费大把火药，却连一只猎物也没打中。这些家伙又热又疲倦，脾气暴躁，有老婆的纷纷打老婆出气，没老婆的就只好彼此拌嘴。因生病而变得乖戾的萨利姆和勇敢的胡达巴卡施、独眼卫官讨论关于一只盛水葫芦的事宜，独眼卫官强调他的脚夫负载过重，并严词抱怨脚夫们都不肯服侍他。下午两点钟，我们登上崎岖多岩的坡道上最后一阶梯级，现在我们所站的位置在小沙漠东半边上方几百英尺高的地方。接下来我们兴高采烈地离开最后一段上坡的梯道；在咸水区与西乌尼亚姆韦齐区之间的这条路线上，地势虽然起起伏伏，上下坡道却并不陡峭。

我们从咸水区梯级的顶端出发，一直走到夕阳西下才停步——太阳像一颗大火球，刺眼的光芒照映在我们的脸上；途中我们穿过莽莽荆棘丛林，也走过长着绿草的龟裂的黑土平原，有些地方表面遍布卵石，露出雨季时纵横交错的浅浅的水道痕迹；低地上受尽风吹雨打的巨大花岗岩兀立在眼前，两边则是突起的蓝色山锥（右手边地势较高），有些孤零零一个，有些则成双成对。有一次旅队在一片荆棘灌木丛下休息，脚底是肥沃的红色与黄色黏土，不过我们急急忙忙逃了出来，因为突然冒出一群凶猛的蜜蜂。等太阳沉下地平线，脚夫在一座长着树葫芦的平原上暂停休息，附近嶙峋的丘陵表面长满了仙人掌与金合欢树，朝北的丘陵脚下有一条干河床，树木沿着河岸生长，脚夫宣称，从羚羊和其他猎物的踪迹看来，如果在此挖掘或许能够找到水源。齐多哥担心无法一口气走到"兹瓦"，便催促他们往前走，但是徒劳无功，脚夫们宁可手脚并用地刨挖沙土至夜半，也不肯多走几英里路；脚夫费力挖掘的报酬只不过是几个葫芦的脏水。

九月二十六日早晨，我得知旅队蒙受了显然无法弥补的损失：前一天队伍被蜜蜂驱散时，有一名脚夫趁乱叛逃。先前这名脚夫在乌戈吉表明想到乌尼扬比和他的主人，即著名的印度商人之子阿卜杜拉·本·穆萨会合，于是萨利姆给了他四匹布作为酬劳。萨利姆这个阿拉伯头儿又跟以前一样，总是爱当事后诸葛亮，在得知那名脚夫逃跑后，马上表示他打一开始就不信任也不喜欢那家伙，所以只付给他半数酬劳。可是旅队最有价值的行李却交付给了这名新脚夫：他所背负的行李箱里有一八五八年份的航海年鉴、勘测用书，还有大部分的纸笔、墨水。尽管如此，我不能把全部责任都归咎于萨利姆，因为他的全副精力都用来和俾路支扈从以及拉姆吉之子拌嘴了。虽然手下异口同声地坚持不可能找回那口行李箱，我依旧派遣蒙拜、马卜禄和奴隶安巴里回头去寻找，并且刻意指点他们前往旅队遭到蜜蜂攻击的地方搜寻；这段路途不到三英里，可是被认为具有危险，这三个不中用的家伙情愿在附近找个舒服的地方打发几个小时。

下午一点半，因为这场灾难而抑郁寡欢的我们继续上路，沿路尽是单调的杂色草原与干枯的荆棘丛林，将近日落时分，我们抵达一处没有水源的寨村，大伙儿决定就在这里过夜。我们自己准备的饮料所剩不多，因为负责携带水壶和葫芦的尼亚姆韦齐脚夫沿路把水喝光了，在荒旱的土地上行进一个下午而未饮水，任谁都没有一丝吃晚饭的胃口。有些脚夫出发前往几英里外的"兹瓦"汲水，四个小时后，他们带着水回来，使得营地又恢复应有的舒适与好气氛。

在大伙儿准备就寝前，齐多哥站起来仿佛在国会面前演说般大声吆喝："听着！听着！"然后便开始他的演说：

"听好，白人！桑给巴尔国王的子弟！还有你们这些拉姆吉之子！仔细听着我的话，黑夜的子孙！进入乌戈果区的路途（齐多哥朝西方挥舞他的手臂）——乌戈果啊，你们当心，要当心啊（他猛烈地比手画脚），你们不清楚果果族人，他们是魔鬼，是魔鬼（他用力踩脚），千万不要和那些仙吉族异教徒说话，不要进他们的屋子（齐多哥严厉地指着地上），不要和他们做生意，也不要把布匹、珠子亮给他们看（他的声音越来越激昂），绝对不要和他们一起吃饭、喝水，也不可和他们的女人睡觉（这时齐多哥的演讲已经变成嘶吼）。尼亚姆韦齐的向导，约束好你的子弟！要他们耐住冲动，不要进入村落里，不要向那里的营地购买盐巴，不要抢夺别人的粮食，不要纵欲饮酒，更不要坐在水井旁！"齐多哥就这样时而激烈、时而冷静地讲了将近半个钟头，不断吐出他的圣训。一开始听众在惊奇下都沉默不语，后来慢慢交头接耳、嘈杂不休，最后齐多哥只好结束滔滔不绝的演说。

九月二十六日，旅队一早便离开那处丛林寨村，大伙儿急匆匆地穿过浓密的灌木丛，来到一片豁然开朗的平原。平原上有许多草桩子，一群群优雅跳跃的羚羊和长颈鹿映入我们眼帘，这些动物伸长脖子站立不动好一会儿，突然急速阔步跑开，头部晃动得很厉害，仿佛就快甩下来了；它们的四脚轻盈舞动，关节似乎不和身体连在一起。大约晚上九点钟，我们终于瞥见名闻遐迩的"兹瓦"了。喜欢"美化一切"的阿拉伯人曾经在伊楠吉对我形容过，这处池塘的面积足以容纳一艘战舰，不过我询问齐多哥时，他仅用一句斯瓦希里谚语回答我：Khabari ya mb'hali，意思是"道听途说"——纯粹是美丽的谎言罢了。因此当我见到一汪浅浅的池子时并不感到意外；在印度，这种大小的池塘连水槽都称不上。

### 屡遭敲诈

"兹瓦"位于海平面以上三千一百英尺（约九百四十五米），盘踞在咸水区高度最低的西方台地，是北边、东北边、西北边众多被水淹没的地表中最深的一处。这池塘面积变化极大，一八五七年九月时，它不过是一层薄薄的积水，花岗岩巨石自一侧突出，测得的直径约三百码；唯一无法徒步涉水的地方是池塘中心点。其底部与岸边的土壤是可保持水分的黏土，当水位下降时，池塘边缘会明显出现一个圈圈，再往外圈便是密密麻麻的荆棘丛林。然而到了一八五八年十二月初，这处池塘仅剩下泥土表面，土壤干枯、碎裂、龟裂的痕迹极深。据往来旅人表示，由于久未下雨，池塘已经干涸很久了。这处池塘有水时，商旅总是会在池边扎营。池塘附近大型猎物很多，尤其是大象、长颈鹿、斑马数量最丰，它们趁黑夜到池塘边饮水；池里有几只赤颈凫在缓缓波动的浪花中游动；一群体型特大、羽毛色深的叫"卡塔"的沙松鸡会聚集在池边，并发出十分聒噪的叫声；黄昏掩近时，珠鸡、姬鸨、麻鹬、京燕、野鸽、鸽鸠和许许多多的小鸟都到池塘来报到。池水干枯时，旅人通常会在西北方一英里外的浓密丛林里扎营露宿，附近有一小片空地，几座果果族人的村庄散落其间；果果人在这里发现白色的脏水，水质硬而劣，他们掘竖坑汲水，深度从二十英尺到三十英尺不等。与东非的其他地方一样，这里唯一的水槽是在蓄水性佳的黏土地上挖个小洞，周围用泥巴、松动的石头围起一小圈拦水堤，想汲水必须事先征得许可，这是从摩西时代传下来的古老风俗。《旧约·申命记》第二章第六节说："你要用钱向他们（以东人）买肉，然后才能吃肉；必须用钱向他们买水，之后才能喝水。"然而由于口渴的人和饥饿的人一样，如此不好客的习俗常常惹来致命的冲突。几年前一队庞大的尼亚姆韦齐商队为了饮水和村民发生争执，结果全队遭到歼灭，最近也有一支由阿拉伯商人萨卢姆·本·哈米德率领的商队路过此处，由于使用水井的价格还未敲定，商队便私自汲水，接下来的冲突造成商队数名成员被杀。我们旅队在好几个地方都遭到跟踪，原来是当地村民担心我们会偷偷摸摸灌走一葫芦水。为了避免井水枯竭，当地人每隔一段时间便在水井中投入大戟、马利筋、茄科植物，而水井不用时则在上面铺上树叶，以防止动物饮用及减少水分蒸发。

"兹瓦"这一带惯用的敲诈手法是一见面就动武，程度之激烈令往来旅人无不胆寒。一路走来，所有地方上的酋长都对我们送的小礼物十分满意；可是在乌戈果区，如果有必要，当地酋长会动手强抢贡品。没有一个外人逃得掉这笔过路费；脚夫们担心未来此路不通，因此总要确定每个酋长都满意了，否则他们就拒绝上路。只要商队和村落稍起争端，脚夫们立刻扔下行李逃走。自从北边的路线遭亨魃族和马赛族封闭，南边路线又被猡黎族蹂躏后，乌戈果区便变成了唯一开放的路线，沿线的苏丹趁机利用封路的权力狮子大开口。过路费的数目并不固定，收费多寡是按照旅客的气势和装备而定，提供消息的则是商旅所雇用的奴隶，因此每个苏丹对旅人携带的财产都了如指掌。照理说，酋长敲诈的对象应只限于朝内陆走的商队；如果是往海岸方向前进的商队，通常一两头牛、几把锄头或类似的杂物，便该被视为足够。但是我们的亲身经验却非如此。当白人旅队首度路过该区时，有时一名酋长就会敲诈高达五十匹布，不过阿拉伯人倒认为这是占便宜了而忍不住向他们道贺。等到回程时，队员要求对方不要索取像第一次那样高的过路费，他们引用商队的惯例，表示顶多给两头牛或一对锄头，然而，酋长一个个都拒绝了，他们回答往后不会再见到白种人，因此必须忍痛负起职责，尽可能搜刮一番。

话说回来，这种敲诈手法并非不合情理，因为在这些地区，政府靠这样的方式来收取关税。虽然名义上由各地苏丹收受，但是他们必须分一大部分给家人、军师、长辈和参与敲诈的手下。这种形式无异于波德拉巴人向阿比西尼亚、摩加萨人向加拉、亚班人向索马里兰，或是卡菲尔和拉菲克向北非的阿拉伯贝都因游牧民族等收取关税，都是用来确认对自己土地的最高主权的方式。这些民族都不明白那个在南方已经相当普遍的观念，也就是任何人都有权利免费走过上天赐给的土地，只要他不染指别人的财产即可。假如过路人迟疑，不想付过路费，对方提出的第一个问题便是："这是你的土地还是我的土地？"文明国家已经习惯的免费观念，在东非却因为奴隶贸易而难以推展：不付过路费便变成侵略、敲诈、傲慢与暴力的行径。果果族是进口奴隶的民族，当他们看见自己觊觎的绵长的奴隶队伍从内陆经过自家领土前往海岸区时，心里的嫉羡自然不在话下。虽然果果族身强力壮，足以劫夺任何商队，但是他们所擅长的暴力行为可能会导致象牙市场遭到断绝，结果反而害人害己。因此，果果族诉诸沉默的让步，利益当前使他们不会变得蛮不讲理。苏丹虽然收取过路费，而村民也把奴隶诱惑过来，纵使如此商人仍是有利可图，因此至今收取过路费仍是皆大欢喜的一条惯例。不过，阿拉伯商人坚称这种恶行越演越烈，他们建议了许多对策，譬如组织庞大的武装商队，或是由政府出面保护；也有人主张以其人之道还治其人之身，对前往海岸区的果果人课以重税。但是说归说，阿拉伯人还是很聪明的，他们只会喃喃抱怨，绝不会采取这些只会令情况变得更糟糕的行动。万一情况真的变得不能接受，商人到头来仍可以开辟一条新路，或是重新打通老路，以恢复各方利益的平衡。

我们在"兹瓦"遇上许多麻烦。西北方几百码远的地方有一处新成立的聚落，名唤"姆瑞玛"的苏丹在我们抵达当天就前来造访，谴责我们"待在丛林里不动"，并且指点我们怎样前往他的村子。我们回答他旅队准备走另一条路线穿越乌戈果区，于是这个苏丹开口索取税金，但这新开征税目马上被齐多哥一口回绝。个子小小的苏丹（其实只是个酋长、穷贵族）扬言动武，这时候我的手下把驴子带进营地来喂养饲料，同时在苏丹面前卖弄姿态、装载行李，苏丹的口吻随即从威胁转为乞讨。齐多哥于是送给他两匹布和几串珠子，情愿以区区一些礼物打发苏丹，以免大伙儿晚上遭到暗箭中伤。齐多哥的判断带来不错的效果，当地乡民很快就出现在我们的营地，他们带来公牛、绵羊、山羊、家禽、西瓜、南瓜、蜂蜜、酪乳、乳浆和凝乳，还有许多绒毛草和葫芦磨成的淀粉。葫芦淀粉的原料是熟透的葫芦里豆子状种子外那又干又硬的果肉，甜味中带有泥土气，还算可口，当地人宣称葫芦淀粉具有补气强身的功用，对儿童特别有益，他们会用来制成粥和粗面饼。

如此充裕的补给使得旅队在"兹瓦"停留了四天，期间伟大的萨利姆和更伟大的齐多哥不断争吵；表面上的争端是，萨利姆未事先征得顽强的齐多哥同意，便自作主张预支布匹给脚夫——脚夫在进入乌戈果区之前索讨一头公牛作赏金，布匹只是前金。齐多哥认为他的荣誉心深受中伤，于是发挥他的影响力停下旅队。事实上，他们一直对我隐瞒真正的争吵原因，直到好几个月后我才明白个中缘由，就像阿拉伯人所形容的，这里的谣言"好比麝香，好比凶案，好比巴士拉①的大蒜"，纸包火终究是不可能的事。蒙拜是个藏不住话的大嘴巴，因此谜团最后还是无意中解开了。本来萨利姆一直任由齐多哥支配旅队的衣物，但抵达"兹瓦"后，他突然夺回大权，自作主张分发布匹给脚夫，惹得齐多哥深感不悦，心里觉得萨利姆剥夺了他的尊严与应得的利润。寒冷的晚风和灼热的太阳使得营地里病患者激增，当人们身体欠佳时，粗暴的口角常常因之发生。照惯例，爱管闲事的瓦齐拉又挑起嫌隙，他命令缺德、醉醺醺的拉姆吉之子哈米西扛几捆东西——这本来是库图族脚夫郭哈的工作。气愤的哈米西破口大骂，用尽所有骂人的话之后，进而拔出刀子对着郭哈比画，瓦齐拉连忙把哈米西推倒在地，郭哈则取来我的猎象步枪套口蒙住哈米西的脸，蒙拜此时立刻从后箍住郭哈的颈子。两个英雄"勇武非凡"，双双遭到对手钳制而无法动弹，我不得已只好用一根长竿冷却他们的贲张血脉。最后齐多哥觉得有必要动用否决的权力，阻止旅队继续前进。我下令召齐多哥前来，命令下了六次才见他姗姗来迟，还一副纡尊降贵的样子。我扯着他（而非领着他）走到席子前，端坐其上的是骄态毕现的萨利姆和独眼卫官；我命令他们三个人好好解释以平息各方的怒火。经过一番显然令齐多哥满意的安排之后，他站起来，随即消失在他手下居住的草屋里。后来我才知

---

① 巴士拉，伊朗东南部港口，为石油提炼与输出重镇。

道齐多哥和他的一帮人（目前旅队仅有的口译），密谋故意让萨利姆担负起打发过路费和送礼的重责大任，他们明知萨利姆对此一窍不通，却处心积虑要他去应付贪婪的乌戈果酋长。假如当时这项阴谋得逞，我们势必会蒙受若干损失，幸好拉姆吉之子内部意见不合，齐多哥只好放弃该项计划。旅队定于第二天继续出发，但是那头爱惹麻烦的公牛却在此时挣断系绳、冲进灌木丛里。俾路支人和脚夫们跟上前去，脚夫用弱不禁风的细箭射牛，整排箭落在公牛臀部，不但没有阻止它，反而刺激它向前冲来，俾路支人发射三四十发火绳枪弹，枪枪虚发，最后终于有一颗射进窜逃的公牛身上。接下来全营队当然又要求多放一天假，以便队员大啖牛肉。

　　读者诸君切莫以为我连芝麻绿豆的事也要"小题大做"。当你寄居乡下小客栈，因积雪不得不延误四天行程时，那种损失与挫折和在东非旅途中逗留四天相比，根本不值一提；旅队在东非盘桓数日，装备便如哗啦啦的流水般逐渐枯竭，宝贵的旅行时间也许因此耗尽，身体的健康更是一日不如一日，此外，暴躁的喧哗和争吵快要令原已甚黑的脸孔因为眼前景象而变得更黑了。后来稍加回想，这些虽然都是微不足道的小事，在旅行途中却令人恼怒不已，所以我必须照实把忿恨的心情一一记录下来。到非洲旅行的人是否堪当探险重任，其实和他在行程延误时勇于发飙、顽强不服输的能力有关，吃苦耐劳的能耐反而不是那么要紧。

九月三十日是我们在"兹瓦"逗留的最后一天，这天来了一支规模庞大的商队，领队是来自姆布阿马吉的赛义德·本·穆罕默德和哈勒凡·本·哈米斯，以及其他几位来自海岸区的阿拉伯商人。他们从海岸区捎来讯息——大好消息！上次旅队遭到蜜蜂攻击时，被脚夫遗落的那只书箱找到了，地点在现场一堆又高又密的野草中，正是我指点奴隶去搜寻的地方。我们认领这件失物时，一开始碰到若干困难，因为阿拉伯人规范"无主失物"的法律相当复杂多变，与我们的概念完全相反；不过在赠送两匹布给看管箱子的人之后，我派遣俾路支卫官和萨利姆务求以任何手段取回失物。幸运的是，这些商人并未感到不高兴。他们又答应以三十五元为代价卖给我们一头强壮的非洲驴子，这牲畜虽然仍可役使，但是已经上了年纪，脾气顽固；它驮着斯皮克走了许多路，最后千辛万苦地攀上一座陡峰，中央湖区的美丽湖泊终于在望时，这头驴子却因心脏不胜负荷而倒毙。阿拉伯商人还对我们提议，为了安全与经济着想，两支队伍最好举同一幅旗帜结伴前行，使队伍的总人数增加到一百九十人。来自海岸区的阿拉伯商人旅行时随身物品打点得很舒适。赛义德的弟弟和乌尼扬比苏丹方狄齐拉的女儿成婚，因此这家人有两栋房屋，一栋在海岸区，另一栋在内地。他们这支商队里所有的酋长都带着妻妾和女奴同行，这些黑美人高挑壮硕，数目相当多，身穿洋红色、藤黄色的郁金香状服装，随着商队一路徒步走来。当我们从她们身旁经过时，这些女子将头巾拉上双颊，展现一种迷人的温婉娴静，不过我们并无意亵渎。商队里有许多位管事和男奴，他们负责背负自己的行李和商队的货物，以及药品、舒适用品、必需品与食品，扎营时总是率先挖地掘一种叫"帕伊"的矮沟，并用粗枝绿叶把整齐质轻的美国棉布帐篷隐蔽地围起来。他们的被褥与我们的一般厚实，甚至家禽也关在柳条篮里随队旅行。这支商队在我们与果果人打交道时帮助颇多，不过他们总是有办法领先走在前面，提早一步抢到最好的寨村。有时候阿拉伯人会问旅队的俾路支扈从和拉姆吉之子，为何不自己筑一道栅栏？得到的答案好像在唱戏似的："我们的心就是堡垒！"我暗想这样的堡垒实在难以令人觉得安全。

**寻找安全的路径**

在齐多哥的建议下，我选择走中部路线穿越横亘数百英里、令人望之生畏的乌戈果区。这是一条已有许多人走过的路线，沿途有四名鱼肉百姓的苏丹，分别是：一、基富库鲁的姆扬多齐；二、坎彦耶的马贡巴；三、廓廓的马古鲁；四、姆达布鲁的齐布亚。一八五七年十月一日，早晨已经过了大半之后我们才离开"兹瓦"，旅队走过地势较低的大草原和棕色丛林，长颈鹿又出现了，小径贴着一片波浪状突起地势的棱线前进，之后地形豁然开朗，进入乌戈果区的台地。这里的景致奇怪而碍眼，后方依然看得见乌萨加拉山耸立的美景，山尖笼罩着一团雾气，山脉则是色调最淡的天蓝色，还夹杂着一条条深紫色纹路；靠近前方的是炎热的咸水区低地，黄褐色表面上有许多黯淡的皱纹，那是丛林的色彩。北边有平板状崎岖丘陵，远远的丘陵上突起三座山锥，据说那里是亨魅族盗匪出没的地方；丘陵底下有一处深陷的凹地，其上是褐色灌木林间杂着黄色野草，范围广袤，偶尔被位于外缘的小丘阻断，那里只有大象栖息其中。向南望去，突出的岩石零星散落，岩石顶上树木繁茂，状似一顶皇冠。平原一直伸展到前方，一方方空地露出深红色或白色的土壤，岩质或砂质土地上植物腐败，棕色灌木和金色残株零零星星地掩盖着地面；大约四英里长的平原上，点缀有正方形的村落和奇形怪状的高大树葫芦。这种树葫芦可说是植物界里的巨无霸，如同大象在动物王国中的地位一样，波斯人称树葫芦为"大自然的习作"——它那不相称的圆锥形树干架在巨大的"脚"上（土壤被水冲走后暴露出来的根部），树干上还长出赘瘤，如果是在印度，虔诚的印度人必定会为树身覆盖上一袭丹朱色布匹。树干在颈子般高的地方长出硕大无比的多栉瘤树枝，每枝粗树枝都像一棵树的规模，连最细的枝丫都有一名成年男子的手指那么粗，枝叶的重量压得树枝沉沉下垂，因此树型看似一个巨大的半球。每棵树葫芦的这副不讨人喜爱的外表可说大同小异，差别处只在于树干的凹凸皱褶，那是人们为了摘取纤维，在出于同一树根的四五根树干上砍掉部分树皮后所留下来的，椭圆形伤口慢慢愈合成粗糙的表面，就此形成凹凸不平的皱褶。有时候，一条树葫芦的树干可以分出四五条支干来。视季节而定，树葫芦有时会光秃无叶，有时则绿叶浓密；树葫芦的树干壮硕，树叶粗大肥厚，可怪的是花朵纤细柔美，是象征处子的纯白色，黎明绽开，黄昏前即枯萎凋落。幼小的树葫芦从地里窜出时，直径就有一码粗，不过我们在乌戈果看见的都是已经步入中年的树，也许人们怕小树占满土地，就先把它们挖掉，等到树身腐烂到容易劈砍时，再切成大小适合的柴火。在一大堆干燥、光秃的枯木旁，可以看到这儿一棵金合欢树、那儿一丛荆棘，它们已经开始发芽，芽尖嫩绿得像翡翠。火热的太阳仿佛是烧得正旺的营火，热腾腾地在大地上升起刺痛人眼睛的光，是我们头上那片澄净得可怕的天空所反照出来的。温暖的东风卷起尘云，眼前的地平线好遥远，阿拉伯人形容这种旷远的感觉："远在三段行程之外的人影都能看得见。"

鼓声、系在象牙上的铃铛声夹杂人们的叫喊狂吼声，迎接我们的到来——声响的来源是两支在基富库鲁歇脚的商旅：其中一支队伍是赛义德的商队，他们正在等候我们的护送；另一支是已经完成"萨伐旅"（狩猎探险之旅）的回程队伍，这支萨伐旅队伍共有将近一千名尼亚姆韦齐脚夫，由住在乌尼扬比的阿拉伯商人萨利姆·本·拉希德手下的四名奴隶率领。地方百姓都蜂拥而出，观看这番热闹的景象，兴奋之情直追几年前一名"恐怖谋杀犯"令英国上上下下激动不已的情景；当时为了满足举国病态的破坏欲，艺术家构图描摹凶手，文学家撰文讲述犯案始末，观光客莅临现场参观，古董商竞标吊死杀人犯的绳索和杀人犯唇上的髭须。不过我倒是蛮喜欢果果人的好奇心，和我们最近遇到的民族那种冷漠、难以沟通相比，果果人的热切真让我松了一口气。野蛮民族表现出这样高度的好奇心，乃孺子可教的最佳证明——好奇心是进步的动力。村子里有个曾经到过桑给巴尔的人竟能说上几句印度语，酋长们更问起有关"乌尊古"（白人国）的问题——整个旅途中，这个问题我只在乌戈果区被问到；在他们的想象里，白人国度是神秘的世界尽头，珠子埋藏在地底下，妇女能织出我们带来的上好棉布。从抵达乌戈果区到离开该地为止，旅队经过每个聚落都引来大批围观者，男女老少都有，有些还跟随我们行走好几英里路，嘴里不断发出"嘻！——嘿！——嘿！"的兴奋叫嚷、嬉笑声，他们半走半跑的脚步很不雅观，衣着的匮乏造成他们极不得体地暴露身体。已婚妇女（尤其是上了年纪的已婚妇女）深谙如何讨人嫌，如法国人所说的，拥有：

不饶人的一张嘴巴和性格。

至于老男人则是我见过最傲慢无礼、好管闲事、脾气最坏、最爱吵架的。旅队扈从企图阻止这一大群半裸的野蛮人跟着我们跑，却徒劳无功。后来我才知道，我们在慕哈玛补给站遇到的混血阿拉伯人哈勒凡和他的兄弟埃德，他们的商队超越我们旅队走在前面，两人在乌戈果区沿路散播关于白人的恶毒谣言。譬如说，白人只有一只眼睛，却有四条胳臂，而且很有"知识"——"知识"在非洲人耳里意味着"魔术"；白人能让雨提前落下，路过某地后能将干旱留在当地；白人吃西瓜先煮熟，西瓜籽丢弃不食，所以才酿成天花；白人将牛奶加热，使牛奶发硬，造成牛群感染瘟疫；白人的金属线、布匹、珠子带来各种灾害。此外，白人是大海的君王，人人住在咸水里，所以才长着白皮肤、直头发——对于生就满头鬈发的黑人来说，这一直是个百思不解的谜团；还有一则是，明年白人会回来夺取这片土地。将对旅队的来意所抱持的疑虑扩大成"领土问题"，是人们根深蒂固的想法：不论在何处，野蛮民族把自己家园看得越宝贵，那片土地的实际价值就越低，因此山地人的爱乡情切众所周知。瘦巴巴的阿拉伯贝都因人和营养不良的索马里人，尽管在自己的土地上几乎饥馑而死，但只要有陌生人经过，他们立刻就怀疑别人在觊觎他们的富饶领土。果果族人质疑："我们会发生什么事？我们从来没有见过这样的人！"不过这个部落的人再也阻绝不了与海岸区的接触：他们烦人得不得了，每天旅队为了使用井水，都得解决许多麻烦，村民向我们收取双倍价钱；果果人拿粮食来兜售时，连我们拒买的东西都坚持要收费，不过举止并未过分到引发公然吵架的地步。旅队上胆小的阿拉伯人、俾路支人、拉姆吉之子、脚夫一干人非常迁就果果人。有大批村民在场围观时，齐多哥不准我们用一具金光闪闪的六分仪进行观测；他又不愿意驱逐帐篷前的人群，因为兴奋的围观者（当中有些是特地从大老远来的）一旦感到失望，很可能会造成暴动；虽然齐多哥把帐篷的门帘关上一两次，却不肯请那些为了窥探营地而整个身子伏在地上的男女老少离开。每次有尼亚姆韦齐脚夫出面干涉，围观者总是傲慢地叫脚夫滚开，脚夫也总是默默溜走，回来恳求我们别忘了这些人是"果果族"啊！一支又一支路过此地的商队把果果人调教成恃强欺弱的民族，其实只要有人能展现一丝男子气概，就能够大大减低他们嚣张的气焰。果果族人既不勇敢，也没有精良的武器，他们的名声完全建立在一二十年前曾摧毁一支尼亚姆韦齐商队的事件上——乌戈果区大约有一百首歌谣与传统纪念这桩事。果果人似乎对俾路支人情有独钟，果果族妇女送了许多小礼物给俾路支扈从，礼物可能是一名小孩或一颗西瓜。每当我的果阿仆人华伦坦奉命到村子里办事，果果人都彬彬有礼又热情地欢迎他，酋长也邀请他坐在三条腿的凳子上。一般来说，果果族人喜欢挑大苏丹的毛病，声称这些位居要津的苏丹不够明智，才会把果果区弄成往来商旅都厌恶的地方。不过我们也算是鸿运当头，旅队路过期间果果族人大小平安；假使这段时间村子里几个小孩或几头小牛出了什么意外，我们回程再路过此境时势必会遭遇困难与险阻。另外又有好多好多人替自己取名为"穆尊古"（白人），因此我相信今日非洲内陆想必已有一个住满黑种"白人"的小型聚落了。

在基富库鲁时，我为了应付苏丹姆扬多齐的敲诈而耽搁了一天。萨利姆、俾路支卫官和齐多哥早上前去拜访姆扬多齐苏丹，苏丹本人不屑在这样的小场合出现，因此只派人在村子外整洁的大门口接待他们。在前述的四名苏丹中，姆扬多齐是势力最弱的一个：西南方的猡黎族部落和西边的邻居马贡巴苏丹不时来犯，他的子民衣着寒碜，与占据中央区域的其他民族相比，身上穿戴的饰品也少得很，因为中央区域的部落武力较强，足以扣留旅人，并且敲诈不合理的水费和粮草费。尽管如此，姆扬多齐仍向我们索讨四块白色缠腰布加六块蓝色缠腰布。除此之外，我又被迫向拉姆吉之子购买一块叫"索哈里"的华丽丝棉缠腰布送给他；拉姆吉之子的索价当然不便宜，比平常价格多出两倍。讽刺的是，姆扬多齐苏丹竟回赠了我四份谷物。阿拉伯商人拉希德的奴隶送给我几磅白米，我回送给他们的礼物是枪用火药，另外还把一包探险报告、委托采购单、信札托他们带到桑给巴尔，结果他们很准时地为我送达了。当天晚上，差点儿发生一桩不幸的意外：尼亚姆韦齐脚夫不知怎么的竟然引燃了一棵树葫芦周围的草地，草地旁边散落着他们负责背运的行李，一只火药匣（所幸火药匣是防火的）则被烟火烤得漆黑。在这个地区旅行，再怎么谨慎保管弹药都不嫌多虑，我曾经亲眼见到一名奴隶一边抽水烟斗，一边为了搬运行李方便而把烟斗绑在渗漏的火药桶上。另一个例子则是，度图米区阿拉伯商人赛福的一名奴隶，他把毛瑟枪的枪口靠在一只弹药桶上，然后开枪试试步枪的力道，结果炸死了他自己和几名同伴。

我们于十月三日下午离开基富库鲁，行进将近六个小时，然后选了一处褐色丛林扎营；乌戈果区全境都有这种缺少水源的长条状枯黄丛林，将人们耕作的区域划分开来，这种丛林占据了半数的土地。雨季来临时，低洼的地面被水淹没，此时却露出深刻的裂纹，笨手笨脚的夏达德牵着我那头衰弱的驴子，不料驴子一脚陷在裂缝中，猛然跌倒在我的膝盖上，在我身上留下混合疼痛与麻木的感觉，过了好几个月才消散。第二天我们清晨便继续前进，不久穿过一座多岩石的密林和一片起伏的草原，草原延伸下去就是马贡巴苏丹所统治的坎彦耶。十月五日，我们抵达坎彦耶的中心，这是方圆十英里的一片开垦地，地表是填实了的红色黏土，小村庄、高大的树葫芦、矮小的金合欢树零星点缀其上；这里有有水的井，其实它们不过是样子像竖坑的水井，从低地表面下陷十英尺到十二英尺，有些地方的水井辟在干河床的砂质河床上。此处飞禽走兽甚多，在土壤含过量亚硝酸盐（常像硫黄烟雾般把银熏黑了）及饮水稀少的限制下，此处土地开垦和人口密集的程度还算过得去。

旅队在坎彦耶耽搁了四天，为的是应付马贡巴苏丹的勒索——他是果果族中势力最雄厚的酋长。在这次和往后的一次见面中，马贡巴都正在为平息一些和巫术有关的事件而忙碌。其实所有的人都同意，在乌戈果区：

劫掠与谋杀是王国的法律。

从大西洋到印度洋间的非洲全境，乌戈果可能是巫术和魔法最少的地区，因此由巫术所造成的一般后果（譬如钱财损失和屠杀）也比别的地方少。此地野蛮人的主要外交手段是拿箭镞逼迫我尽可能多缴一些布匹。当旅队在"兹瓦"扎营时，马贡巴派人送来彬彬有礼的口信，表明他希望见到白人的心愿，不过来客总不能空手——于是我只好缴纳两匹棉布以示感谢。抵达马贡巴苏丹的总部时，有一群油滑的长老和军师正在等候，如果我不献上"敬礼"（四匹棉布），他们便拒绝离去。接下来开口索取礼物的是马贡巴的宠妾，她是个丑陋得出奇的老王妃，脸上的皱纹比头发还多，没有一丝头发是黑的，也没有一颗牙齿是白的，环绕着她的侍女容貌同样令人倒胃口；这位王妃索价六匹棉布，否则也不肯走开。最后出现的是被一大群朝臣簇拥在中央、姿态尊贵的马贡巴本人，这幅情景仿若什么非洲众议会似的。我们在乌戈果旅行期间，马贡巴是唯一走进我帐篷的苏丹，其他苏丹都因为狂妄傲慢和偏好烈酒的习性而未登门拜访。马贡巴自视极高，不屑拜访阿拉伯商人，但是他对我们的好奇心压过了纡尊降贵的犹豫。他年事已高，黝黑的皮肤满是皱纹，口涎从嘴角流出，形貌衰老，头顶半秃，背上和胁下垂挂着几支松脱的铁灰色螺丝锥；他的身体上涂了一层蓖麻油，穿着一件格子花纹缠腰布，原本蓝色的布料在经年油腻与磨损下已经变成黑色。他的脖子上挂了几串珠饰，腿上戴着大圈弹性铜线踝环，耳垂里塞着单圈或缠绕成卷的实心铜环，几乎把耳垂撑裂，沉重的耳环依靠一条绳子固定在头盖骨上，坚硬的脚底只靠一双单薄的凉鞋保护，又脏又旧的鞋子几乎快散了。他嚼着烟草，用力啐吐烟草汁，还问了许多傻里傻气的问题，不过自始至终未曾松懈地争取好处。他开口索讨五匹"有名字的布匹"，结果如愿以偿；我再次被迫以高得离谱的价格向俾路支扈从和奴隶购买礼物，包括一卷铜线、四匹蓝色棉布和十匹美国棉布，总值相当于五十件缠腰布，在这里至少值五十元，同时也耗掉一名脚夫所搬运货品的三分之二。马贡巴回赠我一只瘦骨嶙峋的小牛；当它被大肆宣扬地赶进我们的营地时，马贡巴那个早在一旁虎视眈眈的儿子逮住机会，向我们索讨三匹棉布。

在我们离开当地之前，马贡巴逼迫齐多哥发誓：旅队的白人绝不会以干旱或致命疾病荼毒这片土地。马贡巴扬言我们的财物和性命都握在他的手里，还夸耀他对我们的宽容大度——这一点倒是不错，我确信万一旅队遭到攻击或偷袭，除了斯皮克以外，没有一个人会和我并肩作战，所有陪我们一起旅行的

第八章　成功跨越乌戈果区　　283

队员一定只顾着救自己，届时我和旅伴必死无疑。在这种情况下，拥有六挺步枪和六十挺步枪的意义差不多；但高尔顿先生曾经指出："导致芒戈·帕克[①]最终丧命的探险，对于带领大批人马从事探险的旅人而言充满了警惕。"话虽如此，我在此地旅行绝不能听从高尔顿的意见，六十挺步枪也许不足以防止乌戈果人出手攻击，但是我相信六百名结实的汉子加上"枪口冒烟"的全副武装，必然有助于旅队顺利走遍中非各地。

**在东非狩猎**

在坎彦耶逗留的四天期间，我不得不浪费一串又一串的珠子，说服村民供水给脚夫和驴子。然而，当地人的交易方式证明物价高昂是出自他们的贪得无厌，而不是出于物资短缺，村民最关心的就是如何获取最高利润；他们一开始同意无限制提供饮水，后来却突然聚集在水井旁，推开旅队的尼亚姆韦齐脚夫，要脚夫回去多拿些珠子来。旅队上上下下趁着在此停留的机会补充食盐，斯皮克则带回来一头美味的飞羚和几头羚羊，

---

[①] 芒戈·帕克（1771—1806），苏格兰探险家，研究过苏门答腊的动植物，一七九五年开始探索尼罗河真正的河道，病困交加中穿越塞内加尔河上游盆地，也被阿拉伯酋长囚禁四个月之久，逃脱后徒步继续行程。一八〇五年带领一支欧洲探险队重回非洲追溯尼罗河河道，却在湍急的激流边遭到当地土著攻击，帕克落水溺毙。

另外有姬鸨、珠鸡、鹧鸪。不过，我们两人没有体力也没有时间去攻击象群，这些大象在河谷中游荡，走过的地面上留下成行深刻的紫色足迹，将乌戈果台地和北方亨魁族居住的蓝色丘陵划分开来。在这里我顺便花点篇幅谈谈东非狩猎，以略为提醒未来的旅人不至于犯下我的错误：我的期望过高，结果连最简单的愿望也没有达成。东非半岛的这块区域和利文斯通走过的路线差异极大。当年利文斯通所到之地，动物数量庞大而且丝毫不怕人，人们经常可逼近到弓箭射程范围里，在这种情况下，旅人其实不必携带大量粮食补给。不过在人口较多的地方，在伐木工人的斧头和猎人的弓箭尚未取出时，猎物的数目已经渐渐减少，即便在水源充沛和树叶茂盛的大面积丛林里，鸟鸣声也不过是凤毛麟角，在行人杂沓的路径上走一整天，连一只大型动物也看不见。虽然在某些地方，仍可看见：

足够多的任由追逐的动物。

例如度图米区公园般的平野、乌戈吉区和咸水区的丛林、乌苏库玛区的不毛之地，以及乌吉吉区纠结的密林，都拥有大量高贵的猎物，包括狮子、花豹、大象、犀牛、野牛、长颈鹿、牛羚、斑马、拟斑马[①]和鸵鸟。然而这些地区却充满危险，猎人

---

[①] 拟斑马，又称斑驴，前半身像斑马，后半身像马，于一八八三年灭绝。

通常无法盘桓一整天，除了瘴疠和疟疾等比较次要的顾虑之外，种种真正或幻想出来的危险，以及粮食和饮水的短缺，大有可能会造成脚夫的叛逃。这里没有可充作房屋、储藏室和交通工具的篷车，也没有可在沙漠上行驶、不会离你而去的舟车。事实上，除了人力之外，此地别无交通工具，而脚夫又极端缺乏耐心、冥顽不灵、疑心病重、懦弱怕事，样样事情都要你迁就。每名猎人都知道，观测地形和追踪、搜集标本都必须耗费一个人全部的时间，两者很难兼顾；更甚者，由于此地的粮食和搬运成本极为昂贵，光是打猎和探险的所得根本不足以支应开销。因此猎人只能在旅行中几个特定时段和旅队休息的日子"试试枪法"，假如他不想空手而回，唯一的安慰只可能来自于对河岸边河马和鳄鱼的报复出气（假定他能有幸回到那个地方）。最后，东非角区的动物种类极其繁多，身形优美的羚羊数量尤其可观，替福纳角羚羊增添了不少光彩。在此简单列出我们观察到的几种羚羊：剑羚、狷羚、石羚、林犬羚、飞羚，而除了剑羚只见到遗落的犄角之外，其余都被队员射中，其中飞羚的肉最是美味。东非各地普遍盛产一种小型羚羊，当地人叫它"绥亚"，毛色浅红，双角也很小巧，体型相当于英国的野兔；还有一种叫"桑古拉"的羚羊，体型比林犬羚略大，据当地人说，这种羚羊只有雌性才有犄角。另外，斯皮克曾在库图区瞧见一种长了两对犄角的羚羊，他觉得那种羚羊很像尼泊尔的四角羚。至于鸟类的种类也不亚于走兽，它们的特色是羽毛颜色朴素，啼啭时固然音量大，音调却荒腔走板，相当难听，也许是欧洲人听不惯这种音色吧。

十月八日，坎彦耶来了一支从内陆往海岸区前进的庞大商队，领队是桑给巴尔来的斯瓦希里族商人纳西卜，其非洲名字则叫做"吉赛萨"。这个好汉子从一开始就对我们表示善意，赠送常见的友谊象征：一头山羊和几份乌尼扬比的优良白米（从内陆返回海岸区的旅队总是携带大量白米）。纳西卜一抵达便带了几位伙伴来拜访我，其中一人竟然以英文向我道早安，令我着实吃了一惊；纳西卜很好心地自愿停留一天，好让我们完成探险报告、书信，以及向桑给巴尔要求加倍补充额外药品、布匹、珠子的请购单，交由他代为送到桑给巴尔。如今我们的驴子只剩下五头，由于马贡巴苏丹自己的驴子寥寥可数，不论我出价多高也不愿意出售（回想在海岸区时，人们曾向我保证乌戈果区的驴子像狗那样不计其数），纳西卜将他自己的一头坐骑送给我，并且坚持不肯收费，只愿意收下一点儿药品和一封表彰他功劳的公函。另外，果果族人说服了旅队的几名奴隶与脚夫叛逃，纳西卜还不辞劳苦地帮助寻找他们。其中一名脚夫趁我们午休时将包袱丢在小路上，然后消失在丛林里；一位妇人向齐多哥打小报告，说是发现这名脚夫在邻村里徘徊，而那座村子的人拒绝交出他。纳西卜派人去把马贡巴的四名"大臣"找来，说服他们出一臂之力，结果这几位"大臣"果真抓住那名脚夫，并取回他身上的金属线和九匹布，他们自己分得四匹，

第八章　成功跨越乌戈果区　287

剩下的五匹布则还给我，用来另雇一名脚夫。逃走的那名脚夫当然遭到开除，而如此严厉的处分并未阻止另外三人在第二天跟着叛逃。

**俾路支扈从再次计划叛逃**

十月十日的行进异常艰苦。大清早我们便离开坎彦耶红白相间、闪着刺眼光芒的平原，零星的田园、村庄、树葫芦点缀其上。我们在一座稀薄的金合欢树林里卸下装备，树林里野草丛生，附近有大大小小的水塘，几乎干涸见底，不过池塘周围依然长满了灌木棕榈和青翠的荆棘，矮树丛让早已四散东西的脚夫有机可乘，休息时他们消失在树丛之间，就此安然逃逸。早晨旅队匆匆上路，由于搬运人力短缺，大伙儿乱成一团；下午两点钟，我下令"装货"，催促旅队开始"午后行进"，这时候每件事似乎都出错。萨利姆和俾路支卫官一马当先，留下我和齐多哥处理拔营事宜，由于斯皮克躺在一棵树葫芦下几乎难以动弹，齐多哥便把他充作坐骑的那头强壮的尼亚姆韦齐驴子调包，另以一头弱不禁风的驴子代替。我要求俾路支人贝洛克搬运我们仅有的一只装水葫芦，他却称病以求豁免。当旅队最后一批人员准备出发时，唯一认得路的齐多哥急忙赶到队伍前面，留下殿后的我们在迷宫似的象径间兜圈子——这些被大象践踏出来的小径，两旁长着围篱般的荆棘与野蔷薇树，过路行人的衣服和皮肤全都被钩破得很厉害。

我们好不容易找对了路，走过一片开阔的草原，草原上遍布一条条朝南方流的水道，砂质的河岸很容易攀爬，岸边镶着种种芬芳的绿色植物；平原上有高大的棕榈，使得这片原野十分酷似乌萨加拉山的河谷平原。夜幕低垂时，我们走进一片崎岖的红色土壤，原本平坦的地形从这里以西便开始起伏，一条深色而崎岖多岩的棱脊突出地面，我们攀上这条棱脊，穿过浓密的荆棘灌木丛，发现自己位处海拔较高的平地上。此时驴子步履蹒跚，队员口出怨言，又干又渴的双唇严厉地考验着大家的脾气。

十一月十一日黎明，我们从这座寒冷的丛林（温度计最低测到十二摄氏度左右）出发，进行长达三个小时的跋涉；这里连树葫芦都被炽热的阳光烤红，我们穿越各种荆棘蔓生的灌木丛，循着狭窄而崎岖的小径走过起伏的大地，发现队伍前方的脚夫已经停下来，他们身旁是溢满甘甜、清澈的饮水的竖坑。奇怪的是队员竟然沉默不语，四下一片死寂，我讶然探询原因，这才得知陪同我们前来的海岸区阿拉伯商人正在进行一项实验，假如实验失败，将会引发麻烦和增加支出，同时也浪费时间：他们的实验是企图悄悄通过乌瑟贺区的小聚落，以躲避当地人的勒索。乌瑟贺区位于沙漠路线以南，阿拉伯商人知道该区苏丹甘札米寇诺通常会派遣一队人马埋伏在紧邻道路的山脚低地上，以免路过的商旅逃漏税金。由于丛林里没有粮食可买，我

第八章　成功跨越乌戈果区

们判断最好还是继续向前走。旅队抵达廓廓区时已经日正当中了，我们停在平原上一棵枝叶伸展甚广的树下，四周有许多粟稷和葡黍的残株，廓廓区恶棍苏丹所居住的村落距离此处不远。这时候齐多哥觉得每件事都看不顺眼——村子里的男人兴奋地跑来跑去，口里大声叫嚷，上了年纪的妇人更难打发，她们像接生婆似的盯着人瞧，还有一个尼亚姆韦齐脚夫已经在水井旁遭到殴打。齐多哥把我们全部赶起身，带领队员走到约一英里外的空旷树林边，这里很安全，因为偷袭者不可能在平原上发动攻击，此外海岸区阿拉伯商人近在咫尺，而躲在灌木丛中的旅队应该比果果族的胜算更大。

过去两天来的长途跋涉令人劳累不堪，俾路支扈从闹别扭，拒绝再护送我们和旅队行李。扎营时，我下令宰杀一头山羊，并且只分配羊肉给拉姆吉之子和脚夫，一点儿也不分给俾路支扈从——对嗜吃如命的他们来说，这绝对是残酷的惩罚。前半夜俾路支扈从忙着唉声叹气，他们谨慎地使用四种方言，以免周遭的人偷听到他们讨论叛逃的计划，他们也商量怎样化解独眼卫官的反对，因为已经戒除鸦片的卫官现在正率领大队阻止队员反叛。俾路支扈从抱怨没肉可吃使他们头晕眼花，虽然这些家伙拥有一头公牛和六只山羊，全以不属于他们的布匹换来的；俾路支人还喃喃叨念我不给他们酥油或蜂蜜，迫使他们只得"干吃"食物——这都是不实指控，他们心里很清楚，在坎彦耶时自己曾经分配到酥油和蜂蜜。另一项抱怨是，我们为了自己的欲求而要求他们走很长的路去买牛奶，然而原本就是他们率先提议走到某个可以购买粮食的地方。他们之中最桀骜不驯的胡达巴卡施、夏达德、贝洛克提议立刻脱队，不过少数俾路支人希望第二天早晨再叛逃，他们的意见压倒前者。齐多哥与拉姆吉之子们照惯例出言讪笑这些爱吹牛的傻瓜："兄弟们！想想事实吧，海岸区那么遥远，你们的肚子又那么饥饿呀！"一夜的思虑冷却了这些家伙士气高昂的怒火，第二天他们毫不犹豫地吞下昨夜的信誓旦旦，我再也没听说他们有什么叛逃计划，而这群人一如以往地变回了旅队的寄生虫。

通往廓廓族聚落的道路又叫做"尼伊卡"（旷野），人们都认为这是在乌戈果区旅行时麻烦最多的地方，困难的来源在于廓廓族苏丹马纳米亚哈，不过一般人称他为"马古鲁马富皮"，意思是"短腿子"。这名暴君身材固然矮小，却是果果族中实力最雄厚的酋长，陌生人眼中的一根刺。人人都抱怨他勒索时连假装一下友善都不愿意。有人对我形容他是个矮老头儿，顶上几乎全秃，巧克力肤色，样子实在很像一只鸭子，这也是他那"短腿子"绰号的由来。他穿着阿拉伯格子花纹的缠腰布，肩膀上另外披一条披巾，每天从晨起至晏寝，固定从正常人变成白痴，再变成野兽；如果没有喝点酒矫饰，他粗暴不讲理的脾气完全显露无遗，一旦几杯老酒下肚，尽管变得开开心心，却不肯正经谈生意了。有尼亚姆韦齐商队路过时，他习惯留置他们几天，以便为他锄地，春天时，他也经常要尼亚姆韦齐商队先替他做五六天苦役，之后才肯同意收下勒索金。

我们在廓廓区逗留了五天，主要是为接下来的四趟行程采购粮食，当然也被非洲特有的各式理由推托了。我们抵达的那天下午是不能前去"拜见"这位苏丹大人的，否则会被视为过于急切、没有礼貌。次日早晨苏丹的妻子玉体违和，白天他本人又忙着畅饮啤酒。第二天他略显不屑地接见我们旅队的代表萨利姆、海岸区阿拉伯商人和俾路支卫官。出面说客套话的是苏丹的两位心腹大臣，为求尊严起见，接见仪式在皇家陋室之外举行。他宣布两支队伍必须分开课税，而从我们身上，至少要收取六名脚夫所扛运的物品。由于我们只肯出他索价的十二分之一，他深感受辱，遣离我们的代表团之际还强调，他认为我的身价和桑给巴尔的扎伊尔德苏丹不分轩轾，据此他应该索取我们的半数装备。第三天，海岸区阿拉伯商人忙着和苏丹的大臣讨价还价，苏丹本人则保持肃穆神情，一言不发，这自然是最不费吹灰之力的计划。阿拉伯商人按照习俗将礼物陈列出来，一堆堆分开放好，每一堆都有特定的致赠对象，不过苏丹的妃子很不满意送她的印花棉布，嫌其稀薄质劣，抓起一柄巨大的木汤勺，一边吆喝，一边把这些胆敢冒犯她的人追打出门。经过一番激烈的争辩，阿拉伯人无功而返，他们告诉我情况似乎已经绝望。我答应万一对方真的想动武，旅队一定提供协助——阿拉伯人对于我客气的表态颇为感激，送来一块牛肩肉表达谢意。第四天大伙儿无所事事，我们接到消息，宫廷人马又开始饮酒作乐,我们很清楚,苏丹本人和他的妻子、大臣一定都烂醉如泥了。第五天早上仍然是类似的延误程序,不过这次由脾气暴躁的齐多哥代替个性温驯的萨利姆;齐多哥扬言旅队将于次日下午出发,没想到苏丹果然收下礼物,并且行礼如仪地击发两三响毛瑟枪,枪声像在报佳音,因为这代表我们可以自由前进了。马古鲁马富皮这个没良心的坏蛋一共向我们敲诈了一卷铜线、四匹有名字的好布、八匹厚棉布、八匹蓝色棉布和三十串珊瑚珠子,但他依旧不满足,又开口索讨两匹阿拉伯格子布,我们拒不肯送,他退而求其次要求我们送他双倍珠子和另一匹厚棉布。我略为妥协,答允多送他六英尺长的深红色宽幅布。先前我并没有拿出这块宽幅布料,因为海岸区阿拉伯商人的行囊中并无这样的布料,他们担心苏丹一旦食髓知味也向他们索讨,势必会造成他们的困扰。但由于旅队的装备里已经没有马古鲁马富皮索取的布料,我不得不提出向阿拉伯商人购买,但没想到他们居然没良心地向我索取两三倍的价钱。既然他们毫不顾及我的利益,我自然也可以肆无忌惮地拿出那块深红色宽幅布料了。结果脾气火爆的阿拉伯商人怒气冲天地离开廓廓区,嘴里不停诅咒我。这些家伙向来不用大脑,但他们倒是很清楚一件事:身在乌戈果区,即便借故做出最轻微的逾矩行为,也绝对会遭到布匹被抢的报复——所谓逾矩行为包括口出恶语、轻薄妇女、打伤男孩子,或是妄用苏丹的名字。

我很高兴终于能逃出旅队停驻了好几天的臭气熏人的带状

密林，其间一支向海岸区行进的尼亚姆韦齐商队也来凑热闹，把树林弄得更不适合人住。在火热的白天里，我们从早到晚都遭到采采蝇叮咬，也受到成群结队的蜜蜂和百折不挠的牛蝇骚扰。有一次，一群有毒的大黑蚁把队员悉数逐出帐篷，它们专咬人的手指之间和身体其他柔软的部位，直到队员烧了一壶滚水反击，这群蚂蚁才总算散去，不过，穷凶极恶的蚂蚁仍然让薄皮肤的驴子吃足了苦头。夜里极为阴冷，早晨我们起床时发现一些价值不菲的物品已经被白蚁啃坏了。廊廓区是个不吉祥的地方，在桑给巴尔购得的坐骑中，本来只有我那匹驴子硕果仅存，不料却在此地遭到土狼偷袭重伤，我被迫先将它留在原地，后来听说它的伤势太重，活不了多久。第二桩倒霉事是，我们在乌戈吉雇用并已付完钱的十五个尼亚姆韦齐脚夫竟然叛逃了，事发当晚，他们和沉睡不醒的拉姆吉之子们同睡在一处寨村内，夜里偷偷溜走，不知去向。和往常一样，叛逃的脚夫带走自己的东西，留下旅队的行李，如此才能尽快逃回家；他们多半选择穿过丛林的道路，以免被擒获而沦落为奴隶，他们靠树根和野草维生，花三四天工夫穿过沙漠，回到自己的家园。这十五个脚夫的叛逃，让我发现原来我对旅队的许多忧虑都不过是庸人自扰。我预料将有一半的装备会被弃置于地上，无人闻问，没想到这幅景象却没有发生，旅队成员似乎懂得共度时艰。本来五十个脚夫能扛的行李让一百个脚夫来搬运固然轻松愉快，现在，一百人份的行李让五十个脚夫负责扛运，似乎也一样轻而易举。事实上，旅队最早雇用的那批尼亚姆韦齐脚夫，虽然声明多搬运就要多收钱，平白要他们拿起一只空葫芦，斤斤计较的他们会恶狠狠地反对半天，但对目前为了多搬行李所带来的额外布匹和珠子，却表现出前所未有的温顺。

尽管如此，十月十七日的路程依然困难不断。斯皮克骑着纳西卜最近惠赠的驴子走在队伍前面，我则留在队伍后方，我发现两袋衣服和鞋子乏人搬运，于是我把袋子放在自己的坐骑（尼亚姆韦齐人在伊楠吉买来的驴子）上，因为，我的坐骑显然比旅队另外六头疲倦难当的驴子强壮一些。可是我高估了这头驴子的能耐，过不了多久，我明白自己必须走路，否则只好遗弃驴背上值钱的物品。于是我挺着颤抖的虚弱身躯，开始徒步穿越姆达布鲁丛林，关于那段路途的回忆并不愉快：太阳炽烈难熬、炙人的高温从地面反射上来，一会儿是崎岖难行、荆棘遍布、缺少水源的丛林，茉莉花绽放其中，乳香（橡胶树脂）充当燃料；一会儿又是杂草丛生的平原，黑色土壤被阳光烤得严重龟裂——种种艰难的条件迫使我每半个小时就得躺下来休息。护卫我的俾路支崽从很快就把葫芦里的水喝光了，拉姆吉之子抵达休息地点之后，为自己的伙伴携回大量饮水，看见我来到却故意把它藏起来。驴夫萨拉玛喇是典型的乖戾黑人，眉头老是皱着，眼神冷峻，稍一激动厚唇便翘得老高，脑袋里的想法溢于言表，这会儿他公开拒绝我喝他葫芦里的水（口渴比饥饿的问题更难解决），并且对于自己参加旅队一事显得满脸悔

第八章　成功跨越乌戈果区　　295

恨。接近丛林尽头时，我遇上一小队俾路支扈从，他们抓到一个隶属先前超越我们走在前头的那一大队尼亚姆韦齐商队的一个脚夫，并且半威胁半利诱地让该名脱逃的脚夫为他们搬运睡垫和空葫芦。我在伊楠吉所下达的严格禁止手下诱拐其他商队叛逃者的命令，对当时全力支持的俾路支扈从来说不过是空言。眼前我所能做的只是威胁要向俾路支扈从的主子告状，并遣走那名担心命丧黄泉的脚夫，被俾路支人取走的烟草和锄头也悉数归还给他。那段漫漫长途即将结束之际，我瞧见蒙拜亲切的面孔，心里感到极为快慰，他急急忙忙回来找我，不但牵着驴子，还带来一些烤圆松饼和熟鸡蛋。我翻身上驴继续前进，终于抵达姆达布鲁的疆域，我们的帐篷搭在一棵巨大的树葫芦下，周围是数间草亭组成的寨村，外围已经排好荆棘围篱。

　　姆达布鲁是乌尼扬济区里第一个地位重要的辖区。乌尼扬济区东起廓廓的西方，向西延伸至图拉，也就是乌尼亚姆韦齐的东边疆界。达姆布鲁地势低洼，砖红色土壤相当肥沃，中间被一条又宽又深的砂质河床贯穿，河床向南延伸，即使在最干旱的季节里，为数五座的竖坑也能供应相当充足的水源。河床四面八方尽是密密麻麻的丛林，丛林的深棕色线条上方露出低矮的蓝色山锥顶峰，它们的后方是一条条狭长的蔚蓝山脊，从远处望去倍加美丽，仿若一汪海洋。我们在乌戈果区最西方的此地耽搁两天，采购旅队一个星期所需的粮食；粮食采购在这些区域本来就困难重重，特别是在隆冬，更何况姆达布鲁苏丹齐布亚正等着向我们勒索呢——相较于常见的粗鲁无礼，这个苏丹让我们体验到更为不堪的待遇。齐布亚出身外族，由于当时正好风闻谣言，担心恶邻居马古鲁向他开战，因此对我们赠送价值相当于十九匹布的礼物已经相当满意；反观其他苏丹动辄要求四五十匹布。话虽如此，齐布亚所展现出来的似是那种东非民族惯见的自大与骄傲。齐布亚是个上了年纪的黑人，身上披覆一块肮脏的布料，除了右手腕上一截好几英寸长的象牙手镯之外，并未佩戴其他装饰品。一开始他拒绝接见旅队代表，理由是他的"大臣"们不在场；当旅队代表与对方讨论勒索金的数目时，他好整以暇地坐在他污秽的屋子外面——苏丹的屋舍位于一座面积庞大的寨村里，这座寨村正是他的首都。会谈以我们送齐布亚苏丹妻子一匹上好的丝棉布料而作结；在这些区域和此地以西的地区，"夫人"在场乃表示对路过的陌生人并不持恶意。齐布亚和东非大多数酋长一样，非常想要把我留在当地，一方面可以让他的子民出售家里多余的物资给旅队，争取到好价钱，另一方面是着眼于旅队的大批枪械，希望我们能够吓阻想要来犯的敌人。不过萨利姆很有技巧的破解了齐布亚的拖延计谋。出于恐惧，矮小的萨利姆加强防守我们残破的寨村，每天夜里，他像个阴魂不散的鬼魂似的，在沉睡的队员身旁走来走去，这一来齐布亚的计谋倒不能得逞了。

在姆达布鲁时，我向同行的商队雇来两个脚夫，萨利姆则开始略嫌迟钝的采取惯常的措施防范脚夫叛逃。早在尼亚姆

第八章　成功跨越乌戈果区　297

韦齐脚夫于廊廊区失踪之前，我就命令他把预付脚夫的酬给物品和旅队的行李打包在一起，并且吩咐他扎营时必须把每一件行李用铁链拴住，堆放在我们帐篷前方。后来因为他的疏忽而发生了叛逃事件，萨利姆于是变得有点听话了，另外，还派了两三个俾路支虔从分别走在队伍最前面和最后面。诚如我先前所言，一般而言脚夫都能信守不偷行李的原则，然而只要逮到机会，譬如走在队伍前方或落在队伍后方时，他们多半会打开自己扛运的行李，拿走自己的东西，然后把旅队行李弃置原地调头就溜。我送给海岸区阿拉伯人一些在此地被视为珍品的小粒枪弹，他们以帮我搬运一部分多余的行李作为回报。在托他们搬运的行李中，有两桶枪用火药，阿拉伯商人到了乌尼扬比即刻归还。这些火药价值不菲，每一磅可在当地卖到两匹布或十七磅半重的象牙，不过火药桶的塞子陷入桶内，所以有四分之一的内容物蒸发了。旅队已经耽搁两整天，因为补给品迟迟未能购妥，在此处花了十七件缠腰布加上大约一百串珠子，所换来的才只有勉强够用的谷物。

从姆达布鲁的红河谷，共有三条主要路线穿过乌戈果和乌尼扬比之间的沙漠地带，北边称作"恩加特宏比"，沿西北偏西方向通往乌苏库玛区，这条线上有两个苏丹和数座村落；中间路线称为"卡兰加萨"或"姆达布鲁"，也就是下文中即将描述的途径；南方的路线叫乌尼扬济，起点在廊廊区，通过名为"吉维拉辛佳"的聚落。脚夫们对南边这条路避之唯恐不及，怕的是触怒齐布亚苏丹，如果过往商旅胆敢不到齐布亚坐镇的庄头姆达布鲁走上一遭，齐布亚必定暴跳如雷。

这三条路线全通过大沙漠的心脏地带，这里也是大象的原生地，这片大沙漠的名字是姆冈达姆克哈利。阿拉伯商人解释说，出自尼亚姆韦齐语的这个名字意谓"火原"，由于这片土地上并无流动的水源或水井，只有在下过雨后才得甘霖，在地质上和咸水河同属沙漠。这片沙漠至今仍然恶名昭彰，但实际情况却不如传闻那么可怕；事实上，在人类的火炬和刀斧的蹂躏下，火原的面积已经迅速缩小。大约十五年前，穿越沙漠要走上十二段漫长的路程，其中包含数次的午后行进，如今只要八趟行程就能走完。沿路最荒凉的地方是介于姆达布鲁和吉维拉姆科亚之间的前半段，但即便在这个地方，据说道路南北也有金埔族村落如雨后春笋般快速兴起；旅人虽然难免遭遇干旱和牛只死亡等各种威胁，但是只要忍耐首三段的劳累行程，穿过火原，接下来的问题就可迎刃而解。走过咸水河沙漠的人，火原之行堪称一个惊喜。

火原从东到西对角线长度约一百四十英里（约二百二十五公里），景象大致是灰暗而单调的灌木丛，雨季遍地鲜绿如翡翠，在酷热的骄阳下，干枯的树枝干得像扫帚一样。除了长在干河床（不是"河"的河）上的树木以外，这里的树和乌戈果区的一样欠缺营养，根本无法充当建材，连树葫芦都显得异常矮小。人烟罕至的灌木丛荒地里，偶尔出现稀疏的橡胶树林，

第八章　成功跨越乌戈果区　299

这样的变化可能源自于地下水的深度差异。树林里木质坚硬的金合欢树、橡胶树混杂着长绿的多水分植物，像是仙人掌、芦荟、大戟等；地面的野草时而簇生成团，时而匍匐扩散，质地很坚硬；雨后野草变绿时，牛只饱餐绿叶，干旱时，路过的商旅放火燃烧野草，以促进其他植物的生长。

火原的土质是淡黄色的石英岩屑，有些地方披覆白色的长石粉末，至于有植物腐败的地方，土壤则是黑褐色的腐殖土。被水磨圆的石子儿零星散布于地表，干河床附近有大量粗粝的新生砂质砾岩。原本暗藏不见踪影的花岗岩和正长岩，如今暴露在起伏的地表上，巨大的岩石高度犹胜挺拔的树木，支撑巨石的低矮土丘与火原的大片平地形成对比，立刻吸引了我们的注意；远方地形高高低低，仿若长浪，蓝色的线条烘托近处的棕色或绿色地表。在整片缓缓起伏的高地上，所有水域都向南流，极少数地方有雨水滞积而成的浅水塘，干旱季节来临时，水塘变成一块块龟裂的泥板，此时干河床边通常汲不到水，令往来商旅倍感艰辛，那些像大象、水牛一样不能适应干渴的畜生更是经常死于半途。

十月二十日我们开始进入火原，自从离开廓廓区之后，西方地平线上宽阔的棕色丛林一直如影随形，现在阻隔在我们与丛林之间的空气却将丛林染成了蓝色。这片荒野以其最丑恶的一面迎接我们，狭窄的山羊步道弯弯曲曲地进出有毒荆棘的丛林，脚底下白得发亮的崎岖土地，上面长着稀疏的坚硬草梗；

由于灌木丛生，视野受到相当大的限制，这一点与海岸区冲积河谷很类似。这里的景观一成不变，令人厌倦，可恨的程度超过我们在火原上的所见所闻。在炽热的气温下，旅队在一段崎岖河道上的水坑旁停下来休息，午后不久继续前进。将近日落时抵达一段淤浅的三角河床，并且在五英尺深的沙洞里找到纯净的水。

第二天，我们到达宽阔的马邦固陆干河床，这是由质地细致的黄色石英沙和被太阳烤焦的正长岩石块所组成的青绿色深邃河道；雨水充沛的话，这条河床必定是一条无法涉水而过的激流，即便是现在这么干旱的季节里，河床上依然有长长的水塘，里面沉积渗透进来的雨水，旁边有被水滋润的青青野草，水里还有大量贝类，以及平常的六须鲶。那天较早我们循小径穿越一片树林，嫩绿色的叶子和盛开的花朵把树林装点得十分美丽。有一种茉莉花不但花朵大，香气也非常浓郁；去年的谷物收成之后，农人放火烧地，现在焦黑的土壤上已冒出野草的新芽。南边的地平线勾勒出远山的线条，蓝色的山仿佛是空气固化而成，海市蜃楼的虚幻景象令我们误以为见到了汪洋大海。更靠近我们的地面上出现变化，奇异的火成① 现象在此地相当明显，向西延伸直到乌尼亚姆韦齐东部，向北延伸直到尼安扎湖② 湖畔都有这样的痕迹。露出地表的灰色花岗石和正长石呈现两

---

① 火山岩浆形成结晶。
② 尼安扎湖，即今维多利亚湖。

种主要形状：圆拱形或小塔形，前一种是大小不一的低矮圆丘，有些仅数英尺长，有些直径可绵延一英里半，外层因风化作用而剥落，也有些因为道路纵横而遭到磨蚀。至于小塔形的外观则比较优美、多变，大圆石或呈浑圆，或似圆锥，或状如圆柱；某些巨石单独矗立，某些堆叠麇集。某些笔直挺立如同巨大的保龄球瓶，某些被迎面劈开，仿佛一条小径从中贯穿；猛然拔地而起、垂直而上的巨石几乎不见地基，将死寂的平原硬生生剖开——又好似石膏做成的模型，高度最挺拔的大圆石被放置在地势最低、面积最大的基地上——大圆石像刷子的鬃毛直立在起伏的低矮石丘上。拿硬物敲击圆石会发出金属的撞击声，有不少圆石仅靠几个支点维持平衡，这让我想起历史久远的摇石①。远方的森林里有体积更大的岩石，一时不察可能误以为是庞大的墙垣、塔楼、教堂尖顶、清真寺尖塔、摇石、住家或倾颓的古堡。圆石上多半附生一种柔软的草，腐败之后混合花岗岩碎屑形成一层薄薄的土壤；圆石顶上长了一簇簇带有气孔的仙人掌植物，可从空气中的氧气撷取养分；圆石侧面的深缝里爬着粗大的藤蔓，它们模仿树木长着枥瘤的树干从石缝中钻出来。通过森林观看这些圆石，我发现它们在这种地形里自成奇色，特别是阳光晒暖、照亮岩石的圆顶和圆滑侧面时：森林里的圆石上长着一种霉菌似的地衣，颜色是最鲜嫩的葱绿；有些

---

① 摇石，以特殊方式放置的石头，外力接触时会左右摇晃。

圆石被火热的阳光晒成黄色，好似意大利产的大理石；还有些圆石上出现一条条发亮的黑色纹路，亮晶晶的表面像是被雨水沾湿了，这是滞积在石头褶缝里的雨水，偶尔溢流而下，在高大的岩石上形成迷你瀑布。

这趟行程是严酷的考验。我们黎明出发，但要中午过后才抵达马邦固陆干河床，旅队队员一直到傍晚左右才步履蹒跚地抵达目的地。我们全部的子弹铸模和三箱火药都遗失了，萨利姆、俾路支卫官以及另外三个人，驱赶绰号为"独眼魔王"的顽劣驴子在队伍后方压阵，"独眼魔王"戏弄他们多次之后，干脆趴在地上动也不动。伴护驴子的队员很讨厌晒太阳，因此驴子这一使性子，他们便丢下它不管了。旅队在物资不足兼顾及前面还有漫长的路要走的情况下，既无法暂停也不能回头，因此驴背上珍贵的物品（四箱弹药）就此遭到抛弃。在沙漠地区，物件一旦丢弃根本就找不回来，即使找得到也属凤毛麟角；旅队的脚夫绝不停脚，而派一小支队伍回头去找也有困难，因为队员根本不敢落单。

**抵达吉维拉姆科亚**

十月二十二日，我们来到吉维拉姆科亚，这是穿越火原的中途站。小径通过崎岖的马邦固陆干河床，进入一座地势起伏的荆棘丛林，越往前走荆棘越稀疏，慢慢变成树木较多的林子；

第八章 成功跨越乌戈果区　　303

大约早晨八点时,旅队在荒野中暂停歇脚,让人畜喝水。斯皮克没法子继续徒步前进,只好将一头驴子背上的弹药箱卸下,分散给拉姆吉之子们搬运。中午过后我们继续上路,旅队向导一方面受到海岸区阿拉伯商队向导的嘲笑,一方面被齐多哥竭力催促(齐多哥的妻儿都在乌尼亚姆韦齐,他迫不及待想赶去相会),终于决定要"自己当家作主"。丛林之路似乎永无止境,丘陵的影子长长地拖曳在平原上,夕阳在绛紫、猩红、金黄的光辉中沉降,弯弯的月牙在树梢上洒下银白的锋芒。我们经过一处低矮的垦殖地,可望找到落脚处和粮食补给,路旁的水塘里青蛙正在吟唱晚祷诗篇,遥远的地方传来号角声和脚夫隐约的吆喝声,大伙儿受到鼓舞加速前进,最后在旅程即将终了之际,绕过一堆覆满仙人掌的壮观圆石,又翻越一道矮丘,终于在彼端的丘陵脚下发现一座正方形的村落,居民是从外地移居来此的金埔族,但他们拒绝收容我们。过了村子再往前走是一个小盆地,从烧焦和砍倒的树干来看,此地竟有现代工业活动;盆地延伸到一块大岩石,吉维拉姆科亚这个名字便是源自于此。我们见到寨村里跃动的红色焰火,心里都很开心。不过斯皮克所骑乘的驴子可能受到我们看不到的某种野兽的惊吓,突然提起前脚人立起来,像头鹿似的拱背跳跃,扯断了脆弱的阿拉伯系带,也把体力衰弱的骑士重重地摔在坚硬的地上。旅队抵达寨村时,我发现每一间草屋都已经被脚夫占据,他们拒绝挪到避雨亭,最后硬是被拖了出来,活像被屠宰的绵羊一样。照惯例，萨利姆的遮阳篷已经搭建完好，而我们的则依旧摊在地上无人闻问；这名小个子阿拉伯人"自扫门前雪"的心态越来越不像话，把自己的住处舒舒服服打点好后，却从来不会想到对旁人伸援手。而他的子女很明白父亲的性格，除了自己父亲之外，也从来不主动协助其他队员搭建帐篷。有一次时间已经很晚了，我们的帐篷依然不见踪影，我传口信给萨利姆，没想到他竟然拒绝让我们借用他的半顶遮阳篷（其实是一块勉强用来充当帐篷和斜桁四角帆的帆布）。对此蒙拜说了一段令人难忘的话："就算不以主人为耻，也要因为他的仆人而蒙羞！"此话一出，萨利姆亲自把遮阳篷带来借给我们，我们要归还那半块帆布，也被他暴躁地拒绝了。

"吉维拉姆科亚"的意思是"圆石"，在这片荒地上有许多色灰浑圆的拱顶巨石，吉维拉姆科亚正是其中最大的一块，丈量后得出，这块岩石直径最宽处长达两英里，拱顶缓缓突起于绝对平坦的平原，高度在两百英尺到三百英尺之间。在吉维拉姆科亚巨岩南边的地基处有一片沼地，其上的竖坑里能汲取勉强可入口的水。另外，还有一些猎人设置的捕象陷阱，这些外表覆盖紧密的深坑，对旅人构成相当大的威胁。我们的俾路支卫官走着走着忽然失去踪影，好像魔术一样瞬间隐身，原来是跌进象坑里了。岩石光滑浑圆的表面上有深陷的兽蹄状坑洞，如果是在伊斯兰教国家，一定马上被当作是神圣的四足兽所留下的。有些巨岩上长满一簇簇白草，基座又因暴雨冲刷而泛黑，俾路支人一口咬定它们酷似老黑人半秃的头颅。

我们在圆石附近扎营，这么做其实失策：尽管大热天在巨岩的阴影底下纳凉非常舒适，识途老马却都避开巨岩，因为岩石的辐射量低，整个晚上温度居高不下。路过此地的商旅全都亟须补充粮食，我们的脚夫把分配到的八天份粮食在四天内吃完，这时也开始鼓噪，希望多分一些食物。但是吉维拉姆科亚这个孤零零的小村落物资缺乏，能出售的只有一张山羊皮分量的谷物和几只家禽，牛只不卖，牛群最近也没有生下小牛犊；脚夫提议派一支队伍，携带布匹和珠子到邻近的聚落去收购补给品。与我们同行的海岸区阿拉伯商人当中，精力最旺盛的哈尔凡却有不同意见，他无法容忍行程继续延误，先前他照常分配三天份粮食给他们的脚夫，作为一段长途旅程的全部配给，因此脚夫们只得拼命加快脚步。在我们英国老家，他这种力求经济的作风通常被归类为"因小失大"，由于商队始终以节省时间为第一要务，使劲鞭策的结果是队员开始感到吃不消，接着精疲力竭，最后以叛逃收场。

吉维拉姆科亚的沙漠崎岖破碎，到了火原西边，沙层已经变得相当浅薄。尽管前一日大队人马才完成长途跋涉，哈勒凡又建议在十月二十三日进行"午后行进"，他宣称西方上空飘来厚重的雨云，一场舒适凉爽的大雨即将降临，而这场雨即是春天雨季的前兆。我们觉得他言之有理，便听从了他的话。穿越吉维拉姆科亚，又走过一座高大的树林，路径不时起伏转折，有些地方因石英而泛黄，有些地方则被覆着黑色的腐殖土。经过三个小时左右，我们抵达另一处像吉维拉姆科亚的聚落，这个叫作"齐鲁鲁莫"的聚落因为贸易而诞生，由好几个新创建的金埔族坛比（方形村落）所组成，但村民索价之高无异于敲诈。齐鲁鲁莫的土壤呈黑色，植物鲜嫩翠绿，显示此地附近有水源。我们在一条向北流经聚落的狭窄干河床上，发现深陷的河床蕴藏有饮水的竖坑，水质虽然浑浊，水量却相当充沛。第二天，我们依循路径穿过一片稀疏的荆棘与橡胶林，由于没有草丛和矮林，小路显得宽敞宜人，很容易行走。从足迹看得出大象、犀牛、长颈鹿、羚羊曾跨过小径，旅队的驴子遭到采采蝇折磨，在这地方实属常见。走了四个半小时之后，我们抵达位于乌尼扬济区西疆的一个新聚落"吉文尼"，这个名字的意思是"岩石附近"。在"吉文尼"的巨大岩石堆附近，散布许多陷落地面三英尺深的竖坑，里面的水质地甚佳；一条叫做"孟果干河床"的地表深沟贯穿吉文尼，将这座堪称现代化的聚落一分为二。许多树木在倾倒前树皮便已剥落，有些树木则匍匐倒地，显然是遭到白蚁吞食。十月二十五日，旅队再度于平坦的沙漠上跋涉两个小时又二十分钟，这里的树林在草丛与矮林的纠结之下显得有些面目全非，路径时时被这些杂乱的草丛灌木侵占，缩窄为大概只能容一头羊通过的小径。最后我们来到横贯火原四分之三的路途，此处地质是咖啡色的正长岩，地势呈狭长的棱脊状，突出于四周低矮的树林地之上，因此得来一个

"象背"的名字，它的棱线由松动的岩块和彼此分离的大圆石构成。这处聚落和火原沿线其他垦殖地一样，都是新近建立的，野地上依旧留着无数烧焦、砍倒或截去树枝的树木；不过"象背"村比其他邻居的规模大，农耕业也比较发达（唯一的例外是姆达布鲁），而且水源不但充裕，离地表也近，如今越来越多的金埔族人和塔图鲁族人混居于此，他们居住在面积相当大的方形村落里，以出售剩余的绒毛草、玉米、家禽给过往旅客维生。居民不会像吉维拉姆科亚的金埔族人般拒绝别人进他们的村落，不过招待陌生人的礼数很是吝啬；这一点所有非洲人都类似，心里悬着的只是怎样略表友善来博得实质利益。旅队在此停留一天，目的是招揽人手和收购粮食；这些天的长途步行已经对旅队队员造成影响。蒙拜走起路来一跛一跛的，几名拉姆吉之子和萨利姆的两个孩子则根本没法子走路；驴子匍匐在地上不肯起身，唯有举起棍子要挟才能迫使它们起来，即使食物当前也不为所动，情愿多休息一会儿。拉姆吉之子穆玻尼从海岸区阿拉伯商人的营地里强行拐来一个女奴，她的主人携带武器前来讨人，双方唇枪舌剑，连长剑都拔了出来，所幸两方各有朋友出面调停，他们这才收剑回鞘。哈勒凡失去了等待的耐心，便向我们道声珍重，允诺到了乌尼扬比后会公报将我要来到的消息；但在两方分道扬镳之后大约一个星期，我们发现他逗留在前往乌尼扬比的半路上，情况非常悲惨，因为他那些劳役过重的脚夫不告而别了。

十月二十七日我们继续前进，经过七个小时缓慢而痛苦的跋涉，穿过荆棘丛林、跨过起伏不定的地形，这里的土壤时而是黄色陶土，时而是白色长石，有时又是黑褐色的腐殖土，这会儿树林开阔笔直，那会儿又变得纠结杂乱。最后我们终于来到"图拉干河床"，在蜿蜒朝西南方延伸的众多深邃的沟渠里，图拉干河床是其中最深的一条。河床两岸镶着壮观无比的大树，树木四周丛生的野草也是又高又密，这显示此地经过野火完全燃烧，河边浅池塘和河床平面下的深竖坑里都找得到水，现在河里仍然有水潺潺流动，想来雨季时节水势必然湍急汹涌。我们在丛林里的一片空地上歇脚，一支往海岸区前进的尼亚姆韦齐商队与我们擦身而过，旅队的脚夫大声叫嚷，冲上去与他们的朋友相会，这些尼亚姆韦齐脚夫举起右手达十一二次，彼此击掌，妇女则叽叽喳喳说个不休，听在我们耳朵里仿佛子弹发射似的不停嗒嗒作响。

第二天我们出发得早，取道面积广阔的树林间——在人口众多的聚落附近，广散开去的树林十分常见——时近春日，树林开始冒出绿叶，生机盎然的绿意已然压过枯萎的棕色。旅队来到一处平野，黄色的干草梗一望无际，我们停下脚步，目的是整饬队伍以塑造良好的第一印象。接下来是一处聚落，围着栏栅的村落零星散布其上，从高大的墨绿色马利筋围篱外往里面张望，看得见种植玉米、粟米、木薯、葫芦和西瓜的田地，村子里也有无数家禽家畜，都聚集在浅竖坑旁边；村民从自家住宅里蜂拥而出,老老少少互相推挤,想要抢到视野比较好的位置来看我们;男子放下锄头,女子离开织布机,剩余的行程中,总是有一大批村民跟在我们旅队后面,当中不乏尖声嘶喊的男孩子和乱叫乱嚷的成人。这里的男子近乎全裸,妇女上身坦露,腰部以下仅围着一件及膝短裙,他们一边抽着烟斗一边跟随我们,枯瘪或松垮的层层赘肉随着他们的走动而啪啪作响。有些人举起锄头敲打石头,嘴里喊着:"珠子!珠子!"并且发出刺耳的"嘻!嘻!——咳!噫!"和"哈!——啊!——啊!",情景之荒唐丑恶,令人悠然生起一股厌恶之情。

最后旅队向导开始挥舞他的红旗子,身后一片骇人的鼓声、号角声、吼叫声随之响起,正式向"土著"们宣布,他们羡慕已久的商队已经到临。出乎我的意料,在村民既未发出邀请也无仪式示意的情况下,我们的向导竟然领着队伍进入最接近的一座大村庄里,后来我才知道这是乌尼亚姆韦齐地方行之已久的风俗;排列成一长串的脚夫扛着行李陆续集拢,跟在后面的我们也如法炮制。身为来客的旅队队员进入村子后立即作鸟兽散,他们闯入数处庭院与房舍,自顾自安顿下来,完全不顾一旁唠叨抱怨的主人家。我们被安置在一顶没有墙壁的凉棚下,一边紧靠着村子的围栅,轮批前来围观的村民从早晨到晚上牢牢盯着我们看,让我觉得自己好像马戏团里的动物。

## 第九章
# 论乌戈果区（第三区）的地理与人种

我们走访的第三区是平坦的台地地形，西起乌萨加拉山脉西边的山脚，位于东经三十六点一四度的乌芍吉河谷，东止于东经三十三点五七度乌尼亚姆韦齐东方的图拉区，东西纵横一百五十五地理里（约为两百八十七点三公里），至于南北长度则不易估算。此区北方住着亨魃族与塔图鲁族，南方是黑赫族与猡黎族的居地，他们都是随季节迁移的部落，拒绝划定明文疆界。据阿拉伯人的说法，果果族居地的范围大约是往北走三趟、往南走四五趟的长途旅程，假设一趟长途旅程为十五英里长，推算下来总共就是一百二十英里。在海拔方面，此区测得的平均高度为三千六百五十英尺（约三千三百三十八米），地势向西缓缓升高，到吉维拉姆科亚时海拔已近约四千二百英尺（？）。

**不毛之地**

第三区位于一条山脉的下风处，这条山脉的高度迫使东南

从乌戈果方向眺望乌萨加拉山

贸易风甩掉挟带的水汽,而本区的位置也距离非洲大陆中央的内陆海甚远(内陆海扮演储藏水分、调节湿气的角色),因此气候甚是干燥,堪称不毛之地,与南非的卡拉哈里、卡鲁沙漠平原相似。整体来说,此区的外观是令人目眩的黄色平地,气味刺鼻、带有咸味、汁液饱满的荆棘丛和矮树则把黄色调染深了,不过大地色彩之单调仍然难以言喻。各自独立的矮小山锥点缀于台地上,岩块和大圆石林立,岩石间的隙缝蹦出一小片稀疏树林,树种有橡胶树、荆棘和金合欢树。火成作用的力量见诸露出地表的大块花岗岩层,这些岩层没有太多地基支撑,兀自突出于平坦的地面;在非洲其他地方,原生底层岩石之上都压着砂岩岩块,此处砂岩却失去踪影。乌戈果区北边突起长长的平阔山脉，称作亨魃族丘陵，与南边高原之间夹着一道地势较低的平地；南方是缓缓朝卢瓦哈河下降的平原，坡度下沉至为缓和，几乎难以察觉。乌戈果区没有河流：广阔的干河床将雨季带来的水全部排光，酷热的干季降临时，黏土地质的河岸被切割成一块块多角形，好似堆叠的玄武岩石柱。在闪亮的亚硝酸盐沼地和暗黄色或暗褐色的平原上，凭空浮现的海市蜃楼隐约类似阿拉伯沙漠的折射效果。这儿的路都是凭双脚日积月累地在平原与树丛中走出来的小径。寨村则是又小又脏的圆圈形，里面多半有棵树葫芦或其他种类的树木，往来商旅的货物就堆在树干边；寨村里的草屋材质为干藤或草桩子，周围则以荆棘和粗树枝围成最有效的屏障。干季结束时，这类寨村总逃不过意外烧毁的命运，由于此地欠缺木材，无法将寨村盖得结实牢靠，基于相同的理由，此地最常用的燃料是牛粪。

　　底层土质大多是掺杂红色砂子的砂岩；有的地方表土为黑褐色腐殖土，深度有几英寸；然大部分地方都是黄红色的含铁黏土，质地很坚硬，表面覆盖五颜六色的石英块、碳酸化石灰团或白色矽沙，因此我们经过之处比较像是富含金属或"乱石遍布"的道路，而不像非洲这肥沃地带上其他地方的富饶景象。乌戈果全区布满了粗细不一的沙砾，许多地方矗立着浅色红土的圆锥形蚁丘，另一些地方则是突出地面的铁矿石。某些地方不幸全年干旱，即使有水源，也都是水质欠佳或水量稀少；有

第九章　论乌戈果区（第三区）的地理与人种　　313

水的地方多半在干河道的陡峭河床上，以及下过雨后的池塘、水槽、浅潭、水滩等，水缓缓地注满这些低凹处，然后被储水能力强的黏土保护着不致流失。另外，在人工挖掘而成的深竖坑，或地表自然生成的浅洞里，也都能找到水。依据不可或缺的水源多寡作区分，乌戈果区内有着三大区域：东部是咸水区，灌木密生，几座村落散布在道路南北，往来商旅敬而远之；中央是乌戈果本区，也是人口最稠密、耕作最发达的区域，全境可再细分为多个小聚落，共同特征是在浓密的树丛和矮林里清出一块空地，居民从事农耕，雨季时节，花草树木青翠缤纷，干季时则变成荆棘与枯枝，唯一作用只剩下阻碍空气的流通。在自古便有人类居住的土地上，处处可见因为缺乏垦殖而变得荒芜的土地实在相当怪异，不过，阿拉伯人宣称，过去此区的人口比现在稠密多了。第三区是西部火原区，这里有稀疏的森林和许多矮丛林，寥寥可数的丘陵上覆满植物，也许是因为丘陵比平原更能保留水分吧。

乌戈果的气候非常干燥，旅队在九月、十月行进时，我那些品质最好的水彩颜料都褪了色，而且在容器内变得又干又硬；橡皮擦（尤其是切割成小方块的橡皮擦）变得像半干的黏鸟胶一般黏稠；橡皮布雨衣变成黏答答的膏药状；连最好的硫化橡皮筋也变得和牛皮纸一样脆弱，轻易就断裂。这里几乎一年到头都从山区刮来强劲的东风，温度变化极大，尽管四季天气显然雷同，我们观察到日夜有热气流和冷气流交替出现的现象。在漫长的夏季，此区气候与印度的信德省类似：白天的太阳火毒无比，赤裸的大地反射出刺疼人眼睛的光线，到了夜里却阴冷刺骨，经常尘云满天。热气将多浆肉质植物烤干、烤焦，黏土与薄砂地表严重龟裂，当从亨魁族丘陵方向吹来的北风遇到乌萨加拉来的东风时，干涸的沙土粒子在露珠与雨水的滋润下松解开来，从高大的柱状旋风里升起，好似涌出的喷泉，而蒸腾的地表也会迅速把泥土加热到火炉般的热度。这些"恶魔"转眼间就能把平原烤焦，飓风卷起粗砾石和小圆石，与自身挟带的冰雹一起暴烈地蹂躏大地。热气所带来的干燥与影响力在乌戈果区制造出奇特的明亮氛围：海岸气候那种乳白色的氤氲，这里是完全见不到的。播种季节也是树叶萌发、鸟儿筑巢的时节，时间大概是太阳的南赤纬①最大时，这时乌戈果区的气温下降，效果宛如欧洲大陆稍微温热的春风和温暖的春雨。由于中非并没有秋季，因此在丰沛的热带雨浇灌之下，沉滞的气候仍然挥之不去。大约十一月中，此地会下几场打头阵的骤雨，呼啸狂奔的北风随之而来，原本似乎已经灭绝的生命力，忽然间开始苏醒，并且恣意挥洒起来。到了十二月底，雨季展开了，这时东风转为北风或东北风，从九月初便被大雨灌满了的尼安扎湖东边和西边的高地不断吹出。所谓的"冬天"很少持续三个月以上，而大雨下得很不规则，根本料不准是否会来，造成

---

① 南赤纬，从赤道量至某天体的角距离。

此地经常性的干旱与饥荒，也因此土壤比其他地区贫瘠，而自海岸区到坦噶尼喀湖都欣欣向荣的棉花与烟草，在乌戈果区竟然产量稀少。当地人只好弃白米而改种植粗枝大叶的高粱和玉米。

不习惯此地气候的阿拉伯人和其他旅人，初到时总是身体不适，可是我们绝不能怪罪气候。阿拉伯人和旅人抱怨旋风狂暴、苍蝇成群、温差剧烈，这个地区白天热得像火，晚上又冷得像冰，温度计的读数往往低于十五、十八摄氏度；他们搭在乱蓬蓬的树葫芦下的帐篷质地相当薄，无法消减晴空下的燠热，带着咸味的水有损他们的健康（水中的亚硝酸和盐分有时会在银质容器内留下一圈黑渍，就像硫磺烟雾的作用一样）；虽然夜晚纯净的空气和凉爽使他们胃口变好，但是食物短缺却无法令他们饱餐一顿；曾经到过非洲更西部的内陆的人，回程时总是对于气候的越变越好满怀感恩。初到此地的生人鲜少不感染季节热；这里盛行的季节热和第二区相似，都会严重地侵犯胆囊，造成的后果是嗜睡、衰弱、剧烈头痛，发作时全身发热，通常时间持续很久，症状也很厉害；某些地区的季节热在发作后很少伴随缓解热度的发汗，而当病患自然发汗时，并不代表这次发作的周期已经结束。其他疾病在这里很少见，譬如库图区和乌萨加拉区东部常见的那种可怕的溃疡病症，到了乌戈果区几乎闻所未闻。我深信，如果这个区域能够提供良好的居所、洁净的饮水、稳定的粮食供应，无疑将成为十分有益健康的地方。

这里簇生而纠结的野草长的样子像是仍旧有生命的干草，多半东一丛、西一丛地长在隆起的小土丘上，之间布满薄薄的石英与砂岩碎屑——这些不起眼的景观取代了海岸平原高大茂密的如茵绿草，也取代了山区高高低低的树木与灌木丛。此地气候干燥、土壤贫瘠可在大型植物上得到证明，这里唯一有看头的树木是树葫芦，零零落落地散布在全境。有一种产乳香的树繁衍得四处都是，树干呈发亮的深古铜色，树枝外皮因为含有某种物质而泛白（大概是亚硝酸），外表看起来酷似白霜；这些外皮剥落之后，细长的木质树枝显得非常白皙。叫"木克勒"的没药树（会生产芬芳的树脂）从低矮的树丛中往上蹿出，仿佛迷你种的树葫芦，阿拉伯人宣称乌戈果区的这种非洲没药树所生产的树脂品质良好，取一段在石头上摩擦，再以水混合，涂在棉花球上，可以用来治疗化脓糜烂的疮口；当地妇女用来烟熏消毒。不过非洲人对没药树的疗效浑然不知，俾路支人虽然对自己家乡叫"古嘎勒"的没药树很熟悉，对乌戈果区的品种却浑然不懂处理。多汁液的肉质植物，譬如仙人掌、芦荟、大戟等，遇火并不焚烧，因为植株内的空气遇热便膨胀，内部的汁液随之涌出，将火焰浇熄。在多种猪毛菜或钾猪毛菜中，有一种被阿拉伯人称为"阿拉克"，即生长在印度信德省和阿拉伯的卡帕瑞斯索达塔，长着一串串红醋栗似的果实，苍翠的叶子终年不枯萎，非常引人注意；一种叫"木吞古鲁"的树果子多得掉满一地。另外有一种生长在阴暗地方的山楂树，所结的山楂果是饥饿的旅人热切寻觅的食物。这里的大戟高度达到三十五英尺或四十英尺，硬木质地的茎部生出一堆乱七八糟、光秃秃的枝干，样子像是一顶大无边帽，在正午的艳阳下兀自挺立。

在这些树林里，野生动物数量众多，足迹印在干而脆的沙砾土壤上，久久不会消失。在某些地方，野兽夜里还会造访农人筑造的黏土水槽，就着高出地面的水槽喝水。大象比较喜欢浓密的丛林，因为丛林里有它们能玩水、打滚的水塘，也有它们爱吃的多汁树根、果实、树皮和树叶。犀牛喜爱栖息在阴暗的灌木丛里，除了保护它们不受正午时分的太阳荼毒，万一突然遇袭也能从容反击。当地人叫"姆波戈"的野牛被赶离了它们最爱的溪边矮草原，因此只好学长颈鹿般，在稀疏的树林里徘徊。和乌尼亚姆韦齐一样，此地一到夜里就听得见狮子扑杀猎物的吼叫声，至于白天则有鸵鸟的聒噪叫声；在东非这条路线上，经常听见狮吼，却很少看见狮子的踪影，我们旅行时，只在路上看见过两次狮子的足印。据阿拉伯人说，贵为万兽之王的狮子体型中等、个性温和，通常不会将自己的力道、体型和勇气展现到极限，除非是在猎物充足的平原，譬如东非角区的北部，或是在牛只很容易到手的丘陵地、山区（例如非洲北部）。和阿拉伯狮子一样，乌尼亚姆韦齐的狮子毛色是黄的，并长有据说垂下时长度盖过眼睛的鬃毛，以及颚底下有一撮白毛。

而此地所猎到的都归苏丹所有。与低地相较，卡拉瓜高地的狮子数目更多，不过阿拉伯人在乌尼扬比的卡泽里却曾经目睹狮子攻击野牛，转眼将野牛吃得精光。其实狮子很少吃人，根据某些作家的描述，只有因为烂了牙齿无法打斗的老狮子才会以人类为猎物。

乌戈果高原是世界上最早观察到"杂偶鸟"的地方，其栖息地遍布乌尼亚姆韦齐、乌苏库玛区和乌吉吉区。当地人采集鸟蛋出售，有些蛋是新鲜的，不过大部分都已经腐坏。将鸟蛋打个小洞，清除里面的蛋液并加以干燥之后，就成了尼安扎湖附近阿拉伯商人和咖啡农人间主要的流通媒介（货币），种植咖啡的部落用咖啡换来鸟蛋，先将鸟蛋切割成块，再打磨成装饰用的圆片儿或月牙片儿。当地人捕捉幼雏，但是鲜有驯养成功的例子。在乌苏库玛区，年纪老一点的公杂偶鸟的羽毛颜色异常鲜艳而有光泽，是当地人最推崇的发饰；但奇怪的是当地人甚少尝试捕捉它们。另外，东非人竟然也从来没有想到要出口鸟羽，反观索马里人就懂得卖羽毛，尤其是纯白无损伤的，一磅重的就能卖到八元的好价钱。杂偶鸟野性十足，既愚笨又害羞，胆小但又非常顽固，一看见人类立刻迈开大步逃开，同时还频频回头张望，显示它们对人类心存恐惧，这种鸟喜欢在空旷的地上活动，可是追踪它们却几乎是不可能的。

在我们旅行的路线上，沙漠里有许多花豹、土狼、大弯角羚与各种不同的羚羊被捕杀，频率远超过沿路的其他地方；浅红色的野猪和红棕色的野兔，有时候会被路过的商旅吓得鸡飞狗走；索马里蹄兔蹲在岩块和大圆石上晒太阳。树枝上偶尔会绑着一块叫"卡萨"的小陆龟的甲壳，以作为路标。至于鸟类，更多到每一座丛林里都看得见，包括一种叫"库瓦鲁"的黄肩膀、浑身翠绿的小鹦鹉；统称为"乌普帕"或"呼坡伊"的多种捕食飞蝇的鹟鸟；黑头黄身的云雀；小型鸨、犀鸟、欧夜鹰、普通鹟鸟、绿鸽子、雀隼和小鸽鸠。聚落附近则可以找到白颈大乌鸦和印度鸟类的踪影；它们永远在人烟周遭打转，就像猴子永远守候在水源附近一样。交嘴雀的巢在强烈的热风里前后摇晃；姿态英挺的黑色索马里短尾雕远远地在空中盘旋，腹部的浅色羽毛像只银盘般闪着光亮；硕大的兀鹰（或是雕？）从大老远前来麇集成群，它们聚集的地方必有已经死亡或濒临死亡的动物。

几年前，果果族人的数量远比今天众多，他们常常阻挠商旅跨越自己的领土：早年通往乌尼亚姆韦齐的路沿着卢瓦哈河的北岸前进，穿过猡黎族部落，终点是乌桑加区附近。故事是这样流传的：当已故的沙丹尼首长居玛姆蕃比所带领的第一支商队来到乌戈果区时，果果族人在赞赏他肥胖的身躯之余，又多方检验居玛姆蕃比身上的肥肉是否货真价实，等到他们证明一切属实，立刻判定这个首长必然是神明。得到这项令人满意的结论之后，果果族人决议：居玛姆蕃比既然是神，当然能带来丰沛的雨水，改善乌戈果区的土壤。居玛姆蕃比对果果族人的两项决议提出异议，果果人于是提议杀死他，所幸接下来下了几场及时雨，果果族人便释放这位沙丹尼来的首长。由于猡黎族对往来旅客的傲慢言行与暴力举动变本加厉，商旅逐渐转往位于北方的这条路线上，果果族人因此学会了和陌生人和平相处，不再动辄抓旅客作祭品。

从乌萨加拉区西部出发，共有三条主要路线通过咸水河沙漠，最北边的称作"亚尼伊卡线"，这个原意为"荒野线"的名字并不符合实际情况，如果导游所坚持的见解正确，这条路线沿线水源充裕、居民众多，分由八个苏丹统治，实在算不上荒郊野外。位于中间的路线在前文里已经描述过，由于中点驿站位于火原，这条路线便称作"火原线"，遇到缺水时节，商旅一致选择这条路线。南边的道路称作"尼亚纳加哈线"，是跨越乌萨加拉山的奇林加瓦讷线的延伸，先前我已约略提及：这路线虽然补给品充足，但是沿线的部落民族会带来许多麻烦。

和东方的其他区域相比，乌戈果区的气候条件佳，也少了不见天日的浓密植被，大概是因为这样，定居在乌戈果区的部落民族体型也明显比较发达。果果族和北方邻居亨魁族的外表，明显异于冲积河谷区和乌萨加拉山区那些体弱多病的部族，尽管居住的海拔较低，他们的肤色仍然比尼亚姆韦齐人浅，因此血统也显得较优异。果果族与亨魁族的差别在于，使用不同的方言。

果果族人的领地

果果族人分布的地区从乌萨加拉山底往内陆延伸，一直到五天路程外的姆达布鲁为止，北边与塔图鲁族为邻，南边则与碧纳族交界。果果族占据的领土东西横跨八处驿站，不过北部地区的果果族人与亨魃族混杂而居，西南端的边界则与黑赫族水乳交融，在南部与猡黎族的关系也一样。

果果族的各种肤色与蓄奴的种族雷同：许多果果人的皮肤像阿比西尼亚人（即埃塞俄比亚人）一般浅淡，有些则和纯黑人一样漆黑，东部与北部聚落的果果人体型健壮，肤色相当浅。这支民族的主要特征是头盖骨小，颧骨及其下的脸部却很宽大，从身后看去，仿佛半只小碗歪斜的套在另一只大碗上，再加上两只向外突出的招风耳，他们的脸部实在很特别。在东非各个部族里，要数果果族人的耳垂撑得最大，他们先用一两英寸长的藤条贯穿耳垂，穿出成年男子手指两倍粗的洞，偌大的环状耳垂看似主人头上的两个把手。果果族的另一个特色是人人缺少两颗下排门牙，不过外人仍以这一族人大得不自然的耳垂来辨识他们；在东非地区，一个人有耳洞表示他不是奴隶，而是个自由人。果果族并无固定的刺青，不过有些妇女从胸部以下到腹部刺有两条平行线，至于男子则通常只拔掉一颗下排门牙。有些果果人的头发完全剃个精光，另一些却留着拖把状的蓬发，但基本上，一般人只会把头发绑成有点像埃及人的多条发辫；他们爱随自己的喜好在身上及成螺旋状的头发上涂上赭土和云母土，这种滴着油的身体，仍是地位与美感的标记。果果族人的容貌不能说是丑陋，有些年轻妇女甚至称得上漂亮，他们的上半部脸庞通常相当美，不过嘴唇实在太厚，嘴巴也大得很；同样，他们从上身到臀部的体型相当良好，可是瘦削的小腿肚却显得格格不入。果果人的表情总是野蛮而凶狠，连妇女也不例外，圆圆的眼睛常常因为酒醉而充血、迟钝；他们的声音洪亮而刺耳，老是带着颐指气使的口气。

果果族所穿戴的衣服优于萨加拉族和尼亚姆韦齐族，使他们看起来多一丝文明。这里皮衣很少见，就像越往西部内陆走，棉布衣服越少见一样；果果族人衣饰完备，即使孩童通常也有衣物蔽体，男子所穿的衣服多半由阿拉伯格子布或染印的印度棉布所制成，许多男人也穿着单层皮革做成的凉鞋。已婚妇女按贵贱穿不同的布料，富人家穿好布料，穷人家就穿粗棉布；尚未发育的少女穿一种前端垂到膝盖、印度人称为"兰古提"的丁字裤，靠单串或双串蓝色大玻璃珠子当作腰带（当地人叫它"桑戈马吉"）固定在身上。她们又将一块两码长、数英寸宽的粗棉布绑在身后的腰带上，交叉缠绕之后穿过珠串腰带在身前拉紧，再从腹下垂挂至小腿肚，当少女奔跑起来时，那幅景象可真怪异。果果族不论男女都佩戴粗线圈作为饰品。他们在手腕、脚踝上戴着粗铜线或铁线制成的镯子，项链则由铜链子缀成，另有美丽的象牙圆片儿与臂环（象牙乃果果人财富的主要来源）。除此之外，他们在长发上绑着细皮条编成的饰带，也将皮条绳缠绕在手腕以上和膝盖以下；他们又只重视价值最高的珠子，也就是珊瑚珠子与粉红色陶瓷珠子。和别的民族一样，果果族男子出门必定携带武器，他们有的会从尼亚姆韦齐区和西部地区进口一些双刃刀，与敌人交锋时用来伤敌，平日则拿来把玩，消磨时间，和古荷兰的劈刺刀用法类似。果果族不懂得使用盾甲，他们使的弓很长，手把和双尖角部分经常饰以锡片或锌片，弓弦捆绕在弓的两端以增强张力；此族人所用的长矛和尼亚姆韦齐族猎象的长矛很像，长度大约四英尺，一柄两英尺长的铁柱将矛头与结实的木制把手连接在一起。乌戈果区东部离马赛族居地不远处，果果族学会利用马赛族的那种大型铲状长矛与匕首，这与索马里人的武器十分相似；此地男子流行在公共场合携带一把乌萨加拉地区所使用的奇怪钩镰，而在田里工作的妇女则使用一种大型的尼亚姆韦齐锄头。

　　果果族人的村落是正方形"坛比"，由于缺少木材，屋舍相当低矮，造型也极为粗陋；屋舍外墙由钉入地下的细木杆排列而成，再涂上泥巴糊，屋内隔间仿佛船舱里的上下铺，由于人畜同居，狗羊乱窜，屋子里脏得不得了。简陋的家具包括一张小凳子、一张牛皮绷成的小床、一个磨谷子用的磨子、大小不一的葫芦和树皮编成的玉米篮子。全村的人日落便就寝，家家户户在门口小心围起篱栅,唯恐亨魃族人来犯;外人若在夜间靠近村落非常危险。

乌戈果地区民族所使用的语言,比东边和西边邻居的方言刺耳,住在东部的果果人听得懂蟆赛语,许多人能操流利的斯瓦希里语,也就是所谓的海岸区语言。尽管如此,果果族人瞧不起猡黎族和亨魃族以外所有的陌生人,并且把尼亚姆韦齐人和一般商旅都称为廊侬果人。有人还记得,一个叫卡富科的尼亚姆韦齐商人兼领队曾经率领数千名人员穿越乌戈果区,但为了付水费的事,和果果人起了争执。经过十五天的小规模战斗之后,卡富科遇害,大批人马四散逃窜,这桩事件对果果族和尼亚姆韦齐族都留下深远的影响,直到如今仍未改变:卡富科死后,乌戈果区接连多年没有降雨(果果族人认为是卡富科的魔力作祟),整个区域的人口几乎灭绝。从那时起,尼亚姆韦齐人只要越界来到乌戈果区,总是提心吊胆,惊恐莫名。其实这两支民族经过多次交战,通常结果都证明果果族的确较为骁勇善战,这样的优越性造成果果民族好勇斗狠与欺压弱小的性格;他们自称是"鸟的孩子",也就是"永远蓄势待发"的意思。尼亚姆韦齐族人小心谨慎地避免触怒果果人,尼亚姆韦齐脚夫情愿服从一个果果族男童的指挥,也不愿冒险引发正面冲突;如果当面赞许一个尼亚姆韦齐人,说他"像个果果人",他会觉得自己的男子气概暴增数十倍,可是一旦真的面对一个猡黎族人或亨魃族人,这个尼亚姆韦齐人一定马上拔腿就逃。

第九章 论乌戈果区(第三区)的地理与人种

果果族的力量在于人多势众，由于当地人很少到海岸区旅行，因此遍布四地的村落里尽是有作战能力的男人，此外，此地很少人相信巫蛊，因此聚落里少有不事生产的巫医；果果族鲜有贩卖子女或亲戚的例子，不过倒是没有法律禁止这种行为。盐巴与象牙是乌戈果区的主要产物，族人以这些物产交换奴隶，很少有路过的商旅不投资一些钱购买盐片——这是从淤浅的沼地表面采集来的苦味盐片，当中又以来自坎彦耶的品质最好、价钱最公道。当地人采集到盐片以后先以水洗去泥土，然后煮沸盐水直到盐分结晶，再将晶体涂布于干净平坦的地面上，以双手塑造成半英尺高的圆锥体，七个到十个这样的盐锥在产地可以换到一件缠腰布，不过离开产地几天路程以后，价格便大为攀高。乌萨加拉区西部和乌尼亚姆韦齐东部地区的盐巴，都仰赖乌戈果区提供，尽管如此，乌戈果出产的盐，在质量上远劣于乌温扎区的卢苏济盐坑产品，后者的盐以味"甜"闻名，畅销中非全境。乌戈果区的大象数目难以计数，每一座森林里都布满挖得极深的猎象陷阱，干季时更经常发现大象死在丛林中。这一带有区域之分，死象的象牙都归拥有该区域的苏丹所有，象肉则分给苏丹的子民；苏丹获得象牙之后，可用来交换奴隶，商旅以此实务影响果果族甚深，因为果果族人现在与海岸区商旅交易密切，再也无法闭关自守。果果民族对奴隶都极为贪心，路过的商旅总是或多或少留下队伍里的奴隶——好逸恶劳的果果族农人最缺的就是这个；或因旅途劳顿，或因性喜改变，在内陆买到的蛮族俘虏十分不安于室，有心说服者往往只需一句话就能鼓动他们叛逃，这些奴隶一逮到机会便从主人身边溜走，同时多半会偷走一件武器、一点儿布匹或粮食，以备立即之需。拐骗到这些奴隶的新主人担心有人认出他们而被迫归还，往往不让奴隶沿着正规道路走，过不了多久，奴隶手中被塞进一把大锄头，这些傻瓜才明白自己放弃轻松日子不过，反而陷入艰难的苦日子，可惜一切为时已晚。只有在族人被判定施巫术的罪行确立时，果果人才会贩卖自己同族人，不过做父母的在贫厄的困境中，有时候会遗弃子女。这样的行径与他们的北边邻居马赛族、亨魃族、瓜菲族类似，但这些北方民族很少被贩卖为奴，就算有这样的例子，尽管他们在体力和智慧上高人一等，却不受到买主的青睐，因为这些民族的性格顽固难驯，许多奴隶宁可被棍棒打死，也不肯贬低自己，和女人一样用锄头在田里耕种。

　　果果族因为明目张胆地做小偷而驰名远近，他们像黑赫族一样，连大白天都肆无忌惮地从事偷盗勾当。同时他们又像是纠缠不休的叫花子，会把想要的东西列出长长的清单，厚颜无耻地逐一索讨；最主要的索讨项目是此地不种植的烟草。此外，果果族与索马里人一样，只要看见陌生人，绝对会伸手要钱。果果族男人懒惰放荡，镇日酗酒，锄地种田的是女孩儿与妇人，男孩子则照顾家禽和牲口。他们把蜂蜜和粟米啤酒混合在一起，村子里每个男子轮流款待邻人，中午过后，整个乌戈果区很难找到一个神志清醒的酋长，一顿蜜酒喝下来，一个个声音沙哑、眼睛泛红、举止怪异，证明若非正在喝酒，就是已经酩酊大醉了。

阿拉伯人指责果果族是"被咀嚼"的民族，不但心眼儿坏、喜欢喧闹，而且崇尚暴力、压榨弱小。他们完全不懂得礼节：一伙人挤进陌生人的帐篷里，死盯着人家看，直到自己的好奇心满足才罢休，而且毫不留情地嘲笑陌生人与他们的相异之处。过路的商旅走在路上，后面总是紧跟着男男女女一大群果果族人，而且一跟就是好几英里；妇女用花豹皮裹着婴儿缚在自己背上，袒胸露乳，或站立或奔跑，嘴里发出开心的激烈叫嚷；年轻女孩儿讪笑陌生人，厚脸皮的程度直逼较文明地区的男孩子。不过，诚如先前提到过的，果果族人的强烈好奇心，就某种程度而言，乃是其民族有希望的表现，最不堪是那种连眼前出现的奇怪景象也引不起他们兴趣的部落。陌生人到了乌戈果区总是会受到亲切的招呼，果果人不会把他们赶离家门；反而把陌生人当作兄弟般真心接纳，这一点与扎拉莫族、萨加拉族大不相同。做主人的会请客人坐在凳子上，自己席地而坐，并且用牛奶、稠粥招待客人一餐，临别前还致赠礼物，经济情况许可的话，钱别礼甚至是一头山羊或母牛；商队的非洲管事到了乌戈果区绝少能够保持清醒，往往在盛情难却之下喝得醉醺醺的。果果妇女对皮肤白的陌生人投怀送抱，显然事先得到丈夫的许可。据阿拉伯人的说法，果果族丈母娘和女婿竟可合法相恋。

果果族把苏丹称为"姆特米"，是至高无上的一个称号。姆特米威重权大，极受子民爱戴，胆敢自称姆特米的陌生人都必定遭到严厉的惩罚。苏丹之下的大臣叫做"瓦扎吉拉"或"姆扎吉拉"，通常是兄弟或具有血缘关系，至于咨询顾问则由部落里德高望重的长老担任，和尼亚姆韦齐族的顾问有着同样的称号，叫作"瓦尼亚帕拉"。

乌戈果区的生活必需品价格昂贵，一般人很少以自家的绵羊、山羊、母牛交换白棉布或蓝棉布，即使过路人只想要交换牛奶，果果族人也会要求对方拿珊瑚或粉红色、蓝色玻璃珠子出来交换。一支规模中等的商队每天大约必须支出六件到十件缠腰布；尼亚姆韦齐商旅以老旧的铁锄头交易，因为对金属需求殷切的果果族人愿意用谷物来交换锄头。

**令人畏惧的亨魃族**

亨魃族是"过了埃塞俄比亚河流"之后令人胆寒的畜牧民族之一，根据他们的方言判断，亨魃族和瓜菲族一样，应该属于马赛族的一个部落或支族；马赛族讲的语言一部分是南非话，一部分是非洲闪族话，这一点和索马里人类似。亨魃族的居住地起自乌萨加拉区北部，一直延伸到尼安扎湖或乌凯雷韦湖东岸。前文曾经提到慕康多瓦河的一条支流就是源自亨魃族所居住的山区，这支以畜牧为生的民族占据大片蓝色高地，从乌戈果区向西行的旅人都可清楚地看到右手边这片高地，此地正是起自潘加尼城的古老路线，曾经与乌尼亚姆韦齐主要干线交会之处。由于亨魃族除了一点儿象牙之外，别无其他物产，因此甚少吸引旅客造访。数年前，阿拉伯商人哈米德·本·萨利姆为了买驴子曾经深入该地，他从乌尼亚姆韦齐东边的图拉出发，跨越塔图鲁蛮族的领土，在第八天抵达边界上的伊拉姆巴区，当地有一条河流将塔图鲁族和亨魃族部落划分开来；哈米德受到礼貌的接待，后来再也没有人追随他的脚步。

亨魃族人肤白而容貌姣好，外表像其他山地人，双腿颀长，骨架单薄，却不断蹂躏乌萨加拉区与乌戈果区。在乌戈果区的乌瑟贺附近有好几个亨魃族聚落，当中的居民不再住在兽皮帐篷内，而是草屋之中；所穿的也不再是兽皮，而是棉布。他们用赭土染衣服，妇女在手肘上下佩戴大小不一的粗线圈，这是辨识亨魃族女性的方法；族人的耳垂都像果果族一般刺洞扩张，男人女人并无不同。亨魃族在自己的土地上从事纯粹的畜牧业，他们不耕种谷物，鄙视蔬菜类食物，饮食不是肉类就是牛奶，依季节不同而更替。亨魃族人的住所是以粗树枝绑紧，顶上覆以牛皮的半球，确实是原始形态的居所，住在里面的人两腿一打直便伸出帐篷外。他们永远随身携带武器，也就是以软铁打成的粗头长矛或双刃长刀，刻有棱线的木柄以一条牛尾巴经过干缩固定在刀刃上；还有一种木头圆头棒，两头隆起，挥舞起来比较有分量。亨魁人不用弓箭，也明显瞧不起弓箭，然而战斗时却不忘携带大型皮革盾牌，这是受到角区卡菲尔人的影响。人多势众的话，阿拉伯人无惧亨魁族的攻击。

亨魁族与同系的瓜菲族一样，以束带将婴儿的双脚从脚踝缠绕到膝盖，直到孩子能够直挺挺站立才解开束缚，这么做的目的是，防止婴孩的小腿按照自然的生理机能发展，因为他们认为这样会使奔跑时的速度和耐力无法臻至理想境界。在乌戈果不同地区的亨魁族都呈现相同的特征：他们的比目鱼肌与腓肠肌明显缩小，靠近膝盖下方的腿部肌肉则明显突出。

第十章
# 旅队进入驰名的"月亮之境"乌尼亚姆韦齐

尽管图拉区目前和吉维拉姆科亚、象背村的情形一样,被金埔族所占有,不过该地仍被视为势力强大,足以压倒边邻民族的乌尼亚姆韦齐的东方边界。有人甚至把号称"月亮之境"的乌尼亚姆韦齐区边界东推到吉维拉姆科亚,因此尼亚姆韦齐脚夫甫跨进这片烈日当空的大地,就宣称已经进入自己的国土。在尼亚姆韦齐语里,"图拉"的意思是"放下来"(也就是把行李放下来),因为不管是来自东边或西边的旅人,只要来到乌尼亚姆韦齐区,总是避免不了在这里耽搁几天,解决边界关税事宜。图拉位于南纬五点二度,东经三十三点五七度,高度为海拔四千英尺(约一千二百十九米),从此处向北望去,地平线上仍然蜷伏着一线浓密的丛林。但我们目前身处的地方却出现美丽的平野,左右两边各自被略为起伏的初始地质丘陵拱抱着,平野中村庄绵延比邻,农田里种植绒毛草、芝麻、玉米、粟米与其他谷类;也有许多木薯、藤葫芦、西瓜和多种豆类,走过

吸烟聚会中的女性们

"火原"那片晦暗而单调的棕色丛林与荆棘树林之后，眼前的美景叫人心旷神怡，对于非洲旅人而言，简直是充满喜乐的天堂。

个性顽固的齐多哥催促我继续前进，他宣称图拉的金埔族人是危险的种族。不过在我看来他们却是十分懦弱卑下的民族，身体上涂抹的蓖麻油和芝麻油滴滴答答地淌下，穿着褴褛的肮脏棉布衣或油腻羊皮衣。旅队到达图拉时，从桑给巴尔买来的三十头驴子当中唯一的生存者也一命归天，如今除了沿途购得的三头非洲驴子之外，只剩下俾路支卫官个人拥有的一头驴子，因此我们在图拉又多雇了几名脚夫。经过野地露宿的难受与不便，旅队成员觉得这个简陋可憎的村庄仿如完美的天堂，开始有些猴急地讨赏，瓦齐拉向我乞求离队，所持的借口是他遣送到内地经商的一名奴隶死亡，危及整段旅程的安全。十月三十日上午，齐多哥领着我们穿越平原上的农田与村庄，来到图拉区西郊另一个大型聚落；由于我拒绝他的要求，并未驱队"午后行进"，齐多哥失望之余跑到另一处坛比过夜。那个村落已由海岸区阿拉伯人的商队进占，队伍中还有许多女奴，据说齐多哥爱上了其中一位，为了处罚我，次日他故意停滞不前，浪费一整天。随着队伍越来越接近旅程终点，拉姆吉之子变得越来越不听命令，虽然所负的行李越来越轻，但他们觉得肩上扛着行囊是一桩丢脸的事，每天都把行李丢在地上，直到我感到万分厌倦为止。不过十一月一日这天，拉姆吉之子们的脾气竟然略为好转，使旅队可以顺利通过一座土壤白得发亮、枝叶稀稀疏疏的丛林，这是分隔图拉区和鹿布加区的地标。走了六个半小时以后，旅队在鹠鸪干河床的河岸上停下脚步，尽管时值干季，我们仍然发现几个长形池塘里有水。脚夫在水里捡拾可食的双壳贝类，还抓到许多鲶鱼，捕鱼的方法是"粗糙但现成"的非洲办法：他们把缠腰布绑在两根棍子上，由两个脚夫各持一端，像拖网般在水里拉动。到鹿布加的路程花了我们五个小时又四十五分钟，途中先经过一片黑色土壤平原，地上长着稀疏的野草和荆棘树，之后又穿越残留无数草桩子的开垦地；到达鹿布加时，阿拉伯商人阿卜杜拉·本·朱玛前来拜访，他的商队疾走如风，在我们离开海岸区两个月又二十天之后，他才离开位于该区的康杜其。他对我说，最近他的商队在上二十四小时内走了三十英里，在眼前这地方是史无前例的纪录。不过话又说回来，阿拉伯人天性爱夸大，他们队伍的人数相当少，行李轻便，况且经过如此罕见而吃力的疾走之后，须得花上两天时间休息。这名商人无意中解答了一个困惑我许久的问题：每次言谈中提到乌尼亚姆韦齐之后的行程，旅队向导萨利姆总是神色慌张，然后模棱两可的暗示我要有耐心，并表示真神阿拉神通广大，会保佑我们顺利抵达。此刻阿卜杜拉询问我，乌尼亚姆韦齐和乌吉吉之间路途艰险（又是夸大其辞），我是否认为旅队的实力足以应付，这一问让我恍然大悟，明白了萨利姆的心虚是怎么一回事。我回答，应该不成问题，而且就算我觉得旅队不够壮大，这点儿吓唬人的把戏应不至于耽误我们的行程。阿卜杜拉笑了，不过他很有礼貌，没有明说他不相信我。

**进入鹿布加区的极西之境**

十一月三日，两个小时又四十分钟"轻松愉快"的行进，引领我们进入鹿布加区的极西之境。这天早上旅队依例暂停歇脚，大伙儿正在一丛马利筋树的浓荫下休息时，邻近尼亚姆韦

乌尼亚姆韦齐湖畔景观

齐族一座大庄子的苏丹毛拉前来致意；毛拉见过世面，本人也到过海岸区旅行，如今有白人旅队进入他的领土，他岂能不赠送一头公牛致意，同时向白人讨一点儿布匹呢？毛拉和"月亮之境"的大多数酋长一样，是个手脚粗壮、五官棱角分明、身材瘦削颀长的老人，黝黑而油腻的皮肤满是皱纹，又长又硬的发辫从半秃的脑袋两侧垂下来，辫子上涂抹了一层厚厚的油脂（融化的奶油和蓖麻油）。毛拉的服装是陈旧的格子花纹缠腰布，肩上随意搭着一件脏兮兮的披布，衣服散发煮过的乳香味；他的脚踝被一英尺长的铜环遮蔽，这是以细红铜线或黄铜线缠绕一小束大象、水牛、斑马等兽毛所做成的饰品；毛拉穿着单层鞋底的凉鞋，鞋面上缀有四片装饰用的白色贝壳，贝壳大小如同金币，固定在脚趾间和脚踵旁的皮索上。他认出俾路支裔从的身份，对待我们全体队员相当和蔼，他亲自开路带领我们前往他的村庄，还命令属下空出房间与床架（我们已经有好几个月没见过床铺了），并清理屋舍，之后毛拉留下我们，转身自去寻觅一头公牛。我在村庄入口处注意到：有人试图用一块木头雕刻拙陋的塑像，形状显然是一个女人，旅队里的穆斯林立刻断言那是神像，不过当地人宣称他们并不拜偶像，还说本族人使用白灰（其实是石灰）制作挂在屋子内的棕色墙壁上的十字形状和蛇形装饰品，也都与宗教没有关系。

我们在鹿布加过得十分惬意，大伙儿尽情享受牛奶、肉类、酥油、蜂蜜等美食，路旁有无数当地俗称"大炮"的蜂巢。不过此地的蜂巢筑得很高，位置都选在两根开叉的短枝丫之间以求支撑，白蚁黑蚁都够不着，与先前所见悬挂在高大树枝上的蜂窝大异其趣。斯皮克到邻近沼泽打猎，带回来一只美丽的埃及野雁（即红雁）和一只形似鹤的水鸟，旅队的尼亚姆韦齐脚夫对这些猎物不屑一顾，因为俾路支人带头拒食，他们都等着吃牛肉——想当初在伊楠吉时，这些家伙连疲惫死亡的驴子尸体都啃得一干二净呢。这时毛拉苏丹送来一头最肥硕的公牛：

外表纯似牧牛，内里性烈如火。

这牛极为暴烈，而且蛮劲十足，根本没有人能够接近，更遑论绑牢它了。它像头野牛似的在村子里外横冲直撞，人人闻风逃窜，除了苏丹本人之外，大家都逃得不见踪影，最后它势如破竹地狂奔直来时，斯皮克以步枪瞄准，发射两响子弹，终于撂倒了公牛。为了回报苏丹的美意，我致赠一件枣红色布料和两匹素色棉布，此后毛拉便开口乞讨每样东西，譬如他根本没有枪，却向我索讨雷管。毛拉极尽所能地挽留旅队，但当晚他小心隐藏的动机总算暴露出来——原来毛拉想要我为他的儿子治疗热病，另外也想叫我"解决掉"敌意甚深的邻村酋长。晚上八点钟，替我扛枪的马卜禄叫醒我，递上我的手枪，而俾路支戽从黎札则向我报告，营地栅栏外包围了一群怒气冲冲的黑人。我走出去，进到村子里，看见旅队守卫神情紧张地跑来跑去，方寸尽失；我也看见多名男子沉默而平和地坐在结实栏栅外的地上，排成黑压压的一长列，个个都已武装备战。我吩咐属下把布匹安全放置在屋内，万一骚乱再起便叫醒我，之后我径自回到草屋内，决定次日马上离开毛拉苏丹和他的恩怨。

脚夫们全都被牛肉喂得饱饱的，其中三人还因痛饮粟米啤酒而烂醉如泥，不过突如其来的乌云和细雨让他们焦虑起来，心里迫不及待想在播种的雨季来临之前回家，因此我现在的任务不再是激发他们的热忱，反而要设法冷却、抑制他们急切的心情：此刻月光耀眼夺目，假如我开口要求，这些尼亚姆韦齐脚夫恐怕真的会赞成旅队半夜就出发。十一月四日，我们通过另一处丛林带，进入乌寇纳区富饶坡地上的一座村庄，地上遍生大麻和花朵散发臭味的曼陀罗，与茄子、蓖麻、绒毛草、黍类等植物争夺地盘，烟草长得十分兴盛，棉花田四周仔细围上树篱，以免被牛只糟蹋，当地各个村落都已经拥有织布机，这些棉花正好提供原料。

次日行经乌寇纳肥沃的坡地，穿越一片地形开阔、略呈起伏的野地，金合欢树、木苹果所组成的带状稀疏树林分布其中，树林里还有一种四角形的仙人掌。过了野地之后，一大片低平的湿地将我们引入东乌尼亚姆韦齐的第三区，也就是戚格瓦区。我们在一座焚烧半毁、部分被拆除的坛比内安顿下来，看来有人正准备重新兴建它。

十一月六日出发后不久，旅队来到一座不吉祥的树林，它将乌尼扬比与我们隔开；稀疏的树林由橡胶树、金合欢树、羊蹄甲所组成，地势呈阶梯状、波浪状，另有一黄棕色丘陵呈条状地向两端延伸甚远，丘陵上长着雨伞状树木，偶尔露出岩块和大圆石。戚格瓦苏丹名叫曼瓦，他与许多强盗案、谋杀案牵连甚深，使得这座树林变成人人畏惧的地方。目前阿拉伯人为免麻烦都俯首向种种恐吓低头，不过有一个商人却抱怨他的奴隶商队陆续损失了五十载布匹。曼瓦苏丹有个助手兼顾问叫做曼苏尔，他是来自海岸区的阿拉伯人，因为酗酒闹事遭乡人赶出故乡卡泽，是个恶名昭彰的叛徒。此地还有一支苏库玛族，其实就是住在北边的尼亚姆韦齐部落，他们的苏丹穆辛毕拉长久以来对阿拉伯人怀着深刻的恨意，经常派遣部属劫掠路过商队。十一月六日凌晨一点钟，俾路支扈从率先出发，我们则在两点十五分尾随前进。先前俾路支人想向我骗取珠子，被识破而未能如愿，于是他们发了脾气，决定不再提供保护服务；虽然目前他们的珠子在我手里，使他们既不能叛逃脱队，也不能拒绝继续前进，但亟思报复的他们后来果然对我造成伤害。当天我们经过这座树林时，一个年长的脚夫不小心落在队伍后方，遭到三名黑人以棍棒攻击，脚夫全身瘀伤严重，背负的皮箱也被攻击者夺走，箱子里的衣服、雨伞、书籍、墨水、日志、植物标本全部遗失。后来我听说劫匪在树林里坐地分赃，之后便分成两路回家，但在途中遇到卡泽东北边半天行程外的乌玉威区苏丹契檀毕所派出的打劫队伍，这群匪徒凶残无比，抢夺我们行李的强盗头子立刻遭到斩首，头颅挂在契檀毕苏丹的村子大门上示众。另外两人侥幸逃过一劫，带着赃物躲到契檀毕的死对头穆辛毕拉苏丹的羽翼下。我赠送一件鲜红色背心和四匹素面棉布给契檀毕苏丹，因而得以取回被抢走的物品；至于穆辛毕拉苏丹却不为所动，我从乌尼扬比托一位阿拉伯老商人艾瓦迪前去说项，希望穆辛毕拉能归还我们的书籍、日志、标本，不料穆辛毕拉却极尽能事地诅咒我们，将艾瓦迪毒打一顿，抢走他的随身物品之后，再予以逐出。有鉴于这里居高不下的劫掠风险，旅人往往裹足不前。就拿我个人来说，我永远不知道自己历尽数月艰辛才完成的文稿，会在什么时候随风而逝；至于标本搜集，我建议未来的探险家别指望沿去程搜集，不如把精力留待回程心情比较轻松时再进行。另外，我在回程前特地谨慎地做好准备，也可算是有用的建议吧：我事先将实地记录本和素描本托付给一位阿拉伯商人，这位商人比旅队先出发前往桑给巴尔，除了粗心大意的新领事（汉摩顿中校的继任者）以外，他们的商队并未遭逢任何危险。此外，斯皮克所携带的地图、文稿、仪器都放进一只沉重的冷杉木箱，箱盖紧闭，周围用牛皮包扎妥善，以防雨水浸湿，然后找两个最不可能叛逃的脚夫以长竿挑着。我把一只装盥洗用品的皮箱改装成文具用品箱，外表涂有瓷釉，能保护书写和素描用具，并亲自交给一名拉姆吉之子保管；还有一个狩猎用囊袋里面装了我的词语书、记事本和素描本，旅队行进途中一直挂在驴夫纳西里的肩上，

第十章 旅队进入驰名的"月亮之境"乌尼亚姆韦齐 341

他是我们在乌尼扬比新雇用的年轻人，本籍为海岸地区的阿拉伯人。

**事后的恐惧**

思及俾路支扈从的行径，我对于穿过戚格瓦树林时没有发生其他意外着实感到庆幸。我们抵达卡泽之后两三天，属于阿卜杜拉撒利西的一支商队在同一树林里遭到抢劫，损失了好几载珠子。穆辛毕拉苏丹旋即派出一支粮草征集队，意欲切断这条路线，没想到大意的他们在睡梦中遇袭，姆帕加默酋长的手下趁机杀死其中二十五人，其余队员一哄而散。尽管发生了这样的意外，穆辛毕拉的帮众本性不改，依然四处劫掠；旅队回程中曾在戚格瓦树林西边的一个村子里歇脚，目睹路过的一队奴隶吃力而痛苦地火速赶路，原来他们所有的行李都在当天被盗匪抢走了。

通过戚格瓦树林之后，我们进入乌尼扬比区的稻田，在一座称为"汉加"的脏乱大村寨里发现屋舍——条件极差的牛舍。这一带的地貌变得赏心悦目起来：道路沿着河谷前进，一条淌着甘泉的小溪贯穿河谷地中央，鲜嫩的葱绿色植物标示出小溪流经的路线；坡地上的农田已经铲好，残余的金黄色草桩子使大地看来格外亮丽。河谷北方与南方都是低矮而凹凸不平的山锥，由花岗岩块或岩板构成；有些山锥光秃秃的，有些则除了顶峰之外都长满矮小的伞状树木和巨大的仙人掌。

在这座臭味四溢的村子里，齐多哥催促我展开"午后行进"，以完成旅队到达乌尼扬比的卡泽的最后一段路，也就是他和同伙们早已认定的旅程终点。不过天气燠热如火，脚夫疲倦不堪，我们也都在发烧；简言之，旅队并不适合从事"午后行进"。但为了平息一下他拉姆吉之子们心中的不悦，我分发给他们每一位五份火药，让他们可以在进入自己营地时开枪玩玩；这些人当然都私藏了一些火药，做部属的偷窃主人火药，并且狡猾藏匿以备紧急之用，可说是司空见惯（阿拉伯人称之为"阿奇巴"）。先前他们宣称自己的弹药早已用罄，齐多哥也说："这里随便哪个小贩都有枪支可射击——难道一个大人物走进村子时要偷偷摸摸，不让人知道？"

一八五七年十一月七日，也就是我们离开海岸线的第一百三十四天，旅队已经跋涉超过六百英里，准备进入东乌尼亚姆韦齐区的重要交通枢纽卡泽。我们于黎明时离开汉加村，俾路支人都穿上他们唯一的一套好衣服，东方人出门旅行很少不带这么一套服装，不过展示几次之后，便会重新打包起来，最后总是拿来换取奴隶。大约早晨八点钟，我们在一个小村子暂停休息，等候姗姗来迟的脱队者，后面的脚夫逐渐跟上来，长长的队伍开始像蛇一般左右蠕动，在平原上迤逦而行，旗帜迎风摇曳，号角响彻天际，毛瑟枪像致敬礼的迫击炮一样霹啪响个不停，七嘴八舌的骚动声又几乎压过其他声音——我们旅队就这么浩浩荡荡地进场了。当地人夹道迎接我们的到来，众人音量之大、噪音种类之多，仿佛要与我们的队员匹敌似的；这些村民穿着他们最好的衣服，奢华艳丽的服装我已许久未见。继续向前走，我发现路旁人群里站着好几个阿拉伯人，他们向我行伊斯兰教礼，并且客气地陪我走了一段路，其中有数名大商贾，包括斯奈·本·阿米尔、赛义德·本·马吉德，还有一位年轻英俊的阿曼贵族苏莱曼，他虽然患有象皮病，仍旧年年到中非旅行。此外，年长的希纳威虽然身材瘦小，体格却很结实，他的脸色苍白、五官细小，须白如雪、童山濯濯，头上戴一顶红色软丝瓜皮帽，是个十足典型的阿拉伯老人。

我指示萨利姆将旅队带到一座由伊萨仁慈出借的坛比，没想到向导和脚夫却走错了地方，误入一位定居乌尼扬比的印度商人穆萨·姆祖里所拥有的房子，恰好我带有一封桑给巴尔苏丹马吉德陛下写给他的引荐信。但不巧，穆萨前往卡拉瓜经商，他的代理人斯奈·本·阿米尔（一名阿拉伯人）前来执行迎宾礼节，并带领我前往一座屋子，屋主阿贝德苏莱曼最近返回桑给巴尔，房屋因此空了出来。

阿拉伯商人依照习俗让我好好休息一天，好让我利用这段空当解散旅队的脚夫，脚夫们当即四散开来。翌日为数约十二人的阿拉伯商人便正式来拜访我，我也正式出示桑给巴尔亲王写给非洲内陆子民的引荐信，交由他们一一传阅。出乎旅队成员的意料，我们受到阿曼裔阿拉伯人至为热忱的款待；事实上，与野蛮、自私的非洲黑人那种吝啬小气相比，出身真正高贵种族的这批阿拉伯商人展现殷勤好客、诚恳善良的本性，两者实在有天壤之别。在见识过铁石心肠之后，我们体会到温柔敦厚的情意。阿拉伯人登门造访或主动提议效力时，普遍会先送上一头山羊和一载本地盛产的优质白米，证明他们不是惠而不费的徒托空言，只要我在言谈间稍微提到任何东西，不论是洋葱、芎蕉、青柠、蔬菜，或是罗望子蛋糕、卡拉瓜咖啡，阿拉伯人总是立刻派人张罗妥善。假如我敢提到支付款项云云，对他们无疑是一种侮辱。斯奈决心把别人的慷慨都比下去，他送给我们两头山羊，又送了两头公牛给俾路支人和拉姆吉之子。斯奈来自马斯喀特，十六年前开始做生意时是个糕饼师父，现在已经跻身东非地区财富数一数二的象牙与奴隶商人。由于健康情况不佳，斯奈无法四处旅行，他变成卡泽的货物总代理，在卡泽兴建了一座村子，专门屯放布匹、珠子、奴隶、象牙，也作为商品集散中心。我必须在此表达自己对斯奈的由衷谢意：接到我的委任书之后，他便着手为我招募跟随旅队前往乌吉吉区的脚夫，帮我储存货品、处理我多余的物件，并且负责监督我的回程准备工作。我在卡泽两度停留相当长的时间，除了斯奈生病期间之外，每一个夜晚他都与我为伴，从他的诸多建议与各式话题中，我获益良多。斯奈曾经三度往返乌尼亚姆韦齐区和海岸区，也曾经在浩瀚的坦噶尼喀湖上航行过，并且造访过北边的卡拉瓜和乌干达王国。约莫十五年前，他首度来到乌尼亚姆韦齐，当时交通路线仅止于乌桑加区，他对非洲语言、宗教、风俗、人种的熟悉程度并不亚于对自己故乡阿曼的了解。如今已迈入中年的斯奈外貌有些滑稽，五官突出，锐利的双眼凹陷，脸上几乎没有髭须，肤色很浅，身材高瘦、四肢粗壮。斯奈在阅读方面涉猎颇深，他像大部分东方人一样，阅读不仅是为了娱乐，也为了充实自己；他的记忆力非比寻常，理解力甚佳，对语言的学习能力更是高强。最后值得一提的是，斯奈是"朋友"的最佳诠释，他像所有阿拉伯人一样英勇，个性谨慎，随时愿意为朋友赴汤蹈火，而且还有一样在东方世界并不常见的优点，就是诚实而重荣誉。

在我继续描述旅程之前，恳请读者诸君先耐下性子，容忍下文对于乌尼扬比的若干记述。

乌尼扬比位于乌尼亚姆韦齐区的中央，也是地位非常重要的省份，它与祖果梅洛、库图都是贸易的交通枢纽，商旅多半先来到乌尼扬比，然后才沿着不同的路线回散深入介于南北回归线之间的中非内陆。来自桑给巴尔的阿拉伯商人，在此地会遇见从坦噶尼喀湖及乌鲁瓦区归来的同乡。北边路线商旅杂沓，有着可通到尼安扎湖和卡拉瓜、乌干达、乌尼奥罗等势力庞大的王国的道路；南边路线则通往乌猡黎、乌碧纳、乌桑加等区，乃商人运送象牙和奴隶的要道；往西南边走可达卢卡瓦湖、廓喀洛区、乌菲帕区和马龙古，当地人唯有拿出自己的贵重物品交易，才能换取棉花、金属线和珠子。由于乌尼扬比地处中心带，安全性也比较高，因而成为阿曼或其他地区纯种阿拉伯人的总部。许多阿拉伯人都在乌尼扬比定居多年，就近管理他们在此集散的货物，至于前往它地经商、收购货品的事，就交给他们的代理人和奴隶去办。商人都预计在乌尼扬比或多或少会逗留一阵子，不论是在海岸区或坦噶尼喀湖雇用的脚夫，到了乌尼扬比一律解散，然后另外再雇一批人，碰到播种季节即将来临时，这可不是容易办妥的事。

乌尼扬比海拔高三千四百八十英尺（约一千零六十七米），与非洲东海岸的直线距离为三百五十六英里（约五百七十三公里），地形特征则与图拉附近类似。乌尼扬比的主要平原（或盆地）叫作"伊哈拉"或"奎哈拉"，和海岸区的"邦达伊"一样，是"低地"的意思；平原南北分别被稍微起伏的丘陵拱抱，丘陵向西方靠拢，与该地极不规则的原始地形接壤，以几乎呈垂直的角度和姆富托山系相交。当初阿拉伯人选择这里其实有欠考虑，因为干旱和洪水轮流肆虐，构成了瘴疠滋生的气候。低地的土壤富含明矾——平原表层的棕色壤土十分肥沃，底土在地表以下八英尺到十二英尺处，由沙土和砂岩组成。这里的水质通常含有铁质，地势较高处乏人居住，到处都是巨大的花岗圆石、树丛与荆棘。

和众人期盼的也许相反，这处"交通枢纽区"虽然有村落和乡舍，却称不上是一座城镇。尼亚姆韦齐酋长当中最有势力

第十章 旅队进入驰名的"月亮之境"乌尼亚姆韦齐

的是方狄齐拉苏丹，他所定居的坛比称作"伊堤坛亚"，位于乌尼扬比南方丘陵西麓，附近有个叫"姆卫提"的地方，是阿拉伯商人麇集的小型殖民地，建有四栋大屋子。伊哈拉平原中央便是卡泽，由六个散落其中的大型长方形组成，中心各自设有中庭、花园、仓库，还有让奴隶居住的侧房，在它们四周则是当地土著聚居的村落，当中是许许多多尼亚姆韦齐族人的简陋屋舍，每一座屋子都以兴建者的名字命名。

**综观乌尼扬比**

乌尼扬比大约自一八五二年开始殖民屯垦，之前阿拉伯人已经在乌苏库玛区普扈吉的齐干度居住将近十年，那里离卡泽约是长途跋涉一天的距离，后来这里的姆帕加默酋长说服阿拉伯人迁来此处，目的是帮他们抵抗与他们为敌的穆辛毕拉苏丹，姆帕加默酋长和子民曾被穆辛毕拉打败，并且被逐出原来的居地。一名当时曾参与对抗的人把这桩事的始末告诉了我，使我得以了解这些人的软弱与无能。阿拉伯人经过五六天的小战之后，眼看就要兵临城下，拿下敌人穆辛毕拉的村寨之际，他们手下的奴隶竟然因为吃腻了牛肉和生坚果粉，突然在夜里叛逃；做主子的阿拉伯人早晨醒过来，发现奴隶除了一人以外全部逃光，当下决定放弃攻坚行动，所幸敌人怀疑他们埋伏在外，全部留在村寨的栅栏内部防守，这些阿拉伯商人才得以全身而退。

这时，他们的雇主姆帕加默酋长竟又宣称自己无法保护他们，阿拉伯人自忖处境危险，干脆离开姆帕加默酋长的领土。此后斯奈·本·阿米尔与印度商人穆萨·姆祖里，便在当时仍为一片沙漠的卡泽安顿下来，兴建屋舍、挖掘水井，将这个地方变成人口兴旺的聚落。

我们很难估算乌尼扬比现在究竟有多少个阿拉伯商人，阿拉伯商人像印度的英国人一样，只四处观光但不定居一处，在同一时间总数很少超过二十五人。在商旅活动的季节或有必要出动队伍时，本地阿拉伯商人的数目偶尔会骤减至三四人，他们的个性强悍，决不会不战而屈，但是并没有足够的实力去战胜敌人。然而每次当有人好不容易鼓起勇气要与陌生人较量一番时，他们却又禁不住跃跃欲试。阿拉伯商人和乌尼扬比的方狄齐拉苏丹至今保持友好的关系，尽管他们在本地风评不错，但是地位却不太稳固。这些阿拉伯人全都来自阿曼，唯一的例外是出身印度的穆萨·姆祖里，他大概是最早到乌尼亚姆韦齐探险的人。一八五八年七月，阿拉伯商人马苏德从卡泽出发，准备返回家乡姆塞尼，他带了一个奴隶脚夫扛着一载布匹，尽管被人敬称为神射手的马苏德配备了充足的武器，他仍然在姆富托西方一条带状丛林里的水塘边遇袭，五名男子从他背后偷袭，以长矛刺穿他的背，事后证明偷袭者是温扎的卡桑亚雷苏丹的族人。阿拉伯人于是组成一小支探险队出征，想为遇害的同胞报仇，他们带了两三百个奴隶枪手，将卡桑亚雷苏丹管辖境内所有的谷物、家禽搜刮一空，未发一弹便凯旋而归，因为每一个商人斗士都发过愿，万一自己丧命或货物损失，同伙的商人保证支付八百元作为抚恤金或赔偿金，这笔金额是当时的普通行情。不过如此不把罪行绳之以法，未来恐怕会衍生其他风波。

  阿拉伯人在乌尼扬比住得很舒服，甚至可说相当奢华，他们的房子虽然只是平房，却非常宽敞、坚固，足以抵御外侮，园林面积广大，花木扶疏；尽管身处内陆，他们仍固定收到来自海岸区的商品和奢侈品，身旁更是环绕着为数不少的婢妾和奴隶，个个训练有素，懂得各种技艺。富有的阿拉伯商人从桑给巴尔进口驴子坐骑，即便最穷的商人也蓄养家禽家畜。乌尼扬比和姆塞尼一样，拥有许多奴隶工匠（乌吉吉的某些地方也有这种情况），他们是伴随阿拉伯商队从海岸区前来的铁匠、补锅匠、石匠、木匠、裁缝、陶匠、绳匠，要求的工资之高简直像勒索。在此地故障的火绳枪有人会修，连铸子弹的模子也修得成；旅人亦能够买到质量好的绳索。铁匠为一组十七件锅盘镀锡，可以换取五件美堪尼布料做成的缠腰布；做一对阿拉伯马镫索价一件缠腰布，材料另计，大约是牲口用的链条收费的一半。脚镣和挂锁通常由商队进口到此地，鞍囊也是从桑给巴尔买来，不过有时候在商队中可能会找到一个懂得制造鞍囊的人。此外，商队里通常有一名穷阿拉伯人，替人制作山形帐篷以换取布匹；由于大多数有教养的东方人都懂得使针线，因此专业裁缝的需求并不大。乌尼扬比的食物便宜又充足，商人的利润也十分丰厚；阿拉伯人有了钱就流露出慷慨好客、喜欢摆席设宴的一面，对于因为运气不好或遇上意外经商失败的同胞，许多经济情况较好的阿拉伯商人都会解囊相助；当陌生人出现时，他们往往奉上用以表达欢迎的见面礼，其内容不外是一头山羊和一载白米。他们会招待陌生人住宿，做主人的还会举办盛宴，引见客人给同一社交圈的人士。阿拉伯人最大的缺点是没人肯扮演领导的角色。大约十五年前，桑给巴尔商人阿卜杜拉撒林姆和他麾下的两百名武装奴隶控制了整个社群，但是自从他于一八五二年去世以来，这个阿拉伯社交圈就群龙无首，逐渐变得分崩离析。即使身在非洲，阿拉伯人仍崇尚人人平等的社会，然而他们对周遭的劣等种族了解透彻，结果导致了人尽皆知的后果。

阿拉伯商人的屋舍是从非洲坛比按穆斯林的需求改进而来，不论在坚固程度或外观细节上都略胜非洲坛比一筹。屋外的阳台相当幽深多荫，底下由牢固的柱子支撑，遮阴处有一条陶土制的宽阔长凳，男子们坐在这里享受凉爽的早晨和宁静的夜晚，也在这里祈祷、谈话、从事各种消遣活动。屋外有一扇类似吊闸的大门，由两片巨大的木板和船缆绳般粗细的铁链组成，放下后可直通玄关，设置这种闸门的目的在防范一群野性未驯的奴隶。屋内唯一的家具是一对陶土长凳，各自沿着房间左右两边延伸，长凳尽头有枕头形状的突起，也是陶土做成的，如果主人准备接见宾客，便在长凳上放置草席和毛毡。从玄关延伸出一条通往室内的甬道，角度刚好阻挡陌生人好奇的眼光，室内呈空荡荡的正方形或长方形，好几个房间的出口都面向同一座中庭，如果中庭四周并未被房间完全包围，屋主会圈起一排小树或芦苇篱笆，将缺口填满。这些房间没有通往外边的门也没有窗户，仅有小孔便于通风，万一有需要，通风孔可充当对外开枪的炮眼。主卧室里有一条陶土长凳，凳子旁是一个阴暗的橱柜，里面储存家用品和货物，至于主人的妻妾另有独立住处，家奴若非住在简陋的栏舍里，就是在附属于主屋的侧房里。这种坛比的形式也许是人类发明的居所当中最枯燥无味的，屋主小心翼翼地移去窗外景色，晦暗肮脏的中庭在雨季中经常积水成沼，霸占了屋子里的人所有的视线。由于缺少窗户，室内总是黯淡无光，在门外流泻进来的日光对照下，更是暗得令人难受，到了夜里，不管点多少蜡烛也照不亮暗沉沉的灰泥或红泥墙壁。由于房屋正面设计不周，若不是凉爽和风被挡在门外，就是凄苦寒风直灌进来；屋顶总是漏水，墙壁和屋椽上寄居着大批蝎子、蜘蛛、黄蜂和蟑螂。尽管如此，阿拉伯人情愿耗时费力地兴建这种房屋，也不愿意把货物堆放在非洲草屋里，因为非洲野蛮人的漫不经心，草屋经常遭到小偷和祝融光顾；每当阿拉伯商人预定在某地停留较长的一段时间，不论何处，他们必定会派遣奴隶到丛林里收集木材，然后监督奴隶建造一处宽阔的坛比，不过他们老是疏忽一件重要的防范工作,就是把卧室的地基垫高到瘴疠危害人畜的平均高度之上。

有损阿拉伯人幸福生活的另一项缺憾,是他们虚弱的体质,一个人只要连续两个月不生病,就敢吹牛自己对疾病免疫了。他们又和住在埃及的人同病相怜,这里没有一个是身强体壮的。上了年纪的居民已经学会压抑自己的胃口,他们一天只吃两顿,分别是日出时和中午,中午那一餐吃过以后,便会限制自己不再进食,只嚼嚼烟草或干燥的卡拉瓜咖啡。阿拉伯人会避免食用味浓的肉类,特别是牛肉和猎来的野兽,他们认为这些肉类吃了容易上火,让人脾气暴躁,因此较钟情口味淡的菜色,以及煎蛋卷、辛味米饭配鱼或肉、肉布丁、奶冻、凝乳;他们吃得越少就越容易躲过热病侵袭。肉布丁乃是最能令东方和非洲的阿拉伯人垂涎的佳肴,作法是将牛肉切碎,与面粉、米粉或绒毛草粉一起煮滚,直到变成黏稠的膏状,做好后掺蜂蜜或糖食用,是一种口感湿润的点心。至于奶冻的名字则来自印度语,其实就是埃及的"姆哈利巴"。它的材料有牛奶、水、蜂蜜、米粉、香料,是一种稀薄的果冻状点心,和英国北方人吃的米布丁类似。此地阿拉伯人的健康因为从海岸区进口的食品而大有改善,包括麦子和质量极佳的白米,而不必将就着吃本地土产的红米。另外他们也进口各式水果,譬如芭蕉、青柠、木瓜,以及多种蔬菜,像是茄子、大黄瓜、番茄,以取代土产的绒毛草、玉米、木薯、地瓜、粟米、菜豆、芝麻和花生。阿拉伯人又声称引进洋葱为他们带来了莫大的裨益，洋葱具有解热作用，在中非的生长情况比非洲海岸区更好。南非的洋葱茂盛无比，使得桑给巴尔岛的洋葱作物迅速沦落为一文不值的杂作。乌尼亚姆韦齐生产的洋葱在体积和口味上还算不错，许多菜都用得上它，不过最令人反胃的恐怕是糖渍洋葱煎蛋卷了；由于广受需求，洋葱在内陆的价格相当昂贵，一件染成靛蓝色的缠腰布只能买一磅多一点儿的洋葱。当球根不能再繁殖时，当地人将叶子切碎成葱花般的小圈圈，直接蘸盐放进澄清的奶油里炸，当作佐料配肉类吃。阿拉伯人也把洋葱放进汤里，用以掩饰陈旧酥油的苦味和馊味。除了潮湿的雨季外，其他季节都可播种洋葱，如果在雨季播种，洋葱必定腐烂。目前，仙吉族尚未从阿拉伯人那儿学到这种风味绝佳又有益健康的蔬菜，而虽然也有人将大蒜引进乌尼扬比，成果却没有那么显著，况且本地人认为天天吃大蒜过于燥热。各位读者也许已想到，在人口快速流动、奴隶数量众多的此地，有时候人们会容忍外来的水果和蔬菜逐渐灭绝，因此一些有生意脑筋的商人便将海岸区的枣树、杏树引进乌尼扬比。枣树每三天浇一次水便可，结实累累，当主人不在时，尼亚姆韦齐族人会偷砍小树的新枝，削成手杖使用。本地的糖全靠进口，因为需要充足水分灌溉的甘蔗熬不过乌尼扬比干燥的气候，必须以蜂蜜为代替品。东方人普遍认为黑胡椒具有解热作用，经常与咖喱或其他添加许多辛香料的料理一起食用，至于质量一流的野生辣椒和鸟椒，却被视为性质燥热而摒弃不用。有钱人在自己家里制作奶油和酥油，较穷一点的人家则向尼亚姆韦齐族人购买，不过质量倒是都很不错。这儿最常喝的饮料是水，有些阿拉伯人喝一种以绒毛草制成的甜味饮品，另一些自我放纵的阿拉伯人喝的却是所谓的"小啤酒"，也就是带有酸味、容易醉人的粟米啤酒。

乌尼扬比的市况好坏和雨量多寡有密切的关系。在野蛮社会里，碰到干季或意外来了几支商队时，物价通常会升高，价格甚至高达平常的三倍，而谷物价格在收成季节前后起伏则是两倍或半价之间。自从阿拉伯人到此地定居，乌尼亚姆韦齐的物价越来越贵，以前只要花五十串珠子就能买到一个男童奴，现在却索价三百串珠子；过去十串廉价白色陶瓷珠子能买到一头乳牛，同时一串珠子便能购得一头山羊或十只母鸡，现在价格都不止于此了。话虽这么说，遇上丰收年时，乌尼扬比仍然是东非物价最低廉的地方，它像其他物价水平低的国家一样，总是吸引商人在此地多消费、多花钱。谷物的质量良好，当市场需求量不大的时候，一件美国素面棉布制成的缠腰布能买到一百二十磅重的稻米、一百五十磅重的玉米、三百六十磅重的高粱（当地人的重要粮食）。一头肥硕公牛的价格是四匹素面棉布，母牛值六到十二匹，绵羊或山羊值一两匹。一只母鸡和四五颗鸡蛋的价格相当，值一串珊瑚红或粉红陶瓷珠子；十串同类珠子可以买到一大串芭蕉，本地人用芭蕉酿一种叫"麻瓦"的酒和叫"西奇"的醋。此外，尼亚姆韦齐人可以每天早上供应牛奶,每天送一品脱①,价格以一个月计算,索价一件缠腰布。寒冷的季节里,离卡泽以北约三英里的贡比干河床上会有大大小小的池塘,奴隶这时会到此捕捉一种鲶鱼,而从坦噶尼喀湖归来的商队通常也会携带大量湖里捕来的小鱼。这种鱼的名字叫作"卡什瓦"或"达嘎阿"。

自乌尼扬比走二十段路程,便能抵达坦噶尼喀湖畔的乌吉吉,这段路大多费时二十五天以上。途中第五处驿站便是姆塞尼,也是西乌尼亚姆韦齐的交通枢纽,这趟路途通常需时八天;第十二处驿站位于马拉加拉西河,为第四区(即乌尼亚姆韦齐区)的西边疆界。

**阿拉伯介绍信的妙用**

旅人只要带着卡泽地区阿拉伯商人前辈的介绍信,必然能采买到通行中非的货币——布匹、珠子、金属线,以及所需要的火药、子弹、香料、舒适用品,以及在这地方一旦缺少便可能要客死异乡的药品。这些东西都不便宜,旅人往往得花五倍于桑给巴尔市价的钱来采购物资,以糖价而言,竟然与同等重量的象牙等值,或需以与糖等重的珠子取三分之一以上交换。尽管价格之高形同敲诈,它们还是物有所值,因为旅人可以不

---

① 约五百六十八毫升。

用心焦力瘁地理会脚夫的费用、物品损失的风险，以及在盗贼遍地之境亲自监督大批物资的麻烦和恼怒。

现下借住舒服的房子，不远处即是新朋友斯奈的住家，于是我暂时告别赶路、扎营、露宿的日子。也许读者不介意多听听关于东非"道路与旅栈"的若干细节，即便读者从褴褓时期就熟知阿拉伯故事，也知晓非洲东部盛产骆驼、马匹、骡子、驴子，可是雇用脚夫到东非旅行的过程，至今仍未见任何作者描述过。

道路乃是人类进化的最基本见证，只是在东非却不曾瞧见道路的踪影。商旅往来最频繁的路线都是徒步踏出来的小径，宽度仅有两个手掌张开的幅度，旅行旺季中，人与牲口将小径的土壤踩得十分硬实；雨季，小路长满了植物，套句非洲人的说法："路死了。"在空旷的沙漠地上，同时见到四五条相互平行的由人走出来的路径是常见的事；丛林里，小径在荆棘和枝叶繁茂的树木间穿梭，好似狭窄的隧道，树枝经常勾住脚夫所背负的行李，使他们疲惫不堪。每当经过田园和村落四周时，路面会被未经修剪的树篱或水平架叠的树干所挡，以防止外人入侵与偷窃。对于没有围篱的开阔土地，旅人必须多估计五分之一长的直线距离，因为路径总是弯弯曲曲，若是较为封闭的土地，更需事先多估五分之二甚至一半路程，才能判断两地之间究竟需要几趟行程。扎拉莫区和库图区的小路穿过高大的野草，雨季之后野草被本身的重量压得倾倒匍匐，干季时被人放火烧光；这些路通常止于乡民开垦的土地外缘，因为农民不容许人随便进入田里。除此之外，行人不时又要爬过泥泞的湿地，以及横越深及胸部的河流，其底部尽是烂泥，陡峭的河岸也滑溜不堪。被老鼠和昆虫掘出的深洞也要特别留意，因为它们对牛只非常危险。乌萨加拉区的斜地上或见山地急川纵横地表，或有险峻多石的丘陵横越其上，其间只有树根和松动的石头充当攀登的阶梯，驮着行李的牲口经常被困住，上下不得。在这些地方，路况最坏的，是那些沿着许多溪流和细川前进的小路，旅人必须走过山脚下崎岖且多荆棘的土地。溪流旁的道路常有盗匪出没，因为湿润的泥巴里冒出高大多汁液的野草，整个儿阻住了去路，至于细川的水道固然细小，但是每到山坳底部总是角度怪异、曲折难行，整条路不断起起伏伏。从乌萨加拉区到西乌尼亚姆韦齐区，道路要穿过茂密的荆棘丛林，以及两旁尽是稀疏的树林地，树干上或刻记或剥除树皮以引路，这里没有山丘，但雨季期间道路会被沼泽和泥地阻断。路旁有零星的路标，路上则散落破碗盆、碎葫芦、猎物和牛只的犄角和头颅骨、指引水源的假弓箭，还有被丢弃的绒毛草顶部。有时候一棵小树被折弯，像拱门似的弯到路的另一边，树上还有一根横竿；时而见到一扇灯芯草做的栅门，样子像是古代的牛轭，时而又见到有人以树干作支撑，搭起睡觉的床铺；有时发现一株小树被砍倒又竖起来，树梢有一块半月形的野草和树皮纠拧一处，上面还放置硕大的蜗牛壳，以及其他恐怕只有野蛮人的想象力才能够想出来的东西。每处有好几条道路交会的地方都可以找到记号，有的是一根细树枝挡道，或是有人用脚在地上画一条线，目的是警告旅人最好不要前行。西乌温扎区和乌吉吉区附近的道路着实险恶，可说集所有泥地、沼泽、大小溪流、荆棘、丛林、高大野草、陡峭坡地、崎岖地表等灾难之大成，沿线渡头都是依季节而变动的临时滩头，不过地点倒是固定的，这些滩头的深度很少超过胸部，干季里水流深度只有一点五腕尺①，算是可以涉过的中等水深。这一区只有两条溪流，分别是姆格塔河和鲁古伏河，渡河时靠树木搭成的桥，如果往更上游的河床走，也可以徒步涉水。至于全线只有一条大河流：马拉加拉西河，即使在干季也必须乘渡船才能到达彼岸。人口众多的地区有许多横贯道路，如果没有这样的路，人们根本无法穿越丛林，除非你是大象或犀牛。有时候为了完成一趟的路程，最初来到的人，当真有可能要在盘根错节的荆棘与粗壮树干中披荆斩棘一整个星期，才能劈出一条小径来。有人建议旅人到了晚上应该撤出人员，找一处高地过夜以保安全，这项建议在东非并不管用，就地挖掘遮蔽处所可能容易得多。

有人说桑给巴尔岛上并不会有商队到来，如果"商队"这个词只限于穿越阿拉伯与波斯沙漠、山区的骆驼和骡队，他们的想法确实没错。不过要是把"商队"一词广泛运用到任何一

---

① 腕尺，手肘到中指尖的长度，约为四十五厘米到五十六厘米。

队为了商业目的而旅行的话，那么这个说法便错了。从历史已不可考的时代至今，尼亚姆韦齐族人就踏遍通往海岸区的道路，尽管有些道路偶尔会因为战争和流血冲突暂时封闭，可是马上便会出现另一条基于需求而自然产生的路线。尼亚姆韦齐族这么仰赖贸易带来的舒适与享受，怎么可能压抑住不与外界联通经商？就好像蒸气只能压制一阵子，超越某个限度势必要窜出。区区数年前，由于交通路线的延伸才使得内地人开始有机会谋求脚夫的差事，在此以前，所有往来于这些地区的商人都必须在海岸区或桑给巴尔岛雇用脚夫，直到现在，从海岸地区通往尼安扎湖的北方路线、通往尼亚萨湖的南方路线仍然保有这项习惯。如今尼亚姆韦齐人认为，在冗长而艰苦的旅程中，担任脚夫是对他们男子气概的考验；英国男子以为追求理想或找份职业，别人就不能说他娘娘腔，这想法倒是和尼亚姆韦齐人不谋而合。吃奶的孩子也吸收到这种欲望，才六七岁大的孩子就会在肩上扛一支小象牙——生来就是脚夫的料，一只好猎狗必须有与生俱来的天分，脚夫也没两样。由于过早开始负重，尼亚姆韦齐男子的胫骨有时候向前屈，太早驮运东西的牲口也有这种现象。尼亚姆韦齐族有句俗语是"他在屋子里孵蛋"，指的是生活比较从容悠闲的人。他们说：

  喜欢待在家里的年轻人没有大智慧。

而且总是引用谚语，指出不旅行的男人不明事理，这与欧洲哲人说过的一句名言倒是有异曲同工之妙："世界是一本厚书，那些从来不离开家的人却只读了其中一页。"一直以来，雇用尼亚姆韦齐脚夫都是以粮食作为薪金，尽管报酬优厚，脚夫们的欲望却变得越来越大，每每锱铢必较地讨价还价，竭尽所能地要求更多的珠子，还振振有词地说人不为己、天诛地灭。然而经过两三个月的辛苦劳动之后，只消碰上正要前往他们家乡的商队，或是朋友随便一句怂恿之词，原先志气满满的心立刻动摇，往往牺牲吃尽苦头后即将换来的果实，伺机从雇主的商队叛逃。遇到这种情况，领队总是小心看守脚夫，事实上，公开叛逃虽然会招致各方谴责，但是至今没有一个商人能充分激发手下的向心力，数名脚夫的叛逃乃是无可避免的。一直到队伍离脚夫的家乡很远了，他们才摆脱那份随时会弃队而逃的心态，在此之前，只要找到一丝丝借口，他们便会立刻收拾包袱，集体消失。当队伍接近尼亚姆韦齐族的部落时（譬如在图拉和姆富托边界），雇主会取走脚夫的布匹和工资，包妥放进雇主的包袱，交给武装奴隶护卫，夜里和行进途中尤其防范谨慎，不过这些防范措施经常失败，而脚夫一旦逃出营区，想要搜捕逃犯只是枉然。尼亚姆韦齐脚夫逃跑时表现得相当聪慧，他们很少在两支商队初次交会时逃走，以免雇主停下队伍，并派出大批人力搜捕。此外，除非是没有盗贼或野兽的地方，否则他们不会选在夜间逃跑。叛逃的脚夫究竟还有一丝荣誉感，他们总是把雇主托付的行李留下来，而没有趁机偷走。反观奴隶就不是这么回事，他们逃走时必定夺走雇主的东西，再加上奴隶不情愿工作，经常为主人惹麻烦，让主人头痛不已，这些缺点抵消了奴隶比脚夫灵巧且聪明的优点。

**脚夫费用面面观**

斯瓦希里语称商队为"萨伐旅"(safari)，这个词源自阿拉伯语的"旅行"(safar)，非洲人则称商队为"路亘多"，意思是"启程"。一般来说，主要干道上商队行旅几乎从不间断。朝内陆行进的商队最喜欢的季节是热带大雨季和小雨季结束的月份，譬如海岸区分别是六月和九月，因为此时饮水和粮食都很充足，如果拖延到干季才出发，商旅就必须有克服艰难的心理准备，此外粮食费用会增加两三倍，而脚夫叛逃的机会也大为增加。至于往海岸线前进的商队，除了雨季之外，任何季节都可以出发，只不过十月到次年五月之间，雇主很难说服住在乌尼扬比的脚夫离开他们的田园，这些尼亚姆韦齐人平常一点儿也不介意把田里的粗活儿留给家里的妇孺，开开心心扛着自家的象牙到海岸区从事交易，但如果是商人出面招募，他们必定狠狠敲一笔竹杠，要求的工资数目惊人，即使商人愿意支付他们所开的价钱，这些脚夫还犹豫不决，不肯爽快答应。

脚夫的费用年年不同，甚至每一支商队支付的价钱也不相同，唯一的原则是，雇主想尽办法利用脚夫要糊口的需求而克扣工资，而脚夫则无所不用其极地利用雇主的需求，向雇主榨取物资。有些年，海岸区的脚夫供过于求，可是当脚夫量少难求时，各个屯垦区便爆发争执，每个聚落都想垄断招募脚夫的市场，打击各个邻村，以致偶尔会发生流血冲突。尼亚姆韦齐族人一开始担任脚夫工作便要求雇主支付工资，路程从海岸区算到他们家乡，工资以素面棉布、染色布料、铜线和鸽子蛋大小的珠子等物资折算，价值在六元到九元之间。然而过去几年的交通量大增，使本来出现下降迹象的脚夫费用水涨船高，每个脚夫的工资由一八五七年的十元涨到十二元。这笔工资并未包含粮食配给；自古传下来的惯例是，每个人每天固定分配一磅半重的谷物，如果买不到谷物，则以木薯、地瓜和类似的粮食代替，等到商队抵达边界时，再送给脚夫们一头公牛作为礼物。其实配给粮食的价值多寡差异也极大，但通常比脚夫的工资更难讨价还价。不用说，往海岸区前进的商队花费较少，反之往内陆走的行旅费用则较高，因为脚夫到了海岸区又能谋到新差事；在乌尼扬比雇一个脚夫，代价通常是九匹布，雇主可以等到抵达海港时再支付，当地的布匹价值大约是每匹两毛五，合一先令左右。根据阿拉伯人的粗略估计（误差加加减减互相抵消），如果粮食配给包括在内，从海岸区来回坦噶尼喀湖，雇用一名脚夫的费用总共约二十元，相当于四英镑三先令。尼亚姆韦齐脚夫在海岸区找工作时，不会接受目的地比自己家乡更西边的雇约，一般商旅到达乌尼扬比都会解散脚夫，如果目的地是更深入内陆的坦噶尼喀湖或尼安扎湖，商人就必须重新找一组人马。东非地区一支商队平均有多少人员实在没有办法估算，少则五六人，多则达两百名脚夫，全部归一位商人管理。商旅走到危险地域时，会暂停下来，直到数支队伍聚拢成一队庞大的人马，再继续出发，这么凑起来的队伍往往多达五百人，纵使是超过一千人的队伍也并不罕见，唯一限制是某些地方的粮食不够，喂不饱这么多张嘴；另外，队伍规模越庞大，行动越迟缓、笨拙，有些地方的水源较少，一下子就被大队人马喝光了。

　　东非的商队有三种，最新颖特别的是只由尼亚姆韦齐人所组成的队伍；第二种则是商队的领队和扈从都是斯瓦希里族的自由人或奴隶管事组成的，由出资物主委托来管理商队；最后一种便是由阿拉伯人指挥的商队。

　　非洲人称脚夫为"帕嘎齐"，前者是从西非传来的用语，后者则是被错误地阿拉伯化了的叫法；而在西非他们则被称为"搬运工人"。尼亚姆韦齐族人会自行组织人数相当可观的商队，其中有些扛着自己准备出售的物品，有些受雇于小商家，为了加强团结与实力，商队成员会选举出一名被称为"姆通吉"或"拉斯卡菲拉"的领袖；这类每年都拜访海岸区的商队，平均人数远超过由不相识的商人所指挥的商队。在这种乌尼亚姆韦齐商队里，成员不脱逃、不抱怨，除了少数地方，队伍也绝不拖延，脚夫从日出走到早晨十点、十一点钟，有时候一天还走两趟行程（不过不常见），只在天气炎热时休息；这种环境下脚夫工作意愿强，毫无怨尤地背负巨大象牙，有的象牙十分沉重，需要两人以挑竿并肩挑着走。脚夫的肩膀常因负重而疼痛，双脚也因走路而感痛楚，为了把衣服留到回家再展示，他们在路上舍不得穿，往往半裸或全裸地行走。夜晚休息时，脚夫不需要帐篷或遮蔽物，直接睡在地上，随身携带的物资只有几把快磨坏了的锄头，准备必要时用来换取谷物，或遇上勒索的苏丹时作为献礼。另外他们也赶一小群公牛或小母牛同行，作用和锄头差不多，只不过天性不中用的非洲人特色经常冒出来，半路上便把牲口给弄丢了。除了背自己的货物和武器之外，比较讲究舒服条件的脚夫还会带一张当作睡褥的皮革、一只陶土煮锅、一张凳子、一个用来装布料和珠子的树皮箱子，也许还带上一只盛满酥油的小葫芦。由于天气酷热难当，商队不可能长途艰苦跋涉，另外加上进食不好，脚夫们往往会感到十分辛苦。商队接近海岸区时，恶性传染病（特别是天花）常常侵袭商队，不过略显瘦弱而憔悴的脚夫身体状况却往往比预料中的好；欧洲旅人如果选择与这种商队同行，事后多半会懊悔不已，因为和圭亚那的印度人一样，尼亚姆韦齐脚夫绝不肯偏离固定路线一步。

　　斯瓦希里语把商人称为"姆塔吉里"，然在非洲内陆他们则是"姆恩达瓦"，解作商人或旅行的交易者。阿拉伯商人雇用脚夫以条件优渥而闻名，为他们工作的脚夫吃得多、做得少，为领队添的麻烦也特别多。脚夫会从收到的酬劳里取出部分布匹和珠子，为自己购买一些增添舒适的物品；如果商队是从内陆往海岸区前进，他们会携带几柄用旧了的锄头，这是他们的保障，万一打算逃走也可以不用挨饿。这些任性的坏家伙举止无比冷漠狂妄，回答问话态度傲慢，对领导人作威作福，商队的行程和休息都由他们做主安排，虽然有干活，但一张嘴却总是高声抱怨和公开表达不满；粮食配给永远是招惹他们怨忿的题材：在家里净吃些乱七八糟的稀粥的脚夫，一旦上了路，只要是稍微像样的地方，他们一定对雇主百般要求，尽可能多敲诈一些食物。有时候脚夫会一时兴起有个想吃肉的念头。通常一头公牛被宰以后，向导依惯例分到牛头，胁肉和腰肉留给商队的主要物主，剩下的牛肉再平分成几块，交给队员自行分割。诚如前文已经提过的，阿拉伯商人是东方仅次于波斯商人最奢华的旅人，这些识途老马深知，长途旅行的艰辛和物资缺乏对旅人的健康危害至巨。话虽如此，欧洲旅人却大概不会喜欢和阿拉伯商队同行，因为阿拉伯商队安排行程全靠直觉，往往没有什么道理可言；应该做出发前的准备时，他们往往漫无目的地浪费时间，接下来急急忙忙向前走，直到传染病或叛逃事件发生，才不得已停下来，到了旅程即将结束时，商队的步伐又开始拖拖拉拉起来，所以总共是浪费两次时间。对旁观者而言，这种行旅风格注定要失败。另外除非是一种带有特殊目的的商队，出资的商队主人不但在桑给巴尔岛或海岸区费心挑选适合此次任务的奴隶，而且还雇用由他们自己所公认的领导人（否则奴隶根本不会服从雇主的命令，再慷慨、再活泼也无济于事），不然的话一队人马绝对不可能容许探险者尝试前人没有走过的路径，即使只超过主要干道的终点几英里也不许。胆子最大的脚夫往往会叛逃，丢下宛如身陷浸水船只的商队领队。

介于上述两种极端之间的是由斯瓦希里族、姆里马人和西非奴隶管事所领导的贸易团（统称为西非的奴隶中介），他们和脚夫血缘相近，了解对方的语言，也熟悉他们的风俗习惯和行径。这些"萨伐旅"不像尼亚姆韦齐人自组的商队那么刻薄自己，也不像阿拉伯商队可以吃香喝辣，行进时队员不用太劳累，停下来歇息时也有较多的舒适，因此队员生病或死亡的机会较少。这些半非洲血统的商队物主厌恶并嫉妒阿拉伯人和所有的陌生人，他们千方百计欲阻挠对方，散播对方拥有邪恶魔力的谣言，这么做非常恶毒，因为有些野蛮部落特别迷信，可能因此对阿拉伯人或陌生人造成危险。此外，他们重金鼓励叛逃。尽管努力想要保持自古以来的特权，垄断内陆贸易的利益，他们的心血仍然白费了。

现在我要描述一下东非探险队一天的行进和休息情况。

凌晨三点钟，四下寂静得如同坟场，连负责守夜的尼亚姆韦齐人都在营火旁打瞌睡。大约一个小时之后，一只红脸公鸡拍打着翅膀，以激昂响亮的啼叫声向黎明致敬；只要有一只鸡啼叫起来，邻近地方不分老少的每一只公鸡也跟着响应。公鸡是商旅的闹钟，也是奴隶和脚夫的最爱，有时队伍中多达六只，脚夫和奴隶轮流用杆子挑着公鸡走，当骄阳发威、公鸡张开口喙时，还得喂它们喝水。仍然躺着的我此时已经清醒好一阵子了，心里期盼天赶快亮，如果健康情况不错，多半还盼望能早些儿吃早餐。东方第一道曙光出现，我唤醒慢吞吞的果阿仆人生火，他们冷得发抖（平均气温约十六摄氏度），急急忙忙去张罗食物。这么大清早，我的胃口实在好不起来，因此唯有不断换换花样来刺激食欲；弄得到茶或咖啡时，我们就喝这些饮料，否则改喝米浆配乳浆发酵饼，不然就是吃状似麦片粥的稀饭。我们匆匆忙忙打点早餐时，俾路支人刚做完晨祷，正在吟诵宗教歌曲，他们围成一圈蹲着，中央是一只大锅子，熊熊的火焰烧得正旺；俾路支人也忙着祭五脏庙，除了炖肉和谷物之外，还配上烤过的豆子和烟草。

　　这时候大约早上五点，营地里大致人人都起身了，低声交谈的声音变得清晰可闻。此刻极为关键，前一晚脚夫们答应要早早出发，以便旅队可以及早走完接下来的长途旅程，然而这些"不定性、假惺惺、难讨好"的脚夫现在却像女人似的反悔了：他们在温暖夜晚里展露的男子气概被寒冷的清晨瓦解，而且有个脚夫好像罹患热病。更气人的是，每支商旅队伍中总有些懒惰、大嗓门、爱作对、难约束的家伙，唯一能让他们高兴的事就是惹麻烦。眼看大队停滞不动，这些人便顽固地坐在火堆前烤暖手脚，仰头吸烟，同时对七窍生烟、焦虑不已的雇主投以揶揄的眼神；假如脚夫们一致反对行进，不论怎样诱惑都没有用，即使是婉言奉承也像在对牛弹琴。于是我们只好转身走回帐篷。不过，如果脚夫之间立场相左，这时候只要加一点儿劲刺激，就能使队伍顺利出发。大伙儿开始用各种语言扯着嗓子传达命令：收拾！打包！出发！前进！啊，上路了！今天要行进呐！有人喊着非洲人独特的激励士气的话：我是头驴子！我是头骆驼！一边还大吼大叫，击鼓，吹起口哨、笛子和号角。拉姆吉之子们加入行列，先拆除我们的帐篷，再接过一小部分行李（只要有可能，他们都会千方百计地推卸掉接行李的工作）。有时候，齐多哥会按例前来征询一下当天的行程计划，至于脚夫则拖拖拉拉，除非被强行驱离，否则就一直死守在火堆旁取暖。终于，他们取走堆放在我们帐篷前的行李，争先恐后地跑出营地或村落。我和斯皮克在身体情况容许骑驴时，便爬上我们的坐骑，牵驴子的是扛枪的枪夫，旅队抗敌自保的装备都在枪夫身上；如果健康情形不容许骑驴，我们便只好躺在吊床里，请两个人以长竿挑着走。俾路支人使唤自己的奴隶，跌跌撞撞地快步疾行，他们一心只想着多逃避一个小时的艳阳，不过我命令俾路支卫官和萨利姆殿后压阵，冷漠而粗暴的萨利姆擅长虐待人，手里的鞭子随时准备挥出去。地上留下四五包行李，若非叛逃的脚夫留在身后，就是推托不愿背负行李、空手上路的队员留下来的，最后我们的阿拉伯向导只好分配给比较好说话的人，让他们负担双倍行李，不然就是说服拉姆吉之子，请他们每人带一个小包袱。再不行，萨利姆只得从邻近村落雇几个脚夫，付给他们一天工资。最后这个方法并不容易办成，因为我们的珠子已经跟着队员出发上路，如果不给一点儿前金，允诺再诱人的条件也吸引不了这些非洲人。

一切准备就绪，我们的向导起身把行李（永远是旅队中重量最轻的一件）放在自己肩上，他故意挥开自己原本卷起的旗子，高高举起这方素面猩红的旗帜——这是桑给巴尔商旅的象征，但旗子已被荆棘扯得破破烂烂。跟在向导身后的是一名得宠的脚夫，咚咚咚拍击一只状似欧洲沙漏的定音鼓。自视地位崇高的向导披着华丽的红色布袍，衣身是一件六英尺长的窄幅布料，中央开了一个洞套过头颈，袍子前后都挂有随风飘扬的丝带，头上戴着美轮美奂的皇冠状头饰，有时是黑白相间的长毛猴皮毛，有时是条纹图案的野猫皮，垂下的皮毛兜在脖子上，再顺着肩膀披在背后。另外，顶端还有着一簇猫头鹰或冠毛鹤的艳丽的长羽毛，形状如同一个杯子。他的官印包括一只苍蝇拍，系在身上仿佛是他身体上天生长出来的一条野兽尾巴；还有一支带钩铁叉，叉柄中央装饰着一圈香肠样子的七彩珠子，以及腰间以绳子悬着的几只油腻腻的小葫芦，里面装着鼻烟、药草和路上备用的"魔药"。向导领着旅队上路，为了确保部下乖乖听话，他事先已经送给他们一头绵羊或山羊，但事后准会从薪金或比别人好的粮饷上讨回这头羊的价钱，因为不论是旅程结束后所获赠的礼物，还是每头在营地上宰杀的牲口的头部一律归他所有。旅程中，如果有人敢抢在向导前面先行，就必须缴交罚款，而且向导还会从此人的箭筒中取出一支箭，以便在行程结束时可以认出他。脚夫像是毫无秩序的暴民，从寨村中争先恐后地跑出来，他们把行李堆放在几百码外的树下，等候其他姗姗来迟、懒惰没劲、病体违和的队友。通常在这个时候，我们先前落脚的草屋适时焚烧起来，有时是因为队员漫不经心地引燃火苗，有时候则是有人淘气纵火。粗重的栏栅烧起来火势相当猛烈，冬天里尤其一发不可收拾，所以下一支前来过夜的商旅往往只能找到一堆火烫的余烬和兀自挺立的焦木。可是脚夫也有正经的时候，他们常常不厌其烦地制作标记并放置在路上，指引后来的人水源就在附近；这些竖起的标志上经常有无伤大雅的戏谑之作，譬如在树干上刻一张嘴，并且塞进一节模拟烟斗的木块，另外有一些象征性的作品更是滑稽逗趣。

**浩浩荡荡的队伍**

经过初步的暂停整顿之后，旅队终于编好行进队形，好似大蟒蛇一般扭着身躯蜿蜒爬过丘陵、山谷和平原。向导身后跟着单行纵队，最靠近他的是地位最高的几个脚夫，他们扛着沉重的象牙，有时象牙实在太沉了，便绑在一根竹竿上，由两个脚夫像抬轿子似的合力挑运。竿子前面挂了一个大牛铃，只要旅队在路上走着，铃声便不绝于耳；竹竿后端绑了脚夫的私人行李，多半是陶锅、水葫芦、睡褥等生活必需品。扛象牙的脚夫身后是扛布匹和珠子的脚夫。他们的两边肩膀轮流负重，累了便把物品顶在头上休息，有的行李打包成长六英尺、直径两英尺的样子，有点类似长枕头，脚夫用木棍做成摇篮模样的台架来装运，棍子一般都有叉形突出点，便于堆放物品和换肩搬运。队伍中最强壮的人通常背负最轻的包袱，东非和其他地方没什么两样：优胜劣败、弱肉强食。每一载行李最重可达七十磅。扛布匹的脚夫后面跟的是一长排零零散散的脚夫和奴隶，他们背负的东西比较轻，像是犀牛角、兽皮、盐块、烟草、铜线、铁锄、箱子、袋子、床褥帐篷、锅盆水壶、垫子，以及他们的私人物件。武装奴隶和脚夫一起走，不过自成独立队形，毛瑟枪从不离手；妇女和学步的幼儿也都帮忙拿装备，哪怕只是一磅重的东西。驴子背上整齐地挂好鞍袋，鞍袋是长颈鹿皮或水牛皮做的。队伍里总是跟着一个巫医，从无例外，这名"宗教导师"虽然不介意担任普通脚夫的角色，却要求负担最轻的行李，理由当然和他神圣的使命有关。巫医的外表都很相像，多半身材肥胖、皮肤光滑、头发梳得油亮，因为他们这个阶级的共通点是吃得多、做得少。商旅的主人总是走在队伍最后方，保持殿后的原因是方便行走与防止队员叛逃。

整支队伍人人都穿着最破烂的衣服。东非人讥笑那些穿好衣服旅行的人，他们以为好衣服应该留到回家再炫耀；路途上万一遇到下雨，他们会脱掉身上披着的唯一一件羊皮，折叠起来，垫在行李和自己的肩膀之间。有时候旅队配给足够数天行程的粮食，每个脚夫会将分配到的谷物打成一大包，缚在小背上。在粮食包袱之上，有的脚夫还背了一张凳子，三只凳脚朝天，脚夫们认为席地而坐会受到湿气侵袭，因此凳子是保护他们的必需品。各位读者也许想象得到，野蛮人拥有的装饰品比衣服还多，有些在头上绑了一圈斑马鬃毛，黑白相间的鬃毛像刷子似的向外挺立，好比圣人的"光圈"；另一些人喜欢佩戴一条长长的硬化牛尾，从前额向上竖起，长度至少一英尺，俨然独角兽的模样。其他装饰品还包括猴子和豹猫毛皮，成卷或带状的白色、蓝色或深红色布料，大束鸵鸟、鹳鸟、铿鸟的羽毛，盘在头上仿佛某种禽鸟的羽冠。他们的手臂饰有巨大的象牙手镯、沉重的铜环，也有铜线编成的细环；脖子上以珠串和镶珠宽带装饰，身份比较尊贵的人在膝盖下方或脚踝旁系着铁制小铃铛，在非洲人耳朵里听来，这种"疙疙瘩瘩"的装饰品不断发出的叮当声极为悦耳，与搬运象牙时悬挂的"啼——啼！啼——啼！当！"的牛铃声，还有响亮的"瓦——塔——塔！"的号角声，搭配得和谐无比。所有队员都随身携带某种武器，最讲究的配备是一张弓和满满一树皮筒的箭，两三支长矛，肩上背一把小战斧，另外再带一把双刃匕首。

吹口哨、唱歌、吼叫、喧嚷、吹号角、击鼓、模仿鸟兽叫声，是旅程行进中常见的娱乐，当然还有许多饶舌、吵架的行为。事实上，队伍里永远噪音不断，我们的耳朵很快就能分辨哪些骚乱声代表队伍要暂停休息了：每当接近一座村落，队员的吼叫音量立刻加倍，本来卷起的旗帜抖了开来，队伍放慢脚步以便整装见人。大伙儿放开喉咙喊着："走啊！走啊！休息站呐！食物呐！打起精神，寨村到了！家乡近了！快点儿啊，向导——噢！母亲已经在望！我们快去吃东西吧！"路途上尽可能扯着嗓门喊叫，不但是一种娱乐，也被视为谨慎的做法，目的是虚张声势地吓跑有意打劫的匪徒；反之，进入寨村后最好保持沉默，理由是一样的。碰到遇袭的威胁时，如果没有现成的解围退路，脚夫会把行李放在地上，随时准备作战；其实只在符合私利的情况下，脚夫才有勇敢的表现。我就亲眼目睹过一队为数一百五十人的商队，被一头竖起尾巴狂奔的小母牛冲散，因为他们搬运的都不是自己的货品。如果有一只野兔或羚羊不幸穿越小径，每个脚夫立刻扔下包袱，挥舞长矛开始追赶，被追逐的动物从来逃脱不了，很快就遭到杀戮、分尸，每个黑人分到一小块肉，转眼间生吃殆尽。有时候，队上一个粗壮的脚夫扛着笨重的行李不断绕着圈子，好像马儿被使唤兜圈子似的，接下来立刻全速向前走，借此"打响知名度"。路上两支队伍迎面相逢时，由阿拉伯人领队的一支享有道路优先权，假如两队都是尼亚姆韦齐人的队伍，势必爆发激烈口角，不过人人携带的致命武器并不用在这种场合，而是用在比较无害的地方，譬如把弓和矛当作鞭子和棍棒使用。除非有人流血，否则这类小口角并不会结下深仇大恨；打破头、割破或刺破一个小伤口，对部落民族而言都不算一回事。可是如果对方挟怨报复，原本只是鸡毛蒜皮的小事，恐怕会以血流成河收场。狭路相逢的两支队伍若彼此怀有善意，双方向导会以侧身阔步走向对方，走一大步，停一停，侧脸的表情欢欣得意，就这么走到相当接近的一小段距离内，两人突然同时弯下腰，动作好似男孩子弯腰让对方从背上跳过的游戏；他们头身相抵，像恶斗的公羊般激烈冲撞对方。队员们也群起效尤，人人冲向对方展开搏斗，不知情的也许误会这是一场殊死战的开场，事实上，如果不演成严重的流血冲突，这种"交手"往往以轰然畅笑收场。不过比画之后，势力较弱的一方就必须让道，并且主动致赠对方一项小礼物。

　　早晨八点钟左右，火毒的太阳已经高挂枝头，这时一旦来到一汪池水或是一处凉荫，旅队的红旗便会被插进地里，大弯角羚号角呜呜响起，通告暂停休息，连远处的丛林深处都听得见。这号角的声响好比猎人耳中的狩猎号角般，听来有一种心旷神怡的感觉。有时候，传达休息指令并不用号角，而是以一两响枪声代替。脚夫把卸下的行李堆在一起，或躺下小憩片刻，或随意走走逛逛，聊聊天、喝喝水，一边吸烟、抽大麻，一边又如常地大声咳嗽，同时也为了挑晚上睡觉的地点而激烈争吵。如果是长途行进，我们便利用这个机会当着果阿仆人的面，讨论某个奴隶携带的两只篮子里面装了些什么。

第十章　旅队进入驰名的"月亮之境"乌尼亚姆韦齐　　375

如果行程拖得太长，时间趋近中午仍未休息，旅队便开始拖拖拉拉，队员慢吞吞地走，举步维艰、痛楚难当，土地散发的热气让最硬的脚底也承受不了，赤裸的双脚踩在土地上，好比搭船接近赤道时，在炎热的天气下穿着亮晶晶的皮靴走在船尾甲板上，两者是类似的考验；时时听见队员吃痛大喊："这儿有荆棘！"阿拉伯人和俾路支人每隔一会儿要暂停休息。现在休息了，奴隶们找了舒服的地方安稳坐下；脚夫把行李抵着树干靠好，整个人蜷缩起来，像只狗似的卧在树荫下；有些人又会装病称痛；而这又是心想叛逃者最中意的机会，因此也是商旅主人颇感焦虑的时间。如果做主人的坚持一丝不苟地"照章办事"，他一定要在寨村里留到最后一刻。尽管如此，商旅中大部分队员会撑下去。非洲商队和印度行旅一样，大伙儿情愿困难在一天行程结束时发生，也不要在队伍一开拔便碰到难题（譬如爬上一座丘陵或渡过一条溪流）；他们喜爱的地方是某一区域尽头的森林或垦殖地，因为除了安全，也为了可以享受舒服的凉荫。他们会刻意避开岩石的四周，在沙漠平原上又会选在稍微突起的位置上休息，因为夜里平地比高处严寒。

　　最后，越来越响亮的喧哗噪音和铃声、鼓声、笛声、号角声融合在一起，偶尔还有几响枪声来凑热闹，用以宣布营地已经准备好了，也代表着行程又得以缩短一站的好消息。接下来，每个自私的家伙全都往前冲进寨村里，抢夺最好的草亭，如果是在村子里落脚，则是寻找最舒服的屋舍，你争我夺，吵得不可开交，连刀子长矛都上场了。不过，一如以往，这些武器的作用只是装装样子，兵不血刃便得回销，长矛的唯一作为也不过是拖延一下时间。体力比较好的队员立刻动手为自己打点睡铺，以备在漫长的炎热下午和刺骨夜晚使用。有些人砍倒小树，有的去收集大堆叶子茂盛的树枝，一人会担任建筑师，另外多数人则负责捡回大量柴火。东非人太习惯住在屋子里的生活，露宿对他们而言显得很辛苦，他们甚至会情愿费力砍伐枝叶，掏空一丛矮树，然后屈身蹲坐在里面，从侧面看起来好像一头舒服躺卧着的狗。我们自己通常把驴子的鞍袋和地毯铺在阴影中，等候帐篷抵达，再等候嘴里喃喃抱怨的拉姆吉之子们将帐篷搭好。假如我们想要草屋，就得自己动手把里面的人像畜生一样利诱出来，因为他们从来不会自动自发地谦让出屋子。村民一般比较愿意接待朝内陆行进的商旅，因为从内陆返回海岸区的商队是运出本地财宝，反之，从海岸区进入内地的商队是将外来财富输入内地。由于携带的物品价值不菲，除非在极为安全的地点，否则商人情愿选择有粗栅栏保护的寨村，而不愿在村落里过夜；不过，位于瘴疠肆虐之地的村落里虽然总是乱七八糟的，但它们不仅比较有益健康，同时住起来也较舒适，村子里粮食的供应量和种类都比向外采购丰富。阿拉伯向导用一支细长的竿子撑起织纹稀疏的素面棉布作为帐篷，阳光雨水都可穿透，而且我那爱尔兰的木屋一样，夜里帐篷底下的人总能透过布料观看外面的星星来判断时辰。也许是为了维持尊严，他们总是比较喜欢住在自己的帐篷里，而非在这个植物茂盛、冷风刺骨的地方上比较舒适的草房。

**待客之道各有不同**

姆里马人非常乐意让陌生人进入自己的村庄，扎拉莫族人的好客热忱也没有两样，但是扎拉莫人和尼亚姆韦齐人长年不和，因此尼亚姆韦齐人可不会傻傻地送上门去；到了库图区，商队以武力抢夺条件最好的住处。至于在东乌萨加拉区全境，旅人则会选在清理过的空地中央搭建帐篷，四周环绕着农人的圆形草屋，脚夫则在草屋的低垂屋檐下遮风避雨，而在方形村庄（坛比）盛行的乌萨加拉西部地区，寨村乃是商旅过夜的主要据点。以乌戈果区来说，陌生人鲜少进入小村落，因为里面不但草棚臭味四溢，村民更是充满恶意。进入乌尼亚姆韦齐区东部与中部又不同了，商队毫不迟疑地列队走进村庄，有些队伍住进公共屋舍，另一些则自己用带叶子的树枝搭建帐篷，离开前再把它拆除，而村子里的酋长则会提供住处给商队货主。西乌尼亚姆韦齐区的居民通常不招待陌生人；东乌温扎区民众则容许旅人在他们的土地上露宿，但不会空出自己的草屋供旅客居住；西乌温扎区是类似咸水河和火原的沙漠地带，每隔一小段路就出现一座规模不小的栏栅寨村。乌吉吉区的苏丹收了旅人的见面礼之后，便主动提供居所给客人，但若然遇上新来的商旅，原来的住客便得自行搭建另外的住处（他们会被给予足够的时间这样做），以便腾空房子给新来的客人。至于湖区其他地方接待商旅的态度，端视队伍携带多少枪支而定，当然，酋长和村民的性格也是重要因素。

每个地方栏栅和寨村的形状与材质不尽相同，东部地区树木稀少，多以粗木棍组成的杆条结构屋，杆条之间塞进树皮纤维，盖成圆圈状屋身；叉状柱子顶住屋椽，搭起前方低、后方高的倾斜屋顶，上面再加一列水平或交叉的长杆，然后铺上一层粗大的茸草或禾秆，屋顶便大功告成。寨村里的中央空地四周围着草亭，空地上有一间以上的草屋，供商旅领队居住。至于寨村外缘是荆棘树枝围成的一圈篱栅，树枝虽然稀稀疏疏，赤裸的双腿双脚不可能穿越，即使穿了轻薄宽松的衣服也不具保护作用。如果需要自行建筑寨村，领队一定得等到营地四周出口都已设防，确保牛只不致脱逃，然后才分发粮食配给；假如领队的行事风格拖拖拉拉，或迟迟不愿采取强硬措施，很可能会一事无成，全盘尽输。寨村筑好之后，如果经过几个月没有人住又不烧毁，便会令人讨厌。有一种"雨季寨村"，顾名思义是商旅只在季节雨期间四下有水的情况下居住的寨村。平常水源远近与多寡，正是商旅选择扎营地点的主要考虑因素。树皮寨村起源自乌温扎区，那里树木极多，蓊郁的森林一直延伸到坦噶尼喀湖，当地有些寨村规模大得像是临时村庄，方圆几达四分之一英里。湖区居民外出旅行时总会携带硬草席，休息时把粗树枝牢牢地插进地里，编成具有弹性的框子，再将铺开的草席固定上去，看起来有点像上下颠倒的鸟巢，有时候他们用坚固的藤条编成一个圆锥形，顶端全部绑在一起，好似几把步枪互相依靠站立的样子。非洲土著旅行时能曲起身体缩进那么小的空间，令我们感到十分好奇；他们可以两人（甚至三人）共享一张草席，将头部和部分身体挪到草席遮盖下的一码见方的空间，露在外面的下肢则必须承受风吹雨淋。

旅队进驻寨村，各人的位置分配妥善之后，队员将行李从牲口背上卸下来，并到水井或溪流旁打水，每个人都为了吃饭而心甘情愿地辛苦工作；接下来，我们可以听见妇女捣碎谷物时吟唱的欢乐歌声，厨子也在哼唱，奴隶暗自弯身杵磨咖啡，铁臼与杵接触时发出叮铃铃的声响，这一切声响都叫人听着心旷神怡。地上的灶是用三块石头或土块堆出来的，样子像三脚架，让风从缝隙间穿过以吹旺灶火，这种方法远比我们自己露营或野餐时所挖的地洞或壕沟管用多了；三脚架上放了一只黑色的小陶锅，锅子四周蹲着一群等着吃饭的队员，他们可是不屈不挠，连炽烈的阳光晒痛了皮肤也不在乎。这些家伙在家里吃自家食物时，一天只要有一小顿面粉加水就满足了，但是他们和西班牙人、阿拉伯人等饮食节制的民族一样，会坚持必须"补偿损失的时间"，分配到食物以后，除非东西完全吃光，否则他们就持续不断地煮食、吃食；锅子空了又填满，永远不得空闲。有时一次分发八天份粮食,他们三天之内吃个精光,此后就高声抱怨快饿死了;我为了在他们心里留下良好的印象,分发粮食时比一般分量多给了将近一倍,没想到这些坏家伙还直嚷肚子饿,而且一旦遇上其他商队,他们仍会毫不犹豫地背叛我,尽管和路上其他瘦得只剩皮包骨的人相比,他们简直像是王公贵族。无疑地,过一段时间以后他们会想明白;也许等到胡子白了,他们会沉浸在讨论年龄的话题里,怀想年轻时的美好岁月,那个白人总是给他们满满的谷子,纵使路程非常遥远也不例外,那时候他们就会比较,当年白人领队给他们的是布匹与珠子,而其他非洲商队主人给他们的礼物和配给,仅仅是六头毛茸茸的母牛和快磨穿了的锄头。只要配给粮食的时间稍有拖延,整个营地便响起此起彼落的大声叫嚷:配给!食物!不过脚夫要是真的累了,会情愿浪费几个小时无精打采地晃来晃去,也不愿意走几百码路去买粮食。饭后他们抽起芳香的烟草,吞云吐雾好不快活。有些人一边抽丛林大麻,一边咳嗽尖叫,有的还嚼起灰烬、烟草块和一撮红土——没准儿是白蚁的墓冢。如果配给的食物里有肉,他们会当作配菜吃,然后继续吃他们的粥。眼前突然出现大批食物会令他们变得疯狂。不过阿拉伯商人却避免稳定的配给,反而轮流给过多或过少食物,脚夫这会儿撑得半死,不久后又饿得半死,因为阿拉伯人凭经验了解,这样极端的配给反而最合野蛮人的胃口。一旦有东西可吃,这天脚夫必定懒洋洋的,什么事也不想干,命令他们把包袱拿过来打开看看，其反应总是口气恶劣的抱怨连连；当真要他们集合时，每个脚夫都非常不满，有的还会暗示想要逃队。在这种情况下，众脚夫会拉大嗓门（如果嘴巴没有塞满食物的话），宣称自己可不是呼之即来的奴仆，并顽固地蹲在冒烟的火堆旁，此幅景象真令人有说不出的反感。眼前他们就在大啖可口的面食和子弹似的珍珠绒毛草，还有炖老鼠肉和水煮野菜，人人吃到腹部隆起，样子有点像嗉囊被塞得满满的烤火鸡。当这种寅吃卯粮的短浅目光果真令他们挨饿时，他们就哀怨地坐在一旁，一边恶狠狠地抽着烟，一边邪恶地盯着我们的锅子；这时候他们通常都还藏着一头山羊或公牛，如果连这备用粮食也吃完了，就千方百计想从我们这里弄一头过去。基于过去的经验所学到的教训，我总是避免直接对他们发号施令，而是让齐多哥或向导萨利姆传话，不过这使得华伦坦与蒙拜极为恼怒，这两个人生命中最大的喜悦来自使唤别人。我观察到每次差人叫他们来做额外的工作，譬如移开挡路的荆棘或挖掘水源时，如果骗他们大喊"粮食"的话，他们准会忙不迭地跑过来。此外，我也注意到旅队越接近队员的家乡，离海岸线越远，这些队员就越难以控制，同样，情况有所改变的话他们的表现也是这样。

我和斯皮克会尽量舒服地打发停留休息的日子，通常会选择躲在宽广浓密的树荫下，鲜少待在薄布帐篷里。这种时候我们最常做的事是写日记、素描，顺便处理琐事，另外也必须趁这个机会分发布匹，还要说服正在睡觉的脚夫到附近收购粮食，否则明天粮食便会告罄。宰杀公牛时，斯皮克或我必须有一人在场，脚夫分配到四分之一的牛肉，他们坐在牛肉旁吵架、尖叫，仿佛一群争食的土狼，直到牛肉平均分配给每一个人之后，吵闹声才会停歇。这时候，除非有人在监督，否则总会有一只强壮大胆的手突然穿过围坐的人墙，攫取五六人份的牛肉，然后逃命似的迅即消失，追也追不到；其他人也群起效尤，一群人像狒狒一样吱吱喳喳地比手画脚，而其余的人则如常一边抱怨一边生气地走开了。下午四点钟的晚餐是一天最重要的大事。购买粮食通常不难，但是食物的种类却千奇百怪，从普通的硬绒毛草烤饼、没有滋味的豆子汤，到坚韧如皮革的山羊排肉，还有比较难得的鹿肉、肥阉鸡、珠鸡、岩鹧鸪肉，上面浇了碎米和牛奶做成的"面包酱汁"都有。最初两名果阿仆人不肯煮"好看的食物"，如馅饼和肉丸子，推说这种东西在旅程中根本没法子做，后来我警告他们，用这种理由违抗命令可能让他们当众挨棍子，果阿人才改变主意。此外，他们先前用自己的方式为我们上菜，在盘子里对我们实施"配给"，而把最精华的食物留在锅子里供自己享用，因此我们改为要求整锅上菜。如果叫他们煮茶或咖啡来，我们必须在场监督准备过程，否则饮料出来的样子准会难以下肚，果阿人缺乏这方面的文化可说恶名远播。等我们吃过饭，两个仆人才接着吃，吃饭时隔着一口他们费尽精神准备的私人锅子面对面蹲着，伸长手指抓食，吃的原则并非为了饱肚充饥，而是要把自己累倒为止，有如两只瘦黑鸽子似的不断啄食，两个头颅上下不住点着，勉强要塞进更多的食物。这两人自称是信奉神的罗马天主教徒，因此不肯和异教徒同席吃饭，何况他们身上带有一半欧洲人的血统，那股子尊严也容不下与别人混杂进食。这种态度同时感染到别人，蒙拜和马卜禄这两个黑人"兄弟"自成一伙，其他的奴隶也自己开伙。

当前方水源枯竭，早晨行进时脚夫几乎不肯前进，他们对于口渴的恐慌强烈无比，一旦预料前面没有水，他们的反应是立刻把葫芦里的水喝光，然后让自己在接下来的漫漫炎日下受尽煎熬。此外，他们坚持行进之前必须先吃东西，以为这样可以令自己充满力量和底气；事实上，每次一有缺水少粮的困难出现，非洲人总需要头脑比他们灵光的人拿主意。另外"午后行进"在前文虽然已经描述过，但个中辛苦实在不足为外人道也。

把乳牛围进栅栏，把驴子拴好（这些"粗心的埃塞俄比亚人"每隔一天就掉牲口），把行李收拢来清点好（在人人推诿工作的此地真是一件大工程）后，夜晚便降临了。如果当天没有"午后行进"，粮食充足，美好月色又令队员如同月光下的胡狼一样精神勃勃的话，激烈的鼓声、响亮的掌声和低沉的歌声，往往吸引邻近村落的少男少女出来跳舞、求爱。表演是费力的事，但这些非洲人和多数喜欢玩花样的人一样，平常工作起来很快就喊累，而嬉戏娱乐从来不嫌累。他们的舞蹈唯一动人之处就是个个跳得正经八百，我从来没见过东非人比此时更严肃的时候了，而且充满真挚的诚意。有时候只有一名舞者上场，表演独舞，那是村子里专扮小丑的，他有技巧地踩着舞步，头、手、脚并用，手执几条缀有毛饰的乳牛皮，时而挥舞，时而抖动，时而扭曲，仿佛身体某些关节脱臼似的。有些时候，上场的一群男孩与成年男子在营火附近排成一列或围成一圈，其中一人站在中央表演独唱，其他人则同时以鼻音低声伴唱；舞者两脚交替顿步，同时表演一种踩踏步伐，每一节的最后都用力跺脚，节拍算得极为精准，近百双脚的足音听起来却像只有一双脚。刚开始他们的身体缓缓从一边摇摆到另一边，慢慢地，摆动越来越激烈，动作加大，借用粗心大意的阿斯卡姆[①]的一句话："他们伏下背部，将臀部往后翘，仿佛瞄准好准备要射杀乌鸦。"他们这样弯下又站起来，每次站起来，唱歌的音量和跺脚的声音就加倍，直到全部的人将手臂挥舞得如同风车一样，这种舞步类似埃及舞蹈，只是激狂程度有过之而无不及。表演节目通常以大绕场闭幕，所有舞者推挤成一团，五官半人半兽，动作肖似跳舞的恶魔，看起来并不像人类。这时玩乐的速度已变得太快、太猛，歌声也就乍歇，表演者会高声嚷着、笑着，自己仆跌在地上休息，以便恢复体力。老人家又羡慕又感伤地望着他们，怀念着年轻时代自己也曾如此这般风光过。舞者们呐喊的并非"精彩！"，而是几声"好呀！好呀！挺好的！"。

---

① 指罗杰·阿斯卡姆（1515—1568），英国作家、学者。

另外他们不明白到底是什么逗得老人家如此开怀。妇女喜欢女人家自己表演，或者我们西方高人一等的妇女来到东方后反应也会一样，如果不幸有人翻译给她们听，说东方人原来也爱举办舞会。

当舞蹈停止，脚夫再也吃不下、喝不了，也没办法再抽烟时，他们便围坐在营火边聊天打闹，唱一些"醇酒歌"（见下文歌词）。我相信这首歌是为我作的，唱歌的人若知道我听得懂时，便经常对我高歌；见多识广的读者对于歌词里为白人起了"邪恶"的绰号，应该不至于感到惊诧。对这些地方的土著而言，一个"好白人"理当是亲和力强、不造作、天真的，就像是意大利厨子那种"和乐大家庭"的形象，他们认为只有"被骗也不动怒""受鞭笞也不退缩"的人才算是表现出人性最光辉的一面。至于我，虽然本性"邪恶"，但若有任何纷争，他们无一例外跑来找我主持公道，特别是旅队回程越趋近海岸区，向导和扈从越发"欺负"他们的时候。

这首歌是这么唱的：

"邪恶的白人"来自海岸，
（合唱）嗨哟！嗨哟！
我们将要追随"邪恶的白人"，
嗨哟！嗨哟！
只要他给咱们好食物，

嗨哟！嗨哟！
　　咱们就上山过河，
　　嗨哟！嗨哟！
　　追随这位大商人的队伍，
　　嗨哟！嗨哟！……

　　俾路支扈从和拉姆吉之子常常争吵、吼叫，谈来谈去都是关于吃的，直到夜深方休。在此地，吃饭是最流行的话题，就像英国人讨论啤酒，法国人讨论政治，挪威人讨论法律，那不勒斯人讨论面条，以及世界各地的人讨论金钱一样。晚上八点钟对这里的人来说已经是三更半夜，营地呼喊"睡觉！睡觉！"的声音此起彼落，除了妇女，人人都欣然遵从；妇女不睡觉的原因是想继续聊天，有时候当真聊到午夜时分。慢慢地，整个旅队沉入静默的梦乡，此情此景实在令人印象深刻，尤其是旅队在丛林里露宿时更有意思：暗红色火焰忽明忽暗，在漆黑幽深的森林里映出一圈微微的红光，火光照射在高大的树干上，使距离较近的树木的枝叶轮廓明晰，三两成群、形貌骇人的蛮番被焰火照得通亮，各种形状和姿势一目了然。仰望，深紫色的天空镶缀着金色星子，穹苍像拱顶罩住大地，天地间接壤的边界因为夜的阴沉显得狭窄，看！西方地平线上挂着一弯灿烂的月牙，缺口处环抱着色晦如灰烬的暗月，上方闪耀如钻石的金星仿佛是它的皇冠，月亮以永恒的大自然中最崇高的光彩与华美，在无垠的夜空里缓缓下沉。我想，古拜占庭人就是在这样的夜晚寻得灵感，借新月与星辰作为他们的象征。

**审慎的旅程规划**

商旅在东非行进的速度差异极大，如果在凉爽而有月光的清晨，路径又畅通无阻，脚夫的速度也许能达到每小时四英里，不过经过短暂的"冲刺"之后，速度立刻减慢四分之一，在普通情况下，最快时速平均为三英里，这其实是比较理想的速度。以整趟行程而言，如果单行列队且队伍长度适中（譬如一百五十人），每个小时大约是走二点二五英里，也就是一点七五地理里——这是相当可靠的估算，是利用指南针谨慎地计算出来的。在地势开阔的地方，必须额外预留百分之二十的路程以备路径蜿蜒之需，至于地形封闭、可能有阻碍的地方，更需多留百分之四十到五十可能绕路的长度。旅人必须自行判断如何分配各段路程，设法在长短、快慢的两极之间找到平衡点。库利先生在他所著的《门户洞开的非洲内陆》中自称"曾煞费思量去删除一切多余的路段"，显见他这做法是十分成功的。库利估计在西非旅行的葡萄牙传教团普通一天所走的行程，直线距离不超过六地理里（约十一点一公里），在很罕见的情况下，如果特别卖力，他们也有可能走上十地理里（十八点五公里）。拉塞尔达博士在东非旅行时，脚夫一听说每天得走将近九点三三英里，简直吓呆了；利文斯通博士的队伍每小时能走的直线距离约二点五英里到三英里，这可以算是超高标准，不过他的脚夫背的行李较轻，而且马可罗罗族显然是比较强健的民族，比东非土著更清醒且更能吃苦耐劳。另外，皇家派驻喀土穆的领事佩瑟里克先生曾经估计，他的队员每小时能走三点五英里，平均八小时就能走完一天的路程。无疑地，赤道以北的黑人种族走路的能耐，远胜过赤道以南的黑人兄弟。上述这些记录并非根据仪器实际测量，而且只取一天的行程就当作平均值，不免有夸大的嫌疑。还有，高尔顿先生对于东北非角区旅行的观察也适用于中非，换句话说，每天走直线距离十英里应该是合理的平均数，而且高尔顿所率领的同一支旅队在六个月内成功穿越蛮荒之境，一共走了一千地理里（一千八百五十三点二公里），证明他的观察不差。

　　结束本章之前，我要说明一下旅队沿途落脚的客栈，其实就是东非的村庄。

　　东非部落的居住情况很有趣，值得好好研究，对于当地的气候与地理条件也具有相当的指引作用。

　　诚如前文所述，位于东非海岸线上的村落都属大型聚落，村内长方形或正方形的屋子是夹枝条、抹泥巴的土墙，屋檐向外突出，形成幽深的走廊和从高处向一边倾斜而下的屋顶，其规模之大几乎直达马达加斯加岛上所见。

　　过了海岸区，住家的样子变成非洲的普遍形态，也就是每一个到非洲内陆旅行过的人都不忘描述的圆形茅屋。利文斯通博士的推论很对,他说非洲一般的住屋之所以呈圆形,实在是因为野蛮民族缺乏创新的能力。不过详细区分一下,圆形茅屋仍有几种不同形式,最简单的一种是以木棍捆成圆锥固定在地上,再将松散的干草丢掷其上,最后在顶点处扎紧,这种茅屋完全没有窗户,至于门只是在屋侧开出的一个低矮洞口。比较讲究一点的,形似我们先人所建的蜂巢,形状像一只倒覆的杯子,侧面隆起,上方覆盖的干草圆得整整齐齐,一层一层像屋瓦般堆栈上去,从远处看有点类似翻覆的鸟巢。最常见的茅屋形状则是,以长竿或小树的粗糙树干围成圆圈打入地里,构成房屋的主要结构,再以富有弹性的树枝和柳条依水平方向整齐地编入垂直主结构,之后拌和红色或灰色的泥巴,涂抹在夹条墙内外,泥巴干燥后变得坚硬,手工差一些的抹出粗糙有裂缝的壁面,手艺好的会细心抹平泥巴,有的还加上描摹人物的原始装饰图案。茅屋的直径平均二十英尺到二十五英尺,中心点高度从七英尺到十五英尺不等,这个点由一支坚固的栋木支撑,其余枝条和椽木都集中到中央,固定在栋木之上;至于屋顶是最后才加上去的。屋顶的结构与墙壁类似,先以木棍交叉编织,再将厚厚的野草或棕榈叶抛到完成的屋顶结构上,整个儿盖满干草,并以树皮捻成的绳条绑紧。屋顶向外延伸两英尺至六英尺作为屋檐,居民喜爱在屋檐下闲坐或遮阴,茅屋四周竖着许多开叉的树干,树皮粗略剥除,分叉处顶住水平横木,屋檐便是落在这些支撑的横木上。海岸线附近的屋檐既宽且高，到了内地，居民刻意压低屋檐，使进出的人必须匍匐进入。他们的门户有如英国猪舍的入口，这么做倒是有它的道理，低矮的门可以在炎热的季节里阻绝屋外的热气，下雨天或寒天里则能留住屋内的烟和暖意。门槛上装设一段横圆木或木板，作用是防止涨水时淹进屋内；以树皮或绳索将芦苇绑在一起，就成为正方形的门，晚上竖直了夹在墙壁和入口两边的短柱之间。一般住家都有第二道门，这扇小一些的密门设在正门的反方向，平时屋主小心翼翼地紧闭这扇小门，出事需要逃命时才从此门遁逃。在天气比较寒冷、潮湿的地区，除了上述建筑物之外，还有第二层墙壁与屋顶，看起来就像在屋子里盖了另一栋屋子。

在乌萨加拉区中部附近，坛比取代了上述这种普通的非洲干草屋，并且一直延伸到乌尼扬比以西一点儿。坛比虽然起源自非洲北部地区，却酷似从西班牙到法国，甚至远及爱尔兰都很常见的正方形宅子，这说明非洲人和阿拉伯人可能都发现这类屋舍不仅宜于人畜居住，也符合抵御外力侵犯的需求。就某种程度而言，这种方形屋舍是东非文明存在的证据，因为最落后的野蛮部落仍未进化到此类住宅，仍然寄居在蘑菇形或圆形的茅屋里，而其建筑概念大概是向土生土长的金合欢树型借来的。

乌尼亚姆韦齐区以西的乌温扎和坦噶尼喀湖一带，圆形茅草屋再度成为住宅主流，不过，当地的阿拉伯人还是情愿自己兴建较为坚固、舒适的坛比。

过去有许多旅人都曾描写过干草屋，却还未见到有人对地形凹陷的坛比加以着墨。

如果能够粉刷一下，坛比必能摇身一变成为非洲特有的景致，至于目前这种样子，远远看去就像一段突出于地表的土方。这种村子如果在每个转角兴建一个防舍，用来防范敌人纵火（纵火是这些地区唯一的攻击模式），那么村子将成为东非坚牢的堡垒，敌人难以攻破。这种村子的格局是中央凹陷的正方形或长方形，一般来说轮廓都不是很严正，有些地方有弯弧、突出或呈半圆形；到了东非山脉，坛比的形状有时变成圆形或椭圆形，以配合建地上倾斜的山腹和矮山锥。到了乌戈果山区，木材产量稀少，屋舍连成一整排，坐落于村子的正面，建材是金合欢树的树干、坚硬的木桩、夹条和泥巴墙，高度很少超过七英尺（二点一三米）。乌萨加拉区南部的坛比最没有看头，墙壁的土块松垮垮地叠在一起，屋顶上也只铺上一点点干草。姆塞尼附近盛产质量优秀的木材，坛比四周单独围绕一圈栅栏，是以未剥去树皮的小树树干做成，树干有高有矮，偶尔见到树头上放着牛只的骷髅头、木块、草束，或是其他类似的护身符。在比较潮湿的地方，这种栅栏旁长着一圈又高又密的青绿色马利筋草篱，有时高度达到木栅的两三倍，样子相当漂亮而清新，村民在草篱外侧挖一条深沟，作为排水沟渠。进出村子的主要通道必须穿过草篱，通道外清出一片空地，通常装饰了十几支长竿，长竿围成半圆形，用来悬挂干坏事被处死者的骷髅头；有些村落的主要入口外衔接一条狭长阴暗的小径，小径两旁都围着栅栏。如果建造聚落的目的纯粹为了防御，就称作"卡亚"，村长则称为"姆因宜卡亚"。不过有时"卡亚"也指一般的栏栅村落，普遍称为"玻玛"或"姆吉"。乌尼亚姆韦齐某些地方在村落外建有茅草凉亭，村子里的男子在这里起炉打铁，天热时则在亭子下遮阴。妇女会在这里剥玉米荚或舂谷子，也在这里煮饭。

一般坛比的屋顶用泥巴和黏土盖顶，长长的屋墙支撑着交错的椽木结构，上面铺撒厚厚的干草，最后再涂抹泥巴与黏土；屋脊是最高处，屋顶则缓和往前方与后方倾斜，如此雨水可以顺利排下，但角度又不至于太大，让住户在收成作物之后能放在屋顶上的树皮箱中催熟或晒干，这类作物包括谷物、葫芦、西瓜、南瓜、木薯、蕈菇。另外，也有老锅盆和柴薪等杂物。坛比没有突出的屋檐，要爬到屋顶必须取道屋内的梯子，梯子造型原始，是将一棵树的树干竖起来，砍去树枝，每条树枝下方各留一节桩子充当梯级。雨季期间，屋顶变成一小方绿油油的草圃，我经常后悔没有带一些小芥叶种子来，否则就有生菜色拉吃了。方形村落的每一边外墙都开一两扇门，大小足以让一头乳牛通过，虽然这些门是公共设施，往往却要穿过私人住家；日落后，这些外门都小心地紧闭起来，而村民则安分地待在自己家里，日出前决不敢任意到屋外来。这种外门的材料是结实的木板，但更常见的形式是一排三四支粗大的梁木，有一根横木穿过梁木上方的凹槽；要打开门时，居民从下方举起梁木，直立靠在栅栏内一根开叉的树干上，关门时再放下梁木，用坚固的长竿打横拴上。

屋子内部有隔间墙，材料和外墙相同，通常每栋房屋有两个房间，长度从二十英尺到五十英尺不等，深度则介于十二英尺到十五英尺间，居民以桩子支撑，架起一张用玉米茎编成的帘幕，作为房间的内部隔篱，只留一条小通道让光线照进来。叫"布特"的是当地人厨房、客厅和聚居室混合为一的房间，位于方形的正中央；至于另一种叫"本"的则是他们的睡房和储物室，通常只有待产的母鸡、鸽子、初生的绵羊跟婴儿才会被允许在这里过夜，虽有光线从门罅隙中隐约透进来，但效果跟窗户相比仍然天差地别。内墙上抹了泥巴，由于东非买不到石灰，而当地人亦好像不大喜爱印度的牛粪①，因此屋子里的地板只是填紧的泥土，表面粗糙且高低不平，看起来脏兮兮的。构成菱形天花板的橡木与细长竿，是从墙上缘以微斜的角度延伸至屋脊，几根水平的坚实大梁撑住橡木与长竿，而大梁本身则是靠数目相当、钉入地板的叉形立柱支撑。屋子里生火冒出的烟将天花板熏得又黑又亮，再缓慢穿过门户散逸出去；非洲人浑身上下沾满烟与油脂，但他们的健康和舒适都是拜这些物

---

① 在印度乡下，牛粪的用途很多，例如涂在墙或地面上，作隔离或防水之用。

质所赐，因此从来无意清洗身上的煤灰和油腻，皮肤上挂着的一条条泥垢简直像黑色钟乳石。

被屋舍包围起来的公用场子通常被短墙或硬帘幕分隔成好几块天井，供不同的家庭使用，天井之间以狭长的甬道或栅篱围起的阴暗小巷相连；面积最大、最干净的一块地通常属于村长，村民在天井里挤牛奶、圈牛，地面上覆盖厚厚一层牲口的排泄物，天热时灰尘飞扬，下雨时变成相当深的黏脚烂泥；环境这样污秽，难怪常有居民罹患皮肤病和胸腔疾病。村民很喜欢在天井中央栽种树木，浓密的绿荫是树木的回报，树荫下织布机勤于织造，孩童忙着嬉耍，男人抽烟，女人工作；天井里还建了一座"姆齐穆"（祭祀茅棚），接受虔诚民众的奉献。屋子附近的私有空间以水平放置的树干隔离出来，树干搁在叉形桩子上形成栅栏，夜里圈住小牛，不让母牛接近。有些村落储藏大量谷物，村民将谷物整齐地包裹在树皮里，四周用绳索扎紧，样子像是巨大的长枕头，室内门户附近本有支撑屋椽的分叉桩子，这些谷物包裹便架高收藏在桩子的分叉枝丫上。村子里也有鸽舍，样子便是人们住家的缩影。乌尼亚姆韦齐区的坛比中央有时盖了一栋"公共屋舍"，细节会在后文章节里说明。

有些地方的聚落寿命短暂，譬如乌戈果区便是如此，如果建好第一年之后没被烧毁，往往变得可厌无比。屋主人在屋顶上踩来踩去，震落天花板上的泥块和煤灰，雨季时屋顶的泥土材料遭到雨水大量冲刷，足以构成一定的危险。屋子里成群的母鸡、鸽子、老鼠遍地横行，鼠辈目中无人的程度真是不可思议。温暖或阴暗的橡木上有许多蝎子和地蜈蚣做窝，常常凌空掉落下来；此地的蝎子体型小、色黄，叮人时虽然凶狠，伤口疼痛的时间很少超过一天，有一回，短短一周内先后有三只蝎子掉落在我的卧榻上。乌戈果区还有一种绿蝎子，体长四英寸到五英寸，咬起人来痛彻心扉；据阿拉伯人说，东非的蝎子叮人五次以后就会死亡，如果在它的背部中间放一根小木棍，蝎子还会自杀。地蜈蚣在所有潮湿的地方都很普遍，由于茅屋形成大片阴影，更是大批地蜈蚣喜欢出没的场所，这种昆虫显然是在雨季来临前褪壳，大部分欧洲人都深信地蜈蚣晚上会爬进人的耳朵里为害，但东非人并没有这样的迷信。有一种小型食木性昆虫长着大大的黑头，钻进木头之后，会从洞里撒出花粉似的黄色粉尘；入夜以后，家蟋蟀便一直鸣唱到黎明；蟑螂数量庞大，和印度轮船里的蟑螂数目不相上下。独来独往的叫"库姆哈勒尼"（西印度人则称之为"陶工之妻"）的红切叶蜂，属于大型膜翅目，此地有好几个品种，有的是嫩绿色，有的是黑黄相间，还有的带着金属光泽的深蓝色，它们在墙上钻洞筑巢，或将泥土粘在高处做窝，整天在屋子里嗡嗡叫；爱打架的蜥蜴经常在决斗之后掉了尾巴，从天花板上摔下来；形状骇人的蜘蛛躲在黑暗的屋角织网，蛛网非常结实。除此之外，茅屋里还有许多动物，最具代表性的是一叮上就死咬着不放的各种壁虱，多种不同的苍蝇，以及甲虫、跳蚤、蚊子、小蚁等等，其中又以小蚁最让人头痛。本地人称东非壁虱为"帕帕戟"，它或许解释了克拉普夫博士创造"帕戟虫"这个名称的由来。克拉普夫博士认为这种虱子的毒性不亚于叮咬可致命的波斯壁虱，也就是梅亚纳蟒；在东非地区，帕戟虫这种寄生虫的种类很多，有的呈圆形有的呈椭圆形，有时扁平有时肿大，吸完血以后的体积差异也很大，最小的肉眼简直看不见，而最大的竟有四分之三英寸长；被这种壁虱咬一口并不会造成中毒，但若持续遭到帕戟虫叮咬，可能导致热病和热病的后遗症。茅屋万一遭到壁虱侵袭，必须喷洒沸水并扫除干净，如此进行好几个星期才能消灭壁虱。由于坛比四面封闭，屋子里的小生物不会受到穿堂风的干扰，因此坛比内的害虫远比圆形茅屋里多，此外，坛比的居民厌恶在屋外露宿，使得与他们共同生活的寄生虫夜夜得以饱餐，数量自然繁衍得更为昌旺。

  这些屋子里家具少得可怜，以乌尼亚姆韦齐区来说，住屋里唯一的家具就是一两顶床架，造型极为原始：将剥去树皮的树枝隔相当宽的距离插进地里，构成两条平行线，树枝开叉处水平放妥长竿，再把一层粗棍子以垂直交叉的角度铺在长竿上，这就是床架的基本结构。至于床褥或是一两张公牛皮，或是一张粗糙的长灯芯草席。除了非洲人之外，别的民族根本不可能睡在这种床架上，不但床架短小，床褥更是粗硬，床面倾斜度大，除了可充当枕头，还有一个我在这里就不便说明的用意。搬动床架时，总有损坏的长竿断裂，这时臭烘烘的臭虫便像下小雨似的纷纷落下：皮肤坚韧的非洲人好像觉得臭虫的叮咬是舒服的呵痒，更令欧洲人惊异的是，他们觉得臭虫难闻的气味仿如香水。墙壁上用夹子悬吊一串串编制精美的纤维绳索，葫芦和叫"维林多"的别致树皮圆盒悬挂其上，盒子里装有布匹、奶油、谷物或其他粮食，储藏室里放了一些石头，以玉米秆子做成叫"林多"的大口箱子便垫着这些石头，架高离开地面，箱子用来盛装收成的作物，口上用黏土封住以便保存里面的粮食。村民在粗粝的花岗岩石板上磨谷子，石板的一角垫高，和地面夹着二十五度角，大约是离地一英尺，高起的一边嵌在一道坚硬的黏土上。火炉由三个削去尖角的红色或灰色泥土锥构成，有时高达两英尺，底部直径约有十英寸，三个泥土锥排成三角形，三角顶点对着墙，前面的开口就是生火的地方，而锅子便立在三角炉灶上。扫把通常插在天花板上，材料也许是一束草茎，也许是一把竹签，或是剖开的多纤维树根，可是屋内打扫的工作往往交给蚂蚁去办。手鼓、定音鼓以及加工程度不一的皮革都吊在橡木上，带钩的树枝也用绳子系着，男人的弓箭、长矛就挂在树钩上。屋内的茅草屋顶上一定插着一支箭，用来祈求幸运；象牙藏在橡木之间，色泽因而变成黯淡的锈红色，必须以温血擦拭，才能去除锈色；当地人喜欢把需要干燥存放的小物件存放在天花板上，譬如弓、箭筒、鸟枪、圆头棒、手杖、风箱的通草嘴，还有长达两英尺的勺子。人们用这种勺子搅拌稠粥。黑陶土制成的水缸又大又重，每天早晚妇女到水井打水来装满缸子，白天在房子里却多半是全空或半空的。屋子里最主要的奢侈品是矮凳子，整张凳子由一块实心木刻出来，高度约一英尺，直径六英寸，凳子表面故意刻出凹陷，方便人坐稳；凳子通常有三条刻了花纹的腿，不过偶尔会见到四条腿的凳子，并且加上底座，增加稳定度。只有苏丹和巫医才坐得起矮凳子，他们可不屑坐在地上。海岸区的姆里马人用锡片装饰椅座上方，使其更为美观。矮凳子的材料通常是两种木材，一种叫"姆宁加"，树形高大壮丽，色泽仿如深红色桃花心木，树未砍下前会分泌红色树胶，有人形容像龙血。当地人用姆宁加树干制造碗盘，树枝用作建筑橼木，不过这种木材容易遭食木性昆虫残害；另外树干中心可做成矛杆，经年使用的长矛被人手部的油脂润泽，呈现柚木的效果。另一种木材叫"姆平古"，其实就是印度黄檀，阿拉伯人却错以为是黑檀木。这种树在东非四处可见，木质极为优秀，木心色泽深，当地人区分为雄树与雌树，雄性者内部呈深砖红色，雌性者木轮边缘几近黑色；东非人用黄檀木制作长矛和斧头的柄，但若没有经常上油，木质很快就因暴露空气中而变得脆弱。当地人用来去谷壳的臼庞大无比，形状与埃及壁画所描绘的臼一模一样，造法是把木纹细致的姆科拉树的主干挖空而成。至于形似绞盘轴的研杵亦是十分粗大，材料取自另一种木纹紧致的大树，树名叫"木柯龙果"，当地人比较喜欢以这种木材作为屋子的橼木，因为这种树木最能防虫害。

  上面所描写的就是中非地区的坛比村落,但更进一步的村庄生活将待后文另行讨论。和亚洲其他半开化地区相比,在这里陌生人可以更加容易地观察更多新奇的事物,因为亚洲民族鲜少容许外人进入他们的小区。